멀쩡한 남자를 찾아드립니다

멀쩡한 남자를
찾아드립니다

그웬과 아이리스의 런던 미스터리 결혼상담소

앨리슨 몽클레어 지음

장성주 옮김

시월이일

조카 수재나에게

부디 나의 발자취를 잘 따라오기를
아예 앞질러 달려가면 더 좋고!

여자들은 정말이지 있을 것

같지 않은 것들을 원해.

로맨스, 모험, 흥분 같은 것들을.

하지만 그런 게 다 무슨 소용이람?

—E. M. 델라필드, 『우리가 스스로를 보려면

To See Ourselves』(1930)에서

차례

멀쩡한 남자를 찾아드립니다 9

2주 후 515
감사의 글 517

일러두기

- 본문의 각주는 모두 옮긴이 것이다.

- 본문 중 고딕체는 원서에서 대문자로 강조한 부분이다.

- 원서에서 이탤릭체로 강조한 곳은 본문에 진하게 표시했다.

- 문장부호는 아래와 같이 사용했다.

　단행본:『 』

　개별 단편 또는 시리즈:「 」

　신문·잡지·정기간행물:《 》

- 외래어 표기는 국립국어원의 외래어 표기법을 따르되 국내에 이미 널리 사용
되는 표현이 있는 경우, 또는 발음 표기가 한국 독자에게 어색할 경우 통상적
으로 쓰는 표기에 따랐다.(예: 그웬덜린 베인브리지)

1

본드 스트리트 지하철역에서 계단을 올라와 데이비스 스트리트 쪽으로 나온 틸리는 한낮의 햇빛 속에 멍하니 눈만 깜박거렸다. 길 안내는 미리 받았지만 알려준 대로 가려면 옥스퍼드 스트리트를 지나야 했는데, 틸리는 그 거리가 오른쪽인지 왼쪽인지조차 분간이 가지 않았다. 전에 딱 한 번 메이페어에 왔을 때와 비슷한 느낌이 들었다. 그때 틸리 아빠는 경마장에서 드물게 돈을 딴 덕분에 딸을 데리고 특별히 먼 이곳까지 쇼핑을 하러 왔다. 틸리는 아빠 손을 끌고 이 가게 저 가게를 돌며 옷과 장난감과 과자를 하나하나 구경했고, 딸이 쉼 없이 꺅꺅 소리를 질러대는 동안 틸리 아빠는 순전히 그날 켐프턴파크 경마장의 제5경주에서 기대마가 앞다리 한쪽이 부러져 넘어지면서 말과 기수 여럿이 한데 뒤엉켜 나자빠진 덕분에, 또 그 난장판을 빙 돌아 피한

무명마가 다른 생존자들을 간발의 차로 이긴 덕분에 만들어진 행복 앞에서 활짝 웃었다. 경주가 끝나고 나서 다친 말두 마리가 안락사당하고 기수 셋이 병원에 실려갔지만, 틸리 아빠는 그 덕분에 무려 40파운드를 벌었으니 비극 따위 알 바 아니었다.

그날 아빠가 사준 게 뭐였는지는 기억도 나지 않았다. 예쁜 프린트 드레스였을 거라고, 틸리는 생각했다. 십중팔구 디킨스 앤드 존스 백화점에서. 아빠는 한창 크는 딸의 옷을 한두 치수 크게 사야 한다는 생각은 애초에 못하는 사람이다 보니 드레스는 몇 달 만에 작아서 못 입게 됐지만, 그래도 그날은 틸리에게 인생 최고의 날이었다. 적어도 오늘 이때까지는.

디킨스 앤드 존스 백화점은 '런던 대공습' 때 폭탄 세례를 받았다. 틸리는 폭격 이튿날 아침에 신문을 읽으며 아빠와 함께 그 백화점에 갔던 어릴 적의 추억을 떠올렸는데 그때가… 1928년이었을까? 29년? 백화점에 폭탄이 떨어졌다는 기사를 읽고 나서 틸리는, 일찍이 친구와 가족을 잃고서도 눈물 한 방울 흘리지 않은 틸리였건만, 다시 어린애가 된 것처럼 엉엉 울었다. 그때는 가장 소중한 추억을 독일 놈들이 부서뜨린 것만 같았다.

저기 보인다, 왼쪽에. 옥스퍼드 스트리트! 틸리는 목적지로 가는 길이 적힌 종이 쪼가리를 핸드백에서 꺼냈다.

때는 1946년 6월. 제2차 세계대전은 끝났고, 틸리 라살은 다시금 쇼핑을 하러 메이페어로 돌아온 참이었다.

다만 이번에 쇼핑할 것은, 남편이었다.

오른쪽으로 돌아서, 두 블록 더, 그리고 한 번 더 오른쪽으로 돌면 목적지였다. 그곳을 본 순간 틸리는 입이 떡 벌어졌다. 건물의 외관 때문에 깜짝 놀란 것은 아니었다. 1900년대가 시작될 즈음에 유행했던 평범한 구조의 5층 건물이었고 재료인 벽돌은 칙칙한, 거의 흙탕물 같은 붉은색이었으며, 창문틀이나 난간은 딱히 날림으로 지은 티도 나지 않았다. 그러나 이 블록에 멀쩡히 서 있는 건물은 그 한 채가 유일했다. 건물 양편으로 한때는 비슷하게 생긴 건물들이 서 있었을 곳에 돌무더기와 허물어진 벽이 군데군데 자리를 잡고서 살아남은 이웃 주민들을 지켜주고 있었다. 오른편에서는 달랑 한 대뿐인 불도저가 부서진 벽돌과 콘크리트와 목재가 섞인 잔해를 인정사정없이 푹푹 퍼서 대기 중인 화물차에 담고 있었다.

그 곁을 지나 걸어가며, 틸리는 지금 이 블록이 독일군 공습의 어느 단계에서 파괴됐을지, 또 어떤 운명의 장난으로 지금 향하는 목적지가 있는 바로 저 건물만 평평한 돌밭으로 바뀌지 않았을지 궁금해했다.

화물차 운전사는 운전석 문에 몸을 기대고 서 있었다. 그러다가 틸리가 눈에 띄자 능직 모자를 벗어 흔들며 외쳤다.

"안녕, 예쁜 아가씨! 힘들게 일하는 남자한테 한번 웃어 줘!"

"지금은 일하고 있는 것 같지 않은데요." 틸리가 대꾸했다.

"서서 기다리는 것도 주님이 보시기엔 다 일이야. 같이 차 한잔 어때?"

"다음에."

"난 프랭크라고 해." 남자는 호들갑스레 허리를 굽혀 인사했다. "이번 주엔 주말에도 내내 여기서 일해."

"일 말고 부인한테도 신경 좀 쓰세요." 틸리가 건넨 충고였다.

남자는 웃음을 터뜨리고 모자를 다시 썼다. 손가락의 결혼반지가 선명하게 반짝였다.

틸리는 한숨을 쉬며 건물 쪽으로 계속 걸어갔다. 앞쪽 출입구 옆에 세입자들의 광고판이 단출하게 붙어 있었다. 회계 사무소와 타이피스트 소개소의 밋밋한 광고판 사이로 생기 있는 연녹색 바탕의 광고판이 보였고, 거기에 페인트 붓으로 손수 쓴 노란색 문구는 다음과 같았다. 바른 만남 결혼 상담소. 사업자: 미스 아이리스 스파크스, 미시즈 그웬덜린 베인브리지.

틸리는 망설이다가, 이내 방금 전 거리에서 자신에게 말을 건 유부남의 태도가 얼마나 스스럼없었는지를 떠올렸다.

"새가슴처럼 굴지 마, 틸리." 스스로를 꾸짖는 말이었다. "여기 온 목적이 바로 그거잖아."

숨을 한 번 깊이 들이마신 다음, 틸리는 문을 열고 들어섰다.

안내 데스크는 없었고, 오른편에는 좁다란 복도와 올려 다보기만 해도 기가 꺾일 만큼 높다란 계단만 보였으며, 정면에 똑바로 뻗은 좁은 통로는 출입문이 닫히기가 무섭게 캄캄해져서 섬뜩한 느낌이 들었다. 수염이 비죽비죽한 늙은 남자가 거무칙칙한 멜빵바지 차림으로 대걸레질을 하는 중이었다. 틸리는 그 노인을 무시하고 입주 업체 안내판 쪽으로 눈을 돌렸다.

"남편감을 찾으러 온 거라면, 꼭대기 층으로 가시오." 그 말을 하는 동안 관리인 노인의 누런 이가 간혹 반짝거렸고, 틸리는 그가 친근하게 웃어 보이려고 그랬을 거라 짐작했다.

"그렇군요." 앞서 본 연녹색 광고판을 더 작게 축소한 명판이 틸리의 눈에 띄었다. "고맙습니다. 여기 1층에 불을 좀 켜두는 게 좋지 않을까요?"

"쓸데없는 소리." 관리인이 말했다. "어차피 다 공실인데, 뭘. 안 그렇소?"

틸리는 계단으로 향했다. 처음에는 1층의 우중충한 분위기와 은근히 위협적으로 구는 관리인에게서 멀어지려고 종종걸음으로 올라갔다. 그러던 걸음이 계단 꼭대기에 이르렀을 즈음에는 꽤나 느릿했다.

그나마 꼭대기인 5층의 복도는 불이 환히 켜져 있었고, 그 복도 한가운데에 이번 여정의 종착지를 가리키는 연녹색 표지판이 또 한 개 붙어 있었다. 틸리는 멈춰 서서 숨을 가다듬은 다음, 앞으로 나아가 문을 똑똑 두드렸다.

문을 열고 맞아준 여성은 틸리와 비슷한 키에 머리는 검은색이었고, 나이는 스물두 살인 틸리보다 예닐곱 살 위로 보였다. 여성은 캐묻는 듯한 눈빛으로 틸리를 재빨리 훑어본 다음, 빙그레 웃었다.

"미스 라살, 맞으시죠? 자, 들어오세요."

틸리는 문 안쪽으로 이끌려 들어와 불길하게 삐거덕거리는 나무 의자에 털썩 앉혀진 후에야 주위를 돌아볼 생각이 들었다. 앞쪽 벽에 하나뿐인 창문의 양편으로 책상이 하나씩 놓여 있었다. 그 책상들도 마치 전쟁 기간 동안 제 나름의 방식으로 싸운 듯한, 어쩌면 독일제 가구를 상대로 전투라도 치른 듯한 몰골이었다. 이제 망가진 모습으로 서 있을지언정 무릎은 꿇지 않은 두 책상 가운데 왼쪽 것은 한쪽으로 기울지 않도록 벽에 딱 붙여진 채였는데, 다른 것들보다 유독 짧아 보이는 다리 밑에 책 한 권이 받쳐져 있었다.

실내를 칠한 페인트는 광고판과 똑같이 차분한 연녹색이었다. 오른쪽 벽에 결혼식장에서 찍은 행복한 신혼부부의 사진이 여럿 걸려 있었고, 사진 액자에는 《가디언》이나 《런던 이브닝 스탠더드》 같은 신문의 동정란에 실린 결혼 기사가 테이프로 함께 붙어 있었다. 구석의 서류 캐비닛은 두 책상에게 이전의 여러 전쟁 이야기를 들려줘도 되겠다 싶을 만큼 낡아 보였다.

"안녕하세요, 잘 오셨어요." 여성은 속사포처럼 말을 이어갔다. "전 아이리스 스파크스예요. 스파크스라고 부르시면 돼요, 남들도 다 그러니까요. 정말 잘 오셨어요, 그것도 시간까지 딱 맞춰서. 그 말은 곧 저 가파른 계단을 정복하셨다는 뜻이죠, 만세! 행복으로 가는 길의 첫 번째 걸림돌이 바로 저 계단이랍니다. 그래도 솔직히 제 다리는 계단 덕분에 엄청 탄탄해졌어요. 상담소를 연 후로 몸무게가 3킬로그램 넘게 빠졌지 뭐예요. 이쪽은 미시즈 베인브리지예요. 제 파트너랍니다."

왼쪽 책상 너머에 앉아 있던 키가 홀쭉하게 큰 여성이 우아하게 일어서더니, 틸리에게 다가와 악수를 했다.

"안녕하세요, 미스 라살." 여성이 말했다.

틸리는 저절로 벌어지는 입을 애써 다물었다. 미시즈 베인브리지는 품격 있는 금발 미인이었고, 부인이 입은 딱 떨어지게 재단한 실크 정장은 전쟁 기간 동안 내내 향나무 옷장에 단단히 숨겨뒀다가 이제야 다시 꺼낸 것인 양 상태가 너무나 훌륭했다. 부인은 이 작고 초라한 사무실과 조금도 어울리지 않는 귀족적인 분위기를 풍겼지만, 그러면서도 전적으로 편안해 보였다. 상류층이 읽는 잡지인 《태틀러》의 책장 속에서 걸어 나온 모델 같기도 했고, 제시 매슈스가 주연한 뮤지컬에서 빈민가 탐험에 나선 귀족 조연 같기도 했다. 부족한 것이 있다면 무대 배경으로 쓰기에 적당한 아르데코풍 세트 장식뿐이었다.

스파크스는 젊은 여성 고객이 미시즈 베인브리지를 빤히 보지 않으려고 애쓰는 것을 알아차리고 씩 웃었다.

"인상이 강렬하죠?" 스파크스가 말했다. "걱정 마세요, 우리랑 똑같은 사람이니까요."

"죄송합니다." 틸리가 더듬더듬 변명했다. "무례하게 굴 생각은 없었어요."

"별말씀을요." 미시즈 베인브리지는 자리로 돌아가 앉으며 틸리를 안심시켰다. "자, 미스 라살은 지금 남편감을 구하는 중이시죠."

"맞아요."

"그렇다면 제대로 찾아오셨어요." 스파크스는 그렇게 말하며 자기 책상 모서리에 걸터앉아 타자기로 작성한 서류 두 장을 집어 들었다. "먼저 일 얘기부터 할게요. 면담을 시작하기 전에 미스 라살은 본인이 지금부터 어떤 일에 발을 들이는지, 그리고 그보다 더 중요한 사실, 즉 저희가 어떤 서비스를 제공하는지부터 아셔야 해요. 저희는 결혼상담소예요. 배우자감으로 알맞은 미혼 남녀가 만나게끔 주선하는, 런던에 단 두 곳뿐인 정식으로 인가받은 상담소 가운데 한 곳이죠. 착수금 5파운드를 내시면 저희는 미스 라살에게 어울리는 신랑감을 찾을 때까지 불굴의 노력을 다할거예요. 현재 저희 명부에 이름이 실린 미혼 회원은 남성이 83명, 여성은 94명이에요. 회원들은 모두 미시즈 베인브리지와 제가 몸소 면담을…."

"아주 철저하게 했답니다." 미시즈 베인브리지가 끼어들었다.

"나중에 직접 보면 아시겠지만." 스파크스의 말이 다시 이어졌다. "이런 노력이 결혼으로 이어진다는 보장은 물론 없습니다."

"결혼이 행복으로 이어진다는 보장도 없고요." 미시즈 베인브리지가 거들었다. "그건 미스 라살에게 달린 문제이니까요."

"그래도 개업한 지 석 달 만에 저희 덕분에 결혼한 부부가 벌써 일곱 쌍이에요." 스파크스의 말이었다.

"일곱 쌍이나!" 틸리는 놀라움을 감추지 못했다. "그것도 겨우 석 달 동안에요? 약혼 기간이 너무 짧아요!"

"전쟁이 끝났잖아요. 그래서 다들 서둘러 정상적인 삶을 다시 시작하고 싶어 하는 거예요." 미시즈 베인브리지가 말했다. "그동안 잃어버린 것도, 부서진 것도 너무 많다 보니…"

"아, 그러고 보니. 신기하게 이 건물은 아직 멀쩡하네요."

"대공습 때 왼편에는 소이탄, 오른편에는 V1 로켓 폭탄이 떨어졌어요." 스파크스의 말이었다. "그런데도 이 건물은 멀쩡하지 뭐예요. 저희가 이렇게 사무실로 쓸 만큼."

"여길 선택한 이유가 그거랍니다." 미시즈 베인브리지가 말했다. "이 건물에선 **희망** 같은 게 느껴지거든요. 그렇지 않나요?"

"그래요, 정말로." 틸리가 맞장구쳤다. "제 몫의 희망도 조금 남아 있으면 좋겠네요."

"5파운드만 내세요, 그럼 생겨요." 스파크스였다. "자, 계약까지 아직 한 단계가 더 남았는데요, 여기가 관건이에요. 만약 미스 라살이 저희가 수고해서 찾아낸 남편감과 결혼하신다면, 두 분께서 각자 저희에게… 성혼 보수랄까요, 그런 걸 주셔야 해요."

"얼만데요?"

"20파운드요."

"20파운드요?" 틸리는 놀라서 외쳤다.

"두 분이 각자." 스파크스가 말했다.

"액수가 너무 크잖아요."

"하지만 생각해보세요. 저희에게 그 돈은 곧 미스 라살을 위해 열심히 일해야 할 동기랍니다." 미시즈 베인브리지의 말이었다. "미스 라살에게 번듯한 남편감을 찾아드리는 건 저희 모두에게 최선의 이익이 될 거예요."

"지금이야말로 운명의 순간이에요, 미스 라살." 스파크스가 서류를 집어 들며 말했다. "5파운드를 내고 서명하세요, 그러면 저희가 미스 라살을 결혼시키기 위한 대모험을 시작할게요. 저희 말대로 하시겠어요?"

"하긴." 틸리는 골똘히 생각했다. "안 풀려봤자 제가 지금껏 겪은 것보다 더 지독하게 안 풀리진 않겠죠."

"훨씬 더 잘 풀릴걸요." 미시즈 베인브리지가 자신 있게 말했다.

"그래야죠." 틸리는 그렇게 말하며 핸드백을 열었다.

그러고는 돈 5파운드를 세어 스파크스에게 건넸다.

"브라보. 자, 계약서에 서명하세요. 한 장은 본인이, 한 장은 저희가 보관할 거예요." 스파크스는 틸리에게 펜을 건네고 편하게 서명하도록 자기 의자를 양보했다. 틸리는 계약서를 꼼꼼히 읽었다.

"하나만 여쭤볼게요. 제일 괜찮은 남자들을 두 분이 자기 몫으로 채가지 않는다는 걸 제가 어떻게 믿죠?"

"고객하고는 데이트하지 않는 게 저희 상담소의 철칙이에요." 스파크스가 말했다. "아예 계약서에도 적어놨다고요. 제7조에."

"정말이네요." 틸리는 눈이 동그래졌다. "빈틈이란 게 아예 없는 분들이신가 봐요."

틸리는 두 장 모두 서명한 다음, 펜과 함께 스파크스에게 돌려줬다.

"좋아요." 스파크스는 책상 앞에 앉아 속기용 공책을 펼쳤다. "이제 미스 라살에 관해 자세히 알아볼 거예요. 성함은 이미 알고 있고, 주소는 전화로 상담 약속을 잡을 때 알려주셨죠. 랫클리프 크로스 스트리트. 섀드웰 지구에 있는 거리, 맞나요?"

"저는 섀드웰에서 태어나 섀드웰에서 자랐고, 지금 다니는 직장도 섀드웰에 있어요."

"그 동네를 좋아하시는군요?" 스파크스가 물었다.

"최대한 서둘러서, 최대한 빠르게 그 동네를 벗어나고 싶어요." 틸리의 목소리에 열기가 느껴졌다. "변변찮은 남자라도 섀드웰에서 멀리만 산다면 전 받아들일 거예요. 먼 북부에 사는 농부라도 소개해주세요, 오리 키우는 법 정도는 기꺼이 배울 테니까요."

"당장은 저희 남성 회원 중에 오리 농장을 운영하시는 분이 안 계시는 것 같군요." 스파크스의 대꾸였다.

"마침 다들 얼마 전에 결혼을 하셨지 뭐예요." 미시즈 베인브리지가 빙그레 웃으며 말했다.

"우선 기본적인 것부터 시작하죠." 스파크스가 말을 이었다. "종교가?"

"성공회 신자예요."

"종교가 일치하는 분을 찾으시나요?"

"아마도요. 제가 믿음이 도탑지는 않아서요. 가톨릭도 상관없어요. 대륙 출신 남자이고, 신사라면요."

"그러니까 프랑스나, 이탈리아 쪽 남자를…?"

"저희 집안에 프랑스 쪽 혈통도 조금 있거든요."

"그 점은 성함La Salle을 보고 이미 짐작했답니다." 미시즈 베인브리지의 말이었다.

"그렇죠, 이름 자체가 빼도 박도 못할 증거죠." 틸리가 대꾸했다. "자유 프랑스군 병사가 말을 건 적이 두어 번 있는데, 제가 프랑스어를 한마디도 못하지 뭐예요. 그래도 그 사람들은 포기하지 않았지만요."

"그러니까 가톨릭도 괜찮으시다." 스파크스는 그렇게 중얼거리며 메모를 적었다.

"하지만 아일랜드 출신은 안 돼요." 틸리가 서둘러 덧붙였다.

"하지만 아일랜드 출신은 안 된다." 스파크스가 따라했다.

"그게요, 오해하시면 안 되는데….."

"괜찮아요. 저희는 고객에게 낙인을 찍지 않는답니다." 미시즈 베인브리지가 말했다. "저희 상담소는 고객이 뭘 선호하시든 다 존중하거든요."

"그럼요." 스파크스였다. "학력은 어떻게 되시나요?"

"학교는 열네 살 때까지 다녔어요. 성적도 신통찮고 집안 형편도 안 좋아서, 자퇴하고 취직을 했죠."

"그리고 지금은 새드웰에 있는 직장에 다니시는군요."

"예. 여성복 가게에서 일해요."

"그럼 재봉사이신가요?" 미시즈 베인브리지가 물었다. "치수가 안 맞는 옷을 고치거나 하시는?"

"재단사가 따로 있어요. 가게 주인인데, 그런 일은 그분이 맡아서 하세요. 바쁠 땐 같이 거들기도 하지만 저는 평소엔 그냥 점원이에요. 부인들께 이런저런 스타일을 소개하고, 추천도 하고, 장부도 정리하죠."

"저희하고 비슷하네요. 취급하는 게 옷이라는 점이 다를 뿐." 스파크스가 말했다.

"다만 저희는 안 맞는다고 해도 고쳐드리지는 않아요." 이번에는 미시즈 베인브리지였다. "어쩌면 그런 서비스가

지 제공해야 할지도 모르겠네요."

틸리는 부인의 말에 피식 웃었고, 두 사람이 뒤이어 주고
받은 의견들은 곧바로 농담으로 흘러갔다. 아이리스는 그
틈을 타 새 고객에 관해 평가한 점들을 메모장에 빠르게 적
었다.

분명 예쁘기는 한데. 아이리스 스파크스는 속으로 그렇
게 생각했다. 초롱초롱한 눈은 웃을 때면 저절로 생기가 돌
았고, 웃을 때 보이는 이도 가지런했는데 다만 왼편 윗니 한
개가 빠져서 횅했다. 아이리스는 틸리에게 무슨 사연이 있
었기에 입을 그토록 세게 맞았을지 궁금했다. 미스 라살은
화장으로 훌륭한 효과를 낼 줄 아는 여성인 듯, 파우더는 딱
적당한 만큼만 발랐고 입술도 야하거나 천박해 보이지 않
았다. 립스틱은 멋진 라즈베리 색이었다. 그리고 옷도. 윗옷
은 하늘색 천으로 지은 귀여운 볼레로 재킷이었는데 테두
리를 따라 하얀 장식이 풍성하게 달려 있었다. 목깃은 발랄
해 보이는 물방울 무늬였다. 주름이 치렁치렁 잡힌 킬트 모
양 치마는 기장이 무릎 아래에서 끝났고, 그 밑으로 멋진 회
갈색 나일론 스타킹이 멋진 다리 한 쌍을 감싸고 있었다. 구
두 역시 옷가게 점원이라면 꼭 사둬야 할 실용적인 물건이
었다.

"이제 고객님께서 어떤 타입의 남자를 찾으시는지 알아
볼 차례인데요." 스파크스가 말했다. "아까 섀드웰을 떠나고
싶다고 하셨죠. 얼마나 멀리까지 갈 용의가 있으신가요?"

"얼마나 멀리까지 보내주실 건데요?"

"오스트레일리아까지요."

"오스트레일리아요?" 틸리는 스파크스의 말에 놀라 외쳤다.

"인도도 있어요. 미얀마도. 그리고 아프리카도…."

"저희 회원 중에는 전쟁 기간 동안 런던에 머물다가 이제 고국으로 돌아가려는 분들이 계세요. 수줍어하는 신부와 함께 말이에요." 미시즈 베인브리지가 덧붙인 설명이었다.

"아아. 전 그런 생각은 아예 해보지도… 그게, 엄마랑 아빠가 아직 여기 사시거든요. 혹시 두 분께 무슨 일이라도 생기면…."

"그러면 서둘러 부모님께 달려올 수 있을 정도의 거리여야겠군요." 미시즈 베인브리지가 틸리 대신 말을 끝맺었다. "무슨 말씀인지 잘 알았습니다. 가족은 중요하니까요."

"어떤 사람들한테는요." 스파크스였다. "원하시는 연령대는요?"

"그냥, 너무 늙어서 다리가 후들거리지만 않으면 돼요. 건강해야 하고요. 일할 능력도 있고. 제가 입주 간호사가 되려는 건 아니잖아요?"

"아니고말고요." 미시즈 베인브리지가 맞장구쳤다. "상한선이 있다면요?"

"마흔 살? 마흔 전후?"

"마흔 전후라." 스파크스는 중얼거리며 메모를 적었다.

"여기가 조금 민감한 부분인데요." 미시즈 베인브리지가 말했다. "저희 남성 회원들은 대부분 지난 전쟁에서 조국을 위해 복무하셨어요. 그분들이 모두 부상 없이 돌아오신 건 아니랍니다. 회원 중에는 팔다리를 잃으신 분도….."

"어머, 어떡해." 틸리가 중얼거렸다.

"매력적인 신사인데 화상을 심하게 입으신 남성 회원이 계셨어요." 스파크스의 말이었다. "처음 본 사람은 깜짝 놀라지만, 그분하고 몇 분만 이야기를 나누다 보면 화상 같은 건 까맣게 잊어버리죠."

"그러니까 질문은 이거예요. 장애가 있거나 흉터가 심한 참전용사도 괜찮으세요?" 미시즈 베인브리지가 물었다.

"그 질문의 정답이 '그럼요'라는 건 저도 알아요, 당연한 거니까요. 그런 청년들을 위해서라면 무슨 일이든 해드려야죠. 하지만 평생 같이 살아야 하는 당사자는 바로 저예요, 안 그래요?"

"그렇죠." 대답은 스파크스가 했다.

"저는, 그러니까, 제가 아내의 의무를 행할 때 조금은 눈길을 둘 구석이 있는 남자면 좋겠어요." 틸리가 말했다. "남자들도 저한테서 예쁜 얼굴을 기대하는걸요. 저도 똑같은 걸 바라면 안 될 이유는 없잖아요?"

"외모가 중요하다는 말씀이죠." 미시즈 베인브리지의 반응이었다.

"외모를 따지면 안 되겠죠. 하지만 전 꼬맹이였을 때부터 남자들이 졸졸 따라다녔는데요, 제 인격 때문은 절대 아니었어요."

"차라리 인격으로 인기를 끄는 게 더 낫지 않을까요?" 미시즈 베인브리지가 물었다.

"예, 저도 그렇게 생각해요. 그래서 여기 온 거 아니겠어요? 알아요, 방금 전에 제 입으로 외모가 괜찮은 남자를 바란다고 말한 거요. 헷갈리게 해서 죄송해요. 꼭 가슴이 철렁할 정도의 미남일 필요는 없어요. 전 그냥 최소한의 기본보다 살짝 더 나은 정도면 돼요. 그런데 만약 다리가 한쪽 없다, 그럼 최소한도 안 되는 거죠."

"방법이 있을지 저희가 알아보겠습니다." 미시즈 베인브리지가 말했다. "외모에서 중요하게 보시는 부분이 또 있나요?"

"머리숱이 아직 많아야 해요." 틸리는 냉큼 그렇게 덧붙였다.

"접수 완료." 스파크스였다. "키는요?"

"저보다 더 작은 남자는 찾기도 힘들걸요."

"아뇨, 그렇지도 않아요." 스파크스가 말했다. "회원 중에 몇 명 있어요."

"음, 그분들은 키 작은 남자가 이상형인 여자 회원들을 위해 아껴두시면 되겠네요."

"그래요. 그럼 혹시 체중이 많이 나가는 경우는…."

"결국엔 누구나 뚱뚱해질 텐데요, 뭐. 운이 좋아서 배급이 아니라 수입으로 먹고 산다면요. 배가 살짝 나온 정도는 괜찮아요."

"관심사는요? 취미라든가?"

"그런 걸 갖기엔 늘 시간이 없든가, 돈이 없었어요."

"신사 분한테서 바라지 않는 점이 있다면?"

"도박꾼은 안 돼요. 술꾼도 안 되고요."

"흡연자는요?" 스파크스가 물었다.

"함께 나눌 줄 아는 사람이라면 괜찮아요." 틸리는 그렇게 말하며 씩 웃었다. "담배는 제가 몰래 즐기는 거라서요."

"그래요, 이 정도면 저희가 어떤 분을 짝으로 찾아드려야 할지 감이 잡히겠네요." 스파크스가 말했다.

"시간은 얼마나 걸릴까요?"

"적당한 신랑감을 골라서 오늘 오후 우편물 발송 시간에 맞춰 편지를 보낼 거예요." 미시즈 베인브리지의 말이었다. "미스 라살에게는 이삼일 안에 연락드릴 겁니다."

"그렇게 일찍요?" 틸리는 놀라서 외쳤다. "머리 할 시간도 없겠는데요."

"머리는 지금도 멋진걸요." 부인이 틸리를 안심시켰다.

"어휴, 어떡해, 기다리는 동안 안절부절못할 것 같아요. 되게 흥분되는 일이었군요?"

"그것도 다 경험의 일부랍니다." 미시즈 베인브리지는 틸리의 말에 그렇게 대꾸하며 일어서더니 다시 손을 내밀었다. "만나서 정말 반가웠어요, 미스 라살."

"저도요. 그럼 이만."

"저희도 이만." 스파크스의 인사였다.

아이리스 스파크스는 사무실에서 나가는 틸리를 가만히 지켜보다가, 손끝으로 책상 상판을 따닥따닥 두드렸다.

"왜 그래?" 그웬 베인브리지가 물었다.

"직감이 발동해서." 아이리스는 그렇게 말하며 자리에서 일어섰다. "금방 갔다 올게."

사무실을 나선 아이리스는 계단통 아래쪽을 내려다봤다. 틸리가 한 층 아래 계단을 내려가는 중이었다.

"미스 라살." 아이리스가 틸리를 불렀다.

틸리는 깜짝 놀라 위쪽을 올려다봤다.

"잠깐만요, 한 가지만 더 여쭤볼게요." 아이리스는 그렇게 말하고는 계단을 통해 틸리가 기다리는 곳까지 내려온 다음, 혹시 엿듣는 사람이 있는지 확인하려고 주위를 두리번거렸다.

"뭐가 궁금하신데요?" 틸리가 물었다.

"스타킹요." 아이리스의 목소리는 소곤거리듯 나직했다.

"예?"

"여자끼리 돕고 살자고요." 아이리스는 꿍꿍이를 꾸미는 듯한 목소리로 말했다. "마지막 남은 스타킹에 올이 나갔는데, 배급표가 다 떨어졌지 뭐예요. 몰래 구할 만한 데가 없을까요?"

"암거래는 불법이에요." 틸리의 목소리에 분개한 기색이 돌았다.

"에이, 그 정도 꼼수는 다들 쓰잖아요. 사정이 급해서 그래요."

"제 남편감은 괜찮은 남자로 찾아주실 건가요?"

"벌써 딱 어울리는 남자를 점찍어놨어요. 마음에 드실 거예요. 장담해요."

"어떡하지…." 틸리는 아랫입술을 지그시 물고 골똘히 생각하다가, 이내 빙그레 웃었다. "그래요, 알려드릴게요. 와핑 하이 스트리트에 '멀스 퍼브'라는 술집이 있어요. 거기 아치라는 건달이 있는데, 보통은 뒤쪽 테이블에 패거리랑 같이 죽치고 있어요. 그 사람한테 가서 틸리 소개로 왔다고 하면 도와줄 거예요."

"고마워요. 제 생명의 은인이세요."

"더 필요한 거라도?"

"아뇨." 아이리스가 말했다. "이제 가서 일해야죠."

"그럼, 이만. 명심하세요, 키 작은 남자는 안 돼요!"

"키 작은 남자는 안 된다."

"조그만 남자를 좋아했으면 경마장에 가서 기수를 만났을 거예요." 틸리는 그 말을 남기고 계단 아래쪽으로 사라졌다.

아이리스는 다시 사무실로 올라가 자기 책상으로 돌아갔다. 그런 다음 큼지막한 발렛 타자기를 책상 한복판으로 옮겨놓고 기다란 풀스캡● 용지를 한 장 끼워 넣었다.

"직감은 잘 맞았어?" 그웬덜린 베인브리지가 물었다.

"아주 정통으로." 아이리스는 면담을 나눌 때 받아 적은 메모를 타자하기 시작했다.

"뭐가 마음에 걸렸는데?"

"그 여자 스타킹."

"뒷솔기가 비뚤어지기라도 했어?"

"스타킹 솔기는 곧았어. 비뚤어진 건 그 여자 마음씨야."

"그 생각은 나도 했어." 그웬이 맞장구쳤다. "어딘가 수상한 구석이 느껴지더라니까."

"새드웰에서 온 수상한 숙녀라. 온몸을 흔들면서 춤추는 모습을 꼭 보고 싶군!"

"자기 같은 사람이 춤을 그만두다니, 댄스홀 주인들이 얼마나 안타까웠을까." 그웬이 중얼거렸다. "스타킹은 어디가 마음에 걸렸는데?"

"그런 스타킹을 가진 것 자체가. 그리고 치마도… 그 주름을 다 펴서 치마를 만들면 착실한 영국 처자 열두 명이 입어도 남을걸. 직물 사용량 규제를 넘어도 한참 넘었어."

"난 그것까진 생각도 못했는데."

"저기요, 좀 정직해집시다, 부인. 가진 옷을 무게로 달면 몇 톤은 될 사람이…."

● 오늘날 많이 쓰는 A4 용지보다 세로로 손가락 두 마디 정도 더 긴 종이로서, 유럽에서 15세기부터 사용하기 시작한 유서 깊은 규격 용지이다.

"절대 그렇지 않아."

"그냥, 난 우리가 같이하는 사업 때문에 고작 이 트위드 정장 한 벌을 마련하느라 배급표를 거의 다 써버려서, 다른 여자가 배급품이 아닌 걸 걸치고 나타나면 눈이 시릴 만큼 똑똑히 알아본다는 말을 하고 싶었을 뿐이야. 너야 전쟁 전부터 옷장이 워낙 화려했으니까, 얘기가 다르지만."

"내가 빌려주면 되는…."

"아니, 사양할게." 아이리스가 냉큼 말했다. "내가 너의 아름다운 드레스를 걸치려면 미스 라살의 어깨 위에 목말을 타야 할 테니까."

"난 스타킹 얘기를 한 건데."

"그게 그거라고." 아이리스의 입에서 한숨이 흘러나왔다. "어휴, 내가 너만큼 다리가 길면 여기저기 돌아다니는 시간이 절반으로 줄 텐데. 그나저나 넌 그 여자의 어디가 수상… 앗!"

사무실 문간에 청소부용 멜빵바지를 입은 남자가 서 있었다. 모자는 벗어서 손에 든 채였다.

"죄송합니다, 방해할 생각은 없었는데." 남자가 말했다. "지금 시간 괜찮으세요? 아니면 예약하고 나중에 올까요?"

"예약은 방금 하신 거나 마찬가지예요." 그웬은 책상 뒤에서 걸어나와 남자를 안으로 맞아들였다. "저는 미시즈 베인브리지예요. 이쪽은 제 파트너, 미스 스파크스고요."

"안녕하세요." 스파크스의 인사였다.

"안녕하세요, 앨프리드 매너스라고 합니다. 제 어머니는 저한테 매너 같은 건 하나도 없다고 하시지만요. 하하!"

"하, 하." 스파크스가 따라 웃었다.

"어떻게 오셨나요, 미스터 매너스?" 미시즈 베인브리지는 남자에게 의자에 앉으라고 권하며 물었다.

"평소에 이 앞을 자주 지나가는데." 매너스는 의자에 앉으며 말했다. "그 귀여운 녹색 광고판을 자꾸 보다 보니까, 속으로 이런 생각이 드는 거예요. '앨프, 어쩌면 너랑 어울리는 여자가 저기 있을지도 몰라.'"

"어쩌면 그럴지도 모르죠." 미시즈 베인브리지가 말했다.

"그래서, 뭐 하는 덴지 알아볼 마음을 드디어 먹은 거죠."

그 말을 하고 나서 매너스는 기대에 찬 눈빛으로 두 사람을 바라봤다.

"여기는 정식으로 인가받은 결혼상담소랍니다." 미시즈 베인브리지가 설명을 시작했다. "회원은 남녀 모두 점점 더 늘고 있고요. 그리고 저희는 서로 결이 같은 분들을 찾으려고 하는…."

"결이 같은… 그게 무슨 말인가요?" 매너스가 물었다.

"상호 간에 잘 통한다는 뜻이에요." 미시즈 베인브리지는 그렇게 말하고는, 자신을 보는 매너스의 표정이 여전히 멍한 것을 눈치채고 잠시 생각하다가 덧붙였다. "서로 잘 어울린다고요."

"그래서 '바른 만남'이군요!" 매너스의 표정이 환해졌다.

"바로 그겁니다." 미시즈 베인브리지가 맞장구쳤다. "자, 그럼 착수금부터….'

"얼만데요?"

"5파운드예요. 그리고….'

"5파운드!" 매너스가 꽥 소리를 질렀다. "그냥 여자 한 명 만나는 건데요? 빨간집 중에도 그보다 더 싼 곳이 있는데.'

"그냥 여자 한 명 만나는 게 아니니까요." 미시즈 베인브리지의 목소리는 단호했다. "저희가 보기에 선생님의 성격과 취향에 잘 어울릴 분만 소개합니다.'

"제가 까다롭게 군다는 말씀인가요, 지금?" 매너스의 목소리에 화난 기색이 돌았다.

"특별히 좋아하시는 부분, 여성에게서 바라시는 부분을 말하는 거예요." 미시즈 베인브리지가 그렇게 말하는 동안 스파크스는 비어져 나오는 웃음을 꾹 참았다.

"아, 예. 그럼 방금 막 날아간 새를 저한테 소개해주실 수 있을까요? 확실히 매력적인 아가씨던데요.'

"어떤 새 말씀이신지?" 스파크스가 물었다.

"방금 전까지 여기 있었던 여자요.'

"미스터 매너스, 저희는 고객의 사생활을 철저히 보호합니다." 미시즈 베인브리지가 말했다. "저희 회원으로 가입하시면 미스터 매너스 본인의 사생활도 마찬가지로 보호해드릴 겁니다.'

"지금은 5파운드가 없는데요.'

"그러면 저희가 만든 광고 전단을 한 장 드릴게요." 미시즈 베인브리지는 책상 위의 서류철에서 전단지 한 장을 꺼내어 매너스에게 건넸다. "저희 서비스를 이용할 마음이 생기면 예약을 하시면 됩니다."

"그렇게 할게요." 매너스는 전단지를 받아 들었다. 그러고는 두 여성을 무슨 평가라도 하듯이 찬찬히 훑어봤다. "두분도 여기 회원이신가요?"

"아뇨." 스파크스의 대답은 빨랐다.

"아쉬워라." 그 말은 음흉한 눈웃음과 함께 나왔다. "그래도 나중 일은 모르니까요. 안 그래요?"

"좋은 하루 보내세요, 미스터 매너스." 미시즈 베인브리지가 인사를 건넸다. "조만간 연락을 주시면 좋겠네요."

매너스는 모자를 다시 쓰고 경례하듯 두 손가락을 챙에 올려붙인 다음, 어슬렁어슬렁 사무실을 나섰다.

두 동업자는 남자의 발소리가 계단 아래쪽으로 사라질 때까지 가만히 기다렸다.

"나중은 없어." 그웬이 말했다.

"절대로, 결단코, 죽어도." 아이리스가 말했고, 뒤이어 둘은 함께 키득키득 웃기 시작했다.

"어휴, 정말, 끔찍한 남자였어." 그웬이 말했다. "저 남자가 두 번 다시 안 온다에 2펜스 걸게."

"돈씩이나 걸 것까진 없어. 저 남자가 보기엔 어떤 여자도 5파운드의 값어치가 없으니까."

"있잖아, 나 태어나서 처음으로 청소부하고 얘기해본 것 같아." 그웬은 골똘히 생각하는 표정으로 말했다. "이렇게 경험의 폭을 넓혀가며 사는 건 참 멋진 일 같아. 그 남자한테서 훨씬 더 지독한 냄새가 날 줄 알았는데, 냄새가 생각보다 좋던걸."

"여긴 메이페어잖아." 아이리스는 타자 작업을 거의 끝낸 참이었다. "청소부도 멋을 아신다, 이거지."

"빨간집이라." 그웬은 생각에 잠긴 목소리로 말했다. "혹시 내가 생각하는 그걸까?"

"뭘 생각하는데?" 아이리스의 표정은 순진하기 짝이 없었다.

"어, 그게, 집인데…."

"분명히 집은 집이지."

"…평판이 안 좋은 집이야." 그웬은 얼굴이 새빨갰다.

"평판이 안 좋아?" 아이리스는 놀란 듯 헉 소리를 냈다. "그렇다면… 매음굴?"

"그게…."

"매춘굴?"

"그만해."

"갈봇집!" 아이리스는 과장되게 탄식하더니, 손등 아래쪽으로 이마를 짚고는 의자에 앉은 채로 기절하는 시늉을 했다.

"지금 나 놀리는 거지. 그 말이 무슨 뜻인지 처음부터 다 알았으면서."

"알기야 알았지. 이 몸은 케임브리지 대학교에서 교육받는 혜택을 누렸으니까."

"그런 말은 어떤 강의에서 배웠을지 궁금한데? 그 서류, 다 작성했어?"

아이리스는 타자기에서 뽑은 종이를 미스 라살이 서명한 계약서와 함께 그웬에게 건넸고, 그웬은 두 서류를 다 읽고 나서 클립으로 함께 묶은 다음, 뒤편 구석의 서류 캐비닛에 넣었다.

아이리스는 색인 카드 두 장을 꺼내어 먹지를 사이에 두고 겹쳤다. 그렇게 겹친 카드를 조심스레 타자기에 끼운 다음, 미스 라살의 취향 및 자잘한 사항들을 간략하게 타자로 쳤다. 다 치고 나서는 카드 두 장을 분리했다.

"이번엔 네가 복사본을 받을 차례야." 그렇게 말하며 아이리스는 아래쪽 카드를 그웬에게 건넸다. "이제 가르쳐줘. 아까 그 여자를 수상쩍게 본 이유가 뭐야?"

"대답하는 게 좀 이상했어. 거짓말을 했다기보다는, 뭔가 일부러 빠뜨리고 얘기하지 않는 것 같았거든."

"신상을 더 자세히 캐봐야 할까?"

"위험한 세계에 몸담을 여자 같진 않아. 그래도 누구한테 범죄자를 짝 지워주는 일이 생겨선 절대 안 돼. 우리 평판도 신경 써야 하니까."

"내가 전화를 좀 돌려볼게." 아이리스가 말했다. "상대방 연결은 뒤로 미루는 게 좋겠지?"

"아니, 그냥 진행하자." 그웬이 대답했다. "미스 라살한테 결과를 빨리 알려주겠다고 약속했잖아. 혹시라도 경찰에 있는 네 친구가 뭔가 알아내면, 신랑감 쪽에 연락해서 취소하면 돼. 그래도 그 사람, 출신 배경에 비해 발음이 또랑또랑하던데. 에이치h 발음을 꽤 많이 빼먹을 거라고 생각했는데.●"

"상류층으로 올라가겠다는 갈망이 있는 여자야. 자, 그럼 시작해볼까? 미스 라살은 신붓감 102번."

둘은 각자 색인 카드에 그 번호를 적은 다음, 여성Female을 뜻하는 머리글자 에프F가 적힌 초록색 금속제 카드 상자 두 개에 각각 카드를 넣었다. 그러고는 남성Male을 뜻하는 머리글자 엠M이 적힌 카드 상자를 각각 자기 앞으로 옮겨 놓았다.

"준비됐어?" 그웬이 물었다.

"됐어."

"그럼 시작하자. 키 작은 남자, 아일랜드 출신 대머리 남자는 안 돼. 제아무리 매력적이어도."

아이리스는 자기 카드 상자의 카드를 휙휙 넘기며 괜찮은 신랑감을 찾기 시작했다. 그러다가 적당해 보이는 사람의 카드를 뽑아 자세히 읽어본 다음, 그 카드를 한쪽에 내려

● 런던 동부의 노동자 계층이 주로 쓰는 이른바 '코크니 억양'은 우리말의 'ㅎ'에 해당하는 'h'가 단어 맨 앞에 올 때 발음하지 않는 것이 특징이다.

놓았다. 아이리스의 눈길이 흘긋 그웬 쪽으로 향했다.

"훔쳐보기는 반칙이야." 그웬은 고개도 들지 않고 말했다.

둘은 저마다 카드 세 장을 자기 앞에 늘어놓고 나서야 탐색을 멈췄다. 아이리스는 자신이 뽑은 후보들을 한 번 더 꼼꼼히 살펴본 다음, 둘째 카드와 셋째 카드의 자리를 바꿨다. 그웬은 가만히 기다렸다. 카드 순서를 건드리지 않은 채로.

"먼저 해도 돼?" 그웬이 물었다.

"좋으실 대로."

그웬은 카드 한 장을 집어 들었다.

"시드니 콜린스." 그웬의 입에서 나온 이름이었다.

"재밌군. 그래, 왜 골랐는지 알겠어. 처음에는 눈에 잘 안 띄었는데. 좋아, 내가 고른 3순위는 모리스 캐넌이야."

"흐음." 그웬이 내놓은 반응이었다.

"마음에 안 들어?"

"우리가 그보다는 더 잘 고를 수 있을 것 같은데."

"네가 고른 2순위나 꺼내봐." 아이리스가 말했다.

"알렉스 렌번."

"나랑 똑같네." 아이리스는 씩 웃으며 카드를 들었다. "천재들은 생각하는 게 비슷하다던데, 우리도 이제 곧 그 순간을 맞이하는 걸까?"

"그 순간이 오면 느긋하게 음미하자."

그웬은 그렇게 말하고는 마지막 카드를 집어 가슴에 꼭 대더니, 눈을 감고 숨을 깊이 들이쉬었다. 그런 다음 카드를 뒤집어 아이리스 쪽으로 내밀었다.

"그렇지!" 그웬의 카드를 본 아이리스는 큰 소리로 외치며 자기 카드를 집어 들었다. "디키 트로워!"

"난 이 순간이 정말 좋아." 그웬은 참았던 숨을 길게 내쉬었다. "자, 이제 그 남자를 왜 골랐는지 얘기해줘."

"미스터 트로워는 회계사인데, 노동계급 출신이야. 잘난 체하는 구석이 전혀 없어. 여자 앞에서는 수줍음도 타. 그 사람, 우리하고 여기 있을 때 얼굴 빨개졌던 거 기억나? 그래도 지금 출셋길에 올랐으니까, 틸리로서는 떠오르는 샛별 같은 그 남자한테 자기 소원을 이뤄달라고 아주 간절히 빌 거야. 소원은 떨어지는 별똥별에 빌었던 것도 같은데 뭐, 표현이야 어쨌든."

"하여튼 철두철미하게 타산적이라니까." 그웬이 구시렁거렸다.

"나라면 현실적이라고 하겠어." 아이리스의 말투는 단호했다. "남자 처지에서도 한 단계 성장하는 셈이야. 틸리는 가게에서 장부를 관리하니까, 미모뿐 아니라 경제관념으로도 트로워한테 좋은 인상을 남길 거야. 그럼 이제 어떤 천상계의 논리로 그 두 사람을 짝지으셨는지 들려주실까?"

"내가 보기에 미스 라살은 다이아몬드 원석이야. 트로워는 겉으로는 숫기 없어 보이지만, 남들의 진짜 가치를 꿰뚫어볼 줄 알아. 분명 미스 라살에게도 그럴 거야."

"틸리가 수상쩍어 보인다며."

"예전에 거칠게 살아서 그렇겠지. 아마 미스 라살은 스스로를 더 나은 사람이 되게 해줄 미스터 트로워에게 평생 감사할 거야."

"그럼 결정 났네."

"났지." 그웬은 편지지 쪽으로 손을 뻗으며 말했다. "먹지 한 장만 줄래?"

"꾹 눌러서 쓰십시오." 아이리스의 목소리는 높낮이가 없어서 꼭 녹음된 음성 같았다. "당신은 복사본을 만드는 중입니다."

그웬은 미스터 트로워 앞으로 편지를 써서 미스 라살에게 연락하는 방법을 자세히 적었고, 편지의 원본을 봉투에 넣어 봉한 다음 주소를 쓰고 우표까지 붙였다. 편지의 복사본은 트로워의 파일에 끼워 캐비닛에 넣었다.

"오늘 치 일당은 벌었네." 그웬이 내놓은 논평이었다.

"그러고 보니." 아이리스는 틸리 라살이 착수금으로 낸 돈을 모으며 말했다. "조지가 좋아, 에드워드가 좋아?"

"에드워드 몇 세 말이야?"

"8세."●

"그럼 조지로 줘."

"알았어. 너 한 개, 나 한 개, 세 개는 우리 저금통 거."

● 에드워드 8세의 즉위를 기념해 만든 1파운드 금화는 왕이 1년도 안 돼 스스로 퇴위하는 바람에 실제로는 유통되지 않았다. 지금은 매우 희귀한 물건으로, 최근 경매에서 100만 파운드(약 16억 원)에 낙찰됐다.

아이리스는 1파운드 금화 한 개를 그웬에게 건넸다. 그러고는 책상 밑으로 들어가 금고를 가린 위장용 판자를 밀었다. 금고를 열어 3파운드를 안에 넣은 후에는 다시 잠그고 판자로 가렸다.

허리를 편 아이리스가 손목시계를 봤다.

"퇴근할까? 이제 예약도 없는데."

"그러는 게 낫겠어."

둘은 코트를 챙겨 사무실을 나섰고, 문은 아이리스가 잠갔다.

"공원까지만 바래다줘." 건물을 나서며 그웬이 말했다.

"기꺼이."

두 사람은 옥스퍼드 스트리트까지 걸어가 길모퉁이의 우체통 앞에 도착했다. 그웬이 미스터 트로워에게 보내는 편지를 우체통에 넣고 나서 서쪽을 향해 걷기 시작했다. 아이리스는 키가 더 큰 그웬과 보조를 맞추느라 잰걸음을 해야 했고, 이를 알아챈 그웬이 이내 걸음을 늦췄다.

"고마워."

그 말을 하고 나서 아이리스는 숨을 길게 들이마시며 맑은 하늘을 올려다보더니, 뒤이어 한숨을 내쉬었다.

"우리 좀 봐, 이제 곧 저녁인데 이 번화한 메이페어 지구를 처녀 둘이서 걷고 있잖아. 1년 중에 제일 좋은 이 계절에 둘 다 집으로 직행하는 중이고. 얼마나 애통한 일인지."

"이젠 처녀 아니잖아." 그웬의 반응이었다.

"그렇다고 노처녀인 것도 아니지."

"내 생각은 다른데."

"거기서 한마디도 더 하지 마." 아이리스였다. "그래, 지금이 칠팔 년 전이라고 가정해보자. 그럼 넌 이 시간에 뭘 할 것 같아?"

"칵테일파티용 드레스에서 이브닝파티용 드레스로 갈아입는 중이겠지." 그웬이 말했다. 공상에 빠진 듯, 먼 곳을 바라보며.

"어떤 드레스?"

"몰리눅스● 드레스가 좋겠어. 파도 거품 같은 연녹색 크레이프드신●●으로 지어서, 그걸 입으면 내 눈 색깔이 굉장히 돋보이거든."

"그 드레스를 입고 어딜 갈 건데?"

"음, 어딘가 무도회에 가겠지. 레이디 런던데리 아니면 레이디 커너드가 여는 파티, 어쩌면 미시즈 코리건이 더들리 하우스 저택에서 여는 성대한 파티에 갈 수도 있고. 그런 데가본 적 있어?"

"한 번." 아이리스가 대답했다. "그때 미국 대사의 아들을 만났어. 런던을 방문하는 중이었는데, 끝내주게 멋진 남자

● 영국 출신으로 파리에서 활약한 디자이너 에드워드 몰리눅스(1891~1974)를 가리킨다. 흔히 몰리뉴, 몰리뇌 등으로 알려졌다.

●● 크레이프crepe는 잔주름이 많은 얇고 부드러운 비단이고 드신de Chine은 '중국풍'이라는 뜻으로, 중국 비단을 모방해 프랑스에서 짠 견직물이다.

였지. 영화배우 더글러스 페어뱅크스가 그 사람 환영 파티를 아마 그로스베너하우스 호텔에서 열어줬을 거야, 난 거기 못 갔지만. 미시즈 코리건이 주최한 파티에서는 그 남자하고 같이 빠져나가려고 내 동행한테 술을 먹여서 인사불성으로 만드느라 파티 절반이 다 지나도록 바빴지 뭐야."

"그래서 성공했어?"

"파티의 나머지 절반에 무슨 일이 있었는지는 일급비밀이야."

"음흉한 아가씨 같으니." 그웬이 말했다. "동행한 약혼자는 누구였는데?"

"마침 약혼자가 없을 때였어. 동행이 누구였는지 지금은 기억도 안 나. 누군지 나를 그런 파티에 데려갈 정도로 부자이긴 했지만, 같이 파티장을 나서고 싶은 상대는 아니었어. 어라, 뭐야! 왜 그래?"

그웬의 두 뺨에 눈물이 흘러내렸다.

"난 로니를 만났을 때도 그 드레스를 입었어." 그웬의 목소리는 속삭이듯 나직했다.

"어휴, 어떡해." 아이리스는 그웬의 손을 잡았다. "지난 일을 떠올리라고 꺼낸 말은 아니었는데…."

"아니야, 괜찮아. 소중한 추억이니까. 그냥, 그이가 너무 보고 싶어서 그래."

"나도 알아, 네 마음."

둘은 하이드 파크 공원의 북쪽 모퉁이에 이르렀다. 대리석으로 지은 개선문인 마블 아치가 당당하면서도 생뚱맞게 서 있어서 화려해 보였지만, 본래는 그냥 로터리인 곳이었다. 공원 부지에 아직도 남아 있는 대공포 포대의 포신은 동쪽 하늘을 겨누고 있었다.

"캄캄해지기 전에 공원에서 산책을 해야겠어." 그웬이 말했다.

"조심해."

"그래. 내일 봐."

"그웬, 내가 누구 소개해줄게." 아이리스가 불쑥 말했다.

"난 도저히 그럴….."

"벌써 2년이나 지났잖아. 언제까지 이럴 거야. 이제 인생의 다음 장으로 넘어간다고 해도 널 욕할 사람은 아무도 없어."

"난 못해. 우리, 인생의 다음 장은 다른 사람들이나 쓰도록 도와주자. 어때?"

"그래. 우리 좌우명 잊지 말고. '세상의 인구는 늘려야 마땅한 법!'"•

"세상의 인구는 늘려야 마땅한 법." 그웬은 빙그레 웃으며 친구의 말을 따라했다.

둘은 각자의 길을 갔다. 그웬은 공원을 지나서, 아이리스는 북쪽을 향해서.

• 셰익스피어의 희곡 『헛소동』의 2막 3장에 나오는 대사로, 독신을 고집하다가 결혼하기로 마음먹은 등장인물의 독백이다.

해가 슬슬 저물 무렵에야 비로소 서늘해진 공기 속에서 세련된 메릴본 지구를 거니는 기분은 꽤 흐뭇하다고, 아이리스는 생각했다. 아이리스의 아파트는 벤팅크 스트리트 바로 다음인 웰벡 스트리트의 벽돌 건물 블록에 있었다. 4층이다 보니 발코니는 없었지만, 그래도 어쩌다 오전 늦게까지 집에 있는 날에는 늦은 오전의 햇빛이 잘 드는 집이었다.

계단을 다 올라간 아이리스는 문 자물쇠에 열쇠를 꽂아 돌리고 안으로 들어선 다음, 우뚝 멈춰 서서 콧잔등을 살짝 찡그렸다.

공기 중에 낯선 향이 감돌았다. 오드콜로뉴의 향기였지만, 아이리스가 모르는 제품이었다.

아이리스는 현관 테이블 위의 접시에 열쇠를 일부러 소리 나게 떨어뜨렸고, 그 소리를 이용해 우산꽂이에서 굵직한 크리켓 배트를 꺼내는 소리를 감췄다. 배트의 손잡이를 두 손으로 잡고서, 아이리스는 거실로 들어섰다.

아무도 없었다. 그렇다면. 불쾌한 깨달음이 아이리스를 덮쳤다. 남은 곳은 침실뿐.

숨을 깊이 들이마신 다음, 아이리스는 침실 문을 벌컥 열고 냅다 안으로 뛰어들었다. 침입자의 머리를 경기장 바깥까지 날려버릴 각오로.

아이리스의 침대에 누워 있던 남자가 몸을 일으켜 침대 주인을 보더니, 배트 쪽으로 눈길을 옮겼다.

"난 당신이 골프를 좋아하는 줄 알았는데, 스파크스." 남자는 차분한 목소리로 그렇게 말하고는, 아이리스가 쳐들어올 때 읽던 책을 옆에 내려놓았다.

"5번 아이언을 할아버지 댁에 두고 왔거든." 아이리스는 숨을 살짝 몰아쉬며 농담으로 받아쳤다. "내가 읽던 페이지 제대로 안 접어놓으면 재미없을 줄 알아."

"『배신자의 지갑』이라." 남자는 일부러 연극 투의 목소리로 말했다. "시리즈 주인공인 캠피언 씨가 이번엔 기억상실증이라니. 시작부터 황당무계하구먼. 종일 어디 있다가 이제 와?"

"직장."

"이런 가엾은 아가씨가 있나! 일거리는 좀 있어?"

"신규 고객 한 명, 별 가망 없는 고객 후보가 한 명. 당신은?"

"아직은 정해진 게 없어. 그 배트, 계속 들고 있을 거야?"

"당신 목 위를 가뿐하게 해줄 생각을 아직 다 접은 건 아니라서."

"괜찮은 제안이군. 책상 위에 당신한테 주는 선물이 있어."

아이리스가 힐끗 돌아보니 표면이 올록볼록한 조그마한 상자가 눈에 들어왔다. 오른손으로는 배트를 그대로 든 채로, 아이리스는 상자를 열고 안을 들여다봤다.

"볼 드 뉘Vol de Nuit!"• 아이리스의 입에서 탄성이 터져나왔다.

"겔랑이 다시 향수를 만들기 시작했어."

"멋진데. 선물은 잘 받을게, 앤드루. 이 크리켓 배트도 선의의 표시로 바닥에 살며시 내려놓을 거고. 이 냄새, 혹시 자기가 뿌린 오드콜로뉴야?"

"응. 다시 파는 걸 보니까 새삼 쓰고 싶어져서. 어때?"

아이리스는 남자 쪽으로 다가가 침대에 앉아서 남자의 목을 쿵쿵대다가, 남자의 벗은 가슴에 뺨을 대고 얼굴을 올려다봤다.

"꽤 괜찮네. 그래도 난 자연스러운 자기 체취가 더 좋지만. 언제 들어왔어?"

"오늘 오전에."

"미리 얘길 하지. 비행장에 마중 나갔을 텐데."

"첫째, 난 비행기를 타고 와서 크로이던 비행장에 내린 게 아니야. 둘째, 내 출입국 사실을 세상이 다 알면 안 돼."

"당신네 망할 업무 규정 때문에 돌아버리겠어. 흥청망청 쇼핑한 내역을 보아하니 쾰른하고 파리에 다녀온 모양인데. 또 어딜 들렀어?"

"말 못 해. 당신을 생각해서 그러는 거야."

"고마워. 당신이 귀국한 거 포피도 알아?"

• 프랑스어로 '야간비행'을 뜻하며, 조향사 자크 겔랑이 친구인 작가 생텍쥐페리가 쓴 같은 제목의 책에서 영감을 얻어 만든 향수로 알려졌다.

"전화했어. 비행 때문에 녹초가 돼서 시내에서 자고 간다고 해뒀지."

"아내보다 정부한테 먼저 들르다니. 영광이네."

"자기는 정부가 아니야. 애인이지."

"그게 그거잖아."

"완전히 달라. 정부는 돈 때문에 보는 사이잖아. 애인은 사랑 때문이고."

"이 아파트 월세는 당신이 내잖아."

"그래야 여기에 사랑이 깃들 것 아냐."

"볼 드 뉘, 포피한테 줄 것도 샀어?"

"포피한테는 안 어울려. 그 대신 미츠코를 사뒀어."

"참 공평하시기도 하지."

"아내한테 줄 건 작은 병으로 샀어."

"어휴, 이러면 내가 새삼스럽게 반해버리잖아." 아이리스는 이불을 젖히고 앤드루 곁으로 미끄러져 들어가며 말했다. "그나저나 아까 그 말, 사실이야?"

"무슨 말?"

"진짜 녹초가 됐어?"

"아니." 앤드루는 아이리스를 끌어안으며 말했다. "그런데 이제 되고 싶어."

2

그웬이 잠에서 깨어 눈을 떴을 때, 남편은 모로 누워 이쪽을 보고 있었다. 그러다 아내가 잠에서 깬 것을 알고 빙그레 웃었다. 지금도 여전히 그웬의 가슴을 두근거리게 하는 그 미소를 머금고서. 그웬이 뭔가 말하려 하지만, 남편은 그웬의 입술에 손가락을 대고 말하지 못하게 막는다. 뒤이어 남편이 입을 벌리자 거기서 피가 쏟아져 나오고, 그 피가 침대를 흥건히 적시고 바닥으로 흘러 방을 가득 채우고, 그웬은 그 피에 잠겨서 그만….

현실의 잠에서 깨어났을 때, 그웬의 심장은 엉뚱한 이유 때문에 쿵쿵 뛰고 있었다. 협탁 위의 자명종 시계가 요란하게 따르릉거렸던 것이다. 시계는 그웬이 손으로 연거푸 내리치고 나서야 비로소 조용해졌다.

시계 옆에는 은제 액자에 넣은 남편 로니의 사진이 놓여 있었다. 로니가 입은 옷은 로열 퓨질리어 연대의 정식 제복이었고, 얼굴의 웃음은 꿈에서 본 바로 그 미소였다.

그 제복은 벽 쪽 옷장에 걸려 있었다. 이탈리아 중부 몬테카시노의 전장에서 박격포탄이 폭발했을 때 로니가 입은 군복은 따로 있었다.

2년, 3개월, 그리고 4일 전의 일이었다.

그웬은 그 꿈을 한동안 꾸지 않았다. 이미 극복했다고 생각했다. 어쩌면 밀퍼드 박사가 준 가루약을 한 봉 먹어야 할지도 몰랐다.

하지만 그 약을 먹으면 일에 집중하기가 힘들었다. 그리고 그웬은 이제 일하는 여성이었다.

그러니 어서 일어나, 그웨니. 한밤중에 아기가 울기 시작할 때 로니는 그렇게 속삭이곤 했다.

바로 그 아기, 발소리만 놓고 보면 이제 아기로 보기 힘든 아기가, 복도를 쿵쾅쿵쾅 달려오고 있었다. 그웬의 방 쪽으로.

그웬은 티슈를 뽑아 냉큼 눈물을 훔쳤다. 이내 방문이 벌컥 열리더니 꼬마 로니가 침대 위로 폴짝 뛰어 그웬의 품에 안겼다.

"잘 잤니, 우리 귀염둥이." 그웬이 그렇게 말하고는 온 얼굴에 속사포처럼 입맞춤을 퍼붓는 통에 아이는 거의 자지러지듯 웃음을 터뜨렸다.

"안녕히 주무셨어요, 엄마." 새가 짹짹대는 듯한 목소리였다. "애그니스가 그러는데 오늘은 나랑 같이 박물관에 갈 거랬어요. 엄마도 가실래요?"

"재밌겠다. 하지만 엄마는 일하러 가야 돼."

"저런."

"넌 애그니스랑 같이 멋진 시간을 보내도록 해." 그웬은 아들과 약속했다. "그리고 오늘 저녁에 엄마한테 빠짐없이 얘기해줘야 해. 공룡, 곰, 일각돌고래에 관해 뭘 배웠는지."

"일각돌고래가 뭐예요?"

"바닷속에서 헤엄치며 사는 동물인데 코에 긴 검이 달렸어."

"코에 검이! 그럼 결투도 하나요?"

"명예가 걸린 문제일 때만. 자, 이제 가서 아침을 든든하게 먹으렴. 박물관은 굉장히 넓어서, 돌아다니려면 기운이 많이 필요해."

"알았어요, 엄마!"

아이는 폴짝 뛰어 침대에서 내려왔다.

"잠깐만!" 그웬이 말했다.

아이는 멈춰 서서 엄마를 돌아봤다.

로니를 꼭 닮은 얼굴. 아들의 얼굴 앞에서 그웬은 터지려는 눈물을 참는 것 말고는 아무것도 할 수 없을 때가 가끔 있었다.

"엄마한테 뽀뽀해줘야지. 그러면 아침 먹으러 가도 돼."

아이는 머뭇대지 않고 다시 침대로 뛰어올라 엄마의 볼

에 쪽 소리가 날 정도로 세게 입을 맞췄다. 그웬은 아이를 끌어안았다. 아주 세게 끌어안고 있다가, 아이가 버둥거리자 자유롭게 놔줬다.

그웬은 세수를 하고 옷도 갈아입은 후에 뒤쪽 계단을 통해 조찬실로 내려갔다. 주방장인 프루던스가 주방 쪽에서 빼꼼 고개를 내밀었다.

"안녕히 주무셨어요, 미시즈 베인브리지. 아침은 뭘 드릴까요?"

"차하고 토스트면 돼요." 그웬은 창가 자리에 앉으며 말했다. "레이디 캐럴라인은 일어나셨나요?"

"레이디께서는 어젯밤 디너파티에 참석하셨어요. 11시는 돼야 일어나실 것 같은데요."

"고마워요, 프루던스."

그웬은 시어머니와 예의 차린 대화를 나누지 않아도 된다는 안도감을 애써 감췄다.

《가디언》을 집어 든 그웬은 주요 기사들의 제목을 훑어봤다. 그리스에서 소요 사태. 이란인들이 자기네 영토에 남아 있는 소련 군대를 상대로 항의 시위. 팔레스타인 분쟁. 그리고 배급, 배급, 날마다 계속되는 배급. 클레먼트 애틀리 총리가 허리띠를 졸라매자며 늘어놓는 근엄하고 진부한 이야기는 끝날 줄을 몰랐고, 미국에서 일어난 노동쟁의 때문에 중요한 밀가루의 해상 운송이 지체될 염려가 있었다.

프루던스가 그웬 한 사람 몫의 밀가루를 토스트 두 쪽이라는 형태로 들고 다가왔다. 그웬은 그중 한 쪽을 집었다.

"프루던스, 이 빵 한 쪽의 무게가 얼마나 될 것 같아요?"

"빵 한 덩어리가 1파운드•인데요." 프루던스가 제꺽 대답했다. '보통은 한 덩어리를 열두 조각으로 자르는데, 1파운드는 16온스니까, 빵 한 쪽은 한 1온스 하고 조금 더? 1.3온스 정도겠네요."

"그럼 하루 배급량을 9온스로 줄이면, 아무래도 그럴 것 같은데, 그래도 홍차에 토스트 정도는 먹을 수 있겠죠?"

"그럼요, 부인."

"빵을 좀 얇게 썰어야 할지도 모르겠네요."

"저는 그러기 전에 먼저 레이디 캐럴라인께 여쭤봐야 해요. 부인께서 직접 여쭙지 않으신다면요."

"레이디 캐럴라인께선 나보다 당신이 하는 얘기를 더 진지하게 들으실 거예요. 어차피 주방은 당신 영역이기도 하고요. 나랑 먼저 상의했다는 말은 꺼내지 마요."

"알겠습니다, 부인. 더 필요하신 게 있을까요?"

"괜찮아요. 고마워요, 프루던스."

그웬은 아침을 다 먹고 나서 마지막으로 머리를 재빨리 매만진 다음, 연청색 베레모를 썼다. 그러고는 핸드백을 들고 집에서 걸어나와 고급 주택가인 켄싱턴 코트로 나섰다.

꿈 때문에 기분이 뒤숭숭했다. 무슨 문제가 있다는 뜻이

• 약 450그램

기 때문이었다. 예지몽 같은 것은 아니었다. 그웬은 그런 것을 믿는 사람은 아니었으므로. 그러나 뭔가 불쾌한 것이 정신의 표면 바로 아래에서 부글거리고 있었다. 뜨겁게 터질 날을 기다리며.

로니가 전사했다는 소식에 쇼크를 받아서 그런 거라고 했다. 요양원에서 들것에 친친 묶였던 날, 사람들은 그웬에게 그렇게 말했다. 쇼크는 사라졌지만 흔적은 남았다. 저희가 진정시켜 드리겠습니다. 요양원 사람들의 말이었다. 시간이 좀 걸릴 겁니다. 그런데 발작을 더 겪을 수도 있어요.

그웬은 그곳에 넉 달 동안 머물렀고, 퇴원하고 나서 보니 아들의 양육권은 로드Lord 베인브리지와 레이디Lady 베인브리지가 가져간 후였으며, 양육권을 되찾으려면 법원의 명령이 필요했다. 상담하려고 찾아간 변호사는 그웬이 요양원에 있었다는 기록을 보더니, 양손을 깍지 끼며 이렇게 중얼거렸다. "이런, 이런, 이런."

그래서 그웬은 베인브리지 저택에 들어와 살았다. 몹시도 널따랗고 설비 또한 몹시도 잘 갖춰놓은 이 저택에 살면서, 보모와 가정교사의 보살핌 속에 자라는 아들의 모습을 지켜봤다. 그러면서 여느 어머니들이 하는 것처럼 아들과 소통해도 좋다는 허락을 받기는 했지만, 어떤 식으로든 아들의 생활에 대해 어머니로서 권위를 행사하는 것은 철저히 금지됐다. 그웬이 보기에 만약 자신이 일찍이 정신적으로 궁지에 몰려 미쳐버린 적이 없다면, 다름 아닌 지금 머무는 이 창살 없는 감옥 때문에 그렇게 될 것만 같았다.

바로 그 이유 때문에, 충동적인 아이리스 스파크스와 우연히 재회한 일이 결혼상담소를 차리자는 가당치도 않은 생각으로까지 이어졌고, 그웬은 그 기회를 냉큼 붙잡았다.

당연한 얘기지만, 둘이 다시 만난 곳 또한 결혼식장이었다. 그때는 신랑이 로니와 같은 부대 소속이라서 신랑과 들러리뿐 아니라 하객 중 여럿 또한 로열 퓨질리어 연대의 정식 제복 차림이었다. 교회 옆 잔디밭에 가설 천막이 세워졌고, 웨이터들이 쟁반에 샴페인 잔을 담아 날랐다. 진짜 샴페인, 아무도 모르는 비밀 비축 창고에서 가져온 술이었다. 그웬은 샴페인을 받자마자 단숨에 마셔버리지 않으려고 꾹 참는 것 말고는 아무것도 할 수가 없었다. 의지력을, 이런 순간이면 어김없이 약해지는 그 힘을 한껏 끌어내어 예식용 장갑을 낀 손으로 샴페인 잔을 우아하게 든 상태를 유지했고, 그러는 사이에 다른 하객들이 느긋한 걸음으로 식장에 들어섰다. 신랑 들러리인 톰 파킨슨이 앞으로 나서더니 입을 열었다.

"신사 숙녀 여러분, 저와 조지는 이때껏 됭케르크, 튀니지, 이탈리아에서 함께 싸웠습니다. 조지가 빗발치는 기관총 사격을 뚫고 이탈리아 놈들이 점령한 고지를 차례차례 탈환하는 광경도 목격한 저입니다만, 오늘 오전 저 신랑 입장 통로에 들어서기 전처럼 안절부절못하던 조지의 모습은 정말이지 처음 봤습니다."

무슨 말인지 이해한다는 듯 쿡쿡거리는 웃음소리가 하객석 쪽에서 들려왔다. 톰은 신부 쪽을 돌아봤다.

"그리고 이렇게 귀한 것을 손에 넣은 조지의 모습 또한 처음 보기는 마찬가지입니다. 에밀리, 어떤 기적이 당신들 두 사람을 하나로 엮어줬든, 그것이야말로 우리가 지금껏 거쳐온 참상으로부터 희망이 되살아났다는 증거일 거라고 믿습니다. 부디 당신들이 마땅히 누려야 할 행복을 남김없이 누리기를 바랍니다. 신사 숙녀 여러분, 조지 배스컴 대위와 미시즈 배스컴을 위해 건배할 것을 제안합니다. 신부와 신랑을 위하여!"

"신부와 신랑을 위하여!" 하객들이 일제히 따라 외쳤다.

"신부와 신랑을 위하여!" 그웬은 나직이 중얼거렸다.

그러다 키가 작고 진지한 표정을 한 검은 머리 여성이 자신을 보고 있는 것을 알아차렸다. 여성이 입은 감청색 드레스는 어깨에 패드가 들어 있었고 치맛단이 무릎 바로 위에서 끝났다. 여성은 그웬이 자신을 빤히 마주 보는 것을 눈치채고 이쪽으로 걸어왔다.

"미안해요." 여성이 꺼낸 말이었다. "드레스를 자세히 보느라 그랬어요. 진짜 끝내주네요."

"고마워요. 몇 년 만에 입어봤어요. 낑낑대지 않아도 몸이 쑥 들어가던데요."

"운이 좋으시네요. 난 술 좀 제대로 걸치게 빨리 건배하기만 기다렸어요. 지금은 내가 샴페인을 몇 잔 마셨을 때부터 아무 말이나 마구 하는지 기억해내느라 고생 중이지 뭐예요."

"저런. 그럼 난 두 잔에서 멈출래요. 평소엔 석 잔에 취해서 말을 막 하는데, 솔직히 말해 내 키가 그쪽보다 한 뼘은 더 큰 것 같거든요."

"아쉬워라." 여성이 한 말이었다. "난 이게 두 잔째예요."

"가식적인 삶의 고통이 아직 견딜 만한가요?"

"그럭저럭요. 참, 난 아이리스예요. 아이리스 스파크스."

"그웬덜린 베인브리지예요. 그웬으로 불러주세요."

"만나서 반가워요. 신부 쪽이세요, 아니면 신랑 쪽?"

"실은 양쪽 다 조금씩 걸쳤어요." 그웬이 대답했다. "내가 그 기적이거든요."

"예?"

"아까 톰이 말한… 두 사람을 하나로 엮어준 기적 말이에요. 그게 나예요."

"잘하셨어요, 그럼." 아이리스는 경의를 표하는 뜻에서 그웬의 잔에 자기 잔을 살짝 부딪혔다. "정말 궁금해서 그러는데요, 저 두 사람이 서로 잘 맞는 짝이라는 걸 어떻게 아셨어요? 오해는 마세요, 난 에밀리를 정말 아끼거든요. 근데 에밀리는 예전부터 승마를 좋아해서 말을 타고 들판에 나가 사냥 같은 것도 하고 그래요. 조지는 분명 용감한 친구이긴 하지만, 승마나 사냥 쪽하고는 아예 인연이 없는데 말이죠. 조지네 집은 원래 공장을 운영하거든요. 돈은 많지만,

그래도 승마 같은 취미하고는 애초에 거리가 멀어요. 그리고 키 차이도… 에밀리는 혹시 자기 말에 태울 기수가 필요해서 조지하고 결혼하는 걸까요?"

"그 잔이 석 잔째가 아닌 거 확실해요?" 그웬이 물었다.

"예, 방금 그 말은 너무 못됐죠? 제대로 된 샴페인을 마시는 게 너무 오랜만이라서 그래요. 벌써부터 못되게 굴면 안 되는데. 그래요, 이렇게 물을게요. 왜 에밀리한테는 조지가, 조지한테는 에밀리가 어울린다고 생각했어요?"

"조지하고는 전쟁 전부터 알던 사이였어요." 그웬이 말했다. "원래는 예술가가 되려고 했던 사람이에요. 알고 있었어요?"

"난 둘이 약혼하기 전까지는 조지를 알지도 못했어요."

"음, 조지한테는 내면의 아름다움을 볼 줄 아는 눈이 있어요. 에밀리는 자기가 예쁘다는 생각을 아예 못하는 친구였고요. 어딜 가든 키가 제일 커서, 스스로를 창피하게 여겼거든요. 조지는 아마 에밀리를, 에밀리의 본모습을 봤을 거예요. 그리고 전에는 에밀리를 그런 눈으로 본 사람이 없다는 것도, 또 그런 눈길을 받으면 에밀리가 완전하게 피어나리라는 것까지도 다 봤을걸요. 지금의 에밀리를 봐요. 오늘 이 자리에서 보기 전까지 에밀리를 미인으로 여긴 적이 있었나요?"

두 사람은 고개를 돌려 신혼부부가 서로에게 케이크를 먹여주는 광경을 바라봤다. 소리 내어 웃는 에밀리는 자신에게 쏟아지는 햇빛을 황금에 더 가까운 어떤 것으로 바꿔 반사하는 것처럼 보였다.

"그 말이 맞아요." 아이리스의 말이었다. "에밀리의 저런 모습은 처음 봐요. 아마 아무도 못 봤을걸요. 그쪽만 빼고."

"이젠 조지가 있잖아요." 그웬은 코를 훌쩍거리기 시작했다. 그러다 핸드백을 집어 손수건을 꺼냈다.

"어휴." 그웬이 말하는 사이에 눈물이 뺨을 따라 흘러내렸다. "결혼식이란. 늘 이 모양이지 뭐예요."

"줘요, 내가 할게요."

아이리스는 손수건을 받아 그웬의 얼굴에 남은 눈물 자국을 톡톡 두드려 닦고 화장도 재빨리 매만졌다.

"고마워요." 그웬이 인사했다. "내 몰골 참 끔찍하겠네요."

"그쪽의 끔찍한 몰골이 내 평소 몰골보다 더 낫네요. 그런데 그거 알아요? 나 실은 그쪽 결혼식에 갔었어요."

"그래요? 아까 이름을 듣고도 못 알아봤는데."

"1939년 6월이었죠, 아마? 나도 정식으로 초대받은 하객이었어요. 내 첫 번째 약혼자가 그쪽 남편의 칠촌인가 하는 친척이었거든요. 남편 이름이 로니 베인브리지… 앗, 어떡해!"

그웬이 또다시 눈물을 터뜨렸기 때문이었다.

"아니, 난 그냥… 이런, 내가 그 생각을 못 했네. 맞죠? 언제였어요?"

"1944년 3월요." 그웬은 짤막하게 대답하고 눈물을 훔쳤다. "몬테카시노에서. 톰이랑 조지하고 같이 퓨질리어 연대 소속으로 파견됐어요."

"정말 미안해요. 난 까맣게 몰랐지 뭐예요. 그런 사람이 한둘이 아닌데도."

"괜찮아요. 그 사람 칠촌이 얘기 안 하던가요?"

"파혼하고 나서 연락이 끊겼거든요."

"맞아요, 그러고 보니 아까 '첫 번째 약혼자'라고 했죠?" 그웬의 눈물이 마침내 잦아들었다. 마지막으로 한 번 눈물을 닦고 나서, 그웬은 다음번에 꺼내기 쉽도록 손수건을 소맷부리에 끼워 넣었다.

"예, 약혼자들 중에 칠촌 같은 사이예요."

"그 사람 말고 약혼자가 또 있었단 말인가요?"

"한두 명 있었어요. 하지만 보시다시피, 지금은 혼자서 파티를 찾아다니는 외로운 늑대죠. 아니, 외로운 여우라고 해야 되나."

"지금은 만나는 사람이 없단 말이군요?" 그웬이 물었다.

"없어요."

그웬은 아이리스를 유심히 바라봤다. "아뇨." 그웬이 마침내 내뱉은 말이었다. "내가 보기에 그 말은 사실이 아니에요. 그렇게 얼버무리는 건 천성인가요, 아니면 취미인가요?"

"나 아직 두 잔짼데." 아이리스의 목소리는 부드러웠다.

"한 잔 더 마시고 내 추잡한 사연을 낱낱이 들려줄까요?"

그 말에 그웬은 고개를 저었다. "미안해요, 나랑은 상관도 없는 일인데. 그쪽한테 어울리는 사람이 있을지 보려고 캐물은 거예요. 난 사람들을 이어주지 않고는 못 배기거든요."

"조지랑 에밀리 말고 또 있단 말이군요?"

"아, 그럼요. 내가 그쪽으로 소질이 좀 있거든요. 이런, 너무 내 얘기만 떠들었네요. 에밀리하고는 어떻게 아는 사이예요?"

"기숙학교하고 케임브리지 대학교, 둘 다 동창이에요." 아이리스의 대답이었다. "지난 몇 년 동안은 축제 분위기 때문에 정신이 없어서 소식도 모르고 지냈는데, 에밀리가 약혼 후에 먼저 연락했어요."

"그래요? 왜 이제야 연락을?"

"솔직히 말하면, 나한테 조지의 뒷조사를 조용히 해달랬어요. 남몰래 감추고 있는 집안 사정 같은 게 있는지 확인하고 싶다며."

"평소에 그쪽 일을 하나 봐요?"

"아뇨, 그래도 천성이 끼어드는 걸 좋아하고, 쓸 만한 연줄도 좀 있는 편이라서."

"높은 자리에 있는 사람들하고 잘 아나 봐요?"

"밑바닥 인생들도 잘 아는 편이에요. 가끔은 그 동네의 도움이 더 요긴해서."

"조지한테 남모르는 집안 사정 같은 건 없었군요."

"전혀요. 구린 구석 하나 없어요. 좋은 사람이에요."

"그럴 줄 알았어요." 그웬이 말했다.

"그럼 우리 둘의 세계가 다 함께 조지를 인정한 셈이네요. 그쪽이 사는 천상계하고 내가 사는 비뚤어진 명계가."

"우리 왠지 죽이 잘 맞을 것 같은데요." 그웬이 샴페인 잔을 들며 말했다.

"우리를 위해 건배." 아이리스는 그웬의 잔에 자기 잔을 살짝 부딪히고 단숨에 비웠다. 그러고는 망설이는 눈빛으로 바 쪽을 흘긋거렸다. "아무래도 조금은 자제심이 있는 척하는 게 좋겠죠. 우리 케이크 먹을래요?"

"당연히 먹어야죠. 우리 혹시 다음에 또 만날 수 있을까요?"

"나야 좋죠." 아이리스는 자기 핸드백에서 작은 수첩과 연필을 꺼내 그웬에게 건넸다. 둘은 전화번호를 교환한 다음, 함께 케이크 앞으로 향했다.

이틀 후에 둘은 함께 점심을 먹었고, 식사를 마칠 무렵에 이미 '바른 만남 결혼상담소'의 창업 계획을 세웠다. 누구의 머리에서 처음 나온 계획인지는 둘 중 누구도 기억하지 못했는데, 오히려 그 점 때문에 둘 다 완벽한 계획이라고 확신했다.

물론 있으면 좋기야 하겠지만, 그웬은 돈이 궁하지는 않았다. 그웬에게 직업이 있어야 하는 까닭은 원래 사랑하는 남편과 함께 더없이 사랑스러운 자신들의 아이를 키우는데 쓰고 싶었지만 이제는 텅 비어버린 시간을 채울 것이 필요하기 때문이었다.

'아이들이었는데.' 모든 일이 계획대로만 됐더라면. 그러나 전쟁에게도 그 나름의 다른 계획이 있지 않았던가?

두 번째 만남으로부터 석 달 후, 그런 우울한 생각에 잠겨 5층이나 되는 계단을 올라와 사무실로 들어선 그웬은 자신보다 일찍 출근해 메모장에 뭔가 바쁘게 적고 있는 아이리스를 발견했다.

"안녕하신가, 파아트너어." 그웬이 코트 걸이에 베레모를 걸어놓는 사이에 아이리스가 느릿한 말투로 인사를 했다. "출근 한번 이일찍 하시는구운."

"정시보다 2분 일찍 왔는데. 오늘은 웬일로 카우보이 흉내야?"

"어젯밤에 서부 영화를 봐서 그런가, 기분은 이미 서부야."

"뭐 하고 있어?"

"우리 회원들을 키순으로 줄 세우는 중이야." 아이리스의 대답이었다. "우리 미스 라살께서 하도 키에 집착하시니까. 그 덕분에 다른 온갖 특징하고 마찬가지로 신체적 특징에 따라 전 회원을 기록한 명단도 하나 만들어야겠다는 생각이 들었지 뭐야."

"그것도 좋겠지." 그웬은 자기 책상 앞에 앉으며 말했다.

"영 열의가 안 느껴지는 목소린데."

"그냥, 피곤해서. 잠을 잘 못 잤어."

"무슨 일 있어?"

"꿈에 로니가 나왔어." 그웬이 말했다. "악몽이었는데. 무슨 나쁜 전조 같아."

"어떤 것의 전조?"

"그걸 알면 어떻게든 막겠지. 알아, 터무니없는 말이란 거."

"우리 엘리자베스 고모는 자기가 꾼 꿈을 계시로 여기곤 했어." 아이리스는 생각에 잠긴 목소리로 말했다. "계단형 울타리 위에서 떨어지는 염소나, 뭐, 대강 그런 게 나오는 꿈을 꾸면 울면서 말했지. '재앙이 닥칠 게야! 내 말 명심들 해!' 그러고는 한 일주일 후에 누가 차 문에 부딪혀서 무릎이 까지기라도 하면 소리를 꽥 지르는 거야. '옳지!'"

"난 그 두 가지가 어떻게 연관되는지 도저히 모르겠는걸."

"응, 아무 연관도 없어. 그래서 내가 지금 얘기하고 있…."

"누가 오고 있어." 그웬이 아이리스의 말을 잘랐다.

"계시야?"

"아니. 사람들이 계단을 올라오는 소리가 들려."

"그래, 맞아." 아이리스는 자세를 똑바로 고쳐 앉았다. "한 명이 오는 게 아니야. 신기한데."

문이 열리고 갈색 모직 슈트 차림인 남자가 들어섰다. 갈색 머리카락이 이마 양쪽 귀퉁이부터 희끗해져서 똑같이 희끗한 수염과 잘 어울렸다.

그 남자 뒤로 비슷한 스타일의 슈트를 입은 더 젊은 남자가 따라왔다. 그웬이 보기에는 잘생긴 젊은이였다. 표정에 웃음을 더한다면, 그렇다는 말이었다. 당장은 표정에 웃음기가 조금도 없었다. 두 남자 뒤로 정복 경관이 한 명 더 따라왔다.

그웬이 흘긋 본 파트너는 두 번째로 들어선 젊은 남자를 보고 놀라서 어안이 벙벙해진 표정이었다. 아는 사이구나. 그웬은 퍼뜩 짐작이 갔다. 흠, 그렇다면 기선을 제압하는 게 최고지.

그웬은 의자에서 일어나 똑바로 섰다. 훤칠한 키로 남자들을 압도할 작정으로.

"안녕하세요, 신사 여러분." 그웬이 구사할 수 있는 가장 정중한 말투였다. "저는 미시즈 그웬덜린 베인브리지입니다. 무슨 일로 오셨나요?"

"그럼 저분은 미스 스파크스인가요?" 나이 든 남자가 물었다.

"저분이 미스 스파크스 맞아요." 스파크스가 남 얘기하듯 말했다. "그렇게 물으신 남자 분은 뉘신가요?"

"런던 경찰청 범죄 수사부의 필립 파럼 경감입니다." 남자는 신분증을 휙 꺼냈다 넣으며 말했다. "이쪽은 형사인 킨지 경장, 그리고 라킨 순경."

"뵙게 돼서 정말 반갑습니다." 미시즈 베인브리지의 말이었다. "보아하니 여러분 가운데 지금 당장 신붓감을 찾으러 오신 분은 안 계신 것 같은데요."

"당연하지요. 저희는 마틸다 라살에 관해 조사하려고 왔습니다. 틸리 라살이라는 이름으로 더 잘 알려졌습니다만. 두 분 다 그 아가씨를 아실 텐데요."

"저희 고객이세요." 미시즈 베인브리지가 말했다. "미스 라살이 누굴 고소하기라도 하셨나요?"

"누굴 고소할 이유가 하나 있기는 있지요. 하지만 안타깝게도 고소장은 못 쓰는 상태입니다. 어젯밤에 살해당하는 바람에."

"예?" 미시즈 베인브리지가 무심코 외쳤다.

"어휴, 가엾은 아가씨 같으니." 스파크스의 말이었다. "어떻게 된 거예요? 범인이 누군지는 알아요?"

"아직 모릅니다." 파럼이 대답했다. "혹시 여기에 단서가 있을까 해서 들렀습니다."

"여기에요? 어째서요?" 미시즈 베인브리지가 물었다.

"어째서냐면, 두 분이 소개해준 남자가 그 여성을 죽인 범인일 수도 있기 때문입니다. 그래서 이곳에 있는 서류들을 좀 확인해야겠습니다."

"저희 서류를요? 아뇨, 그건 절대 안 됩니다. 그러실 수는 없어요." 미시즈 베인브리지는 서류 캐비닛 앞을 지키고 서서 그렇게 말했다. 팔을 뒤로 쭉 뻗어 캐비닛 옆면을 붙들면 더 튼튼하게 지키지 않을까 하는 생각이 잠시 떠올랐지만, 그렇게까지는 하지 않고 아무쪼록 호되게 꾸짖는 분위기가 느껴지기를 바라며 팔짱만 단단히 끼었다.

"그럴 수 없다고요?" 파럼은 방금 들은 말을 되풀이했다. "방금 이분께서 정말로 '그럴 수 없다'라고 하신 건가, 킨지?"

"그렇습니다, 경감님." 킨지 형사가 말했다.

"왜 저희가 그럴 수 없다는 겁니까?" 파럼이 물었다.

"저희 고객들은 극히 사적이고 친밀한 관계의 일 때문에 저희를 찾아오십니다." 미시즈 베인브리지의 대답이었다. "저희는 그 일을 비밀에 부치고요. 그러므로 여러분의 의사와 상관없이, 저희 고객들의 삶을 마구 들쑤시는 짓은 결코 용납하지 않을 겁니다."

파럼 경감은 두 책상 사이로 옮겨 서서 미시즈 베인브리지를 마주 봤고, 이로써 뒤편의 좁다란 공간에 상대를 가두는 효과까지 추가로 거뒀다. 다른 두 경관은 가만히 지켜보기만 했다.

"라킨 순경." 파럼이 말했다.

"예, 경감님."

"미시즈 베인브리지가 수사를 방해할 목적으로 수비 의무를 제시하는군."

"그런 것 같습니다, 경감님."

"이참에 경찰 수사에 적용되는 수비 의무를 자네가 얼마나 잘 아는지 시험해보는 게 좋겠어. 시험에 응할 준비가 됐나?"

"자신 있습니다, 경감님."

"수비 의무가 발생하는 여러 가지 경우들을 열거하도록."

"예, 경감님. 우선 고해 성사가 있습니다."

"잘했어, 순경. 그 경우는 종교 전반으로 넓혀서 봐도 되겠지."

"그렇습니다. 경감님. 그러는 편이 공정해 보입니다."

"자, 자네 눈에는 여기 고해소가 보이나?"

"안 보입니다."

"우리 눈앞에 계신 여성 분들께서 혹시 사제복을 입으셨나? 그보다 더 분명하게 신성성과 관련된 물건이 하나라도 있나?"

"없습니다, 경감님. 하지만 신흥 종교 같은 건지도 모릅니다."

"순경, 자네한테는 나의 좁아터진 종교적 식견을 꾸짖을 자격이 있네. 미시즈 베인브리지, 두 분이 여기서 운영하시는 게 실제로는 종교 단체입니까?"

"아쉽게도 그렇지 않습니다. 하나 차려야 할지도 모르겠군요."

"그럼 종교는 제외. 라킨 순경, 또 어떤 경우가 있지?"

"의사의 비밀 엄수 특권입니다. 경감님."

"내 눈에는 의료 시술의 흔적 같은 게 전혀 안 보이는군, 순경. 물론 마음의 병을 치유한다고 주장하는 경우도 있겠지만."

"경감님은 이런 걸 재미로 여기시나 보죠?" 미시즈 베인브리지가 물었다.

"진심으로 즐깁니다, 미시즈 베인브리지. 다음은 뭔가, 순경?"

"변호사와 의뢰인 간에도 특별한 관계가 성립할 겁니다."

"물론이지, 물론일세, 순경." 파럼의 눈이 번득였다. "아주 잘하고 있어. 그리고 방금 말한 경우 역시, 정식 변호사 면허가 어디에도 보이질 않으니 제외. 자, 이제 마지막."

"생각이 날락 말락 합니다만, 도무지 떠오르지가 않습니다."

"조금만, 조금만 더, 순경. 제일 흔한 경우야."

"아, 그렇지. 부부 간의 대화입니다, 경감님."

"바로 그거야. 그런데 사실, 이 여성 분들이 어떤 직업으로 간판을 내걸었는지 감안하면, 그거야말로 가능성이 제일 희박한 경우지. 만약 이분들이 이미 고객과 결혼했다면, 혹시나 기회가 생길 거라고 믿고 이곳을 찾는 불쌍한 녀석들한테는 죄다 불행이 기다리는 셈이니까."

"기회가 생겨도 중혼에 해당합니다, 경감님."

"그것도 빠뜨려선 안 되네, 순경."

파럼은 다시 미시즈 베인브리지 쪽으로 돌아섰다.

"그러한 이유로, 아무쪼록 비켜주시기 바랍니다, 미시즈 베인브리지." 이제는 경감의 목소리에서 장난기가 느껴지지 않았다. "이 이상 막아서시면 공무집행 방해로 간주…."

"로드 해럴드 베인브리지가 제 시아버지세요." 그웬이 말했다. "그분께서는 이 일을 아주 불쾌하게 여기실…."

"해럴드 베인브리지 경께서 런던 경찰청 소속이신가요?" 파럼 경감이 물었다.

"그게, 그렇진 않아요. 하지만 영향력이 굉장히 큰 분이세요."

"저한테는 그렇지 않습니다."

"저기요." 스파크스가 말했다. "다들 잠시만 조용히 해주실래요? 지금 변호사랑 통화하는 중이거든요."

사람들이 돌아보니 스파크스는 자기 책상 앞에 차분히 앉아 전화 수화기를 귀에 대고 있었다.

"안녕하세요." 스파크스의 말이 이어졌다. "서Sir 제프리? 저 스파크스예요. 예, 아이리스 스파크스요. 잘 지내시죠? 전화가 바로 연결돼서 다행이네요. 저희가 지금 관할 경찰하고 사소한 문제가 생겨서요. 아뇨, 아니에요. 저는 아무짓도 안 했어요. 이번에는요. 경찰에서 살인사건을 수사 중인데, 영장도 없이 저희 서류를 뒤져봐야겠다지 뭐예요. 그렇죠, 변호사가 보기에는 재미난 일이겠죠, 하지만 저희는 이러지도 저러지도 못하는 판이에요. 어쩌면 좋죠?"

스파크스는 전화선 저편의 말에 가만히 귀를 기울였다.

"그것 참 멋진 질문이네요. 제가 한번 물어볼게요."

그렇게 말하고 나서 스파크스는 이쪽 소리가 들리지 않도록 손으로 수화기를 덮은 다음, 파럼 경감 쪽을 돌아봤다.

"경감님, 미시즈 베인브리지와 제가 용의자인가요?"

"물론 그렇지는 않습니다."

"그 말이 사실인가요, 미시즈 베인브리지?" 스파크스가 물었다.

"사실이에요." 미시즈 베인브리지가 그렇게 대답하며 어찌나 얼굴을 빤히 쳐다봤던지, 파럼은 살짝 움찔했다.

"서 제프리? 경찰이 그러는데 저희는 용의자가 아니래요. 그 점은 확실한 것 같아요. 저도 경찰 말을 믿어보고 싶네요. 그러시겠죠. 알겠어요, 서 제프리. 시간 내주셔서 고마웠어요. 서맨사한테 안부 전해주세요."

스파크스는 전화를 끊은 다음, 미시즈 베인브리지를 보며 고개를 끄덕였다.

"변호사님 말씀이, 수사할 때 보통은 적법한 영장을 제시한다고 하시네요. 하지만 사안이 긴급한 점을 감안하면 경찰 수사에 협조하는 게 좋겠다고 하셨어요."

"알았어요." 미시즈 베인브리지의 대답이었다. "경감님, 저희가 어떻게 협조하면 될까요?"

파럼은 동료들 쪽으로 고개를 돌리고 갑작스레 나타난 변호사 때문에 짜증이 난 듯 눈을 치떴다. 킨지는 대수롭잖다는 듯이 어깨만 으쓱했고, 라킨은 표정이 딱 굳은 채 꼼짝도 하지 않았다. 파럼이 다시 미시즈 베인브리지 쪽을 돌아봤다.

"여기서 틸리 라살에게 소개해준 모든 남자의 이름과 주소를 알아야겠습니다. 주고받은 편지가 있다면 그것도 같이요."

미시즈 베인브리지는 뒤로 돌아서서 캐비닛 맨 위 칸을 열고 디키 트로워의 서류철을 꺼냈다.

"미스 라살은 일주일 전 월요일에 저희 계약서에 서명하셨어요." 미시즈 베인브리지가 경감에게 서류를 건네며 한 말이었다. "이분이 저희가 맨 먼저 소개해드린 신랑감이에요. 하지만 제 생각에 이분은 범인이 아닌 것 같아요. 악한 기질이나 폭력성 같은 게 전혀 없는 분이거든요. 제가 직접 보증합니다."

"저도요." 스파크스가 맞장구쳤다.

"안타깝지만, 판단은 저희 몫입니다. 저희가 수사를 마칠 때까지 아무쪼록 이 사람과 연락을 주고받지 마시기 바랍니다. 감사합니다, 숙녀 여러분."

파럼 경감은 서류철을 라킨 순경에게 건넸고, 순경은 물품 영수증을 써서 그웬에게 건넸다.

"한 가지 더 여쭤보겠습니다. 간판을 보니 두 분 직함을 '사업자'로 적으셨더군요."

"그런데요." 미시즈 베인브리지가 말했다.

"'자者'는 남자만 쓰는 직함으로 알고 있습니다만."

"'사업녀'로 적으면 너무 이상하잖아요." 스파크스의 말이었다.

"그렇다고 '여주인'이라고 하면 어딘가 좀… 불법적인 느낌이 나지 않나요?" 미시즈 베인브리지가 물었다.

파럼 경감 뒤에 서 있던 킨지 형사가 피식 웃었다.

"음, 그건 제가 봐도 별로군요." 파럼의 말이었다.

"경감님의 엄중한 지적을 받들어 앞으로도 더 열심히 경영하겠습니다." 미시즈 베인브리지는 겸손하게 시선까지 내리깔며 말했다. "안녕히 가십시오, 신사 여러분. 행운을 빕니다."

"경감님." 스파크스였다. "킨지 형사님하고 잠깐 얘기 좀 해도 될까요?"

파럼이 힐긋 돌아본 킨지는 무슨 영문인지 모르는 듯 어정쩡하게 어깨만 으쓱했다. "짧게 끝내시지요." 그 말을 남기고 경감은 순경과 함께 사무실을 나섰다.

아이리스는 킨지 형사를 한참 동안 빤히 바라봤다. 형사는 제자리에 우두커니, 무표정한 얼굴로 서 있었다.

사근사근한 남자구나. 그웬은 속으로 생각했다. 그리고 그 사근사근한 겉모습 아래에서 남자는 분노 때문에 숨이 막혀 괴로워하는 중이었다.

"안녕, 마이크." 아이리스가 말했다.

"안녕, 스파크스." 남자가 대꾸했다.

그웬은 말없이 앉아 지켜보기만 했다.

"네 직업상의 이유 때문에 이렇게 마주칠 줄은 생각도 못 했는데." 아이리스의 말이었다.

"네 직업상의 이유 때문에 이렇게 될 줄은 나도 몰랐어. 순전히 우연이야, 아니면 운명의 장난이든가. 근무 순번표에 따라 우리 조에 배정된 사건이니까. 여기서 일한 지는 얼마나 됐어?"

"석 달."

"사업이 잘되나 본데?"

"그럭저럭."

"흠." 남자는 사무실을 둘러봤다. "네가 남의 결혼을 주선하는 건 모순이라는 생각이 머릿속에서 도무지 가시질 않는군."

"네 입에서 그 비슷한 말이 나올 줄 알았어." 아이리스가 말했다. "그러고 보니 너, 곧 축하할 일이 있을 거라고 들었는데."

"아는구나." 남자의 목소리에 경계하는 기색이 돌았다.

"신부는 베릴 스탠스필드."

"그 사람 이름은 지금도 앞으로도 두 번 다시 꺼내지 마." 남자가 단호한 목소리로 말했다. "네 마음대로 떠들게 놔두진…."

"잘됐다고 축하해주려고 했어." 아이리스의 목소리는 부드러웠다. "만약 너한테 제일 잘 맞는 짝을 찾아주는 일이 내 몫이었다면, 베릴이야말로 1순위였을 거야."

"아." 화가 누그러졌다기보다는 어안이 벙벙해진 목소리였다. "음. 그렇다면, 고마워. 지난번 약혼자보다는 확실히 더 좋아."

"당연히 그렇겠지." 아이리스도 동의했다.

"할 말은 그게 다야?"

"다야. 네가 잘 지내는 것 같아서 다행이야. 진심으로."

"그럼 이만." 남자는 그 말을 남기고 문으로 향했다.

"마이크."

"왜, 스파크스?"

"미스 라살은 어떻게 살해당했지?"

"흉기에 가슴을 찔렸어. 심장을 한 번 관통했더군. 솜씨가 깔끔해."

"흉기가 심장을 관통했다." 아이리스가 되뇌었다.

"그래." 남자가 말을 이었다. "경감님이 너를 용의선에서 제외한다고 했을 때 내가 반대한 이유가 바로 그거야."

아이리스는 남자를 보며 빙긋 웃었다. 딱딱한, 왠지 거슬리는 그 미소에 남자가 움찔했다.

"가서 살인자나 잡아, 마이크. 그리고 예의를 제대로 배우기 전에는 다시 오지 마. 안 그랬다간 너희 어머니께 네가 순진한 여자애들한테 지분거린다고 이를 거니까."

"미시즈 베인브리지께는 무죄 추정을 적용해드리겠습니다. 하지만 너는, 아이리스, 순진 같은 거하고는 거리가 멀잖아."

남자는 그 말을 남기고 돌아갔다.

그웬이 돌아보니 아이리스는 아무도 없는 문 쪽을 여전히 바라보고 있었다.

"그러니까 방금 그 남자가…." 그웬이 말을 꺼냈다.

"약혼자 제2호야." 아이리스가 말했다.

"그 '다 잡은 줄 알았다가 놓친 물고기'구나."

"대강 비슷해." 아이리스는 의자 등받이에 몸을 편히 기댔다.

"널 미워하나 본데."

"그럴 만도 하지."

"이유가 뭔지 가르쳐주면 안 돼?"

"안 돼." 아이리스의 대답이었다. "전쟁이 얽힌 이야기라."

"그럼 절대 안 가르쳐주겠군."

"나중에 가르쳐줄게. 우리가 할머니가 된 후에. 그런데 그때도 말하면 안 될 것 같긴 해."

"자기가 보기에 파럼이란 사람은 어떤 것 같아?"

"내가 좋아하는 타입은 아니야." 아이리스가 말했다. "부하들 앞에서 거들먹대고, 여자들을 못살게 굴면서 즐거워하는 인간이야. 상상력이 풍부한 남자로 보이진 않아."

"먼저 결론부터 내리고 거기에 맞는 사실만 찾아다닐 사람 같았어." 그웬도 자기 의견을 밝혔다.

"그 반면에 마이크는 상상력이 풍부해. 내 기억으론 너무 풍부해서 탈이었어."

"아이리스, 이게 다 우리 잘못은 아니라고 말해줘. 그 불쌍한 아가씨가 죽은 사건에서 우리는 어떤 방식으로도, 어떤 형태로도, 어떤 경우에도 전혀 책임이 없다고 보장해줘."

"우리한테 책임은 무슨 책임이야?"

"만약 디키 트로워가 범인이라면, 그래서 그 둘을 이어준 게 바로 우리라면…."

"트로워라니, 잘못 짚은 거야. 그 사람이 파리 한 마리도 못 죽일 위인이라는 건 우리 둘 다 알잖아. 트로워는 그냥 첫 번째이자 제일 잡기 쉬운 용의자일 뿐이야. 두고 봐, 내일 오전 무렵에는 이미 혐의를 벗었을 테니까."

"하지만 우리가 그 사람을 잘못 봤다면…."

"그렇지 않아."

"어떻게 그렇게 자신만만해? 상담 한 번으로 남의 속을 얼마나 잘 안다고?"

"보통 사람들이 아는 것보다는 더 잘 알아." 아이리스의 대답이었다. "트로워를 만나고 나서 추가로 비공식 조사를 했거든. 결과는 깨끗했고. 그보다는 네가 그자를 멀쩡한 남자로 인정한 게 더 중요해. 난 너의 통찰력을 전적으로 신뢰하니까."

"이제껏 다 맞혔다고 해도 처음으로 틀릴 수도 있잖아. 어휴, 내 꿈이 암시한 게 이 사건이라면 어떡하지?"

"말도 안 돼. 어차피 우리 힘으로 어쩔 수 있는 것도 아니니까, 경찰 수사 결과가 어떻게 나오는지 구경이나 하자."

알고 보니 고작 몇 시간이면 판가름 날 문제였다. 계단 쪽에서 쿵쾅거리는 발소리가 들려오자 두 여성은 나란히 고개를 들었다. 뒤이어 킨지 형사와 라킨 순경, 그리고 처음 보는 남자 한 명이 문을 벌컥 열고 사무실로 들어왔다.

"타자기에서 손 떼." 킨지가 그렇게 말하며 손가락으로 가리킨 스파크스는 자판 위에 손이 멈춘 상태로 꼼짝도 하지 않았다.

"그웬, '지루한 업무 단속반'이 떴어." 스파크스가 비꼬는 소리를 시작했다. "우린 이제 끝장이야!"

"늦기 전에 오셔서 정말 다행이에요, 여러분." 미시즈 베인브리지도 장단을 맞췄다. "하마터면 저희가 오늘 치 업무를 마무리할 뻔했지 뭐예요."

"스파크스, 책상에서 물러서." 킨지 형사가 말했다.

"도대체 왜 이러는 거야?" 스파크스가 소리쳤다.

"네 타자기에서 지문을 채취해야 해. 고드프리, 먼저 미스 스파크스의 지문부터 참조용으로 확보해."

"어림없는 소리!" 스파크스가 항의하는 사이에 처음 보는 남자가 겉에 가죽을 두른 상자를 열더니, 서류 양식과 잉크 패드를 꺼냈다. "무슨 일인지 설명은 해야 하는 거 아니야?"

"리처드• 트로워를 마틸다 라살 살해 혐의로 체포했어."

"말도 안 돼." 미시즈 베인브리지였다. "그 사람이 자백했나요?"

"그건 말씀드릴 수 없습니다." 킨지 형사가 말했다.

• 디키Dickie는 리처드Richard의 애칭이다.

"그 말은 곧 자백하지 않았다는 뜻이지." 스파크스였다. "뭘 증거로 삼아서 구속한 거야?"

"침대 매트리스 밑에서 피 묻은 칼이 나왔어."

"그래서 그걸… 정확한 용어가 뭔지는 모르겠지만…." 미시즈 베인브리지가 말끝을 흐렸다.

"미스 라살의 혈액형과 대조했냐고." 스파크스가 대신 말했다.

"1차 검사 결과는 일치하는 걸로 나왔어."

"그게 내 가엾은 발렛 타자기하고 무슨 상관이냐고. 내가 보증하는데, 이 아이는 결백해. 나랑 같이 케임브리지에도 갔고, 전쟁 중에는 나라를 위해 용감히 싸웠고, 여기 온 이후로는 여장부답게…."

"대장부." 미시즈 베인브리지가 바로잡아줬다.

"대장부답게 든든한 일솜씨를 보여줬어. 게다가, 얘는 발이 없어서 돌아다니질 못해. 가슴 아픈 사연이지."

"이 건에 관해선 전적으로 협조하겠다고 약속했을 텐데." 킨지 형사의 지적이었다.

"지난번에 저희는 용의자가 아니라고 하셨잖아요." 미시즈 베인브리지가 말했다.

"증거가 하나 더 나왔습니다. 고드프리?"

"예, 형사님." 처음 온 남자가 대답했다.

그가 도구함에서 꺼낸 작은 단지에는 흰 가루가 들어 있었다.

"오늘 타자기를 치셨습니까?" 남자가 스파크스에게 물었다.

"당연히요."

"그럼 자판은 건드릴 필요가 없겠군요."

남자는 타자기의 양옆과 뒤쪽에 흰 가루를 휘휘 뿌린 다음, 전구처럼 조그맣고 동그란 고무 펌프로 바람을 뿜어 불필요한 가루를 날려 보냈다. 지문 수십 개가, 희미하고 군데군데 겹쳐진 형태로, 타자기 표면에 나타났다.

이름이 고드프리인 남자가 카메라를 꺼내더니 타자기의 양쪽 옆면을 차례로 촬영했다.

"됐습니다." 고드프리가 잉크 패드를 스파크스 앞으로 밀며 말했다. "오른손부터 내밀어주세요."

고드프리는 스파크스의 손가락을 하나씩 잡아 잉크 패드에 굴린 다음, 각각의 손가락을 찍도록 마련된 칸으로 옮겼다.

"당신, 숙녀의 손을 대하는 태도가 꽤 부드럽군요." 스파크스가 말했다. "마이크, 너 이분한테 좀 배우는 게 좋겠어."

"여러분이 협조만 해주시면 부드럽게 끝납니다." 고드프리는 스파크스의 왼손으로 작업을 계속하며 말했다. "저도 덜 협조적인 분들의 손가락 한두 개 정도는 부러뜨린 적이 있지요."

스파크스는 시커멓게 변한 손끝을 높이 들어 미시즈 베인브리지에게 보여줬다.

"어때?" 스파크스가 물었다.

"그 색깔은 자기 옷이랑 안 어울려.".

"좋아, 마이크. 이게 다 웬 난리야? 새 증거란 건 또 뭔데?"

"너희 회원인 미스터 트로워는 고인이 된 미스 라살을 만난 적이 없다고 주장했어." 킨지 형사가 말했다. "원래는 만나기로 약속했지만, 나중에 데이트 약속을 취소하고 싶다는 내용의 편지를 받았다더군."

"편지를요? 누구한테서요?" 미시즈 베인브리지가 물었다.

그 말에 킨지 형사는 라킨에게 손짓을 했고, 라킨은 들고 있던 서류 가방에서 마닐라지로 된 서류철을 꺼냈다. 그러고는 서류철을 책상 위에 놓고 열었다. 속에는 편지지 한 장과 개봉한 편지봉투가 들어 있었다.

"저건 우리 사무실 편지지인데." 스파크스가 서류철에서 나온 물건을 놀란 눈으로 보며 말했다.

"미시즈 베인브리지, 이게 본인 서명이 맞습니까?" 킨지 형사가 물었다.

미시즈 베인브리지는 편지지를 더 자세히 들여다봤다.

"거의 비슷하게 위조하긴 했지만, 제 서명은 아니에요."

"어떻게 아십니까?"

"저는 저 편지에 서명을 하지 않았으니까요. 저는 타자기로 친 편지에 서명한 적이 이때껏 한 번도 없어요. 그 소름 끼치는 기계는 아예 써본 적도 없답니다."

"잠깐, 잠깐만." 스파크스가 끼어들었다. "우리 발렛한테 못된 소리 하면 안 되지. 하지만 이분 말씀은 사실이야, 마이크. 내 경우에는 뭐든지 다 타자기로 쳐, 그래야 사업가 느낌이 더 많이 나거든. 너도 기억하겠지만, 내가 워낙 악필이기도 하고."

"기억나. 글씨뿐 아니라 몇 가지 감정을 표현하는 방식도 꽤나 지저분했지."

"그 반면에 미시즈 베인브리지는 글씨체가 아주 아름다워. 훌륭한 환경에서 우수한 가정교육을 받았다는 증표지."

"고마워." 미시즈 베인브리지의 반응이었다. "그래서 제 책상을 떠나는 편지는 모두 손수 쓴 것들이에요. 이 편지는 저희 둘 중 누구의 것도 아니에요."

"하지만 편지지는 이 사무실 거잖습니까." 킨지 형사가 말했다.

"훔쳤겠지, 아마도." 스파크스였다.

"비교해볼 만한 편지를 한 통만 새로 쳐주면 안 될까?"

킨지의 말에 스파크스는 발렛 타자기에 꽂혀 있는 반쯤 쓴 편지지를 바라보다가, 한숨과 함께 편지지를 타자기에서 뽑았다.

"이러면 처음부터 다시 써야 돼." 스파크스가 구시렁거렸다. "난 종이를 한번 뽑았다가 다시 끼우면 줄을 맞추질 못한다고."

"이것도 다 런던 경찰청의 수사를 돕는 일이야." 킨지 형사가 새삼 일깨워줬다.

"예, 예, 압니다." 스파크스는 타자기에 백지를 끼우며 말했다. "'날쌘 갈색 여우'로 시작하는 문장●이라도 쳐줄까?"

"알파벳 전부 다. 대문자, 소문자 모두."

스파크스는 글자를 재빨리 다 치고는 종이를 뽑아 킨지에게 건넸다. 킨지는 그 종이를 서류철에서 꺼낸 편지 옆에 놓았다.

"고드프리, 이것 좀 부탁할게." 킨지가 말했다.

고드프리가 도구함에 손을 넣어 꺼낸 것은 확대경이었다.

"세상에, 셜록 홈스였다니." 미시즈 베인브리지가 중얼거렸다.

감식 기술자 고드프리는 방금 타자한 종이를 꼼꼼히 들여다본 다음, 편지 쪽으로 옮겨갔다.

"제가 보기에는 두 장 모두 같은 타자기로 작성했습니다, 형사님." 고드프리의 말이었다.

"잠깐 봐도 될까요?" 스파크스가 손을 내밀며 말했다.

고드프리는 킨지를 돌아봤고, 킨지는 고개를 끄덕였다. 확대경을 받아든 스파크스는 서류철에서 나온 편지를 들여다봤다.

"대문자 아르R에 움푹 팬 자국이 있군. 소문자 이e를 치면

● 전체 문장은 '날쌘 갈색 여우가 게으른 개를 뛰어넘는다A quick brown fox jumps over the lazy dog'로서, 타자 연습을 위해 영어 알파벳의 모든 글자가 다 들어가도록 고안한 문장이다.

얼룩이 번지는 것도 일치하고. 그리고… 옳지! 이 비뚤어진 더블유w. 인정할게, 우리 발렛이 범인이야. 하지만 난 이 편지를 타자한 적이 결코 없어! 그건 미시즈 베인브리지도 마찬가지야."

"트로워가 미시즈 베인브리지의 서명을 어떻게 위조했지? 전에 편지를 받은 적이 있는 건가?" 킨지가 말했다.

"당연히 있죠." 미시즈 베인브리지가 대답했다. "저희가 드린 서류철에서 보셨을 것 아니에요."

"그럼 트로워한테는 위조할 때 참조할 복사본이 있었겠군요." 킨지가 밝힌 의견이었다.

"저희 사무실에 들어온 사람은 누구나 그랬을걸요. 서류 캐비닛을 열고 복사본 서류 한 장만 꺼내면 그만이니까요."

"훌륭한 지적이십니다. 고드프리, 서류 캐비닛의 지문을 채취해봐. 하는 김에 미시즈 베인브리지의 지문도 같이."

"맙소사. 오늘 아침에 손질한 손톱인데." 미시즈 베인브리지의 목소리에서 절망감이 느껴졌다.

스파크스는 고드프리가 파트너의 손끝을 잉크 패드에 굴리는 동안 히죽히죽 웃었다.

"씻으면 다 지워지겠죠?" 미시즈 베인브리지가 손끝을 서류에 대고 굴리며 물었다.

"결국에는 다 지워집니다, 부인. 좀 문지르기는 해야 하지만요. 알코올의 힘을 조금 빌리면 더 쉽고요."

"그런 일이 어디 한두 가지여야지." 스파크스였다.

고드프리는 서류 캐비닛에 뿌렸던 흰 가루를 털고 사진을 찍은 다음, 흡족한 표정을 하고 뒤로 물러났다.

"저는 미스터 트로워가 왜 그렇게 고생스러운 방법을 쓰려고 했는지 이해가 안 가요." 미시즈 베인브리지는 시커멓게 물든 손끝을 침울한 표정으로 내려다봤다. "미스 라살이 전화로 약속을 취소했다고 진술하면 그만인데."

"미스 라살을 만난 적이 없다고 말할 만한 그럴듯한 증거가 필요했던 겁니다." 킨지가 말했다.

"그 사람이 그렇게 말했어?" 스파크스가 물었다.

"트로워는 우리한테 아직 아무 말도 안 했어."

"그 사람 처지에서는 다행이군."

"지금 살인자를 편드는 거야? 하긴, 네 경우엔 딱히 놀랄 일도 아니지만."

"디키 트로워를 편드는 거야. 난 지금도 그 사람이 범인이라고 생각하지 않아."

"트로워가 여기서 미스 라살을 소개받은 걸 알 만한 사람이 또 누가 있지?" 킨지가 물었다.

"미스 라살한테 들은 사람은 누구나 알걸요." 대답은 미시즈 베인브리지가 했다. "속마음을 털어놓은 친구나 가족이 틀림없이 있을 거예요. 그 사람들하고 얘기해보셨나요?"

"아뇨. 두 분과 연관된 증거는 범행 현장에 있던 핸드백에서 찾았습니다. 약속 장소와 시간을 미스 라살이 손수 적은 쪽지도 함께 나왔고요. 그자가 분명 전화로 연락했을 겁니다."

"허술한 가짜 증거인 편지 한 통을 스스로에게 부치려고 온갖 고생도 마다 않는 사람이라면, 흉기인 칼을 치울 정도의 지능은 있을 텐데." 스파크스가 말했다.

"아마도. 하지만 내 경험에 비춰보면 살인자는 머리가 그리 좋은 편이 아니야."

"편지에서 나온 지문은 누구 건가요?" 미시즈 베인브리지가 고드프리에게 물었다.

"그걸 알아내는 건 제 담당이 아닙니다. 전문가가 따로 있어서요."

"감식과의 지문 감정관." 스파크스는 혀 위를 구르다 입 밖으로 떠난 방금 그 말의 복잡한 발음을 음미하는 듯했다.

"대단하시네요." 고드프리였다. "아는 사람이 별로 없는데."

"곧 눈치채겠지만, 미스 스파크스는 잘난 척하길 좋아해." 킨지의 말이었다. "자기가 보통 사람들보다 더 영리한 줄 알거든."

"다 끝났으면 이제 정리해도 될까요?" 미시즈 베인브리지가 물었다. "사무실이 범죄 현장처럼 보이면 고객이 당황해서요."

"다 끝났습니다." 킨지가 대답했다.

"마이크, 나랑 잠깐 얘기 좀 해. 둘이서만." 스파크스였다.

"어디서?"

"따라와." 명령하는 말투였다.

킨지 형사는 스파크스를 따라 복도로 나온 다음, 바로 아래쪽 계단참으로 내려갔다.

"용건은?" 계단참에 멈춰 선 후에 킨지가 물었다.

"용의자 명단에서 우리 이름이 지워지면 우리 지문도 함께 파기하겠다고 약속해."

"어디 다른 곳의 사건 현장에 지문을 또 남겼나 보지?"

"농담하는 거 아니야, 마이크." 아이리스는 미끼를 물지 않았다. "난 신상 기록에 지문을 남기면 안 돼."

"어째서?"

"비밀이야."

"이런, 또 시작이군." 킨지의 입에서 한숨이 새어나왔다. "넌 인생의 대부분을 그렇게 설명하고 넘어가지. 네 지문들이 실은 어딘가의 시체에 남아 있을 거란 생각이 슬슬 드는데. 어쩌면 한 구가 아닐지도."

"이번엔 내 말을 좀 믿어줘, 마이크. 부탁이야."

"한번 깨진 신뢰를 다시 붙이는 건 나한테는 쉬운 일이 아니야, 아이리스."

"아, 내 이름 기억하는구나. 혹시 성만 기억하나 했는데."

"너에 관한 건 다 잊어버리려고 애쓰긴 했지." 킨지의 목소리는 조심스러웠다.

"날 잊어버리는 사람은 한 명도 못 봤는데. 우리 지문, 파기하겠다고 약속할 거야?"

"난 그런 약속은 못 해."

"마이크, 내 부탁을 들어주는 셈치고 좀 봐줘."

"이야, 이거 참." 킨지의 웃음소리는 씁쓸했다. "내가 네 부탁을 들어주던 시절은 이미 한참 전에 끝났어."

"그래, 그럼 얘기는 여기까지."

둘은 다시 사무실로 돌아갔다. 미시즈 베인브리지는 질문하듯 눈을 살짝 크게 떴다. 스파크스는 고개를 가로저었다.

"이제 작별 인사를 드릴 때가 된 것 같군요." 미시즈 베인브리지가 말했다. "악수라도 청하고 싶지만, 손에 잉크가 묻어서요."

"겉치레는 생략할게요." 스파크스의 말이었다. "잘 가요, 신사 여러분. 엉터리 증거가 또 나오면 그때 다시 들러주세요."

"협조해주셔서 감사합니다." 킨지 형사가 말했다.

"안녕히 계십시오." 고드프리였다.

남자들은 사무실을 나섰다. 아이리스는 경관들의 발소리가 계단 아래로 멀어지다가 건물 바깥으로 사라질 때까지 기다렸다.

"열쇠 좀 던져줄래? 가서 손가락 좀 씻어야겠어."

그웬은 아이리스의 말을 듣고 공용 화장실 열쇠를 꺼내어 던져줬다. 그러고는 아이리스가 돌아올 때까지 침울하게 허공을 응시했다. 머릿속으로 잉크가 묻은 손끝을 곰곰이 생각하며.

"아직도 잉크 냄새가 진동하잖아! 아라비아의 향수를 다 부어도 이 조그만 손 하나 향기롭게 못 하겠구나!• 그러고 보니 우리, 아라비아산 향수가 있기는 해?"

"아니." 그웬은 열쇠를 받으며 말했다. "나도 갔다 올게."

"이거 가져가." 아이리스는 그웬에게 조그마한 매니큐어 제거제 병을 던져줬다.

그웬은 복도를 지나 공용 화장실의 문을 열고 들어간 다음, 잉크가 지워질 때까지 있는 힘껏 손끝을 박박 문질렀다. 다 지우고 나서 손끝을 보니 살갗이 벗겨진 것처럼 벌겠다. 그 벌건 손끝을 보며, 그웬은 손톱이 살을 파고들 만큼 세게 팔을 붙들고 피가 나도록 꽉 쥐고 싶은 충동을 느꼈다. 세면대 양옆을 잡고 서 있는 동안, 숨을 들이쉴 때마다 떨리는 헉 소리가 자꾸만 났다. 그웬은 발작이 가라앉을 때까지 기다렸다가 얼굴과 목에 찬물을 끼얹었다.

거울 속에서 이쪽을 마주 보는 얼굴이 꼭 죽은 여자 같았다. 그웬은 심호흡을 하고 뺨을 꼬집어 핏기가 조금 돌게 한 다음, 돌아서서 걷기 시작했다.

복도를 반쯤 지나왔을 때 화장실 문을 잠그지 않은 것이 떠올랐다. 그런 자잘한 것까지 신경 쓰다니 바보 같았지만, 건물 관리인인 맥퍼슨 씨에게서 귀에 못이 박이도록 잔소리를 들었기 때문에 그웬은 화장실로 돌아가서 문을 잠갔

• 셰익스피어의 『맥베스』 5막 1장에 나오는 맥베스 부인의 대사를 인용한 것으로, 원래는 자신이 범한 살인죄를 결코 용서받지 못하리라는 뜻이다.

다. 열쇠를 돌리는 물리적 행위 자체가 정신의 작동 스위치를 눌렀고, 그웬은 줄줄이 떠오르는 생각을 따라가느라 느릿해진 걸음으로 사무실로 돌아갔다.

사무실 문으로 손을 뻗는데 파트너의 부드러운 목소리가 들려왔다. 아이리스가 통화하는 중이었다. 아이리스는 문간에 서 있는 그웬을 보고 손가락으로 '쉿' 신호를 보냈다.

"예. 예, 그거면 됩니다. 아뇨, 그 문제가 전면에 드러나는 건 전혀 바라지 않습니다. 감사합니다. 예, 조만간 꼭. 목소리를 들으니 참 좋군요. 그럼 안녕히 계십시오."

아이리스는 전화를 끊고 나서 빙그레 웃었다.

"도대체 무슨 얘기야?" 그웬이 물었다.

"우리가 혐의를 벗으면 경찰에서 지문을 파기하도록 확실히 손을 써두고 싶었거든. 마이크의 윗대가리한테 압력을 넣는 수밖에. 실은 위쪽으로 몇 대가리쯤 올라갔지만."

"그 사람이 화낼 텐데."

"그래, 내겠지. 하지만 그 녀석의 행복 같은 건 이제 내가 알 바 아니야."

"강직한 사람 같았어." 그웬의 논평이었다. "힘든 일에 종사하는 강직한 사람."

"확실히 강직하긴 하지. 너무 강직해서 뇌가 경직될 정도니까. 그 판에서 출세하려면 더 유연해져야 하는데."

"그럼 너도 디키 트로워가 결백하다고 믿는구나."

"그래. 하늘이 그 사람을 도와야 할 텐데. 왜냐면 경찰은 안 도울 게 뻔하거든."

　"그럼 우리가 그 사람을 돕자." 그웬이 말했다. "진짜 범인이 누군지 우리가 밝히는 거야."

3

"우린 그런 종류의 일에 발을 들이면 안 돼." 아이리스의 말이었다. "그건 경찰 수사를 방해하는 짓이야. 어차피 그럴 능력도⋯."

"넌 있잖아."

"나한테 능력 같은 건 거의 하나도 없는데. 어쩌다 그런 착각을 한 거야?"

"넌 영리하잖아. 보통 사람들보다는 훨씬 더 영리하지. 이런 일의 진상을 파악하는 데 도움이 될 만한 것들을 많이 알기도 하고."

"바보 같긴." 아이리스는 그렇게 말을 시작하려다가, 벌게진 그웬의 얼굴을 보고 입을 다물었다. "이런. 미안해, 정말 미안해. 넌 상스러운 말을 싫어하는데 내가 그만."

"아니, 괜찮아." 그웬은 마음을 가라앉히려고 천천히 숨을 골랐다. "내가 지금 좀… 예민해서 그래. 내 단점 중에 하나야."

"오히려 네 장점 중에 하나지. 난 누구한테서 **예민**하다는 말을 들어본 적이 단 한 번도 없어. 속담에도 나오는 '도자기 가게에 들어간 황소'가 바로 나야."

"젖소겠지." 그웬이 말했다.

"다른 맥락에서 젖소로 불린 적은 몇 번 있는데. 그나저나 왜 황소만 그 표현에 등장하게 됐을까?"

"수컷들이 사고도 더 치고 피해도 더 많이 입히잖아. 도자기 가게에 암소가 들어가면 그릇의 멋진 무늬를 구경하고 차를 마시고 싶다는 생각을 하겠지. 우유도 곁들여서. 있잖아, 난 그게 마음에 걸려. 그 편지지가 우리 거라는 사실. 가짜 편지를 만든 사람이 누구든 간에, 여기는 어떻게 들어왔을까?"

"자물쇠를 땄겠지." 아이리스가 냉큼 대답했다. "우리 사무실 문에 달린 자물쇠는 요령만 알면 금방 따."

"너도 딸 줄 안다는 말이구나?"

"어, 글쎄."

"딸 줄 아는구나." 그웬의 목소리에 확신의 빛이 어른거렸다. "그것도 네가 꼭꼭 숨기는 그 전시 훈련의 일환이었어? 아니면 자물쇠 따기도 케임브리지에서 배운 거야?"

"그건…."

"대답하면 안 된단 말이지, 알았어. 그러니까 우리가 찾는 살해범은 위조 기술과 자물쇠 따는 기술을 겸비한 자로구나. 네 경험상 그런 기술을 다 갖춘 경우가 흔한 편이야?"

"보통은 그렇지 않아." 아이리스는 그렇게 대답하고는, 음흉한 표정으로 그웬을 흘겨봤다. "'네 경험상'이라니, 신문 기술이 대단한데. 나한테서 이만큼 답을 끌어낸 건 네가 처음이야."

"난 너를 누구보다 더 자주 보잖아. 그러니까 너를 잘 알지. 비밀이 있다고 해도 말이야. 그건 그렇고, 도대체 누구 소행일까? 누가 그 가엾은 아가씨를 죽인 거지?"

"그걸 추측하기엔 우리가 그 여자에 관해 아는 게 너무 적어. 내 직감으로는 질투에 눈이 먼 애인 같은데."

"나도 그래. 그 말은 곧 우리가 미스 라살에 관해 더 알아봐야 한다는 뜻이지."

"아니, 그렇지 않아. 그건 우리가 할 일이 아니야."

"만약 디키 트로워가 교수형을 당한다면? 넌 그래도 그게 우리 일이 아니었다고 믿고 편히 잘 수 있겠어? 우리가 캐봐야 해."

"맙소사." 아이리스는 놀란 표정으로 그웬을 물끄러미 봤다. "너 언제부터 명탐정 불도그 드러먼드가 돼버린 거야?"

"옳은 일이니까 하는 거야. 그리고 난 네가 없으면 못 해."

"거절하겠어. 그리고 그 일에 관해선 방금 그 한마디로 끝이야. 나한테는 다시 타자해야 하는 편지 한 통하고 닦아야 하는 타자기, 운영해야 하는 사업이 있어."

"그 말을 듣고 생각난 건데… 우린 미스 라살이 낸 착수금을 가족한테 돌려줘야 해."

"죽겠네, 진짜!" 아이리스가 분통을 터뜨렸다.

"돌려줘야 하는 건 너도 알잖아."

"예, 예, 아주 올바른 결정이십니다. 지난 열흘 동안 고객이 그 여자 말고 한 명만 더 있었어도 좋았을 텐데 말이죠. 그리고 내가 간만에 돈을 번 걸 자축하려고 진탕 퍼마시지 않았더라면 더 좋았을 테고."

"우리 자금 사정이 그렇게 안 좋아?" 그웬이 근심스러운 표정으로 물었다.

"뭐, 콘월 부부가 성혼 보수를 아직 안 주긴 했어. 사실, 경찰이 그렇게 무식하게 쳐들어왔을 때 내가 타자기로 작성하던 게 그 독촉장이었어."

"그 사람들 아직도 안 냈어? '정중한 질의서'는 보냈고?"

"일주일 전에." 아이리스는 타자기에 새 종이를 끼우며 대답했다. "지금은 '엄중한 질타서'를 작성하는 중인데, 그 부부 왠지 예감이 안 좋아. 둘 다 께름칙해."

"그 둘이 잘 어울릴 거라고 생각한 이유가 바로 그거였지." 그웬도 기억이 떠오르는 모양이었다. "엄중한 질타서가 불발로 끝나면, 그다음은? '섬뜩한 고소장'?"

"난 그냥 곧바로 샐리를 찾아갈까 하는데." 아이리스는 맹렬한 속도로 타자를 치며 말했다.

"아, 제발. 샐리는 안 돼."

"안 내켜?"

"알잖아. 난 샐리만 보면 불안해."

"샐리를 보면 누구나 불안해지지. 그래서 그렇게 강한 거야."

"약속해, 엄중한 질타서의 결과가 나오기 전에는 샐리를 동원하지 않겠다고." 그웬이 말했다.

"약속할게."

편지를 다 쓴 아이리스는 화난 필체로 보이기를 바라며 편지에 서명한 다음, 봉투에 넣고 봉했다. 그러고는 우표까지 붙이고 나서, 봉투를 멍하니 들고 있었다.

"그 우체국 소인, 너도 봤어?" 생각에 잠긴 목소리로 아이리스가 물었다.

"소인이라니?"

"디키가 받은 가짜 편지에 찍힌 소인. 그 편지는 이 근처에서 보낸 게 아니야. 크로이던 우체국의 소인이 찍혀 있었으니까."

그웬은 자기 카드 상자의 카드들을 엄지 끝으로 훌훌 넘기다가 디키 트로워의 색인 카드를 꺼냈다.

"그 사람 집이 크로이던이야. 아이리스, 이게 무슨 의미일까?"

"만약 디키가 약속을 취소했다는 그럴듯한 증거로 삼고자 자기 앞으로 가짜 편지를 보냈다면, 그 편지를 자기 동네에서 부쳤을 공산이 커. 그러면 확실히 더 일찍 받을 테니까."

"경찰은 벌써 그렇게 결론지었을까?"

"십중팔구는." 아이리스가 말했다.

그웬은 서류 캐비닛을 잔뜩 뒤덮은 지문과 흰 가루를 처량하게 바라봤다.

"우린 청소 용품도 없는데. 미스터 맥퍼슨한테서 좀 빌려야겠다."

그웬은 생각에 잠긴 채 계단을 내려가 지하에 있는 맥퍼슨의 방을 찾아갔다. 한 줄로 띄엄띄엄 달린 샛노란 알전구들이 소켓에서 치지직 소리를 내며 복도를 밝혔고, 이 문 저 문 뒤에는 보일러와 전기 설비 따위가 숨어 있었다. 그웬은 이 밑에 딱 두 번 와봤는데 처음에는 관리인을 따라 건물을 둘러보기 위해서였고, 그때 관리인이 하도 보라고 해서 건물 관리에 필요한 장비들도 구경한 적이 있었다. 정작 이 건물에 들어오고 나서는 한 번도 못 본 장비들이었다.

이 밑에 쥐 떼가 바글거리는 것 또한 잘 아는 바였기에, 그웬은 지하에 머무는 시간을 되도록 짧게 줄이고 싶었다.

마침내 맥퍼슨이 쓰는 방의 문이 보였다. 문은 페인트가 벗겨져서 엉망이었지만, 어차피 검사할 사람이나 있을까? 그래도 문에는 놋쇠 명판까지 붙어 있었고 거기에 새겨진 문구는 이러했다. '선임 관리인 앵거스 맥퍼슨.'

그웬은 이 건물에서 지낸 이후로 이때껏 부관리인 같은 사람을 본 적이 없었다. 어쩌면 그는 쥐 떼에게 물려갔을지도, 아니면 『드라큘라』에 나오는 미스터 렌필드 같은 상태로 보일러 뒤편의 어둠 속에서 살아가는지도 몰랐다.

그웬은 문을 살짝 두드렸다. 응답이 없었다. 더 세게 다시 두드렸고, 그러자 느닷없이 목을 졸린 사람이 낼 법한 끄응 소리와 우당탕 소리가 들려왔다.

급히 문을 열고 들어가보니 방 안쪽에 있는 접이식 침대 옆의 바닥에서 노인이 일어서는 중이었다.

"자고 있는 남자를 깨우면 좋은 꼴을 못 본다는 것쯤은 아실 텐데?" 노인이 으르렁댔다.

"죄송합니다. 지금이 주무시는 시간인 줄 모르고 그만."

"앞으로 참고하시라고 알려드리는데, 내가 오전 느지막이 토막잠을 자는 버릇이 있어요. 그러니까 아주 급한 용건이 아니면 깨우지 마세요."

"명심할게요. 솔직히 말하자면 그렇게 급한 용건은 아닌데요."

"사교 목적의 방문 같은 건가요, 그럼?" 맥퍼슨이 물었다.

그웬은 그 질문에서 실낱같은 희망을 본 것만 같았다.

"그런 건 아니고요, 청소 용품 좀 빌려주십사 해서요. 너무 독한 약품이나 커다란 산업용 장비는 아니면 좋겠어요."

"청소 용품? 내 건물을 어떤 식으로 더럽히셨길래?"

"선생님 건물이라뇨?"

"내가 관리하는 건물요. 사고라도 났나요?"

"아뇨. 경찰이 왔다 갔어요."

"경찰?" 맥퍼슨은 눈을 가늘게 뜨고 소리를 질렀다. "점잖은 사업체를 경영하시는 분들인 줄 알았는데요."

"맞아요. 그런데 저희 고객 중에… 아니, 그건 중요하지 않고요. 혹시 금속제 물건을 닦기에 적당한 게 있을까요?"

맥퍼슨은 스프레이식 병이 몇 개 놓인 선반 쪽으로 가서 그중 한 개를 골라잡았다. 그런 다음 벽의 고리에 걸린 걸레 한 장을 낚아채어 둘 다 그웬에게 건넸다. 그웬은 그 걸레가 얼룩을 닦기는커녕 오히려 더 더럽히지나 않을지 궁금해하며 쭈뼛쭈뼛 받아 들었다.

선반 아래쪽 고리 여러 개에 열쇠가 줄줄이 걸려 있었다.

"저희 사무실 비상 열쇠도 여기 있나요?" 그웬이 물었다.

"모든 사무실의 열쇠가 다 있지요. 왜요?"

"나중에 제 열쇠를 엉뚱한 데다 놔두고 깜박할지도 모르니까요. 미리 알아두면 좋죠. 감사합니다, 맥퍼슨 씨."

그웬은 계단을 올라갔다.

"조금 있으면 저녁 아니야?" 그웬이 사무실로 들어서며 물었다.

"맞아. 왜?"

"맥퍼슨 씨는 우리랑 다른 시간대에 존재하나 봐. 아니면 낮잠의 천재이든가."

"둘 다 꽤 설득력이 있군." 아이리스가 말했다. "술 때문이라고 보는 게 더 설득력이 있겠지만. 그거 내가 닦을까? 네가 지문 흔적을 닦아본 경험이 있을 것 같진 않은데."

"나도 언젠가 배워야 하니까."

그웬은 서류 캐비닛에 스프레이를 뿌리고 닦은 후에 병과 걸레를 아이리스에게 건넸고, 아이리스는 그 도구로 자신의 발렛 타자기를 부드럽게 어루만졌다.

"디키는 지금 어디 있을까?" 그웬은 청소하는 아이리스를 지켜보다가 그렇게 물었다.

"구치소. 아마 순회 재판소나, 분기에 한 번 열리는 사계 재판소에 출두하라는 명령을 받았을 거야. 살인사건을 어느 쪽에서 다루는지는 나도 모르지만."

"보석으로 나올 순 없을까?"

"안 될걸."

"어느 구치소에 갇혀 있을까?"

"십중팔구 브릭스턴일 거야."

"그래. 거기로 가는 길 알아?" 그웬이 물었다.

아이리스는 마치 제정신인지 살피는 듯한 눈빛으로 파트너를 바라봤다. 그웬은 자기 의자에 꼿꼿이 앉아 창밖을 응시했지만, 그 눈에 비친 것은 런던 하늘 위로 저무는 석양이 아니라 뭔가 동떨어진 것이었다.

"그 질문의 답을 내가 알 거라고 기대했다니, 참 재미있는걸."

"넌 밑바닥 인생들하고도 알고 지내잖아." 그웬이 아이리스의 기억을 일깨워줬다. "그리고 케임브리지 대학교도 다녔고. 내 생각에 넌 그 두 세계의 사이를 지날 때 브릭스턴 구치소에 가끔 들렀을 거야."

"난 웜우드스크럽스 구치소파였어." 아이리스는 책상 서랍을 열며 그렇게 말했다. "멋쟁이 범죄꾼들은 다 거기로 모였거든."

아이리스는 서랍에서 접힌 지도를 꺼내어 그웬에게 건넸다.

"이번엔 버스 노선을 배울 차례야."

"고마워." 그웬은 지도를 펼치고 가만히 들여다봤다. "나 내일은 늦게 출근할 거야."

"죽겠네, 진짜." 아이리스는 한숨을 쉬고는 자신들과 출입문 사이의 드넓고 텅 빈 공간을 멍하니 바라봤다. "쇄도하는 일거리를 나 혼자서 처리할 수 있으면 참 좋을 텐데 말이지. 미스터 트로워한테 안부나 전해줘."

"그럴게." 그웬은 그렇게 약속했다.

아이리스는 앤드루와 나란히 누워 있었지만, 세심하게 쓰다듬는 그의 손길에도 불구하고 정신이 딴 데 가 있었다.

"오늘 네 이름이 나왔어." 앤드루가 말했다.

"그래? 그냥 추억담을 나누다가 그랬어? 전쟁 전에 화끈하게 놀던 여자애들이 그리워서?"

"준장님 말로는 너한테서 전화가 왔다던데. 네가 지금 근무하는 그 사업체에서 무슨 일을 하는지 더 알고 싶대."

"그걸 너한테 물어봤어?"

"응."

"우리가 어떤 사이인지 아는구나. 젠장."

"자기 밑에서 일하는 사람들을 파악하는 게 그 양반 일이잖아. 전에 자기 밑에서 일했던 사람도 마찬가지고. 그 사람이 살인사건에 연루됐다면 더더욱."

"너 준장을 대신해 날 심문하는 거야?" 아이리스는 앤드루의 손을 밀쳐내고 몸을 일으켜 앉았다. "네 기술로는 아직 멀었어."

"전에는 내 기술을 불평한 적이 한 번도 없으면서." 앤드루가 씩 웃었다. "심문 같은 거 안 해. 그냥, 네가 그 살인사건 이야기를 왜 안 꺼냈는지 궁금할 뿐이야. 나는 그게 제일 중요한 화제일 줄 알았는데."

"그런 얘기를 꺼내면 분위기가 이상해질 것 같아서. 내가 나누고 싶었던 건 사랑이지, 죽은 여자 이야기가 아니니까."

"그래도…."

"너하고는 어쩌다 한 번, 그것도 몇 밤밖에 못 보잖아." 아이리스가 말했다. "그 시간은 남김없이 쓰고 싶어. 그리고 준장이 우리 사이를 아는 것도 마음에 안 들어."

"그냥 내 짐작이지만, 준장님이 눈감아주는 것 같아." 앤드루의 말이었다. "내 불륜 상대가 차라리 우리 편의 일원이길 바라는 거겠지. 매력적인 소련 여자가 아니라."

"준장은 나를 아직도 우리 편의 일원으로 여겨? 아니, 이제 너희 편이라고 해야 하나?"

"그 양반 표현에 따르면 넌 지금도 우리 식구야."

"어휴, 그 말 진짜 진절머리 나." 아이리스는 무릎을 가슴으로 당겨 안으며 말했다. "그 생각을 하면 너랑 이러는 게 다 근친상간 같아지잖아."

"난 그런 식으로 생각하진 않는데. 그나저나, 그 살인 사건이란 건 뭐야? 네가 한 거야?"

"그만해. 시시덕거릴 일이 아니야. 우리 상담소 고객인 젊은 여성이 혼인 중개 계약서에 서명한 지 며칠 만에 칼에 찔려 사망했어. 체포된 용의자는 우리가 첫 번째로 소개해준 남자고."

"그래서 네가 책임감을 느끼는 거로군."

"안 느껴. 남들이 어쩌다 서로 죽이는 거야 나랑은 상관없는 일이니까. 일이 벌어졌고, 경찰이 누군가 체포했어. 그러니 이제 다 끝나고 교수형만 남은 거지."

"안 됐군. 네 파트너는 그 일을 어떻게 받아들이는데?"

"아, 정말, 걔는 그 남자가 흰 눈처럼 결백하다고 확신해. 우리가 만사 제쳐놓고 그 사건을 조사해야 한다지 뭐야."

아이리스의 말에 앤드루는 웃음을 터뜨렸다.

"왜 웃어?" 아이리스가 눈을 부라리며 물었다.

"그냥, 너희 둘이 경찰도 선뜻 못 들어가는 곳을 좌충우돌 누비고 다니는 모습이 눈에 선해서. 그 사람도 이쪽 분야에 무슨 특기가 있어?"

"사람 속을 소름 끼치게 정확히 읽는 재주 말고는 아무것도 없어. 하지만 걔한테는 내가 전에도 앞으로도 절대 가질 수 없는 게 있지."

"이를테면?"

"선량함." 아이리스의 대답은 간단했다. "그 애는 착한 사람이야. 실제로 착해. 난 착한 사람하고 같이 사업을 하고 있어. 내가. 착한 사람이 아닌 이 내가. 착하게 구는 사람이기는커녕, 사람처럼 구는 데도 서툰 내가 말이야. 내가 결혼 중개 업계에 몸담은 것 자체가 웃기는 일이지. 마이크 말이 옳았어."

"마이크? 어떤 마이크?"

"어이쿠, 귀가 쫑긋 섰나 보네. 제일 끔찍한 부분이 나오려면 아직 멀었어."

"여성이 흉기에 찔려 사망한 것보다 더 끔찍해?"

"알았어, 그 정도로 끔찍하진 않아. 수사 관계자 중에 한 명이 마이클 킨지 형사야."

"진짜? 이런 신기한 인연이! 다시 만난 기분은 어땠어?"

"긴장됐어. 괴로웠고. 파혼한 상대하고 다시 맞닥뜨릴 때 느낄 법한 기분은 전부 다 느꼈어."

"그럼 넌 예전의 그… 경솔한 짓을 용서받지 못했군."

"그럴 가망은 이번 생에도 다음 생에도 없어. 그 사람은 그때 자기 두 눈으로 똑똑히 봤고, 그걸 토대로 논리적 결론에 이르렀고, 그걸로 끝이었으니까."

"그리고 넌 그 사람한테 진실을 밝히지 않았지."

"그런 진실을 밝혀도 된다고 공직자 비밀 엄수법 몇 조 몇 항에 나와 있는데?"

"그 문제에 관해선 준장님이 분명히 융통성을 발휘해줄 거야."

"그러고 나서 분명히 그 건을 내 평생의 약점으로 삼겠지. 그 사람한테 그런 부탁까지 하긴 싫어. 게다가, 만약 마이크가 정말로 내 운명의 상대였다면 그때의 상황을 받아들였을 테고, 침착하게 마음을 추슬렀을 테고, 내가 전쟁 중에 저지른 일탈을 용서했을 테고, 나를 다시 받아줬을 거야. 그런데 그중에 단 한 가지도 안 했기 때문에 나로서도 더 애쓸 필요가 없었던 거지. 이젠 나도 몰라, 망할 자식."

"그래야 우리 아이리스지." 앤드루는 감탄한 목소리로 말했다. "연민 때문에 임무를 그르치는 법이 결코 없는 아이리스."

"넌 그보다 더 달콤한 말도 속삭일 줄 알잖아. 분발해봐."

"그 말을 듣고 보니 다음 주제로 넘어가야겠군."

"뭔데?"

"준장님이 네가 돌아오면 좋겠대."

"돌아와? 설마⋯."

"현장에 복귀하라고."

"어느 현장으로?"

"독일. 일단은."

"어떤 자린데?"

"내 밑에서 움직이는 거야." 앤드루의 설명이 이어졌다. "방금 그 말을 갖고 너무 노골적인 농담은 하지 마. 넌 이상 적인 인재야. 상대편의 눈에 아예 띈 적도 없잖아. 필요한 언어는 모두 유창하게 구사하고, 훈련도 이미 거의 다 받았 지. 제일 좋은 점은 우리가 지금보다 훨씬 더 자주 만날 수 있다는 거야."

"우리 둘이 딱 한 번만 밀회를 가져도 소련인들이 내 존 재를 알아차릴 거라는 점만 빼면." 아이리스가 지적했다.

"조심하면 괜찮아."

"이런 식으로 만나는 사이는 반드시 부주의한 순간이 생 겨. 나를 만나기가 더 편해지면 너도 실수를 더 많이 할 거 고. 난 소련 쪽에서 이 사랑의 보금자리에 아직 우당탕탕 쳐 들어오지 않은 게 더 놀라워."

"어쨌거나 안 쳐들어왔잖아."

"앤드루, 넌 내가 사양하는 이유를 알잖아. 진짜 이유 말 이야."

"어휴, 젠장. 스파크스, 거기까지 가려고 꼭 비행기를 탈 필요는 없어. 망할 놈의 여객선을 타고 가서 기차를 몇 번 갈아타면 돼. 어차피 입국 사실도 눈에 덜 띌 테고."

"비행기 때문이 아니야, 앤드루." 아이리스는 그렇게 말 하고는 눈길을 피했다. "모든 게 다 이유야. 그 여자들이 나 만 빼고 다 죽은 장소를 마주하는 것 자체가."

"그건 네 잘못이 아니었어, 스파크스. 전혀 아니었다고."

"하지만 나도 그때 같이 갔어야 했어. 나라면 그 망할 배신자를 찾아냈을지도 몰라. 내가 다 살렸을지도 모른단 말이야."

"아니면 너도 그 사람들하고 같이 죽었을지도 모르지. 이제 와서 그 일로 자책해봐야 무슨 소용이야?"

"미안, 앤드루. 그냥, 이제 곧 재판이 시작돼. 내가 그동안 억눌렀던 것들이 재판 때문에 새록새록 떠오르는데, 그게 영 괴로워. 준장한테는 고맙지만 사양한다고 전해줘, 알았지?"

"다시 생각해봐." 앤드루는 아이리스에게 그렇게 권했다. "넌 천성이 이쪽 세계 인간이야."

"내 천성이 어느 쪽 세계인지는 나도 몰라. 저기, 부탁 하나만 할게."

"뭐든지. 말만 해."

"이제 얘기는 그만하고 내 머릿속을 하얗게 물들여줘."

"기꺼이."

그리고 잠시 동안, 아이리스는 자신이 한 말대로 됐다. 그러나 나중에, 곁에 누운 앤드루가 잠들고 나서, 아이리스는 컴컴한 천장을 가만히 올려다보다가 죽은 여자들의 얼굴을 하나둘 발견했다.

4

그웬은 아침 식탁에 런던 광역버스 노선 지도를 펼쳐놓고서 얽히고설킨 빨간 선과 파란 선, 초록 선을 열심히 살펴봤다. 자신이 어릴 적부터 살아왔고, 결혼도 했고, 아이를 낳아 키우기까지 하는 이 도시가 낯설다는 것을 아이리스 앞에서는 인정하고 싶지 않았지만, 사실 그웬은 런던을 속속들이 돌아다녀본 적이 없었다. 실제로 전쟁 기간 막바지가 돼서야 비로소 지하철이나 버스를 타고 이동했을 정도였다. 그 전까지 그웬은 운전사가 딸린 자가용이나 택시만 타고 다녔고, 자신이 어느 길로 다니는지 또한 관심이 거의 없었다. 그나마 이스트엔드가 어디쯤인지, 또 어릴 적 자신을 다른 세상으로 태워다주던 큐너드 여객 회사의 크루즈선이 어디에 정박하는지 정도는 어렴풋이 알고 있었다. 윔블던이 어디인지는 당연히 알았지만 끊임없이 이어진 도심 구역의 대부분은 그웬에게 낯선, 이를테면 호화로운 저택이 즐비한 프랑스의 비아리츠나 산비탈이 겹겹이 이어지는 스위스의 그슈타트보다 더 낯선 장소였다.

브릭스턴이 어디인지 당최 알 수가 없었다. 아예 지도의 어느 부분을 찾아야 하는지조차 알 길이 없었다. 그웬이 아쉬우나마 써보기로 한 방법은 지도의 구역을 한 곳씩 손가락으로 꼼꼼히 훑으며 지명을 찾는 것이었다.

요리사인 프루던스가 찻주전자를 들고 식당에 들어왔다.

"어디 외출하시나요?" 프루던스가 물었다.

"프루던스, 브릭스턴이 어딘지 알아요?" 그웬은 결국 찾기를 포기하고 물었다.

"브릭스턴이라고 하셨나요, 부인?" 프루던스는 그렇게 묻고는 그웬 곁으로 다가와 어깨 너머로 지도를 내려다봤다. "거긴 남쪽이에요. 저기 있네요. 배터시 공원이 어디 있는지 보이시죠? 거기서 오른쪽으로 아래예요."

"아, 있다. 고마워요. 그럼 여기서 거기까지 가려면 어떻게 해야 하죠? 이 지도를 보고 있으면 스파게티 냄비 속에서 서로 이어진 가닥을 찾는 기분이 들어요."

"그건 저도 모르겠네요. 브릭스턴에는 갈 일이 없거든요. 앨버트는 알지도 모르니까 제가 불러올게요."

"아뇨, 그럴 것까진…." 그웬이 말을 꺼냈지만, 프루던스는 이미 운전사를 찾으러 나간 후였다.

그웬은 한숨을 쉬고 나서 지도를 조금 더 들여다봤다. 결혼식에 참석했다가 아이리스와 운명적으로 만난 장소인 크로이던은 발견했다. 그곳은 디키 트로워가 사는 동네이기도 했다. 브릭스턴에서 그리 멀지 않았다. 그웬은 트로워의 가족이나 친구가 구치소에 면회를 가는지 궁금했다.

트로워가 어떤 곤경에 처했는지 그 사람들이 알기나 할까. 그웬은 자신이 트로워라면 누구에게든 지금의 처지를 사실대로 밝힐지 어떨지 확신이 서지 않았다. 체포돼서 감방에 갇히는 경험은, 설령 결백하다 해도, 수치스럽고 당혹스러운 일이었다. 그리고 들것에 몸이 묶이는 경험은….

그웬이 그 기억을 떨쳐버리고 차분하게 차를 홀짝이고 있을 때, 프루던스가 뒤에 앨버트를 달고 돌아왔다. 키가 작고 나이는 예순 줄 앞쪽인 앨버트는 40년이 넘는 세월 동안 값비싼 자동차 여러 대를 잇달아 몰며 베인브리지 가문 삼대를 모신 운전사였다. 그는 식당에 들어설 때까지도 근무복인 검은색 재킷의 단추를 잠그느라 바빠 보였다.

"안녕하십니까, 부인." 앨버트는 그웬에게 간단한 경례를 붙이며 말했다. "브릭스턴으로 가신다고요? 그곳에 오래 머물 예정이신가요? 레이디 캐럴라인께서 이따가 공장에 가실 때 저를 찾으실 거라서요. 차를 돌려서 부인을 모시러 가면…."

"아, 번거롭게 오시게 해서 죄송해요. 전 그냥 거기까지 가는 버스가 어떤 건지만 여쭤보려고요."

"버스요?" 앨버트는 버스라는 개념 자체가 당황스러운

모양이었다. "버스를 타신다고요?"

"노선만 알면요."

"글쎄요." 앨버트는 그렇게 말하며 프루던스와 함께 지도 앞으로 다가섰다. "제가 버스를 자주 타는 편이 아니라서요. 제일 중요한 건 목적지가 브릭스턴의 어디쯤인가 하는 겁니다."

"주소를 보면 제브 애비뉴라는 거리에 있는 곳이에요."

"제브 애비뉴요?" 그웬을 보는 앨버트의 눈초리가 날카로워졌다. "주제넘은 참견입니다만, 그런 곳에 가시면 안 됩니다, 부인. 거기엔 구치소가 있잖습니까."

"그래요?" 그웬은 순진하고 무지해 보이기를 바라며 물었다. "그럼 그쪽으론 가지 말아야겠네요. 제가 말을 잘못했는데, 제 목적지는 원래 제브 애비뉴 '근처'예요."

"브릭스턴 시장에 지하철역이 있습니다." 앨버트는 방금 말한 곳을 지도에서 손으로 콕콕 짚었다. "아마 지하철이 제일 빠를 겁니다."

"지하철은 안 돼요." 그웬의 목소리가 떨렸다.

"그럼 버스로군요." 앨버트는 지도를 유심히 내려다봤다. "저는 이 저택에 온 후로는 버스를 많이 타질 않아서, 쉽지가 않네요. 하지만 어딜 가려고 할 때에는 먼저 목적지의 위치를 파악한 다음, 거기서부터 지금 있는 곳까지 되짚어 오면 됩니다. 저기 133번 버스가 가기는 하는데, 저 차는 런던교를 넘어가기 때문에 너무 멀리 돌아갑니다. 초록선 버스

110

가 참 많군요… 저 색깔의 버스는 웨스트민스터나 베이커 스트리트에서 탈 수 있는데… 옳지!"

"예?"

"159번. 저 차가 제일 적당해 보이는군요. 정류장은 트라팔가 광장이나 웨스트민스터…."

"다들 거기 모여서 뭐 하는 거지?" 등 뒤에서 들려온 말이었다.

세 사람은 더럭 치솟는 집단 죄책감을 느끼며 뒤로 돌아섰다. 레이디 캐럴라인이 식당 문간에 서 있었다. 검은 실크 기모노 차림이었고, 허리에 맨 띠는 소맷부리에 보이는 안감 색에 맞춰 심홍색이었으며, 기모노의 장식 무늬는 눈이 쌓인 상록수 가지 뒤편에 당당하게 우뚝 솟은 산이 보이는 풍경이었다. 아마도 다들 한 번쯤 입에 올리는 유명한 화가의 그림 속 풍경 같았지만, 그웬은 그 화가의 이름이 도무지 떠오르지 않았다.

그 일본적인 풍경 위에 레이디 캐럴라인의 머리가 올려져 있었다. 표정은 가슴 바로 밑에 둥둥 떠 있는 것처럼 보이는 산꼭대기의 눈보다 더 차가웠다. 눈빛은 그웬이 평소 아침 이맘때, 적어도 레이디 캐럴라인이 얼굴이나마 비추는 날에 익숙하게 봤던 눈빛보다는 덜 흐릿했다. 분명 어젯밤에는 갈 만한 디너파티가 없어서 집에서 술을 마신 모양이었다. 다른 사람이 사는 술이 아니면 적게 마시는 편이었으므로.

레이디 캐럴라인은 쉰 살을 몇 년 지난 나이였는데 실제로 몇 살인지는 공식적인 비밀로서, 질문해봤자 답변을 거부당할 뿐이었다. 숙취가 끔찍하게 지독한 날에도 그녀는 화장을 완벽하게 마무리해야 비로소 드레싱 룸을 나섰다. 그러나 효력이 가장 좋은 파우더와 크림조차도 늘 노려보는 듯한 그녀의 눈초리를 평범한 표정으로 바꾸지는 못했는데, 지금 이 순간 그 눈초리가 꽂힌 표적은 바로 지도를 보고 있던 초보 여행가 셋이었다.

"안녕히 주무셨어요, 레이디 캐럴라인." 프루던스는 재빨리 무릎을 살짝 굽혀 부인에게 예를 표했다.

"안녕히 주무셨습니까, 부인." 앨버트가 인사했다.

"그래서?" 레이디 캐럴라인은 화가 나서 씩씩거렸다. "내가 같은 질문을 다시 해야 하나?"

"죄송합니다, 부인." 사과는 프루던스가 했다. "저희는 브릭스턴으로 가는 제일 편한 경로를 찾고 있었습니다."

"브릭스턴? 브릭스턴 같은 곳에 무슨 일로 가는데?"

"제가 그쪽에 볼일이 있어서요, 레이디 캐럴라인." 그웬이었다.

"네가?" 레이디 캐럴라인의 목소리에 의심하는 기색이 묻어났다. "어떤 종류의 볼일이지?"

"고객을 방문하러 갑니다."

"고객? 그러니까 네가 하는 그 우스꽝스러운 사업 때문에 브릭스턴까지 가야 한다고?"

"약혼식을 축하하러 갑니다." 그웬은 천연덕스럽게 말했다. "신부 쪽에서 초대해줬어요. 저희도 이렇게 잘된 경우에는 얼굴을 비추러 가는 게 좋고요. 사업에 도움이 되거든요. 계획대로 다 잘되면 신부 들러리 중에 절반은 미래의 고객으로 확보할 겁니다."

"오전부터 약혼 축하 파티를 한다고?" 레이디 캐럴라인은 코웃음을 쳤다. "듣도 보도 못한 경우로군."

"저도 동감입니다만, 신붓감이 야간 근무를 하는 탓에 일찍 열 수밖에 없답니다. 아무튼, 프루던스와 앨버트는 제가 길을 찾도록 도와주는 중이었어요. 혹시 거기까지 제일 빨리 가는 버스가 몇 번인지 아시나요?"

"난 평생 버스를 타본 적이 없어. 영 마뜩잖거든. 그걸 타는 사람들도 마뜩잖고. 정 그 파티에 가려거든 앨버트가 모는 차를 타고 가도록 해."

"아닙니다."

"아니라고? 세상에, 뭐가 아니라는 거지? 차는 됐다 어디에 쓰려고? 그럴 거면 애초에 앨버트가 왜 있는데?"

"옳은 말씀입니다." 앨버트가 빙그레 웃었다.

"거기까지 가는 훌륭한 다른 수단이 있는데 굳이 석유를 낭비하고 싶진 않습니다." 그웬의 대답이었다.

"나 같으면 이 나라의 공공 운송 수단이 쓸 만하다거나 훌륭하다고 말하지 않을 거야. 온갖 불결함과 질병에 스스로를 노출하는 건 굳이 말할 필요도…."

"세상에!" 그웬이 놀라서 외쳤다. "저는 지금 열대 지방에 가는 게 아닙니다. 브릭스턴에 가는 겁니다!"

"차라리 열대가 더 나을걸."

"방향이 남쪽이긴 하지요." 앨버트의 의견이었다.

"하여튼 도움이 안 돼." 프루던스가 나직이 중얼거렸다.

"레이디 캐럴라인, 말씀을 거스를 생각은 없습니다만." 그웬이 말했다. "결정은 이미 내렸습니다. 하나도 위험하지 않을 겁니다. 숙녀 분들과 인사하고, 차와 케이크를 나누고, 광고 전단을 몇 장 남기고, 정오쯤에는 사무실로 돌아올 겁니다. 저 때문에 걱정하지 않으셔도 됩니다."

"난 네 걱정을 하고 싶은 마음이 없어. 네가 자꾸만 스스로 걱정거리가 될 뿐이지. 좋아, 브릭스턴에 가도록 해. 그 조촐한 사업인지 취미인지도 계속하고. 내가 알 바 아니니까. 앨버트, 11시에 차 대기시켜."

"예, 부인."

"그리고, 그웬덜린?"

"예, 레이디 캐럴라인?"

"나중에 우리끼리 할 얘기가 또 있어. 오늘 저녁에 반드시 참석해야 할 외부 약속이 없다면 시간을 좀 내렴."

"기꺼이 그렇게 하겠습니다." 그웬은 조만간 무슨 일이 벌어질지 궁금했다.

레이디 캐럴라인은 돌아서서 성큼성큼 식당을 나섰다. 멀어지는 기모노 등에 세로로 수놓인 일본어 글자가 무슨 뜻인지 아무도 알지 못했지만, 틀림없이 뭔가 마뜩잖아하는 내용일 터였다.

"아무튼, 저라면 159번 버스를 타겠습니다." 앨버트는 방금 아무 일도 없었다는 투로 말했다.

"고마워요, 그렇게 할게요." 그웬은 식탁 의자에서 일어섰다. "다들 저녁에 봐요."

화장대 앞에 앉아 립스틱을 바르고 있을 때, 방 문을 살짝 두드리는 소리가 났다. 돌아보니 방 청소를 맡은 하녀 밀리센트가 이쪽을 보고 있었다.

"실례합니다, 부인." 밀리센트가 소심한 목소리로 말했다.

"무슨 일인데?"

"다 함께 나누시는 얘기를 얼핏 들었는데요, 혹시 제가 잘못 들었다면 죄송하지만, 만약에 구치소에 가시는 거라면요, 더 빠른 길이 있어요."

"내가 가는 곳이 거기라고 한번 가정해보자." 그웬은 빙그레 웃으며 말했다. "그럼 어떻게 가야 하지?"

"트램을 타세요. 20번 트램이에요. 빅토리아역 바로 앞에서 타시면 브릭스턴 힐을 내려가서 제브 애비뉴에 도착해요. 거기에 정류장이 있어요."

"고마워, 밀리센트. 네 덕분에 걷는 시간이 좀 줄겠어. 운동할 겸 걷는 것도 나쁘진 않지만."

"삼촌이 거기 있을 때 면회를 가곤 했어요." 밀리센트의 말이었다. "삼촌은… 그게, 말하기가 조금 그런데요, 사실은….”

“더 얘기하지 않아도 괜찮아.” 그웬이 말했다.

“아무튼, 저는 트램을 더 좋아해요. 그건 전기로 움직이는 노면 전차이거든요. 버스가 내뿜는 매연이 전혀 없어요. 소리도 더 조용하고요. 위층에 앉아 있으면 제 뒤쪽으로 흘러가는 도시 풍경이 꼭 영화 같아요.”

“그러고 있으면 생각이 많이 정리되겠구나.” 그웬은 동경하는 듯한 말투로 중얼거렸다.

“짤막한 생각은 그럴 수도 있겠지만, 큰 실수를 저질렀던 기억 때문에 너무 오래 생각에 잠기진 못할 거예요. 그래도 제가 볼 땐 트램이 제일 빠른 방법이에요.”

“고마워, 밀리센트. 한번 타볼게.”

밀리센트는 돌아서서 방을 나서려다가, 다시 돌아섰다.

“혹시 남자 친구를 만나러 가시나요?” 기대 섞인 목소리였다.

“아니야, 밀리센트. 이상한 소문은 퍼뜨리지 말아줘.”

“알겠습니다, 부인.”

그리하여 그웬은 아침 산책 삼아 빅토리아역까지 걸어갔고, 그러는 동안 어린 시절 항구까지 연결된 열차와 배를 타고 도버와 바다 건너 칼레에 갔던 기억이 떠올랐다. 그보다 더 나중에 신혼여행을 떠날 때는 더없이 쾌적한, 황홀할 정도로 아늑한 로마행 열차의 개별 특실을 이용했고, 목적지에 도착할 때까지 창밖 풍경은 조금도 본 적이 없었다.

날카로운 자동차 경적 소리에 그웬은 현재의 목표를 다시금 떠올렸다. 요즘 들어 생긴 습관, 즉 갑작스레 방향을 틀어 이때껏 가보지 않은 거리나 가본 적은 있어도 정확히 어떤 곳인지 모르는 거리를 구경하는 습관을 꾹 억누르며, 그웬은 빅토리아역을 향해 곧장 걸어갔다. 경로에서 살짝만, 소심하게 벗어나보는 이 습관을 통해 그웬은 조촐한 모험을 하는 기분, 이때껏 똑바로만 살아온 삶에 맞서 비밀스런 반란을 일으키는 기분을 누렸다.

그러나 이번에 시도하는 일탈은 조촐하지 않았다. 그웬은 이날 아침 시어머니에게 너무도 쉽게 거짓말을 하는 스스로의 모습에 놀랐고 조금은 오싹하기도 했지만, 한편으로는 몹시도 즐거웠다. 몇 달 전의 그웬이었다면 자기 삶을 억압하는 지배자인 시어머니를 속인다는 생각만으로도 겁을 먹고 어쩔 줄 몰랐겠지만, 지금의 그웬은 즉흥적으로 지어낸 이야기를 잠시도 머뭇대지 않고 줄줄 늘어놓았다. 그웬은 자신에게 그토록 천연덕스럽게 거짓말을 하는 재능이 있는 줄은 꿈에도 알지 못했다.

아이리스에게서 좋은 영향을 받은 덕분이라고, 그웬은 결론지었다. 이는 날마다 아이리스와 함께 일하는 덕분에 누리는 또 한 가지 혜택이었다. 즉석에서 이야기를 꾸며내기, 특히 불만에 찬 고객이나 잔뜩 화난 업자와 통화하며 둘러대기로 치면 그웬은 아이리스의 발꿈치도 못 따라갔지만, 그래도 실력이 점점 좋아졌다. 파럼 경감을 상대하며 느꼈던 흥분은 지금도 생생하게 느껴질 정도였다. 비록 막판에는 경감의 요구를 억지로 들어줘야 했지만, 그웬은 아이리스와 함께 경찰과 맞붙었을 때 자신들 몫의 점수는 제대로 챙겼다고 느꼈다. 그리고 만약 그들이 성공을 거둔다면….

그런데 도대체 무엇에 성공한다는 말일까? 디키 트로워의 무죄를 입증하는 일? 그웬이 정말로 바라는 게 그걸까?

이렇게 면회를 하러 갈 필요가 있을까?

명탐정 불도그 드러먼드. 아이리스는 그웬을 그렇게 불렀다. 그렇다, 만약 드러먼드가 지금의 그웬과 같은 처지였다면 망설이지 않았을 것이다.

그웬은 영화에서 용감무쌍한 영웅 드러먼드 역을 맡았던 배우 로널드 콜먼이 자신의 하이힐을 신으면 어떨지 얼핏 상상하고는, 그 우스꽝스러운 모습에 혼자 웃음을 터뜨렸다.

빅토리아역에 도착한 그웬은 역을 빙 돌아 트램이 들어오는 곳으로 걸어갔다. 20번. 밀리센트가 가르쳐준 트램 번호였다. 정류장을 발견한 그웬은 브릭스턴행을 기다리는 사람들의 줄 뒤에 가서 섰다. 정류장으로 접근하는 트램은 빨간색과 흰색으로 칠해서 활기차 보이는 2층 차량으로, 옆면에는 아래층과 위층 사이 공간에 삭사 소금의 광고판이 붙어 있었다. 출입구가 열리자 이른 아침 공기 속으로 수많은 승객이 우르르 몰려나왔다. 그웬은 앞에 줄서 있는 사람들이 모두 트램에 오를 때까지 기다린 다음, 출입구 바깥에서 있던 차장에게서 차표를 샀다.

"제브 애비뉴까지 가는데요." 그웬은 나직이 속삭였다. "내릴 때가 되면 좀 알려주실래요?"

"사람은 누구나 자기만의 십자가를 지고 살아가죠." 여성인 차장은 사정을 다 안다는 듯이 한쪽 눈을 찡긋했다. "위쪽에 빈자리가 많아요."

그웬은 좁은 계단의 난간을 힘껏 쥐고 조심조심 발을 디디며 2층으로 올라갔다. 자리는 창가 쪽으로 골라 앉았다. 출입구가 닫히고 종이 울리자 나직이 윙윙대는 모터 소리가 들렸고, 그 소리는 점점 더 커져서 마침내 손으로 돌리는 공습경보용 사이렌의 소리와 비슷해졌다. 트램은 선로 변환 지점 몇 군데를 덜컹거리며 통과해 정거장을 벗어난 다음, 복스홀브리지 로드를 빠르게 달렸다. 템스강을 건너는 다리로 이어지는 오르막에 들어서자 나머지 런던 지역의 풍경이 뒤쪽으로 펼쳐졌다.

이토록 전망이 좋은 자리에서 템스강을 내려다보기는 처음이었다. 그 자리에서는 드넓은 강을 따라 구불구불 이어진 양쪽 기슭이 차창 아래로 훤히 내려다보였다. 그웬은 어린애처럼 창문에 코를 꼭 붙이고 바깥을 구경하고 싶었다. 부모님은 어째서 단 한 번도, 심지어 재미 삼아서조차도 그웬을 데리고 트램을 타지 않았을까?

그웬은 발견의 즐거움 덕분에 정신이 아찔했다. 저쪽에

첼시 미술 학교가 보였다. 그웬은 정확히 어떤 내용의 강의 인지 부모님께 설명하지 않은 채로 친구인 매럴린과 함께 그곳에 가서 '생체 드로잉' 강의를 들었다. 그리고 테이트 미술관도 보였다. 이렇게 멀리서도 전쟁 때문에 입은 피해 가 눈에 띄었다. 그웬은 아무쪼록 폭탄이 떨어지기 전에 그 림들이 치워졌기를 바랐다. 시무룩한 풍경화와 초상화 여 럿이 기다랗게 줄을 서서 시골로 향하는 기차를 기다리는 광경이 머릿속에 떠올랐다. 미술관의 그림들은 시골에 도 착하면 현지 작가들의 그림 앞에서 으스댈 터였다.

트램이 템스강 남쪽 기슭으로 내려가 다시 길거리로 들 어서자 그웬은 서글픈 기분이 들었는데… 이 거리는 어디 일까? 그웬은 재빨리 지도를 확인했다. 짐작건대 램버스 같 았다. 과연, 모퉁이 표지판에 사우스 램버스 로드라고 적혀 있었다. 혹시 전에 램버스에 온 적이 있지는 않은지 기억을 더듬어봤다. 아무것도 떠오르지 않았다.

강 남쪽에 도착한 후로 트램의 종이 더 자주 울리는 바람 에, 기차처럼 이어져야 할 생각의 흐름이 뚝뚝 끊겼다. 그보 다는 생각도 트램처럼 짧아진 거지. 그웬은 머릿속의 상상 을 바로잡으며 중얼거렸다. 2층 좌석에 앉아 있다 보니 불 탄 가게의 진열창과 버려진 집 앞에 임시로 세워둔 널빤지 벽의 안쪽까지 눈에 들어왔다. 개중에는 행인들에게 전면 을 용감하게 공개한 건물도 있었는데, 건물 안쪽에는 폐허 만 남아 있었다.

어떤 날은, 스스로가 그런 건물처럼 느껴졌다.

그 생각에서 벗어나려고, 그웬은 로널드 콜먼이 옆자리에 앉아 비교적 은밀한 트램 2층의 분위기를 이용해 자신에게 부적절한 추파를 던지는 상상을 잠시 떠올렸다.

하차 안내 종이 땡그랑 소리를 내자 트램이 우뚝 멈춰 섰고, 로널드 콜먼의 모습은 안개처럼 사라졌다.

폭격의 흔적이 더 많이 눈에 띄었고, 2층 좌석에 앉은 덕분에 보도 쪽의 시선을 가리려고 세워둔 임시 가림벽 너머까지 언뜻언뜻 눈에 들어왔다. 폭격이 무차별로 이뤄졌다는 사실은 남아 있는 증거에 또렷이 드러났다. 극장 한 곳은 조금도 망가지지 않은 채 우뚝 서 있었지만 바로 옆의 극장은 무너진 상태였고, 무대만 그대로 남아 다시는 오지 않을 관객들을 기다렸다. 허물어져가는 벽에 붙은 광고들은 희망찬 내용을 담고 있었다. 비스토, 고기 맛이 나는 그레이비소스 가루! 오벌틴이 건강과 활력을 드립니다! 맥니시 위스키!

아직은 새 위스키가 나오기 전이었다. 여러 증류소가 일간신문에 광고를 실어 소비자들에게 조금만 참아달라고, 새 상품을 만들기 시작할 테니 기다려달라고 부탁했다. 곡물 보유량이 식량보다 덜 필수적인 재화를 생산해도 좋을 만큼 늘어나면 그렇게 하겠다는 말이었지만, 레이디 캐럴라인이라면 위스키의 상대적 필수불가결성을 다르게 생각할지도 몰랐다.

완만하게 휜 구간을 몇 번 지나자 브릭스턴이 나왔다. 교차로 모퉁이 한 곳은 한때 블록 전체가 퀸 앤드 액스텐스 백화점이었다. 이제는 벽 몇 군데와 로마네스크 양식을 어렴풋이 흉내 낸 기둥 몇 개만 남아 있었다. 부서지지 않고 살아남은 광고판에는 이렇게 적혀 있었다. 가장 멋진 디자인과 가장 저렴한 가격.

다시 돌아올지도 몰랐다. 어쩌면, 언젠가는.

그 기둥들을 보니 로니와 함께 고대 로마의 중심지였던 포로 로마노 유적을 거닐던 기억이 억누를 길 없이 떠올랐다. 신혼여행을 정식으로 시작하고 나서 호텔 바깥에 나가기는 그때가 처음이었다. 그곳에서 로니는 그웬을 유적의 기둥에 기대 세우고 입을 맞추며 말했다. "우리 사랑은 이 유적보다 더 오래 계속될 거야. 약속할게."

다시는 이탈리아에 가지 않을 거야. 그웬은 속으로 생각했다. 설령 앞으로 1000년 동안 평화가 이어진다고 해도.

차장이 계단 아래쪽에서 2층으로 고개를 내밀었다.

"이번 정류장에서 내리시면 돼요." 차장이 말했다.

그웬은 마음을 추스르고 일어나 앞쪽의 계단으로 걸어가다가 잠시 뒤를 돌아봤다. 혹시 로널드(이제 콜먼과 성 없이 이름만 부르는 사이 같았으므로)가 아직 거기 있는지, 자신에게 한쪽 손을 쓸쓸하게 흔들며 작별 인사를 하는지 보고 싶어서였다. 그러나 빈자리밖에 보이지 않았다.

트램은 휘청거리다 멈췄고, 그웬은 계단을 내려갔다.

"고맙습니다." 그웬이 차장에게 말했다.

"얼굴 닦으세요, 부인. 거기 있는 사람들한테는 씩씩한 모습을 보여줘야 해요 무슨 일이 있든지 간에. 알았죠?"

그웬이 손끝으로 뺨을 만져보니 눈물이 느껴졌다.

"정말 고맙습니다." 그웬은 그렇게 말하고 거리로 내려섰다.

트램이 출발했고, 명랑하게 울리는 종소리도 멀어져갔다. 그웬의 마음속 종은 가만히 서서 울릴 줄을 몰랐다. 그웬은 손수건을 꺼내어 뺨을 닦았다.

제브 애비뉴를 조금만 내려가면 구치소였다. 보도를 굽어보는 벽돌담은 높이가 5미터도 넘었고, 위쪽에 가시철조망이 주렁주렁 달려 있었다. 담 안쪽에서 구령 소리가 들려왔다. 행진은 하지만 어디로도 가지 못하는 남자들이 구령을 복창하는 소리였다. 수감자들이 운동장에 나와 운동을 하나 보네. 그웬은 속으로 생각했다. 마구간의 말을 운동시키듯이.

구치소 정문은 목재로 만든 커다란 문으로서 위쪽이 아치 모양이었고, 겹겹이 쌓은 벽돌 벽 안에 자리 잡고 있었다. 그 문 옆에 함께 낸 더 작은 출입문을 경비가 열어준 덕분에 그웬은 출입자 관리 구역으로 들어섰다. 커다란 철문이 그웬과 대운동장을 갈라놨다. 멀리서, 행진하는 수감자들이 대답하는 소리와 교도관의 구령 소리가 아까보다 더 또렷이 들려왔다. '좌향앞으로가!'나 '넷, 번호 끝!'처럼.

그웬은 '면회 신청'이라고 적힌 팻말을 보고 이름을 적으러 갔다. 경비원은 짐짓 무관심한 표정으로 그웬을 바라봤다.

"누구를 만나러 오셨습니까?" 경비원이 물었다.

"디키… 아니, 리처드 트로워요." 그웬은 살짝 말을 더듬었다. "아마 어제 들어왔을 거예요."

경비원은 명단을 손가락으로 죽 훑으며 살펴봤다. 그의 입술이 소리 없이 달싹거렸다.

"있군요." 경비원은 손가락으로 명단 아래쪽의 이름을 콕콕 짚었다. "벌써 면회라니, 행동이 참 빠르시군요. 좋습니다, 안내할 사람이 올 때까지 기다리십시오. 트로워는 A동에 있습니다. 먼저 여자 교도관을 불러서 부인의 몸수색부터 할 겁니다."

"몸수색이라뇨? 제가 위험해 보이나요?"

"아닙니다, 부인. 그건 부인이 온갖 불법적인 물건을 안으로 몰래 들여갈 수도 있기 때문입니다. 이쪽으로 들어오시죠."

그웬은 한쪽 구석에 의자가 놓인 좁다란 방으로 들어가 기다렸다. 영원처럼 느껴지는 시간이 흐르고 나서 제복 차림의 여성이 따분한 표정을 하고 방으로 들어왔다.

"자." 여성의 목소리는 위압적이었다. "코트 벗고, 핸드백 여세요. 벽 쪽으로 돌아서시고."

그웬은 지시대로 했다. 여성의 손이 자신의 옆구리를, 다음으로 다리를 훑을 때는 화가 나서 얼굴이 새빨개졌다.

"면회가 처음인가 보군요. 보아하니." 여성이 말했다.

"예. 어떻게 아셨어요?"

"여기 있는 애인을 면회하러 온 여자들은 보통 차림새가 더… 뭐랄까, 몸을 더 많이 드러내는 옷을 입으니까요."

"그런가요?"

"아, 그럼요. 가끔은 아주 볼 만해요. 부인은 분명 자선 활동을 하는 분이겠군요."

"그렇게 하려고 애쓰는 편이에요."

"좋은 일 하시네요." 여성의 목소리에 진심은 조금도 느껴지지 않았다. "코트 입으셔도 돼요. 따라오세요."

복도, 자물쇠가 채워진 문, 그리고 다시 복도와 자물쇠가 채워진 커다란 문이 나왔다. 마침내 그웬이 안내받은 조그마한 대기실에는 기다란 나무 의자 세 개가 놓여 있고 거기에 여성 면회객 세 명이 앉아 있었다. 세 면회객이 그웬을 돌아보더니, 그웬의 치렁치렁한 금발이 자신들에 비해 천국에 얼마나 더 가까운지 확인하려는 듯이 고개를 뒤로 젖혔다.

"이야, 댁은 애인 얼굴 하나는 힘 안 들이고 편히 보겠네." 그중 한 사람이 한 말에 나머지 두 사람이 킥킥 웃었다.

"뭐라고 하셨죠?" 그웬이 물었다.

"응, 이따가 보면 알아. 면회는 처음인가 보지?"

"예."

"그래, 남자는 무슨 죄로 들어왔는데?"

"무죄예요." 그웬의 목소리는 확고했다. "이건 다 경찰의 엄청난 실수예요."

"저런, 어떡해." 두 번째 여성이 동정하는 말투로 말했다. "그냥 제일 최근에 일어난 실수라고 생각하면 편해요."

"미시즈 코코런?" 멀리 있는 출입문 쪽에서 교도관이 면회객의 이름을 불렀다.

"지금부터 15분 동안은 내 시간이야." 첫 번째 여성이 그렇게 말하고 일어서더니 옷매무새를 정돈한 다음, 어깨를 쫙 폈다. 여성은 교도관이 안쪽으로 안내하려고 돌아설 때까지 기다렸다가 블라우스의 맨 위 단추 두 개를 재빨리 끄른 다음, 대기실의 면회객들에게 눈을 찡긋하고는 교도관을 따라갔다.

"그쪽 남자는 여기 얼마나 있었어요?" 세 번째 여성이 물었다.

"어제 막 들어왔어요." 그웬이 대답했다.

"결혼했군요?" 여성이 그웬의 반지를 힐긋 봤다.

"예. 그게, 아니에요. 남편을 면회하러 온 게 아니에요."

"아하, 그런 사이셨구나?" 두 번째 여성이 물었다.

"아뇨, 그런 사이가 절대 아니에요. 그 사람은 제…"

'고객'이라고 말할 뻔했지만, 이 사람들하고는 짧은 만남이었는데도 이미 쌓인 오해가 너무 많았다.

"제 사촌이에요. 메리 고모는 도저히 면회 올 정신이 아니라서, 제가 식구들 대신 왔어요."

"어머, 착하네." 세 번째 여성의 말이었다. "나는 내일 당장 교수대에 올라가는 사촌이라도 면회는 안 갈 텐데."

"그래도 장례식엔 갈 거잖아." 두 번째 여성이었다.

"진짜 죽었는지 확인은 해야지." 세 번째 여성은 그렇게 말하고는 두 번째 여성과 함께 낄낄댔다.

얼마 지나지 않아 미시즈 코코런이 돌아왔다. 블라우스 단추를 몰래 잠그며.

"다음 주에 봐." 미시즈 코코런이 남은 두 여성에게 인사했다.

"잘 가." 두 여성도 답인사를 했다.

미시즈 코코런이 대기실을 나선 후에 교도관이 남은 두 여성을 차례로 데려갔다. 드디어 그웬의 차례였다.

"처음 오셨군요." 교도관은 그웬을 다른 방으로 안내하며 말했다. 그 방의 벽에 있는 철문에는 미닫이식 덮개가 달린 창살 창문이 나 있었다.

"예. 제가 어떻게 하면 되나요?"

"가방은 테이블 위에 두세요." 교도관이 주의 사항을 설명하기 시작했다. "안으로 들어가시고. 철망에서 떨어진 곳에 서세요. 철망 틈으로 뭘 넣으려고 하면 안 됩니다. 그런 시도를 했다가는 구치소 저쪽, 여성 수감 구역에 갇힐 겁니다. 면회 시간은 문이 닫힌 순간부터 15분, 1초도 추가되지 않습니다. 아시겠습니까?"

"알겠어요."

교도관이 벽에 있는 스위치 버튼을 눌렀다. 멀찍이서 나는 버저 소리가 그웬의 귀에 들려왔다. 뒤이어 초록색 불빛이 켜졌고, 교도관이 문을 열었다.

"제가 지켜볼 겁니다." 교도관이 그웬에게 상기시켰다.

"알아요." 그웬이 그렇게 대답하고 들어선 방은 좁고 눅눅했고 벽은 두꺼운 돌이었으며, 조명은 전등갓도 없는 노란색 알전구 한 개가 다였다.

그웬의 앞쪽에는 벽이 하나 있었는데 약 1.5미터 높이에서 끝났다. 그 위는 창문이었고, 창문 너머는 그웬이 있는 곳과 똑같이 생긴 방이었다. 창문은 양쪽 모두 철망으로 덮였고 철망을 고정시킨 것은 굵은 꺾쇠였다. 벽 앞에 나무로 만든 조그만 디딤대가 있었지만 그웬은 디딤대 없이도 건너편이 보였다. 미시즈 코코런은 분명 저 디딤대 이야기를 한 듯싶었다.

건너편 방의 문이 열리더니 디키 트로워가 안으로 걸어 들어왔다. 창 너머를 보는 두 눈은 바뀐 조명에 적응하느라 동공이 커진 상태였다. 트로워는 면회객이 누군지 알아보고 입이 떡 벌어졌다.

"미시즈 베인브리지?" 놀란 목소리였다. "진짜 미시즈 베인브리지 맞으세요?"

디키 트로워는 체격이 호리호리한 남자였다. 모래색 머리는 평소에는 뒤로 빗어 넘겨 모건스 포마드로 반지르르

하게 정리했기 때문에 이마 양쪽의 움푹 들어간 부분이 강조됐지만, 지금은 포마드를 바르지 않아 부스스했다. 입고 있는 갈색 죄수복은 깨끗하기는 해도 낡은 것이었고, 한 이틀 동안 자란 것으로 보이는 수염이 얼굴에 뾰족뾰족 돋아 있었다. 잠을 못 잔 시간도 꼭 그만큼인 것으로 보였다. 소독용 석탄산 비누 냄새가 철망 너머에서 휙 끼치는 바람에 그웬은 무심코 코를 찡그리는 일이 없도록 조심했다.

"안녕하세요, 미스터 트로워." 그웬의 목소리는 부드러웠다. "잘 지내셨어요?"

"잘 지냈냐니… 제가 왜 여기 들어와 있는지 아실 텐데요?"

"경찰 말로는 여성을 살해했다더군요. 미스 라살을요."

"아닙니다!" 그렇게 외치는 트로워의 표정은 고통에 일그러져 있었다. "저는 그분을 만난 적도 없어요. 부인의 사무소에서 약속 날짜를 바꾸자는 편지를 받았으니까요."

"저희는 그런 편지를 보낸 적이 없어요."

"그럼 이게 어떻게 된…?" 트로워가 중얼거렸다. 그러고는 화가 난 듯 성큼성큼 걸으며 방 안을 뱅뱅 돌기 시작했다. "도대체 누가 그랬을까요?"

"저도 모르겠어요. 제가 뭘 도와드리면 될까요? 변호사는 구하셨나요?"

"부모님이 알아보시는 중이에요. 하지만 비용이 비싸더군요. 그리고 보석 허가도 못 받았어요. 제가 그만 이름 없는 회계사에서 공공의 적 제1호가 돼버렸거든요. 세상에!"

"정말 안 됐네요."

"여긴 왜 오셨어요, 미시즈 베인브리지?" 트로워가 불쑥 물었다. "여기에 면회하러 온 사람은 부인이 처음이에요. 친구들은… 제 기대만큼 좋은 친구들은 아니었던 것 같네요."

"저희는 그냥…" 그웬은 그렇게 말을 꺼냈다가 이내 바로잡았다. "저는, 왠지 트로워 씨가 이런 상황에 처하신 데에 제 탓도 있는 것 같아서요. 저희가 주선한 만남이었어요, 그런데 누군가 그걸 기회로 삼아 그 불쌍한 아가씨를 죽이고 트로워 씨한테 누명을 씌운 거예요."

"정말로 제가 무죄라고 믿으시는군요." 트로워는 감탄한 목소리로 말했다.

"전 트로워 씨가 무죄라는 걸 알아요."

"어떻게요? 어떻게 그렇게 확신하세요?" 트로워는 그웬이 미심쩍은지 거의 헛웃음이 섞인 목소리로 물었다. "저를 잘 모르시잖아요. 제가 무슨 짓을 저지를지 어떻게 아시고."

"저는 사람을 볼 줄 아는 직감이 있거든요." 그 말을 하며 그웬은 처음으로 빙긋 웃었다. "제 직감은 틀린 적이 거의 없어요."

"재판 때 배심원으로 모셔야겠군요. 부인을 열두 분 모셔야겠어요."

"선량하고 진실한 여성 배심원단이겠네요. 가르쳐주세요, 제가 뭘 하면 좋을까요? 어떻게든 도와드리고 싶어요."

"그게, 한 가지 부탁이… 아니에요. 이건 너무 부담스러운 거라서."

"말씀하세요."

"허버트요. 잘 있는지 걱정돼요."

"허버트라뇨?"

트로워는 쑥스러워하는 표정이었다.

"허버트는 제가 기르는 금붕어예요. 경찰이 문을 박차고 들이닥쳤을 때 마침 먹이를 다 준 참이었는데. 벌써 이틀이나 지났지 뭐예요. 혹시 부인께서 그 녀석이 잘 있는지 한번 보러 가주셨으면 해서요. 다우드 부인한테 말씀하시면 제 방에 들어가실 수 있을 거예요. 집주인이거든요."

"금붕어 이름을 왜 허버트로 지으셨어요?"

"그게… 처음 데려올 때 보니까 허버트처럼 생겨서요. 그래서 허버트라고 지었어요."

"허버트한테 바로 가볼게요." 그웬이 약속했다. "트로워 씨 허락을 받았다는 걸 다우드 부인한테 어떻게 증명하면 될까요?"

"제가 쪽지를 써드릴게요."

트로워의 등 뒤에서 문을 두드리는 소리가 났다.

"면회 시간 종료!" 건너편의 교도관이 외쳤다.

"벌써 15분이 지났다니, 말도 안 돼요!" 그웬이 따졌다.

트로워는 그럴 것 없다는 듯이 고개를 격하게 가로저었다.

"괜찮아요. 정말 감사합니다, 미시즈 베인브리지."

"안녕히 계세요, 미스터 트로워. 또 면회 올게요."

트로워는 돌아서서 방을 나서려다가, 다시 뒤로 돌아섰다.

"저기, 미시즈 베인브리지." 그는 망설이듯 말을 꺼내더니, 이내 입을 다물었다.

"말씀하세요." 그웬은 그런 트로워에게 용기를 북돋워 줬다.

"그 여자 분 말인데요. 미스 라살. 미인이었나요?"

"굉장한 미인이었어요, 미스터 트로워." 그웬의 목소리는 다정했다. "아마 트로워 씨도 마음에 들었을 거예요."

"그런 생각을 떨칠 수가 없어요." 트로워는 울적한 표정으로 고개를 가로저었다. "혹시 그 사람이 내 인연이었으면 어떡하지? 혹시 그 사람이 내가 행복해지는 유일한 기회였다면? 그런데 그 사람은 이제 영영 못 돌아올 곳으로 가버렸고, 저는 여기 들어와 있네요."

"여기 오래 계시진 않을 거예요."

"그거야 모를 일이죠. 안녕히 가세요, 미시즈 베인브리지."

트로워는 돌아서서 문 밖으로 걸어 나갔다.

그웬 쪽의 문이 열리더니, 교도관이 나오라는 손짓을 했다. 그웬은 바깥으로 나와 핸드백을 들었다. 그 사이에 다른 교도관이 들어왔다. 손에 꼬깃꼬깃 접은 종이쪽지를 들고 있었다.

"이걸 전해달라더군요." 나중에 들어온 교도관이 말했다.

"규정에는 어긋나지만, 점잖은 친구 같아서 봐드리는 겁니다. 저지른 짓에 비하면요."

그웬은 쪽지를 받아 재빨리 읽었다. 집주인 앞으로 쓴 쪽지였고, 주소가 함께 적혀 있었다. 그웬은 쪽지를 다시 접어 핸드백에 넣고는 버스 노선 지도를 꺼냈다.

"죄송한데요." 그웬은 지도를 펼치며 말했다. "여기서 크로이던까지 가려면 몇 번 트램을 타야 하나요?"

5

그웬이 없는 사무실에서 발렛 타자기가 내는 소리는 평
소보다 훨씬 더 컸다. 아이리스가 타자기로 편지를 다 완성
한 뒤에 찾아온 적막은 그 소리보다 더욱 뒤숭숭했다.

아이리스는 오전에 도착한 우편물을 조그마한 더미 둘로
나눴다. 하나는 고객들이 보낸 답장, 다른 하나는 청구서와
업무 관련 서신이었다. 아이리스는 먼저 종이칼을 손에 들
었지만, 무슨 충동이 일었는지 다시 내려놓고 핸드백에서
잭나이프를 꺼냈다. 그러고는 숙련된 솜씨로 가뿐하게 칼
날을 펼쳐 편지봉투를 서걱서걱 열기 시작했다.

그 일을 다 마치고 나서 아이리스는 손끝으로 칼날의 끄
트머리를 잡고 무게 균형을 맞춘 다음, 사무실 입구 벽의 전
등 스위치 바로 위쪽을 겨냥했다. 앉아 있는 자리에서 그곳
을 명중시킬 수 있을지 궁금했다. 아이리스는 칼의 손잡이

를 쥐고 팔을 뒤쪽으로 젖혔다. 그러다가 사무실 임대 보증 금이 떠올랐고, 그래서 칼날을 손잡이 속으로 얌전히 접어 넣고 칼을 다시 핸드백에 집어넣었다.

다트 판을 사야겠어. 아이리스는 속으로 생각했다. 문 뒤에 걸면 돼. 그러면 고객들 눈에 안 띌⋯.

계단 아래쪽에서 발소리가 나더니, 계단을 따라 올라오다가, 이내 멈췄다. 올라와, 올라오라고! 아이리스는 기도하는 심정이었다. 나한테 할 일을 좀 줘!

발소리가 다시 나더니, 또다시 멈췄다가, 이번에는 웬 남자가 숨을 헐떡이는 소리가 들려왔다.

흠, 날씬한 남자는 아니겠군. 아이리스는 생각했다. 그때 그 청소부가 돌아온 건 분명 아니야. 그 사람 이름이 뭐였더라? 뭐가 하나도 없는 남자였는데 그게 뭐냐면⋯ 매너! 그래, 앨프리드 매너스. 아이리스는 그가 회원으로 등록하러 돌아오지 않아서 실망했다. 이런저런 흠은 있어도 잘생긴 남자였기 때문이었다. 아이리스는 그 남자에게 거뜬히 짝을 찾아줄 자신이⋯.

발소리가 문 바로 아래 계단참까지 올라왔다가, 다시 멈췄다. 거의 다 왔어. 아이리스는 속으로 그 남자를 응원했다. 계단을 반 층만 더 올라오면 행복이 기다리고 있다고!

발소리는 다시 들리기 시작해 이내 사무실 앞 복도에 이르렀다. 아이리스는 두 책상 사이에 서서, 손을 몸 앞에 단정하게 깍지 낀 채로, 운명이 데려다줄 누군지 모를 고객을 반갑게 맞이할 준비를 했다.

운명은 육덕이 푸짐한 사십 대 초반 남자의 모습을 하고 사무실 문을 통해 휘청휘청 걸어 들어왔다. 남자는 세탁한 지 너무 오래돼 보이는 손수건으로 얼굴의 땀을 연신 닦아 냈다.

"안녕하세요." 남자는 여전히 숨을 헐떡이느라 간신히 인사했다.

"이쪽으로 앉으세요." 아이리스는 의자를 가리키며 말했다. "물 좀 드릴까요?"

"아이고, 감사합니다." 남자가 무거운 몸을 철퍼덕 내려 놓았지만, 의자는 그 맹공격을 의연하게 버텨냈다.

아이리스는 창가에 놓인 물주전자에서 물을 한 잔 따라 남자에게 갖다줬다. 남자는 물 잔을 받아 반갑게 꿀꺽거리며 절반을 비웠다.

"안녕하세요?" 아이리스는 악수를 청하며 말했다. "전 아이리스 스파크스예요. 바른 만남 결혼상담소에 잘 오셨어요."

"카터라고 합니다." 남자는 물 잔을 왼손으로 옮겨 들고 오른손으로 아이리스와 악수했다. "필립 카터예요."

남자의 손은 아직도 땀으로 흥건했다. 아이리스는 남자가 손을 계속 흔드는 동안 덤덤한 표정을 유지하려고 갖은 애를 쓰다가, 이윽고 가까스로 손을 놓고 책상 앞으로 돌아가 앉았다.

"예약 없이 왔지 뭡니까. 죄송합니다." 남자가 말했다.

"짬이야 내면 되는 거니까요." 아이리스는 손수건을 꺼내어 책상 아래에서 몰래 손을 닦았다. "일단 한숨 돌리세요. 예비 조사는 그다음에 하죠."

"이제 괜찮습니다. 어휴, 제가 계단이고 산이고 올라가는 건 질색이라서요."

"그러시다면 열렬한 등산 애호가는 신붓감 후보 명단에서 당장 제외해야겠군요." 아이리스가 말했다.

"여기 그런 여자 분도 있나요?" 남자는 흥미로운 듯이 물었다.

"곧바로 생각나는 분이 두 분 계세요."

"저런, 저런. 어쩌면 한번 만나봐야 할지도 모르겠는데요. 정반대일수록 서로 끌리게 마련이다, 그런 말도 있으니까요. 제가 그 여자 분들의 산이 될 수도 있고요."

"저희가 만남을 주선할 때 사용하는 기준은 그보다는 조금 더 구체적이랍니다."

"어떤 식으로 하시는데요?"

"먼저 저희와 상세한 면담을 하신 다음에…."

"저희요? 누가 또 계신가요?" 남자가 아이리스의 말을 끊었다. "여기는 미스 스파크스 한 분밖에 안 계시잖아요."

남자는 아이리스의 얼굴을 빤히 보고 있었다. 아이리스의 머릿속에서 조그맣게 경보음이 울렸다.

"제 파트너가 잠깐 자리를 비웠어요." 아이리스는 빙긋 웃으며 그렇게 말했다. "이제 금방 돌아올 겁니다."

아이리스는 한쪽 발로 핸드백을 의자 가까이 당긴 다음, 잭나이프를 꺼내어 칼날을 펴고 던지기까지 시간이 얼마나 걸릴지 가늠했다. 남자가 저 의자에서 여기까지 뛰어오기 전에 던질 수 있을까?

진정해, 스파크스. 아이리스는 스스로에게 경고했다. 증거도 없이 지레짐작하지 마.

하지만 만에 하나 틸리 라샬을 죽인 남자가 이번에는 아이리스를 죽이러 찾아온 거라면? 아이리스의 뇌에서 앞서 경보음을 울렸던 부위가 그렇게 물었다.

"일단." 잠재적 고객이자 잠재적 살인자인 남자에게 경계의 눈길을 유지한 채로, 아이리스는 늘 하는 설명을 시작했다. "저희는 런던에 딱 두 곳밖에 없는 정식 인가를 받은 결혼상담…."

"결혼상담소도 인가를 받나요?"

"영리 목적의 업체는 모두 인가를 받아야 해요. 그럼 설명을 계속해도 될…."

"받아야 하는 교육은 어떤 게 있나요?" 남자가 물었다. "그러니까, 혹시 학과 과정도 있나요? 전문 자격증 같은 건요?"

"그런 게 생기면 바로 저희가 강의를 하고 학생들의 자격을 판정할 겁니다." 아이리스는 메모장과 연필을 챙기며 말했다. "이제 제가 질문할 차례예요. 지금부터 보면 아시겠지만, 저희는 고객 분들의 신원을 상세히 조사합니다. 시작할까요?"

"그…."

"좋습니다." 아이리스는 유쾌하게 말을 끊었다. "먼저, 성함부터 말씀해주시죠."

"아까 말했는데요."

"죄송해서 어쩌죠. 제가 습관의 노예이다 보니 그만. 정해진 절차가 있으면 무턱대고 집착하는 편이에요. 그래서 성함은요?"

"필립 카터입니다."

"필립Phillip에 엘l이 한 개 들어가나요, 두 개 들어가나요?"

"두 개요." 남자는 잠시 망설이다가 물을 조금 더 마셨다.

아이리스는 물 잔을 쥔 남자의 손을 바라봤다.

옳지. 아이리스는 속으로 중얼거렸다.

"이름은 필립, 엘l이 두 개 들어가고, 성은 카터." 아이리스는 남자의 대답을 되풀이해 말하며 메모장에 적었다. "직업은요?"

"사무직입니다."

"어느 회사에서 근무하시나요?"

"본 앤드 더들리요. 몬터규 스트리트에 있는."

아이리스는 한숨과 함께 메모장과 연필을 책상에 내려놨다.

"미스터 카터." 아이리스는 두 손을 깍지 끼며 굳은 표정으로 남자를 바라봤다. "제가 던진 최초의 질문 세 가지에 모두 거짓말로 답하셨어요. 이런 식으로 행동하시는데 적절한 신붓감을 소개받기는커녕, 면담이나 제대로 끝낼 수 있겠어요?"

"무슨 말씀인가요, 거짓말이라니요?" 남자는 벌컥 화를 냈다.

"이름, 직업, 직장." 아이리스는 왼손 손가락을 하나씩 접으며 말했다. "하나하나가 다 거짓말이잖아요. 여기 들어오려고 지어낸 구실 자체가 가장 큰 기만이란 점은 말할 것도 없고요."

"그 말은 곧…?"

"그쪽이 유부남이라는 뜻이죠."

"누가 그러던가요?" 남자가 따지듯이 물었다.

"왼손 약지의 관절에 있는 자국이요. 결혼반지를 빼다가 긁힌 자국이잖아요."

"이혼했어요. 반지를 빼려니 잘 안 빠져서 그만."

"그쪽 아내 분은 남편이 여기 있는 걸 알면 자기 반지를 아주 쉽게 뺄 텐데. 긁힌 지 얼마 안 된 티가 난다고요. 그리고 당신 얼굴, 본 적이 있는 것 같아요. 지금보다 더 날씬했을 때."

"본 적이 있겠죠, 어쩌면. 나 역시 어쩌면 한때 지금보다 더 어리고 예뻤던 당신을 알았을지도 모르고."

"그런 일은 있을 수 없어요." 아이리스는 딱 잘라 말했다.

"난 날마다 더 예뻐지니까."

"그래도 어려진다고는 안 하는군요."

"그쪽으로도 방법을 찾는 중이에요. 당신 누구죠? 잠깐만…."

싸구려 중절모 아래의 얼굴들이 기억 속을 줄줄이 지나갔다. 대공포처럼 번쩍이는 카메라 플래시 불빛 속의 얼굴들, 무례한 질문을 몇 명이서 한꺼번에 외치고, 손에는 수첩을….

"당신, 기자지." 아이리스는 그 말을 하며 가슴이 철렁했다. 남자는 이가 다 보이도록 헤벌쭉 웃으며 재킷 주머니에서 자기 수첩과 연필을 꺼냈다.

"잘 맞혔어, 아가씨. 개러스 폰티프랙트라고 해. 내 진짜 이름."

"당신,《데일리 미러》에서 일하지." 아이리스가 말했다. "기억나. 좋은 기억은 아니지만."

"그래, 나도 당신을 기억해. 결혼상담소를 운영하고 있었다니, 웃겨서 기절하겠군. 결혼 망치기의 전문가인 주제에."

"여긴 뭐 하러 왔어?"

"틸리와 디키, 런던이 사랑한 비련의 주인공들 이야기를 나누러 왔지. 당신이 틸리한테 이승의 마지막 데이트 상대를 소개해준 사연이라든가. 마지막 데이트이긴 디키도 마찬가지겠지만, 그래도 독방에서 나오면 교도소 운동장에서 댄스 파트너 몇 명 정도는 만날지도 모르지."

"당신한텐 할 말 없어."

"왜 하필 그 친구를 소개해준 거야? 흉기를 애용하는 살해범하고 목 조르는 살해범을 따로 관리하나? 여자들 쪽은 반격할 능력이 있고 없고로 점수를 매기고? 듣자하니 디키는 빼빼 말랐다던데. 그럼 분명 무기가 필요했겠군."

"꺼져!"

"대답을 듣기 전에는 못 가."

"당신 지금 내 사업장에 내 허락도 없이 들어와 있는 거야. 내가 보기엔 무단 침입 같은데 말이지."

폰티프랙트는 의자에서 일어나 두 책상 사이에 서서 아이리스의 탈출로를 막았다.

"그래서 어쩔 건데, 아가씨?" 기자는 음흉하게 웃으며 말했다. "나한테 잘해, 그래야 기사에 좋게 써줄 거 아니야. 충격과 공포, 타락한 살인자에게 이용당한 순진한 피해자, 뭐 그런 식으로. 난 널 유명하게 만들 수도 있고 망하게 할 수도 있어."

아이리스는 기자의 눈을 가만히 바라보며 다음 수를 궁리했다. 신발을 벗을까, 말까? 벗자. 아이리스는 그렇게 결정하고 소리 없이 신을 벗었다.

자리에서 일어선 아이리스는 책상 모퉁이에 앉아 다리를 꼬았다. 폰티프랙트는 아이리스의 다리를 바라봤다.

"저기요, 미스터 폰티프랙트." 아이리스는 얌전한 척 시치미를 떼고 말했다. "설마 혼자 있는 연약한 여성을 괴롭히고 싶은 건 아니죠? 어머니께서 그렇게 키우시진 않았을 거 아녜요."

"기삿거리를 내놓기 전엔 못 가. 그리고 내가 안 간다는데 네가 뭘 어쩔 거야."

"제가 어쩔 수 있는 게 몇 가지 있어요. 우선 이것부터 보여드릴게요."

아이리스는 양손으로 책상을 짚고 다리를 책상 앞으로 쳐든 다음, 반동을 이용해 훌쩍 뛰어서 기자 뒤편의 바닥에 내려섰다. 기자가 몸을 틀자 아이리스는 오른손으로 기자의 오른쪽 손목을 잡고 왼손 손바닥으로 팔꿈치 바로 위를 짚은 다음, 오른손을 당겨 팔을 비틀었다.

폰티프랙트가 고통에 찬 비명을 지르는 사이에 연필이 바닥에 떨어져 또르르 굴러갔다. 아이리스는 왼손 손바닥을 더 세게 밀었고, 기자는 고통을 줄이려고 바닥에 무릎을 꿇었다.

"오른손잡이로군." 아이리스가 말했다. "이 팔이 부러지면 기사를 쓰기 힘들겠지."

아이리스는 기자의 팔꿈치를 놓고 그 대신 손끝을 재빨리 잡아 뒤로 꺾었다.

"타자는 직접 치시나? 아니면 어리고 착한 아가씨한테 대신 치라고 시키시나? 가끔씩 기자님이 추잡한 애정을 표시해도 일자리가 너무나 간절해서 묵묵히 참아내는 아가씨 말이야."

"당신 미쳤군!" 기자가 외쳤다. 그러고는 아이리스가 손가락을 뒤쪽으로 더 깊이 당기자 비명을 질렀다.

"내가 비판에 의연하게 대처하는 법을 몰라서 말이지." 아이리스가 한숨을 쉬었다. "단점이란 건 나도 알아. 고치려고 진심으로 노력하는 중이고. 그러니까 미스터 폰티프랙트, 지금 이대로 여길 나가셔서, 제가 그 단점을 다 고칠 때까지 얼씬도 하지 마세요. 아무쪼록 연필하고 수첩도 챙기시고. 문 조심하세요! 자, 계단 앞까지 다 왔어요. 내려가실 땐 올라오실 때보다 훨씬 편할 거예요. 아니면 제가 그냥 계단 저 아래로 밀어드릴 수도 있고요. 선택은 본인에게 달렸어요. 어떻게 하시겠어요?"

"내 기사가 아주 마음에 들 거야." 으르렁대는 목소리였다.

"기자님의 글은 문체에 품위가 부족했다는 게 얼핏 기억나긴 하네요. 하지만 그동안 실력이 느셨을지도 모르죠. 기사를 읽은 소감은 내일 보내드려도 될까요?"

아이리스는 폰티프랙트의 팔을 놔줬다. 그는 재킷 매무새를 바로잡고는 계단을 허둥지둥 내려갔다.

건물 정문이 열렸다가 닫히는 소리까지 듣고 나서, 아이리스는 계단 맨 위 단에 앉아 맞은편 창문 바깥을 내다봤다.

"젠장." 아이리스가 중얼거렸다. "젠장, 젠장, 젠장."

크로이던을 향해 더욱 남쪽으로 나아가는 42번 트램의

2층 좌석에 앉아서, 그웬은 새로운 것 중에 가장 마음에 드는 것은 바로 이 덜컹거리는 트램이라고 결론지었다. 하루 중 이맘때는 승객도, 정차하는 정류장도 모두 다른 시간대보다 적어서 그웬은 방해받지 않고 몽상에 잠겼고, 그 덕분에 상상 속의 로널드 콜먼은 그웬에게 꽤 대담한 수작을 걸기에 이르렀다. 콜먼이 그웬의 목덜미에 입을 맞출 때면 그의 흠잡을 데 없이 손질한, 연필심처럼 가느다란 콧수염이 목을 따라 노닐었다. 수염 때문에 살짝 간지러웠다. 그웬은 언젠가 남편인 로니에게도 수염을 길러보라고 했지만 그때 남편은 수염에 왁스를 발라 정리하겠다고 고집을 부렸고, 그렇게 정리한 수염이 우스꽝스럽게 느껴졌던 그웬은 남편에게 면도를 하라고 했다.

학교 다닐 때 애들깨나 괴롭혔을 것 같군. 그웬이 욕실 문간에 서서 지켜보는 동안, 남편은 인중에 면도 거품을 바르며 그렇게 짓궂은 농담을 건넸다.

그 생각에 또다시 눈물이 났다.

바보 같으니. 그웬은 속으로 생각하며 눈물을 훔쳤다. 이렇게 느닷없이 눈물이 터지는 일은 언제쯤 멈출까?

트램은 종착역인 쿰로드 터미널에 도착했고, 금붕어가 그웬의 구호 활동을 기다리고 있을 집까지 가는 길은 친절한 경찰관이 가르쳐주었다.

크로이던은 대공습 당시 런던의 다른 지역들보다 피해가 더 컸다. 이곳에 비행장과 공장이 많다 보니 조준이 빗나간 폭탄과 로켓이 상업 지구와 주택가에 적잖이 떨어졌던 것이다. 블록 전체가 돌무더기와 부서진 기둥 몇 개로 변해버린 곳도 있었다. 연립 주택 단지는 멀쩡한 건물들 사이사이에 불타 무너진 건물이 끼어 있어서 꼭 이가 빠진 프로 권투 선수 같았다.

그런 반면에 디키 트로워가 사는 거리는 멀쩡했다. 마치 신이 영국식 베드타운의 모범을 한 곳 골라 티 한 점 없이 깨끗하게 보존하기로 마음먹은 듯했다. 한 지붕 아래 두 집이 나란히 붙은 반半단독주택은 집 앞쪽에 필승 정원*을 일궈놨는데 토마토가 덩굴에 매달려 익어갔고, 길쭉한 호박은 이파리 아래에 으스스하게 숨어 있는 모습이 꼭 부루퉁한 초록색 상어 떼 같았다. 다섯 집마다 한 개씩 놓인 흰색 쓰레기통은 돼지 사료로 쓸 음식물 쓰레기를 모으는 물건이었다. 아직 너무 어려서 학교에 안 다닐 것 같은 쌍둥이 여자애 둘이 철망을 둘러친 사육장 안에서 토끼를 쫓아다니는 가운데, 조그만 토끼장으로 이어진 판자 경사로 위에 다른 토끼 한 마리가 앉아 불안한 듯 아래를 내려다보고 있었다. 그웬은 잠시 멈춰 서서 아이들을 바라보며 딸을 키우는 기분은 어떨지 상상해봤다. 저 아이들을 기준으로 보면 아들과 다를 바 없이 시끄러울 듯싶었다.

* 제2차 세계대전 당시 영국에서 전시 식재료 조달의 부담을 덜고자 가정집에 텃밭을 만들고 채소를 길러 자급자족케 했는데, 이 텃밭의 이름이 필승 정원Victory Garden이었다.

트로워가 적어준 주소는 좁은 도로 끄트머리였다. 그 집 너머는 공원이었으나 땅이 거의 다 분배돼 마을 공동 정원으로 바뀐 상태였다. 그웬은 공원이 원래 용도로 돌아가면 멋질 것 같다고 생각했다. 식량 사정이 다시 풍족해지면 다들 전에 그랬던 것처럼 삶을 즐기기 시작할 거라고.

트로워가 사는 집은 주위의 다른 집들과 달리 홀로 서 있는 단독주택이었고, 공원 쪽 방향으로 뾰족지붕 탑이 붙어 있었다. 그웬은 먼젓번 세계대전과 이번 전쟁 사이에 지은 집일 거라고 짐작했다. 이 동네 집들은 대부분 근래에 지은 것처럼 보였다. 튜더 양식을 흉내 내어 다락방 바깥벽에 나무 들보와 기둥이 드러나게 지은 것을 보면 오래된 느낌도 났지만, 잘 보면 먼젓번 전쟁이 끝난 후에 철도 사정이 나아진 점을 노리고 집을 다닥다닥 붙여 지은 티가 났다. 트로워가 사는 집 뒷마당에는 닭장이 있었다. 닭들이 도로에서 멀리 떨어져 평온하게 꼭꼭대는 소리가 그웬의 귀에까지 들려왔다. 대문을 열고 짧은 진입로를 따라 들어가는 동안 현관문 양옆에 자란 월계꽃이 눈에 들어왔다. 그웬은 그 꽃의 향기를 깊이 들이마시며 초인종을 눌렀다.

현관문이 열렸고, 홈드레스에 앞치마를 걸친 여성이 나오더니 놀라움과 의심이 섞인 눈으로 그웬을 올려다봤다.

"누구세요?" 여성이 따지듯이 물었다.

"혹시 미시즈 다우드이신가요?" 그웬이 물었다.

"그럴 수도 있고, 아닐 수도 있죠. 누구신데요?"

"저는 그웬덜린 베인브리지라고 해요. 미시즈 그웬덜린 베인브리지요. 미스터 트로워를 돕는 중이에요."

"디키요? 지금 없는데. 만날 수가 없어요."

"방금 만나고 오는 길이에요, 미시즈 다우드. 미시즈 다우드가 맞으시다면요." 그웬은 그렇게 말하고는 핸드백에서 쪽지를 꺼내어 여성에게 건넸다. "저한테 집에 들러서 허버트가 잘 있는지 봐달라고 했어요."

미시즈 다우드는 쪽지를 읽고 손으로 자기 입을 틀어막았다.

"어떡해, 그 바보 같은 금붕어!" 부인이 꽥 소리를 질렀다. "까맣게 잊어버렸네!"

"좀 들어가도 될까요?"

"그래요, 그러는 게 좋겠어요. 어휴, 정말, 무사해야 할 텐데. 온통 난리법석이었던 데다 경찰이 와서 샅샅이 뒤지기까지 하는 바람에, 금붕어는 그만 깨끗이 잊어버렸지 뭐예요. 가엾은 디키가 날 절대 용서 안 할 텐데. 이쪽이에요, 마담. 마담이라고 불러도 될까요?"

"미시즈 베인브리지가 좋겠어요. 감사합니다." 그웬은 문턱을 넘어서며 그렇게 말했다.

현관은 작지만 깔끔하고 환했다. 벽에 붙어 선 폭이 좁은 테이블 위에 조그만 편지 다발이 보였다. 그웬이 보니 맨 위의 편지는 트로워 앞으로 온 것이었다.

"그 사람 방은 다락에 있어요." 미시즈 다우드가 계단 쪽으로 안내하며 말했다. "머리 조심하세요. 모퉁이를 돌 때 튀어나오니까요. 천장 말이에요, 부인 머리가 아니라. 나나디키는 거뜬히 지나다녔는데… 아니, 미스터 트로워라고 해야겠군요."

미시즈 다우드가 서둘러 올라간 계단에는 닳아서 반들반들해진 암적색 페이즐리 무늬 카펫이 깔려 있었다. 그웬은 매번 계단 모퉁이를 도는 순간을 기회로 삼아 부인을 더 자세히 관찰했다. 그웬이 짐작하기에는 쉰 살가량으로 보였다. 아니면 적게 잡아도 마흔다섯 살쯤으로. 머리는 동그랗게 묶었는데 삐져나온 머리카락이 한 올도 보이지 않았다. 갈색 머리에 드문드문 흰머리가 섞여 있었고 얼굴은 화장을 하지 않아 세월의 흔적이 드러났다.

"2층에 아주 흠잡을 데 없이 깔끔한 하숙방이 있는데." 다락으로 이어진 계단을 올라가는 사이에 미시즈 다우드가 말했다. "미스터 트로워는 꼭대기 다락이 좋다지 뭐예요. 조용한 걸 좋아하는 데다, 앞쪽 창문으로 시내까지 보인다면서. 나한테는 오르락내리락하느라 일거리만 더 느는 셈인데."

다락방 문 앞에 도착한 부인은 열쇠를 찾느라 앞치마 주머니를 뒤적였다.

"경찰이 수색을 마치고 나서 내가 다 치웠어요." 부인이 방 문을 열었다. "아주 죄다 뒤져서 난장판을 만들었더군요. 시트는 아래 것만 빼고 다 빨았어요. 그건 경찰이 가져가는 바람에."

"왜 가져갔을까요?" 그웬이 물었다.

"핏자국을 찾으려고 그러겠죠."

"하지만 그 여자 분은 다른 데서 살해되지 않았을까요? 미스터 트로워가 부인 눈을 피해 이리로 데려오진 못했을 텐데요."

"어림도 없어요." 미시즈 다우드가 코웃음을 쳤다. "난 이 집에서 나는 소리라면 바닥 널빤지하고 침대 스프링이 삐걱대는 소리까지 하나도 놓치질 않거든요. 그 사람이 내 귀를 속이는 건 불가능하다고요. 물론 그럴 생각도 없었겠지만. 여긴 점잖은 가정집이고, 디키는 착실한 청년이거든요. 행실도 점잖고. 금붕어 수조는 창문 옆 책상 위에 있어요. 가엾은 것… 분명 지금쯤 다 죽어가는 상태일 것 같은데."

그웬은 수조 속을 들여다봤다. 미니어처 농가의 주위를 울타리가 쳐진 작은 방목장과 조그마한 금속제 말, 소, 양이 둘러싸고 있는 물속의 초소형 전원 풍경 위로, 금붕어 한 마리가 외로이 느릿느릿 헤엄치고 있었다. 그 목가적인 풍경이 하도 조그맣다 보니 금붕어가 마치 날아다니는 리바이어던처럼 보였다. 그웬은 자신을 올려다보는 물고기의 눈이 쓸쓸하면서도 왜 이제야 왔냐고 책망하는 것 같다고 생각했다.

"정말 허버트처럼 생겼네요." 그웬이 말했다.

"그렇죠?" 미시즈 다우드도 동의했다. "왜 그런지 설명은 못 하겠는데, 분명 그런 느낌이 있어요… 금붕어 허버트. 사료는 그 양철통에 들어 있어요."

수조 옆에 있는 작은 원통 모양 킹 브리티시 물고기 사료통이 그웬의 눈에 띄었다. 통 옆에 조그만 주석 숟가락이 있었다.

"허버트가 얼마나 먹으려나 모르겠네." 미시즈 다우드의 말이었다. "분명 굉장히 배가 고플 텐데."

"제 생각엔 두 숟갈이면 충분할 것 같아요." 그웬은 사료통 뚜껑을 열며 말했다. 그러고는 부슬거리는 건조 사료를 숟가락으로 퍼서 물에 흩뿌린 다음, 같은 과정을 반복했다.

차분하게 행동하던 허버트는 순식간에 한 마리의 포식자로 돌변했다. 물속으로 흐느적흐느적 내려오는 사료를 쫓아 쏜살같이 돌아다니는 동안 허버트의 꼬리지느러미는 미친 듯이 흔들거렸다.

"저런, 조그만 것이 많이 굶주렸나 보네요." 그웬이 웃음을 터뜨렸다.

"그러게요. 잘하셨어요. 방금 그건 크리스천이 할 법한 선량한 행동이에요. 빈말이 아니라 정말로요. 차 한잔 드릴까요?"

"친절한 말씀 정말로 감사합니다. 하지만 허버트를 두고 가기 전에 수조의 물을 마지막으로 간 게 언젠지 가르쳐주시겠어요?"

"지난 일요일이었어요." 미시즈 다우드의 말이었다. "디키는 일요일이면 어김없이 물을 갈거든요. 저 물고기한테 어찌나 잘하는지 몰라요. '쟤는 저한테 둘도 없는 친구예요, 미시즈 다우드.' 저녁 식사 자리에서 이런 말을 한 적도 있지 뭐예요. '제 고민을 다 들어주면서 한순간도 저를 의심하지 않거든요.'"

"집집마다 허버트를 한 마리씩 길러야겠군요."

"말씀 잘하셨어요, 미시즈 베인브리지. 옳은 말씀이에요." 미시즈 다우드가 그웬을 칭찬했다. "자, 이제 아래층에 가서 디키가 어떻게 지내는지 말씀해주세요."

그웬은 아래층으로 향하기 전에 방 안을 한번 둘러봤다. 작고 깔끔한, 미스터 트로워 같은 방이었다. 평소의 미스터 트로워 같네. 그웬은 생각했다. 오늘 오전에 본 모습이 아니라. 안쪽 벽에 붙여놓은 싱글베드에 손수 만든 퀼트 이불이 덮여 있었다. 침대 머리맡의 작은 탁자에는 파란색과 흰색이 섞인 자기 물병과 유리잔 두 개가 놓여 있었고, 그 옆의 액자에는 틀림없이 부모님일 법한 사람들과 나란히 찍은 흑백 사진이 들어 있었다. 침대 위쪽의 조그만 선반에는 찰스 디킨스와 윌리엄 새커리의 염가본 소설이 빼곡히 꽂혀 있었다.

미시즈 다우드는 그웬이 계단을 먼저 내려가도록 방문을 잡고 서 있다가, 방에서 나와 문 자물쇠를 잠갔다.

"방세는 물론 이달 말 치까지 지불됐어요." 부인은 그웬을 따라 아래층으로 내려가며 말했다. "그다음엔 어떻게 해야 좋을지 모르겠네요. 디키가 구치소에 있는 사이에 딴 사람한테 방을 내주고 싶진 않지만, 언제까지 비워둘 수 있을지."

"너무 오래 비지 않으면 좋겠네요." 그웬이 말했다.

"그래도 디키 몫의 식사나 빨래는 안 해도 되니까 비용이 조금 절약되기는 해요. 자, 앉으세요. 금방 올게요."

거실은 좁고 가구가 많아서 그웬은 움직일 공간이 없다시피 했다. 몸이 점점 커지는 바람에 팔다리를 편히 둘 곳을 찾는 『이상한 나라의 앨리스』속 주인공 앨리스가 된 기분이 들었다. 처음에는 높이가 낮고 가로로 긴 의자에 앉아봤지만, 앉고 보니 무릎이 허벅지보다 높이 올라왔다. 그웬은 등받이가 높다란 천 의자 두 개 가운데 하나로 옮겨 앉았다. 가장자리를 따라 박혀 있는 동그란 놋쇠 단추 장식이 꼭 클래리지스 호텔 도어맨의 제복 단추 같았다.

사방에 사진이 보였다. 테이블 위에도 있었고, 벽난로 위에도 있었고, 벽에는 사진이 하도 많아서 폭이 넓은 파란색 띠와 노란색 띠가 교차하는 벽지 무늬가 겨우 눈에 띨 정도였다. 대부분 젊을 적의 미시즈 다우드를 찍은 사진이었는데 그웬이 보기에는 함께 찍힌 남자가 미스터 다우드인 듯싶었다. 미시즈 다우드는 사진마다 웃는 표정이었다. 행복과 희망이 충만한 젊고 아담한 여성. 지금의 모습에서는 찾아볼 수 없는 특징들이었다.

그웬은 사진마다 빠지지 않는 미스터 다우드가 지금도

살아 있을지 궁금했다. 행복과 희망 없이 살다 보면 자신도 언젠가 미시즈 다우드처럼 변하는 걸까 하는 궁금증도 함께 들었다.

벽 쪽 탁자 위에 놓인 잡지 두 더미는 각각《굿 하우스키핑》과《우먼스 오운》이었다. 그웬은《우먼스 오운》최신호를 펼쳤다가 새로 나온 어린이 책을 소개하는 기사에 빠져들었다. 꼬마 로니는 라디오의 아동 프로그램 시간에 반복해서 읽어주는 '움직이는 허수아비 워젤 거미지' 이야기를 듣다가 그 동화 시리즈에 푹 빠지고 말았고, 그웬은 아이가 그저 책을 다양하게 읽어줬으면 하는 마음에 새로 나온 어린이 책이라면 뭐든 눈에 불을 켜고 찾아다녔다. 책 소개 기사를 반쯤 읽었을 때 미시즈 다우드가 차 쟁반을 들고 돌아왔다.

"얼그레이 홍차 괜찮으세요?" 부인이 물었다.

"좋아요, 감사합니다."

"우유하고 설탕은 어떻게?"

"우유만 넣어주세요."

"《우먼스 오운》을 구독하세요?" 부인이 차를 따르며 물었다.

"아뇨. 읽을거리가 아주 많은 잡지 같은데요."

"아휴, 난 이 잡지 없이는 못 살아요." 미시즈 다우드가 열띤 목소리로 말했다. "집안일의 기술 같은 건 지난 세기에 머물러 있다고 생각하겠지만, 진보는 온갖 분야에서 다 일어나게 마련이에요. 그리고 메리 세들리의 조언 칼럼은…
메리 세들리의 글을 읽어봤나요?"

"아뇨."

"정말 훌륭해요. 난 숙모 아무개가 쓰는 흔해 빠진 고민
상담 칼럼은 눈 뜨고 보질 못하는데, 그런 것보다 훨씬 더
실용적이에요. 아침 설거지를 마치면 의자에 앉아 다리를
쭉 뻗고 BBC 라디오의 「라이트 프로그램」을 들으면서《우
먼스 오운》기사를 한두 편 읽는 게 내 오전 일과예요."

"환상적이네요."

"이 잡지가 없었으면 난 틀림없이 큰 소리로 멍멍 짖기라
도 했을 거예요. 이 동네는 너무 조용하거든요. 예전 분위기
로 돌아간 거긴 하지만, 그래도요."

"한동안은 꽤 시끄러웠죠?" 그웬이 맞장구를 쳤다.

"어이구, 시끄러운 정도가 아니었죠!" 미시즈 다우드가
깔깔 웃었다. "집에 고양이가 있었는데, 공습 사이렌이 울리
니까 그렇게 앙칼지게 날뛸 수가 없지 뭐예요. 방공호에도
못 데려갔어요, 하도 가만히 있질 않아서. 어쩔 수 없이 여
기다 두고 갔는데, 돌아와서 보니까 온 사방을 아주 엉망으
로 긁어놨지 뭐예요."

"가엾어라. 그 고양이는 어떻게 됐나요?"

"집을 나갔어요. 차라리 그랬으면 좋겠다고 생각해요. 방
공호에서 돌아와보니 이미 없더군요. 그 후로도 다시는 못
봤고요."

"딱해라."

"뭐, 귀찮은 녀석이 사라져서 속은 시원해요. 우스운 건요, 애초에 그 녀석을 집에 두기로 한 게 미스터 다우드가 똑같은 짓을 한 다음의 일이었다는 거예요. 달아났다는 거죠, 내 말은. 남자 복만 없는 게 아니라 수컷 복도 없다니까요."

"세상에." 그웬이 중얼거렸다. "사진마다 찍힌 남자 분이 남편 분인가요?"

"맞아요. 악당치곤 잘생겼죠?"

"그러게요."

"우리도 한때는 그림 같은 한 쌍이었어요." 미시즈 다우드는 둘이 카페에서 함께 찍은 사진을 집어 들었다. "이때가 첫 데이트였어요. 기념하고 싶다면서 카메라를 챙겨왔지 뭐예요. 상상이 가요?"

"굉장히 낭만적이네요."

"여부가 있겠어요. 나는 처음부터 공중에 둥둥 떠 있는 기분이었어요. 발이 다시 땅에 닿기까지 오래도 걸렸죠. 좋을 때는 좋았지만, 나중에는 그렇질 않았어요. 그런데 이제 디키까지 가버렸으니. 그 사람이 살인자라니 난 지금도 믿을 수가 없어요."

"저도요." 그웬은 목소리에 힘이 들어갔다.

"이런 걸 물어봐도 될지 모르겠는데." 미시즈 다우드는 미적거리며 말을 꺼냈다. "둘이 어떻게 아는 사이예요? 그 사람이… 잡혀간 건 어떻게 알았어요? 아직 신문에도 안 났는데."

"그 사람은… 제 고객이에요. 저희 고객이라고 해야 맞겠네요."

"고객?" 미시즈 다우드는 그 말을 따라하며 눈이 동그래졌다.

"제가 동업자하고 같이 조그만 사업체를 운영하거든요. 미스터 트로워는 저희를 찾아와서…."

"그 이상은 한마디도 하지 마요." 미시즈 다우드가 씩씩거렸다. "맙소사. 내가 내 집에서 이런, 이런 독사 같은 인간을 대접할 날이 올 줄이야. 나처럼 점잖은 여자가 자기 집 응접실에서 이, 이… 어휴, 차마 입 밖에 꺼내지도 못하겠네!"

그웬은 방금 들은 말의 의미를 깨닫고 놀란 표정으로 부인을 바라봤다.

"미시즈 다우드!" 격분해서 외치는 목소리였다. "무슨 생각을 하시는지 모르겠지만, 제 말을 오해하신 게 분명해요. 부인께선 절 어떤 부류의 여자로 생각하시는 거죠?"

"그거야, 아무리 생각해도 점잖은 부류는 아닌… 그게 뭐죠?"

그웬은 미시즈 다우드에게 자기 명함을 건넸다. 부인은 그 명함을 받아 몇 번이나 읽고는, 그제야 안도한 듯 한쪽 손을 가슴에 갖다 댔다.

"세상에, 이런 세상에. 죄송해요, 정말로 죄송해요. 부디 용서해주세요. 하느님 맙소사, 나를 뭐라고 생각하셨을까."

"처음부터 제가 누군지 확실히 밝힐 걸 그랬나 봐요." 그
웬의 목소리는 상냥했다.

"그래요, 이제 알겠어요. 키가 큰 쪽이 당신이었군요."

"보통은 어딜 가든 그런 편이죠."

"아뇨, 그러니까 결혼상담소에 처음 다녀왔을 때, 디키가
두 분 얘기를 쉬지도 않고 계속 했어요. 특히 당신 이야기를
요. 칭찬을 정말 많이 했어요."

"저런 고마울 데가. 정말 귀여운 사람이에요. 그래서 저희
가 짝을 찾아주려고 했고요. 정말로 찾을 줄 알았는데. 그랬
는데 일이 이렇게 돼버렸어요. 무슨 얘기를 해야 할지조차
모르겠네요. 저흰 지금도 충격이 다 가시질 않았답니다."

"난 법원이 어떻게 돌아가는지는 잘 모르지만, 보석금을
내고 나올 수는 없나요?"

"그렇게는 안 될 거예요. 중대한 사건이라서요."

"하긴, 살인이 다 그렇죠, 뭐."

"그럼요. 혹시 트로워 씨한테 도움이 될 만한 사실 중에
뭔가 아시는 게 있나요?"

"내가요?" 미시즈 다우드는 당황한 기색이었다. "내가 알
면 뭘 알겠어요?"

"그러니까, 트로워 씨의 소행이 아니라고 경찰을 설득할
만한 거면 좋겠는데요."

"아는 건 경찰한테 다 털어놨어요." 미시즈 다우드는 그
렇게 말하고는 골똘히 생각하는 표정으로 홍차를 홀짝였다.

"그 사건이 일어난 날 밤에… 트로워 씨는 집에 있었나요?"

"예, 처음에는요. 하지만 난 일찍 잠자리에 들었어요. 그 사람도 그랬던 것 같아요."

"그런데 나중에 트로워 씨가 집 바깥에 나갔다면 부인은 그 기척을 들으셨겠죠?"

"예, 그랬겠죠. 하지만 그날 밤에는 아주 피곤했어요. 디키도 나도… 둘 다 피곤하다는 얘기를 했어요. 내 기억에 디키는 데이트가 취소됐다는 얘기도 했어요. 그래서 꽤 의기소침했죠."

"그랬어요?"

"그럼요. '제가 마음에 안 들어서 그런가 봐요.' 디키가 그러더군요. 실망한 눈치였어요."

"충분히 그럴 만하죠. 그 일 때문에 화가 많이 난 것 같던가요?"

"그 질문에는 대답하지 않겠어요." 미시즈 다우드의 목소리는 퉁명스러웠다.

"맙소사, 부인." 그웬은 가슴이 철렁했다. "저는 트로워 씨가 무죄이길 진심으로 바란답니다."

"디키는 정말로 외로운 청년이었어요. 혼자서 온갖 기대를 품고 있었죠. 당장 그날 저녁부터 자기 인생이 통째로 바뀌기라도 할 것처럼 그 아가씨 이야기를 쉬지도 않고 늘어놨는데, 그러다 그만 취소 편지를 받았지 뭐예요. 그때 디키의 표정은… 가슴이 미어지는 것 같았어요."

"정말 안타깝네요."

"그래도 돌아올 방은 있으니까요." 미시즈 다우드의 목소리는 밝았다. "적어도 이달 말까지는요. 빨래는 이미 다 해놨으니까 내 일거리도 함께 줄어든 셈이고, 허버트는 부인 덕분에 먹이를 챙겨주게 됐으니, 이제 그 녀석도 나랑 같이 제 주인을 기다리겠죠. 그러니까 다 잘될 거예요. 안 그래요?"

"그러면 좋겠지만요."

"부인 덕분에 금붕어가 생각나서 정말 다행이에요." 미시즈 다우드가 말했다. "그나마 할 일이 생겼지 뭐예요. 보살펴줄 대상이 생긴 거죠. 결국 우리한테 필요한 건 그거 아니겠어요?"

"맞아요. 정말 그 말씀이 맞아요."

미시즈 다우드는 가는 길에 읽으라며 《우먼스 오운》 최신호를 챙겨줬고, 그웬은 그 잡지를 무척이나 탐독했다. 기사에 실린 전문적인 조언들은 미용과 패션, 육아처럼 그웬의 흥미를 끄는 일과 요리 및 가구, 가사 등 그웬이 거의 또는 아예 모르는 주제까지 폭넓게 아울렀다.

이런 것들도 배워야 해. 그웬은 속으로 생각했다. 다 배워놔야 혹시 나중에….

나중에 뭘 어쩌려고? 로니를 데리고 시댁인 켄싱턴코트를 나가서 단둘이 살기라도 하려고? 그웬이 그렇게 할 수 있을까? 단지 법적으로만이 아니라, 물론 법적 절차에도 넘어야 할 거대한 장애물이 버티고 있기는 하지만, 현실적으로 자그마한 살림이나마 혼자 힘으로 꾸려가는 일이 그웬에게 가능하기는 할까?

금융 자산이 아예 없지는 않았다. 남편이 무언가 남기기는 했다. 그웬은 자세한 액수까지는 알지 못했지만, 가문의 변호사가 그 자산의 관리를 맡고 있었다. 그러나 자산은 대부분 신탁과 주식에 묶여 있었고, 시부모가 아들의 양육권을 쥔 데다 그웬 본인은 요양원에 머물다 나온 뒤로 법원이 지정한 인정머리 없는 후견인을 달고 있는 지금의 상황을 감안하면, 그 자산을 어디까지 손댈 수 있는지, 아니면 이쪽에서 먼저 손대려고 시도했다가 어떤 법적 분쟁이 일어날지, 그웬은 확신이 서지 않았다.

만약 일이 잘 풀려서 그 집을 나오게 되면 어떤 것들이 필요할까? 최소한 그웬이 바른 만남 결혼상담소에 매일 출근해서 일하는 동안 로니를 돌봐줄 보모는 있어야 했다. 그리고 가정부와 요리사도. 아니면 요리를 할 줄 아는 가정부이든가. 그도 아니면 요리사 겸 가정부 겸 보모라도. 그런 사람이 있기만 하다면.

아니, 잠깐만. 그웬은 속으로 생각했다. 그런 사람들이 있잖아. '아내'라는 이름으로 불리는 사람들.

어쩌면 아이리스에게 신붓감을 한 명 소개해달라고 부탁해야 할지도 몰랐다. 아이리스는 이미 그웬에게 신랑감을 소개해주겠다고 했으니, 글자 한 자만 바꿔서 부탁하는 셈이었다. 그웬은 그 생각을 하며 빙긋 웃었다.

그랬다, 집안일 같은 건 전부 다 아내에게 맡기고 싶었다. 그리고 로널드 콜먼에게 편지를 써서 가끔 시내에 놀러 나갈 때 에스코트해주지 않겠냐고 물어볼 생각인데… 아니, 잠깐만. 콜먼은 현실에서 베니타 흄과 결혼하지 않았던가?

가끔은 현실의 삶이 끔찍이도 싫을 때가 있었다.

그웬은 빅토리아역에 도착해 트램에서 내렸다. 그러고는 손목시계를 흘끗 봤다. 벌써 1시가 지난 참이었다. 그웬은 서둘러 옥스퍼드 스트리트로 가는 버스에 올라탄 다음, 버스에서 내린 후에는 사무실까지 잰걸음으로 걸어갔다.

그웬은 자신이 자리를 비운 사이에 아이리스가 잘해주기를 바랐다. 사무실에 혼자서 이렇게 오래 있기는 두 사람 다 처음이었다. 둘이서 사무실에 쭉 함께 있는 것 자체가 편안했다. 설령 할 일이 없다고 해도 그러했다. 그웬은 아이리스가 혼자서도 척척 해내는 사람, 누가 와도 거뜬하게 상대할 사람인 것을 잘 알았다. 그웬 스스로는 같은 상황에서 그렇게 할 자신이 없었다. 여자인 자신이 혼자 있으면 자칫….

"미시즈 베인브리지!" 웬 남자가 외치는 소리가 들렸다. "미시즈 베인브리지! 여기예요!"

그웬이 놀라서 그쪽으로 고개를 돌리자 길 건너편에서

카메라 플래시가 번쩍 터졌다.

"활짝 웃어주세요!" 카메라를 든 남자가 플래시의 전구를 갈며 큰 소리로 외쳤다.

"왔구나, 저 하이에나 같은 놈들." 어머니의 목소리. "자, 우리 딸, 멋지게 웃는 얼굴을 보여주는 거야. 가십 전문 조간지에 네 얼굴이 겁먹은 표정으로 나오면 안 되잖아."

그웬은 어깨를 펴고 남자를 향해 이가 환히 드러나도록 웃어 보였다.

"멋져요!" 사진사는 카메라를 들며 그렇게 말했다.

"그웬!" 아이리스가 외쳤다. 살짝 열린 건물 출입문 안쪽에 숨은 채로. "상대하지 마! 이리 들어와! 빨리!"

"미시즈 베인브리지!" 사진사 옆에 있던 뚱뚱한 남자가 외쳤다. "틸리 라살 살해 사건에 관해 한 말씀 해주시겠습니까? 디키 트로워가 어떤 인간인지 제대로 알아보지도 않고 그 여자 분을 죽음으로 내몬 이유가 뭡니까?"

"뭐라고요?" 그웬은 문으로 손을 뻗다가 잠시 휘청했다.

아이리스가 문 안쪽에서 걸어 나와 그웬의 팔을 잡고 부축하더니, 겉만 봐서는 상상도 못할 만큼 센 팔 힘으로 그웬을 안으로 끌어당기고 문을 쾅 닫았다.

"신문 기자잖아." 그웬은 충격 때문에 숨을 헐떡였다.

"알아. 개러스 폰티프랙트라는 놈이야. 들어본 적 있어?"

"《데일리 미러》의 그 징그러운 두꺼비 같은 놈?"

"정답이야. 네가 없는 사이에 우리 사무실에 들렀어."

"으악, 어떡해!"

"이제 계단을 올라갈 기운이 좀 생겼어? 우리 작전 회의를 좀 해야 하는데."

"난 괜찮아. 앞장서십시오, 대위님."

"거기까지는 진급 못했어." 아이리스는 계단을 오르며 말했다.

"그럼 어느 계급까지…."

"말하면 안 돼."

"또 그렇게 대답할 줄 알았어야 했는데."

그웬은 자리에 앉아 아이리스가 따라준 물 한 잔을 들고 말없이 건배하는 시늉을 한 다음, 물을 들이켰다.

"어떻게 된 건지 얘기해줘." 그웬이 말했다.

아이리스는 폭행이나 다름없었던 부분은 빼놓고 앞서 일어난 일을 설명했다.

얘기를 다 들은 그웬은 아이리스의 얼굴을 빤히 바라봤다.

"그 남자를 어떻게 쫓아냈어?" 그웬이 물었다.

"사무실에서 나가달라고 했어. 그랬더니 가던데." 아이리스의 말투는 천연덕스러웠다.

"많이 때렸어?" 그웬은 빙긋이 웃으며 그렇게 물었다.

"아, 어쩌면 조금." 아이리스는 선선히 인정했다. "뭣보다 그놈의 자존심을 좀 손봐줬지. 흉터가 남거나 하진 않아."

"불쌍하네. 그건 그렇고, 대위님은…."

"대위 아니라고 아까 얘기…."

"상황을 감안하면 특별 승진을 할 자격이 충분해. 그러니까 대위님, 지금 우리 처지가 얼마나 난처한 거죠?"

"일단 신문에 나오면, 고객들이 줄줄이 환불해달라고 전화를 해서 사무실 전화기에 불이 날 지경일 거야."

"환불을 꼭 해줘야 해? 잠깐! 누가 온다."

"미치겠네, 만약 폰티프랙트 그 자식이 내 말을 무시하고 또 온 거면, 어떤 일이 벌어져도 내 잘못은 아니야."

계단을 올라오는 발소리가 점점 빨라졌다.

"그놈이 아니야." 아이리스가 말했다.

"어떻게 알아?"

"그 살집으로 저렇게 급히 올라왔다간 계단참에도 닿기 전에 심장마비로 쓰러질걸. 생각해보니 그놈한텐 그것도 괜찮겠네."

사무실 문이 벌컥 열리더니, 마이클 킨지 형사가 성큼성큼 걸어 들어왔다.

"스파크스." 형사의 말투는 침이라도 뱉는 것처럼 퉁명스러웠다. "얘기 좀 해. 둘이서. 지금."

아이리스는 등받이에 몸을 기대며 팔짱을 끼었다.

"지금 이건 경찰의 공적인 방문이야?" 아이리스가 물었다.

"아니."

"그럼 난 너랑 얘기 안 해. 네가 이런 식으로 굴면."

"저도 형사님이 그렇게 예의 없이 행동하는 한 아이리스만 놔두고 자리를 비우진 않을 거예요." 미시즈 베인브리지의 말이었다.

"유감이지만 저도 물러설 수가 없습니다."

"여긴 저희 사무실이에요." 미시즈 베인브리지가 지적했다. "형사님은 그럴 권한이 없어요."

"그리고 영장이 없는 한 나를 어쩔 권한도 없지." 스파크스였다. "그러니까 더 이상의 무례는 범하지 말고 돌아가."

킨지 형사는 치솟는 화를 억지로 누르는 듯한 표정이었다. 그렇게 갖은 애를 쓴 끝에, 형사는 숨을 깊이 들이마시고 스파크스 앞으로 다가와 섰다.

"미스 스파크스, 제 무례를 용서해주십시오. 사적으로 급한 용건이 생겨서 그러는데, 따로 얘기를 좀 나눌 수 있을까요?"

"훨씬 낫군요, 형사님." 스파크스의 대답이었다. "미시즈 베인브리지, 저는 형사님하고 같이 4층에 가 있을게요. 제가 없는 동안 사무실을 좀 봐주시겠어요?"

미시즈 베인브리지는 두 사람을 번갈아 보다가 이내 천천히 고개를 끄덕였다.

"그럼요, 미스 스파크스. 기꺼이 그렇게 할게요."

미시즈 베인브리지의 대답을 들은 스파크스는 일어서서 문 쪽으로 걸어간 다음, 문 앞에서 멈춰 섰다.

"뭐 하세요?" 스파크스의 목소리는 뭔가 기대하는 듯했다. 형사는 돌아서서 스파크스를 위해 허둥지둥 문을 열어줬다.

"고마워요, 형사님." 스파크스는 그 말을 남기고 우아하게 사무실을 나섰다. 형사는 잠시 바닥만 보고 있다가, 이내 스파크스를 따라갔다.

"1라운드는 스파크스 승." 그웬이 혼자서 중얼거린 말이었다.

4층 복도는 백열전구 한 개만 켜져 있어서 어두웠고 햇빛은 계단 맞은편 창문에서 비쳐들었다. 스파크스는 킨지 형사를 그 창문 앞으로 안내한 다음, 돌아서서 벽을 등지고 형사를 마주 봤다. 그러고는 말없이 기다렸다.

킨지는 스파크스를 바라봤다. 억눌렀던 화가 표정에 슬슬 드러나는 중이었다.

"누구야?" 킨지가 따지듯이 물었다.

"그런 질문은 더 구체적으로 해야 할 것 아냐, 마이크. 나올 만한 대답이 얼마나 많은데."

"우리를 사건에서 물러나게 하려고 누구한테 전화를 걸었냔 말이야."

"무슨 말인지 도저히 못 알아먹겠는데."

"헛소리 집어치워!" 킨지의 험한 말에 스파크스는 손으로 입을 가리며 짐짓 놀란 척했다. "누가 파럼 경감한테 전화를 했어. 경감은 그게 누군지 밝히려고 하질 않아. 자기 오른팔인 나한테조차도."

"누가 전화했는지는 나도 몰라, 마이크."

엄밀하게 따지면 사실이야. 스파크스는 속으로 생각했

다. 아마도 중간에 몇 다리를 거쳤을 것이기 때문이었다.

"그런 연줄은 또 어디서 난 거야? 너를 대할 땐 손에 염소 가죽 장갑이라도 끼고 조심조심 다루라고 우리한테 압력을 넣을 만큼 위세가 대단한 작자를, 네가 어떻게 아는 거지?"

"너한테 염소가죽 장갑 같은 고급품이 있을 것 같진 않은데. 지금 입은 그 양복하고 어울릴 것 같지도 않고. 하지만 패션은 예측할 수 없는 거라고들 하니까. 안 그래?"

"예측할 수 없는 건 너야, 스파크스. 넌 예전부터 늘 그랬어. 더 일찍 알았어야 했는데. 내가…."

"네가 나를 차기 전에?"

"내가 너한테 청혼하기 전에." 킨지가 말했다.

"네가 나를 있는 그대로의 모습으로 받아들였으면 됐을 텐데."

"그때 난 네가 어떤 사람인지 몰랐어."

"그런데도 청혼했잖아, 조심성 없게. 그리고 난 승낙했지, 어처구니없을 만큼 관습적으로."

"그 후에 내가 군대에서 휴가를 받아 돌아왔을 때, 넌 그 에스파냐 녀석하고 같이 있다가 나한테 걸렸지. 그때 내가 어떻게 생각했겠어? 가뜩이나 네가 한 말까지 들어버렸는데."

"그때 내가 무슨 말을 했는데, 마이크?"

"내가 화가 나서 쿵쾅대며 방에서 나갈 때, 그 녀석이 너한테 내가 누군지 물었지. 그때 넌 이렇게 말했어. '그냥 몇 년 전에 알던 남잔데, 자기가 나랑 무슨 사이나 되는 줄 아나 봐.'"

"네가 에스파냐어를 하는 줄은 몰랐어." 스파크스는 어두운 복도 쪽으로 눈길을 돌렸다. "들었다면 미안해."

"대체 뭘 하고 있었던 거야, 스파크스? 내가 혹시 그때 상황을 완전히 오해한 거야? 정말로 아무 사이도 아니었던 거냐고."

"그건 가르쳐줄 수 없어, 마이크."

"난 모든 걸 새로운 관점에서 생각해보기로 했어. 그때 넌 나한테 육군부의 말단 사무직으로 근무한다고 했지. 그런데 이제 보니 넌 런던 경찰청에 압력을 넣어 너의 신원 조회를 막을 정도의 권력자하고 연줄이 닿는 사이야."

"내 신원 조회는 마틸다 라살 살해 사건과 아무런 관련도 없어. 네가 지금 애써야 할 건 그 사건을 해결하는 일이야."

"그 건은 이미 해결됐어."

"아니, 안 됐어. 너도 속으로는 그렇게 생각하잖아. 넌 분명 형사로서는 아주 우수한 인간일 거야, 마이크. 그러니까 이번엔 네 직감을 믿어봐."

"널 차버릴 때도 직감을 믿었는데. 그건 내 실수였을까?"

"아니." 스파크스의 목소리는 부드러웠다. "난 의지할 수도 없고, 믿을 수도 없고, 네가 내 잘못으로 여기는 모든 것 이상으로 죄가 많은 인간이야. 너한테 나는 없는 게 차라리 더 나아."

무슨 일이 일어나는지 미처 생각할 겨를도 없이, 킨지가 불쑥 다가와 스파크스를 끌어안더니, 입을 맞췄다.

스파크스가 맨 먼저 느낀 충동은 킨지를 계단에서 밀어 버리고 싶다는 것이었다.

그 충동에 맞서 싸우며, 스파크스는 몸속으로 퍼져나가는 키스의 느낌을 음미했다. 영원 같은 잠깐의 시간이 흐른 후에, 스파크스는 양 손바닥으로 킨지의 가슴을 살짝 밀어 냈다.

"마이크, 나 그렇잖아도 아까 내 앞에서 건방 떠는 놈을 하나 혼내줬어. 너한테까지 따끔한 맛을 보여주고 싶진 않아."

"네가 주는 거라면 뭐든 받을게."

"오늘은 별로 베풀고 싶은 기분이 아니야."

스파크스는 소맷부리에서 손수건을 꺼내어 킨지의 입에 묻은 자기 립스틱 자국을 닦았다.

"넌 몇 주 후에 결혼할 몸이잖아." 스파크스가 덧붙인 말이었다. "잊어버리기라도 한 거야?"

킨지는 말이 없었다.

"아무쪼록 질문에 대한 답변은 이 정도로 충분하면 좋겠네요, 형사님." 스파크스는 손수건을 다시 소맷부리에 끼우며 그렇게 말했다. "궁금하신 게 또 있나요?"

"다른 건 없어."

"그럼 내가 하나만 물을게."

"뭔데?"

"너 언론에 우리 바른 만남 결혼상담소에 관해 흘렸어? 혹시 네 상관은 다 해결됐다고 보는 사건을 더 수사하겠다는 핑계로 내가 어떻게 사는지 캐려고 했는데, 그 시도가 그만 차단당해서 화가 났다는 이유로?"

"난 그딴 짓 절대로 안 해, 스파크스. 심지어 너한테도."

스파크스는 그웬이 함께 있어서 지금 그 대답을 하는 킨지의 표정을 읽어줬으면 하는 마음이 너무도 간절했다.

"알았어, 마이크. 가서 틸리를 죽인 범인을 잡아."

"그 사건은 종결됐어. 난 다음으로 넘어갈 거야."

"그럼 넘어가든가. 결혼 준비, 잘하길 바랄게. 신부가 널 행복하게 해주면 좋겠다."

"고마워." 킨지는 그렇게 말하고 아래로 향하는 계단 쪽으로 돌아섰다. 그러고는 다시 스파크스 쪽을 돌아봤다.

"그때 같이 있다가 나한테 걸린 그 녀석. 지금도 만나?"

"아니."

"다행이군."

아이리스는 킨지가 계단을 내려가는 모습을, 또 모퉁이를 돌 때 시야에서 사라지는 모습을 지켜봤고, 발소리가 멀어지다가 건물 정문이 열리는 소리를, 뒤이어 문이 저절로 느릿느릿 닫히는 소리를 귀 기울여 들었다. 그다음은 침묵이 이어졌다.

"아니야." 아이리스는 침묵을 상대로 중얼거렸다. "그 녀석은 이제 나를 못 만나, 마이크. 나뿐 아니라 그 누구도 못 만나. 거울에 비친 자기 자신도. 이미 다 썩어서 없어졌으니까."

6

사무실로 돌아온 아이리스가 책상 맨 아래 서랍을 열고 위스키 병을 꺼내는 동안, 그웬은 한마디도 않고 가만히 지켜보기만 했다. 아이리스는 병을 불빛 쪽으로 들고 술이 얼마나 남았는지 확인한 후에 그웬 쪽으로 휙 돌렸다. 그웬은 자기 술잔을 들고 조금만 따라달라는 뜻으로 손가락 한 개를 폈다.

아이리스는 그웬의 잔에 위스키를 따른 다음, 자기 것도 한 잔 따랐다. 그러고는 잔을 유리창 쪽으로 들고 잠시 뭔가 생각하다가, 위스키를 갑절로 더 따랐다.

"무슨 건배할 일이라도 있어?" 그웬이 물었다.

"거, 건배는⋯." 아이리스는 말을 더듬다가 잔을 높이 들었다.

"될 대로 되라지!" 그렇게 외치고 나서 아이리스는 술잔의 위스키를 절반이나 들이켰다.

"될 대로 되라지!" 그웬도 따라 외치고 자기 잔의 위스키를 홀짝였다. "무슨 일인지 나한테 얘기하고 싶어?"

"별로."

"그 남자가 키스하려고 했구나. 맞지?"

아이리스의 손이 곧장 입술로 향했다.

"그렇게 티 나?" 아이리스가 물으며 핸드백으로 손을 뻗었다. 그러고는 안에서 꺼낸 조그만 손거울에 입을 꼼꼼히 비춰봤다. "맞아. 나한테 키스하려고 했어. 그리고 성공했고."

"그 남자가 그럴지도 모르겠단 생각은 들었는데."

"미리 귀띔이라도 해주지 그랬어."

"내가 뭐라고 해야 했을까? '조심해! 저 남자, 입술이 있어! 그리고 그걸 쓰려고 할 거야!'라고?"

"꼭 그런 식으로⋯."

"아니면, 그래, 나 소녀단 단원이었을 때 배운 수기 신호가 지금도 기억나."

그웬은 의자에서 일어나 팔을 쭉 편 다음, 양팔을 이용해 각진 자세 몇 가지를 연이어 만들어 보였다.

"난 수기 신호 따위 몰라." 아이리스는 기겁해서 말했다.

"디D, 에이A, 엔N, 지G, 이E, 아르R(위험)!" 그웬이 외쳤다. "엘L, 아이I, 피P, 에스S(입술)!"

"그 남잔 네가 뭘 하는지 눈치챘을 거야. 어쨌든 형사니까."

"키스는 괜찮았어?" 그웬은 다시 자리에 앉으며 물었다.

"아주 발끝까지 찌르르했어. 연애 시절의 기억들이 통째로 눈앞에 번쩍번쩍 떠오를 만큼. 대부분 침실에서 보낸 순간이었지."

"키스하게 가만히 뒀다니 뜻밖인걸."

"방심하다가 허를 찔리는 바람에."

"아니." 그웬은 고개를 가로저었다. "넌 절대로 허를 찔리는 법이 없잖아."

"아아아악!" 아이리스는 분통이 터져 악을 지르고는, 책상 위에 얹은 자기 팔에 얼굴을 묻었다. "바보! 이런 바보, 멍청이!"

"그 남자가 결혼한다고 해서 그런 거야?" 그웬이 물었다. "다른 여자랑 결혼한다는 이유로 벌을 주고 싶어서?"

"넌 왜 그렇게 나를 못살게 구는 거야?" 아이리스는 고개를 처박은 채로 그렇게 물었다. 팔에 막혀 웅얼거리는 목소리로.

"너는 왜 그렇게 너 자신을 못살게 구는데?" 그웬이 되물었다.

"나야 원하는 만큼 얼마든지 스스로를 못살게 굴어도 되지." 아이리스는 팔을 짚고 몸을 일으켰다. "어쨌든 무슨 일이 있었는지는 얘기 안 해줄 거야."

"물론 그러시겠지." 그웬은 믿음이 안 간다는 듯이 대꾸했다.

"트로워 면회는 어땠는지나 얘기해줘." 아이리스가 말했다.

"화제를 바꾼다고 해서 없는 일이 되진 않아."

"우리 화제는 이거야. 지금부터 화제는 이것뿐이야. 트로워랑 얘기는 하고 왔어?"

"응." 그웬은 이날 오전에 있었던 일을 아이리스에게 들려줬다.

"허버트라." 이야기를 다 들은 아이리스가 말했다. "허버트가 있을 거라는 생각을 애초에 했어야 하는데. 트로워는 금붕어를 키울 타입으로 보였거든."

"'보이거든'이라고 해야지." 그웬이 바로잡아줬다. "그 사람 아직 안 죽었어."

"나 물어볼 게 하나 있는데."

"물어봐."

"너 트로워의 눈을 봤을 거 아냐. 자기가 미스 라살을 안 죽였다고 말할 때, 네가 보기엔 사실을 말하는 것 같았어?"

"응. 내가 보기엔 그랬어. 난 그 사람이 무죄라고 전적으로 믿어. 런던 경찰청도 그렇게 믿게끔 네가 설득할 수 있겠어?"

"아니, 너의 추측만 가지고는 그렇게 못해. 경찰은 이미 이 사건을 종결했어."

"그럼 해결은 우리 손에 달렸구나. 넌 어떻게 할 생각이야?"

아이리스는 말없이 앉아 있었다. 시선은 벽으로 둘러싸인 사무실 너머 아득히 먼 곳에 꽂혀 있었다. 그웬은 아이리스의 대답을 기다렸다. 끈기 있게, 의자에 앉아 꼼짝도 않은 채로.

"나한테 인간에 대한 믿음 따위는 없어. 눈곱만큼도." 아이리스가 불쑥 내뱉은 말이었다. "망할 놈의 전쟁이 터지기 전에도 그랬던 것 같아. 그리고 전쟁 전에 내가 인간들에게 품었던 의심은 이제 하나도 빠짐없이 확신으로 바뀌었어. 이때껏 해본 연애는 모조리 망쳤고, 인생이란 게 대체로 불공평하다는 사실을 욕하느라 너무 오랜 시간을 허비했지."

"인생이 불공평하지 않다고 내가 반박해주길 기대한 모양인데, 불공평 쪽으로는 내가 경험이 더 많아." 그웬의 말이었다.

"알아, 알지. 그냥 평소에 하던 유아독존식의 불평이었어, 미안해. 네가 이 사건을 조사하려고 하는 건 그렇게 하는 게 옳기 때문이지. 참 아름다운 생각이지 뭐야. 아주, 아주, 아름다워."

"바보 취급은 하지 말아줘."

"안 해. 내가 하고 싶은 말이 뭐냐면, 나랑 너는 다르다는 거야. 난 파괴적인 인간이야. 세상에 대해서나 스스로에 대해서나. 신화에 나오는 미다스 왕 같은 건데, 다른 점은 손에서 산성 독이 나오기 때문에 닿는 것마다 황금으로 변하는 게 아니라 녹아서 없어져버린다는 거지. 심지어는 잘해

보려고 했던 것들조차도… 전쟁 중에 내가 하려고 했던….”

“나한테 밝힐 수 없는 일들 말이지.”

“밝히면 안 되는 일들, 내가 끝내는 비참하게 망쳐버린, 적어도 두 건의….”

아이리스는 입을 꾹 다물고 두 주먹으로 책상을 두들기며 분노의 함성을 질렀다. 종이 클립이 사방으로 튀었다.

“난 그 빌어먹을 전쟁도 견디고 살아남았어, 그러고 나서 너를 만나서, 나도 모르는 사이에 긍정적인 일을 하고 있어. 나 스스로 긍지와 위안을 함께 느끼는 일을. 예전의 ‘그 아이리스’가, 지금은 남들이 자기네 삶을 변화시키도록 도와주고 있단 말이야. 그러면서 자기 밥벌이를 하는 건 말할 것도 없고. 게다가 그 일을 다른 여성 한 명과 함께 해나가는 중인데, 그 파트너는 여성스러움의 더할 나위 없는 표본 같은 사람으로서….”

“당장 멈춰.” 그웬이 명령하듯 말했다.

“그러니까 무슨 말이냐면, 내가 너한테 이 정신 나간 사업을 같이 하자고 한 건, 다른 이유도 있었지만 무엇보다 평생 남자들한테 이래라저래라 소리 듣는 게 아주 지겨워 죽을 것 같아서였다는 말이야. 내가 어떻게 살지는 내 마음대로 결정하고 싶어서였다고. 그랬는데 이제 그게 다 물거품이 될 판이야. 웬 미친놈이 죄 없는 여자를 칼로 찌르는 바람에.”

“죄가 아예 없는 건 아닐 수도 있어.”

"죄가 아예 없는 건 아닐 수도 있지." 아이리스는 그웬의 말에 맞장구쳤다. "하지만 그 여자 본인도 살인자였다면 모를까, 희망을 손에 넣어야 할 밤에 칼에 찔려 목숨을 잃는 신세가 된 건 너무나 부당해. 그리고 그 일 때문에 우리까지 곤경을 겪는 건 분명 부당한 일이고. 만약 디키 트로워가 교수대에 매달린다면, 우리가 야심차게 차린 이 아담한 상담소는 재정적으로 끝장나고 말 거야. 우린 지금 궁지에 몰렸고, 난 궁지에 몰리면 싸우는 쪽이야. 그것도 아주 지저분하게, 손에 잡히는 무기는 뭐든 다 이용해서."

"멋져." 그웬의 말이었다.

"난 제일 먼저 샐리한테 전화부터 할 거야. 왜냐면 신문에 기사가 나가고 나서 우리 재정이 어려워지면, 콘월 부부한테 받을 40파운드가 우리에게 거친 파도를 헤쳐 나갈 노가 돼줄 테니까."

"아, 세상에. 상황이 벌써 거기까지 가버린 거야?"

"갔어. 그리고 이번 일을 나랑 같이 조사할 거라면, 모든 단계에서 함께 발을 맞추겠다고 약속해. 샐리까지 포함해서."

"병에 위스키 좀 남았어?" 그웬이 물었다.

아이리스가 서랍에서 술병을 꺼냈다. 그웬은 이번에는 손가락을 두 개 폈다.

"이번 건배사는 네 차례야." 술을 다 따른 아이리스가 말했다.

그웬은 잔을 높이 들었다.

"디키 트로워에게 구원을. 덩달아서 우리에게도 구원 좀."

아이리스와 그웬은 잔을 맞부딪히고 위스키를 비웠다.

"샐리한테 전화한 다음엔 뭘 할 거야?" 그웬이 물었다.

"미스 라살에 관해 더 알아봐야 해. 내가 이미 몇 군데 문의해봤어. 4시부터 시신을 대면하는 절차가 시작돼. 섀드웰에 있는 장의사야. 내가 가서…."

"나도 같이 가." 그웬의 목소리는 강경했다.

"아니, 이건 네가 할 일이 아니야. 난 사람들 틈에 섞여들어 정보를 취사선택하는 요령을 알아. 그런 훈련을 받았으니까. 넌 꿔다놓은 빗자루처럼 굴다가 사람들 눈에 띌 거야. 그것도 길이가 아주 기다란 빗자루로 보일걸. 마당비라고나 할까."

"꿔다놓는 건 빗자루가 아니라 보릿자루일 테지만, 어쨌든 멋진 비유 고마워. 하지만 분명히 말하는데, 나도 같이 가. 우리 둘 모두한테 닥친 일이야. 그러니까 조사도 같이 해야 해. 너도 내가 필요하잖아. 사람 보는 눈은 너보다 내가 한 수 위야. 꼭 우리 둘의 연애사만 비교해서 그렇게 말하는 건 아니야. 그게 사실이란 건 너도 잘 알걸."

"너 싸움은 좀 해?" 아이리스가 물었다.

"진짜 그런 상황까지 갈 것 같아?"

"우린 지금부터 여자의 심장을 칼로 찌른 놈을 추적할 거야. 진짜로 위험해질지도 몰라."

"'싸움질에선 네 주먹이 내 주먹보다 빠르지. 그래도 다리는 내가 더 길어서, 달아날 땐 내가 더 빠를걸.'"

"이거 참 놀라서 말문이 다 막히는군." 아이리스가 제격 맞받아쳤다. "난 케임브리지에 다닐 때 헤르미아 역을 맡아 무대에 올랐어. 그런 내 앞에서 『한여름 밤의 꿈』3막 2장의 대사를 치고 어물쩍 넘어갈 생각은 마. 이건 진지하게 묻는 건데, 넌 팔다리가 길쭉하니까 휘저으면 그래도 위력이 좀 있지 않을까?"

"꼬맹이 시절 이후로는 한 번도 싸워본 적 없지만, 그래도 우린 마음의 준비는 단단히 했잖아. 시작이 반이라고들 하니까."

"둘이 같이 시작하는 거니까 반 더하기 반, 벌써 다 끝난 셈이네. 좋아, 장의사에 같이 가자. 하지만 앞장은 내가 설 거야. 캐묻는 건 나한테 맡겨둬."

"네가 내 말을 들은 적이 있어야지. 알았어, 탐문은 네가 해. 관찰은 내가 맡을게."

"좋아." 아이리스가 말했다.

뒤이어 아이리스는 수화기를 들고 전화번호를 눌렀다.

"샐리? 나 스파크스야. 일을 하나 맡아줘야겠어."

현관 초인종이 울렸을 때, 결혼 전의 성이 메이틀랜드였

181

던 셀리아 콘월은 따뜻하게 데운 우유를 스푼으로 떠서 감자 그라탱에 끼얹으며 행복한 시간을 보내는 중이었다. 셀리아는 우유가 식기 전에 그라탱을 마무리해 오븐에 넣어야 할지, 아니면 누가 왔는지 확인부터 해야 할지 몰라 망설였다. 문 바깥의 방문자가 가져온 용건은 금세 끝날 일일 수도 있었고, 어쩌면 요리가 다 끝날 때까지 정중히 기다려줄지도 몰랐다.

초인종이 다시 울렸다. 이번에는 더 길게 누른 모양이었다. 집요한 사람 같았다. 셀리아는 한숨과 함께 스푼을 내려놓고 현관문을 열러 갔다.

맨 처음 눈앞에 보인 것은 웬 남자의 가슴이었다. 흰색 줄무늬가 마치 자를 대고 초크를 그어서 그린 것처럼 선명한 암회색 슈트 재킷 속에 떡 벌어진 가슴이 버티고 있었다. 넥타이는 흠잡을 데 없이 접어서 가슴 포켓에 꽂은 빨간 실크 손수건과 같은 색이었고, 셔츠는 맞춤옷처럼 보였다. 하긴, 그 셔츠를 입고 있는 남자의 덩치를 보면 맞춤옷일 수밖에 없었다.

아직 남자의 얼굴도 보기 전에 머리 위쪽에서 목소리가 들려왔다. 셀리아가 올려다보니 남자는 아래를 내려다보며 빙그레 웃고 있었다. 친절해 보이는 미소는 아니었다.

"미시즈 콘월?" 남자가 물었다. "미시즈 셀리아 콘월, 맞으십니까? 전에는 이스트햄에 사시던 미스 셀리아 메이틀랜드이셨던?"

"예, 예." 셀리아는 말을 더듬었다. "제가 미시즈 콘월이에요. 누구세요?"

"제가 실례를 범했군요. 죄송합니다, 미시즈 콘월." 남자는 그렇게 말하고는 챙이 좁은 중절모를 벗었다. "저는 살바토레 다니엘리라고 합니다. 친구들 사이에서는 샐리로 통하지요."

"무슨 일로 오셨나요?"

"곧장 용건부터 물으시는군요. 좋습니다." 샐리가 씩 웃으며 말했다. "먼저, 최근 결혼이라는 경사를 맞으신 걸 축하드리는 바입니다. 아무쪼록 부인과 부군 모두 오래도록 즐겁게 사시기를 기원합니다."

"고맙습니다." 셀리아는 자신도 모르게 인사부터 했다. "저기, 죄송한데 제가 지금 저녁을 준비하는 중이라….”

"금방 끝납니다, 걱정 마십시오. 사실, 조금 민감한 문제 때문에 찾아뵙게 됐습니다. 부인과 미스터 콘월이 진 빚 때문인데, 부군 함자가 알로이시어스이던가요? 그렇군요, 알로이시어스. 제가 앞서 말씀드린 빚이란 두 분께서 결혼이라는 축복의 원천, 즉 '바른 만남 결혼상담소'에 갚아야 할 40파운드를 가리킵니다."

셀리아는 샐리의 면전에서 문을 힘껏 쾅 하고 닫아버릴 작정이었지만, 샐리는 셀리아의 속셈을 꿰뚫어본 모양이었다. 샐리는 솥뚜껑만 한 손을 열린 현관문에 가볍게 얹었을 뿐이었지만, 셀리아가 아무리 당겨도 문은 꼼짝도 하지 않왔다.

"우린 그 사람들한테 빚 같은 거 없어요. 알로이시어스? 알로이시어스! 이리 좀 와봐요, 여보. 현관에 웬 남자가 와 있어요."

"왜? 무슨 일인데?" 위층에서 짜증 섞인 목소리가 들려오더니, 미스터 알로이시어스 콘월이 아래층으로 내려왔다. 깡마른 남자인 그는 양말 바람에 면도도 제대로 안 한 몰골이었다. 그는 아내 곁에 나란히 서서 입을 헤 벌린 채 손님을 올려다봤다.

"지금 뭐 하자는 거요?" 알로이시어스가 물었다.

"미스터 콘월이시군요. 마침 잘 오셨습니다." 샐리의 말이었다. "저는 방금 부인께 바른 만남 결혼상담소가 두 분을 위해 애쓴 끝에 결혼이라는 성공적인 결과가 나왔고, 그 결과 때문에 발생한 성혼 보수 20파운드가 두 분 각자의 빚이 됐으며, 제가 그 빚을 받으러 왔다는 사실을 알려드렸습니다. 빚이 사라지면 저쪽 역시 성공적인 결과를 거둘 겁니다. 두 분 몫이 각각 절반씩이니까, 합치면 40파운드가 됩니다."

"뭐라고요?" 미스터 콘월이 꽥 소리를 질렀다. "바른 만남에서 우리한테 40파운드를 내라고 했다고요? 거긴 우리 결혼하고 아무 상관도 없어요. 우린 그쪽하고 따로 만난 사이라고. 순전히 우연 덕분에 일어난 로맨틱한 만남이었으니까."

"아아, 그런데 그 말씀과 모순되는 편지가 있어서 말입니다. 게다가 그 편지가 없어도 선생님의 주장은 법정에서 유리하게 인정되지 않습니다."

"왜요? 어째서 안 된다는 겁니까?"

"계약서를 다시 검토해보시면, 참고로 두 분 모두의 서명이 든 계약서 사본이 바른 만남 결혼상담소에 보관되어 있는데요, 계약 제8조에 '바른 만남에 소속된 회원과 결혼하는 경우에는 **무조건** 성혼 보수를 지불해야 하며, 이는 바른 만남 측에서 제공한 만남의 횟수 및 노동량과 무관하다'라고 분명히 명시되어 있는 것을 발견하실 겁니다. 간단하고 명쾌한 영어 문장이지요. 두 분 모두 올해 초에 그 내용이 담긴 계약서에 서명하셨습니다. 두 분은 모두 바른 만남의 회원이시고, 하느님과 영국 법이 지켜보는 앞에서 부부의 언약을 맺으실 때에도 회원이셨습니다. 앞으로 보면 아시겠지만 계약 제8조는 법적 구속력을 지니는 포괄적 조항으로서, 지불을 회피하려는 일체의 시도는 두 분께서 치르시는 불필요한 법적 비용을 늘릴 뿐입니다."

"허세 부리기는!" 미스터 콘월이 씩씩댔다.

그러고는 양손으로 현관문을 잡고 억지로 닫으려 했다. 샐리는 그런 집주인을 짠하다는 듯이 내려다봤다. 미스터 콘월은 어깨가 빠지지 않을까 걱정스러울 만큼 열심히 현관문에 매달렸다. 문은 꼼짝도 하지 않았다.

"미스터 콘월, 제 말은 허세가 아닙니다. 덩치가 저 정도 되는 인간은 안타깝게도 섬세함이라는 재능이 부족하거든요. 제가 댁까지 찾아온 이유는 법적 분쟁을 대신할 방법을 찾기 위해서입니다. 제 고객들이 소송 절차를 매우 피하고 싶어해서요. 저로 말씀드리자면, 자세히 밝히지 않는 것이 더 나은 과거의 몇몇 경험을 통해 법정이라는 곳에 대해 상당한 두려움을 품고 있습니다. 두 분 또한 아무쪼록 본인의 안녕을 생각하시어 저 같은 경험은 피하시기를 권하는 바입니다."

"당장은 돈이 없는데요." 미스터 콘월은 버티기를 포기하고 간신히 입만 뻐끔거렸다.

"뭐, 있을 거라고 기대하지도 않았습니다. 선약도 없이 불쑥 댁의 현관문을 두드렸으니까요. 바른 만남과 약속한 바에 따르면 저는 댁을 세 차례 방문할 겁니다. 첫 번째는 이렇게 대화를 나누는 바로 지금, 말하자면 정보 전달 차원의 방문입니다. 두 번째는 내일 이 시각, 지불 확인 차원의 방문입니다. 저는 댁의 현관문을 두드릴 거고, 두 분께서는 저에게 40파운드를 지불하실 테고, 지나간 일은 다 없었던 일이 될 겁니다. 제 설명 중에 부족한 부분이 조금이라도 있었습니까? 혹시 궁금하신 점이 있나요?"

"세 차례 방문할 거라고 하셨잖아요." 미시즈 콘월이 말했다.

"세 번째 방문은 두 번째 방문이 불만족스럽게 끝날 경우에만 필요합니다."

샐리는 그렇게 말하고는 챙이 좁은 중절모를 영락없는 난봉꾼처럼 보이도록 비뚜름히 쓴 다음, 벗겨지지 않게 살짝 두드렸다.

"저를 세 번째로 보는 일은 없어야 할 겁니다." 샐리는 이제 웃고 있지 않았다. "두 분 모두 남은 하루 즐겁게 보내십시오."

그러고는 현관문을 놓고 돌아서서 휘적휘적 걸어갔다. 콘월 부부는 샐리의 뒷모습을 멍하니 바라봤다.

"방금 그걸 정보 전달이라고 하진 않을 것 같은데." 미스터 콘월의 말이었다.

"시끄러워요." 미시즈 콘월이 쏴붙였다. "그 입 다물라고요, 좀."

그웬은 베인브리지가의 집사인 퍼시벌에게 평소보다 늦게 귀가할 거라는 메시지를 남겼다. 그러고는 사무실 문을 잠그고 아이리스를 따라 지하철역으로 향했다.

"섀드웰이 어떤 덴지 알아?" 함께 탄 지하철이 출발하고 나서 그웬이 아이리스에게 물었다. "난 한 번도 안 가본 것 같아."

"하긴, 넌 메이페어가 이스트엔드에 있는 줄 아는 사람이었지?" 아이리스가 놀리려고 한 말이었다. "그 반면에 나는, 런던의 안팎을 속속들이 알고 있지. 엄마를 따라 이스트엔드까지 가서 같이 전단을 배포하곤 했으니까."

"어떤 전단이었는데?"

"산아 제한 운동. 엄마 친구 중에 산부인과 의사가 있었는데 진료소를 와핑에 차렸어. 그래서 이스트엔드에 있는 동네는 죄다 돌아다녔지. 옆에 나를 달고서."

"좋은 교육이 됐겠네."

"그럼, 당연하지. 사람들이 엄마더러 딸을 데리고 다니면서 산아 제한 운동을 홍보하는 건 모순이라고 지적하면, 엄마는 애를 낳지 말아야 하는 가장 확실하고 알기 쉬운 증거가 바로 나라고 맞받아쳤어."

"저런."

"엄마 딴에는 농담이라고 한 말이었어." 아이리스가 말했다.

"재미있는 농담은 아니네."

"그럴지도. 하지만 우리 엄만 원래 그런 사람이었어. 한번은 나한테 그런 말도 했어. 자기는 영국에서 여성 선거권이 법적으로 인정받은 날에 나를 잉태했다고."

"정말이야?"

아이리스는 그웬에게 허리를 숙이라고 손짓하고는 그웬의 귓가에 입을 가져갔다.

"심지어는 자기가 위에서 했다는 말도 했어." 아이리스가 소곤거렸고, 그웬은 열차 안에서 평정을 유지하는 것 말고 다른 일은 할 기력이 없었다.

두 사람은 스테프니 그린역에서 내렸다. 아이리스는 주위를 쓱 둘러보고 지금 있는 곳이 어딘지 가늠한 다음, 마일 엔드 로드의 보도를 따라 씩씩하게 걸음을 옮겼다.

"우리 목적지는 그림블 앤드 선스 장의사야." 아이리스가 말했다. "걸어서 10분이면 도착해. 아무튼, 내 걸음으로 10분이라는 말이야. 넌 5분이면 되겠지. 화이트채플역에서 내려도 되지만, 이쪽 길로 가는 게 더 재미있거든."

"잭 더 리퍼●하고 마주칠 일도 없을 테고 말이지."

"흠, 잭 더 리퍼가 아직도 살아서 돌아다닌다면 나이가 상당히 많을 텐데. 우리가 달아나면 못 쫓아올 거야."

"섀드웰에는 왜 지하철역이 없어?" 그웬이 물었다.

"원래는 있었어."

"언제 없어진 거야?"

"1941년. 전쟁 중이었던 걸 감안하면 왜 없어졌는지는 짐작이 가겠지."

"아. 미스 라살의 가족은?"

"부모님에 자매 둘." 아이리스가 대답했다.

"그럼 우리는?"

"친구들. 아니, 지인이 낫겠다. 당장은. 살면서 알게 된 사이인데 조의를 표하러 온 거야. 미스 라살은 아주 재미있는 사람이었다, 옷도 멋지게 잘 입었다, 그런 얘기도 하면서."

● 1888년 런던의 화이트채플에서 여러 건의 연쇄 살인을 저질렀으나 끝내 잡히지 않아 악명을 떨친 범죄자.

"그럼 바른 만남 결혼상담소 얘기는 꺼내지도 않겠다는 거네."

"그 말을 꺼냈다간 우리가 제일 가까운 곳에 있는 범선의 돛대에 거꾸로 매달릴 거라는 예감이 들어. 다행히 그쪽 사람들은 우리가 누군지 아무도 몰라. 우린 먼저 식구들에게 조의를 표할 거야. 그다음에 내가 고인의 친구들하고 얘기를 나누면서 비밀 정보를 좀 캐볼게."

"너 중간에 억양이 바뀌었어." 그웬은 그 사실을 놓치지 않았다.

"어때, 이 동네 사람 같지? 넌 말투에서 상류층 티 좀 안 나게 할 수 없어?"

"노력해볼게."

"그렇게 말하니까 더 상류층 같잖아. 어깨 펴지 말고 허리도 좀 구부정하게 하고 걸어."

"도대체 왜?"

"그래야 말 안장에 바르게 앉는 자세를 배우면서 자란 사람이 아니라 변소가 바깥에 있는 집의 단칸방에서 식구들 틈에 끼어 자란 사람처럼 보일 거 아냐."

"이러면 돼?" 그웬은 걸으면서 허리를 굽히고 몸을 비틀었다.

"너무 몰입하지 마, 콰지모도 씨." 아이리스가 주의를 줬다. "그냥 평소의 긴장을 조금만 풀면 돼."

"가끔은 나도 그러고 싶어."

"한 가지 더. 그 반지."

"내 반지가 왜?"

"대대로 전해진 가보를 손가락에 끼고 있잖아. 난 전문 감정인은 아니지만, 그 반지 값은 평균적인 이스트엔드 주민의 1년 치 수입보다 더 나갈 거야. 잠깐만 빼서 핸드백에 넣어둬."

그웬은 결혼반지를 내려다봤다. 잠깐 동안, 손에 그 반지를 끼워주는 로니의 모습이 보였다. 그웬은 주먹을 꽉 쥐었다가, 다시 폈다. 그러고는 약지에서 반지를 빼 핸드백 속에 안전하게 넣어뒀다.

벌거벗은 기분이 들었다.

그림블 앤드 선스 장의사는 3층짜리 벽돌 건물이었고 뒤편에 작업장과 마구간이 딸려 있었다. 진입로의 문 위쪽으로 말이 끄는 오래된 장의 마차의 지붕이 아이리스와 그웬의 눈에 들어왔지만, 건물 앞에는 다임러 장의차 두 대가 나란히 주차돼 있었다. 건물 전면의 커다란 유리창 가운데 오른쪽 창에 걸린 안내판에는 이렇게 적혀 있었다. '그림블 앤드 선스. 장례 업무 일체. 매장 및 화장 선택 가능. 염습 서비스 제공.'

입구는 두 군데였다. 오른쪽 입구로 들어가면 나오는 영업장에는 미래의 주인을 기다리는 전시용 관이 받침대 위에 줄줄이 진열돼 있었다. 영국산 느릅나무 관, 캐나다산 호두나무 관, 참나무 관, 마호가니 관 등이 니스 칠 덕분에 반들거리는 광택을 자랑했다. 문 위쪽 상인방에 돌 십자가가 얹힌 왼쪽 입구는 시신 안치실로 이어졌다. 전면 유리창 안쪽에 종이가 세 장 붙어 있었는데, 거기 이름이 적힌 이들이 바로 장지로 떠나기 전 이곳에 잠시 머무는 고인들이었다.

"미스 마틸다 라살, 2번 안치실." 아이리스가 종이에 적힌 글을 읽었다. "심호흡해, 그웬. 슬픈 표정 유지하고."

"그 정도는 어렵지 않아."

둘은 안으로 들어섰다. 2번 안치실은 오른쪽에 있었다. 문 옆에 젊은 남자가, 얼핏 보면 열여섯 살쯤으로 보이는 청년이 서 있었다. 청년의 차림새는 전통적인 장의사 복장으로, 덩치가 더 큰 선대 그림블 씨에게서 물려받았을 검은색 슈트는 지난 세기의 것처럼 낡아 보였고, 머리에 쓴 검은색 실크해트는 뒤쪽에 베일까지 달려 있었다. 청년의 얼굴을 뒤덮은 진중한 표정은 체격에 안 맞는 검은색 슈트만큼이나 나이에 걸맞지 않았다.

"어서 오십시오." 청년이 문을 열어주었다. "얼마나 상심이 크십니까."

"감사합니다." 아이리스가 말했다.

아이리스가 먼저 들어갔고, 그웬이 뒤를 따랐다. 어깨가 좁아 보이도록 양 팔꿈치를 갈비뼈 앞으로 모아 핸드백에 붙인 채로.

안치실은 호화롭게 장식한 곳은 아니었다. 안쪽 외진 곳의 방이다 보니 성인이나 성서 속의 장면을 묘사한 스테인

드글라스가 벽을 가득 수놓거나 하지는 않았다. 관 뒤편 벽에 소박한 십자가 하나만 걸려 있었다. 유족이 고른 관은 영국산 느릅나무였고, 아마기름 냄새와 자른 지 얼마 안 된 나무 냄새가 실내로 들어서는 아이리스와 그웬을 담담하게 맞이했다.

줄지어 놓인 긴 의자에 옹기종기 앉아 있는 추모객들 중에는 기도하는 이도 있었고, 장소와 주위의 이목을 다 잊어버린 양 수다를 떠는 이들도 있었다. 아이리스는 후자 쪽을 탐문 대상으로 점찍었다. 젊은 여성 두 명이 아이리스보다 앞서 들어서는 중이었다. 나이가 미스 라살 또래였다.

하지만 저 애들은 앞으로도 나이를 먹겠지. 그렇게 생각하니 기분이 울적해졌다.

아이리스는 관 앞까지 이어진 짧은 줄에 서서 기다리며 성호를 긋고 잠시 기도를 올리는 척했다. 앞서 들어온 두 여성은 관 옆에 서서 시신을 내려다봤다.

"장의사가 예쁘게 잘해놨네." 한 여성이 중얼거렸다. "파우더도 적당히 발랐고. 떡칠을 해놨으면 틸리가 완전 싫어했을 텐데."

"내 말이." 동행인 여성이 맞장구쳤다. "근데 틸리라면 옷은 다른 걸로 골랐을걸. 고를 수 있다면 말이지만. 그 초록색 드레스가 좋은데. 틸리는 남 앞에서 저런 걸 입느니 차라리 죽…"

하마터면 하지 말아야 할 말이 튀어나올 뻔했다. 여성은 손으로 냉큼 자기 입을 가렸다.

그웬은 아이리스의 어깨 너머로 고인이 된 미스 라살을 내려다봤다. 그림블 앤드 선스 장의사는 일솜씨가 훌륭했다. 미스 라살의 머리 모양은 관 옆의 이젤에 놓인 흑백사진과 똑같이 아름답게 손질돼 있었다. 옷은 결혼상담소 사무실에 들렀을 때 입었던 것과 똑같은 볼레로 재킷과 치마였다.

까마득히 오래전 일 같네. 그웬은 속으로 생각했다.

"아, 저 립스틱, 틸리한테 항상 잘 어울렸는데." 처음 말을 꺼냈던 여성이 말했다.

"무슨 색인가요? 라즈베리색?" 아이리스가 물었다.

"아마 그럴 거예요." 두 번째 여성이 허리를 숙여 고인의 입술을 보며 말했다.

"저 색깔을 빌리려고 했는데." 아이리스는 그렇게 말을 시작했다. "틸리가 꿈도 꾸지 말라지 뭐예요. 자기가 제일 좋아하는 색인데 구하기 힘들댔어요. 세금도 추가로 붙네, 어쩌네 하면서."

"에이, 틸리는 그런 거 안 내고 구하는 방법이 다 있었어요." 첫 번째 여성이 말했다. "우리 초면 같은데. 난 엘시예요."

"패니예요." 두 번째 여성이었다.

"메리라고 해요." 아이리스가 말했다. "뒤에 있는 애는 소피고요."

그웬이 숫기 없이 손을 흔들었다.

여성들은 맨 앞줄의 긴 의자에 말없이 망연자실한 표정으로 앉아 있는 유족을 향해 돌아섰다. 그러고는 '명복을 빕니다' 같은 말만 나직이 중얼거리며 긴 대화 없이 다 함께 유족 앞을 지나갔다. 그웬은 자신들을 감춰준 두 여성에게 마음속으로 감사했다. 뒤이어 아이리스가 두 사람을 데리고 뒤쪽 의자에 앉았다. 그웬은 건너편 의자에 앉아 출입하는 사람들을 지켜봤다.

"틸리하곤 어떻게 아는 사이?" 엘시가 아이리스에게 물었다.

"오가다 가끔 보는 사이. 동네나 뭐 그런 데서. 처음 만났을 땐 자유프랑스군 병사들이 우리한테 말을 걸었어. 우리 둘이 일행인 줄 알았나 봐. 그래서 같이 상대해줬지."

"아, 그 얘기 들은 기억이 나." 패니가 말했다. "틸리 성 때문에 프랑스 사람인 줄 알았다던데."

"우린 그 사람들 말 한마디도 못 알아들었어." 아이리스였다. "그냥 계속 고개만 끄덕끄덕하니까 계속 술을 사주더라. 그러다가 취해서 비틀비틀 각자 갈 길 갔지. 그날 밤에 틸리랑 놀았던 게 전쟁 중에 제일 재미있었어. 그 후로 춤추러 갔다가 우연히 만나거나 하면, 서로 별일 없나 신경 써주고 그러는 사이였어. 그래서 조문은 와야겠다 싶었지. 그쪽은?"

"어, 우린 새드웰 출신이야." 대답은 엘시가 했다. "꼬맹이 때부터 아는 사이."

"'알던' 사이겠지." 패니가 바로잡아줬다.

"맞아, 알던 사이." 엘시가 맞장구쳤고, 둘은 무거운 침묵에 빠져들었다.

침묵은 1초 만에 끝났다.

"로저가 올지 안 올지 모르겠네." 엘시의 말이었다.

"웬만한 철면피가 아니고선 못 오지." 패니가 음울한 목소리로 말했다. "마침 비어 있는 관도 여러 개 있고 하니까."

"로저가 누군데?" 아이리스는 너무 캐묻는 느낌이 나지 않도록 조심하며 물었다. "가족이야?"

"가족이 됐어야 할 인간." 엘시가 대답했다. "그 인간이 틸리를 제대로 대접했으면 그렇게 됐겠지만, 안 그랬어."

"아." 아이리스는 무슨 말인지 안다는 듯이 고개를 까딱했다. "그 로저라는 남자 얘기는 한 번도 안 했거든. 나랑 알고 지내는 동안에는. 둘이 오래 사귄 사이야?"

"꽤 오래." 패니 차례였다. "틸리가 결혼할 마음을 먹을 만큼 오래된 사이였지. 근데 그 자식이 틸리를 찼어. 내가 보기에 틸리가 저렇게 된 건 그 자식 탓이야."

"피장파장이야." 엘시가 코웃음을 쳤다. "틸리가 그렇게 로저 잘못이라고 갈구지만 않았어도, 혼자서 결혼상담소까지 돌아다니다가 칼침 맞는 일은 없었을 거 아냐."

"그렇게 된 거였어?" 아이리스가 물었다. "그 남자는 왜 내뺀 거야?"

"틸리는 자기가 로저한테 호구 잡혔다고 생각했어." 패니가 말했다. "그 자식은 그냥 야비한 사기꾼이고, 남들 위에 올라설 기회를 노리는 거라고."

"그런데도 그 남자랑 살려고 한 거야? 무슨 생각으로?"

"난 말 안 할래." 엘시였다. "틸리가 바로 저기에 누워 있는데, 흉보는 말은 하기 싫어."

그웬은 가만히 귀를 기울이며 모르는 비속어가 나올 때마다 뜻을 짐작하려고 애썼다. 이야기를 나누는 세 사람을 빤히 보고 싶지는 않았다. 그래서 그웬은 고개를 돌려 유족에게 조의를 표하는 나이 든 여성 몇 명을 바라봤다.

난 로니를 정식으로 묻어주지도 못했어. 그웬은 속으로 생각했다. 남편은 이탈리아 몬테카시노의 전몰자 공동묘지에 묻혀 있었다. 시부모는 아들의 유해를 파내어 영국으로 이송해 가족 납골당에 안치하자는 얘기를 꺼낸 적이 있었지만, 로열 퓨질리어 연대의 지휘관에게 설득돼 마음을 바꿨다. 남편의 이장에 관해 하인 둘이 나누는 이야기를 우연히 들었을 때, 그웬은 요양원에서 마침내 퇴원한 참이었다. 하인들은 박격포탄이 떨어져 폭발한 자리에는 묻고 말고 할 것이 별로 남지 않는다고 했다.

그 말을 듣고 그웬은 하마터면 요양원으로 돌아갈 뻔했다.

누가 그웬의 어깨를 톡톡 두드렸다. 옆에 앉은 남자가 손수건을 내밀고 있었다. 그웬은 어찌된 영문인지 몰라 멍하니 남자를 보다가, 이내 본능적으로 자기 뺨을 만져봤다.

또 눈물에 젖어 있었다. 역시.

그웬은 눈물을 닦은 손수건을 남자에게 돌려줬다.

"데즈라고 합니다." 남자가 말했다. "틸리 사촌이에요."

"저는 소피예요." 그웬은 망설이다가 말했다.

부두 노동자일까. 그웬은 데즈의 옷을 보고 그렇게 짐작했다. 갈색 피코트 속에 칙칙한 회색 스웨터를 받쳐 입었고 회색 모자는 짤따랗고 검은 챙이 붙은 것이었으며, 신발은 무릎까지 오는 검은 고무 장화였다. 회녹색인 데즈의 눈을 보며 그웬은 흐린 날의 바다가 떠올랐다.

"틸리하고 친한 사이셨나요?" 데즈가 물었다.

"그렇게 친하진 않았어요. 한 번 만난 적이 있어요."

"딱 한 번요?" 데즈가 놀라서 물었다. "그런데 조문을?"

"처음부터 마음에 들었거든요. 틸리는 참 활기찬 사람이었어요. 그랬는데 이런 소식이… 너무 안됐지 뭐예요. 그래서 와보기로 했어요. 왜 그랬는지는 저도 모르겠어요."

"이 동네 분이 아니군요." 데즈가 넘겨짚었다.

"예."

"그 세련된 말투는 어디서 배웠어요?"

"켄싱턴에서요." 그웬이 둘러댔다. "어릴 때부터 저택에서 하녀 일을 했어요. 주인 집 식구 분들이 하녀한테도 자기네 같은 말투를 쓰라고 해서."

"그래요? 그럼 틸리는 어쩌다가 알게 됐나요?"

"하녀 일을 그만두고 백화점에 취직했어요." 즉석에서 꾸며낸 말이었다. "거기서…."

그웬은 순간적으로 아이리스의 가명을 잊어버렸다.

"메리랑 같이 일하는데요." 가까스로 떠올린 이름이었다. "틸리가 백화점에 들른 거예요. 메리하고는 전에 어디서 만난 인연으로 알던 사이였거든요. 틸리는 모자를 사러 왔었어요, 무슨 깃털이 달린 모자를요. 그래서 얘기를 나눴는데 죽이 잘 맞아서, 퇴근 후에 같이 한잔했죠. 모자는 끝내 못 팔았지만요."

"틸리는 쇼핑하는 건 좋아했지만, 자기 돈을 쓰는 건 싫어했으니까요." 데즈는 나직이 쿡쿡 웃었다.

"자기도 여성복 가게에서 일한다고 했어요. 맞나요?"

"아, 그럼요. 마사 스트리트에 있는 톨버트네 가게였어요. 톨버트는 아마 제정신이 아닐걸요. 틸리가 세상의 전부였으니까."

"틸리를 좋아했나 보군요. 그런가요?"

"글쎄요, 그건 아닐걸요. 그 양반 나이가 적어도 예순은 됐을 텐데, 벌써 오래전부터 그 나이로 보였거든요."

"그럼 틸리가 일을 잘해서 그랬겠군요."

"그러면 좋겠지만요. 내일 장례식에 참석하실 건가요?"

"힘들 것 같아요. 여기 와보느라 조퇴하는 것도 통사정을 했거든요. 고인의 장지는 어디로 정하셨나요?"

그웬의 점잖은 표현을 들은 데즈는 눈이 동그래졌다.

"장지는 보 교회의 묘지로 정했어요. 관은 앞쪽에 있는 다임러 영구차로 실어가고, 우리는 뒤에서 걸어갈 거예요.

틸리는 검은 깃털 장식에 꼬리에다 검은 상장까지 단 말이
끄는 장의 마차를 더 좋아했을 거예요. 맨 앞에서는 장의사
주인 그림블이 큼지막한 지팡이를 들고 앞장서서 가고 말
이죠. 하지만 마차로 가면 더 비싸서요."

"듣기만 해도 정말 멋질 것 같아요."

"예. 그래도 뭐, 죽은 사람한테 헛돈 써봤자죠. 안 그래
요?"

"저도 가면 좋을 텐데."

"장례식이 끝난 후에 모여서 한 모금 빨 건데, 괜찮으면
와요."

"어디로요?" 그웬은 방금 그 말이 도대체 무슨 뜻인지 추
측하느라 머릿속이 핑핑 돌았다.

"멀스 퍼브요. 와핑 하이 스트리트에 있어요. 와서 틸리를
생각하면서 한잔해요."

"갈게요." 그웬은 그렇게 약속했다. "손수건, 고마워요."

"별말씀을." 데즈가 손수건을 주머니에 집어넣었다.

그웬이 돌아보니 아이리스는 의자에서 일어서서 엘시 및
패니와 악수하는 중이었다. 그웬도 그들 쪽으로 갔다.

"시간 낭비를 1초도 안 하는 편인가 봐?" 패니의 말이었다.

"내 말이. 하여튼 남자들은 조용한 여자한테 꼬인다니
까." 엘시가 덧붙였다. "나도 입만 다물 줄 알면 운이 좀 붙
을 텐데."

"바라는 대로 이뤄지면 좋겠지만." 패니가 한숨을 쉬었

다. "저 남잔 내가 한참 전부터 눈독 들였는데 말이지."

"난 딱히 뭘 어떻게 하려던 게…." 그웬이 말을 꺼냈다.

"알아." 이번에는 엘시 차례였다. "그쪽 같은 여자들이야 뭘 하고 자시고 할 필요가 없지. 그 덕분에 우리 같은 나머지가 더 살기 힘들어지는 거고. 남는 것 중에 골라잡아야 하니까."

"만나서 반가웠어." 패니가 말했다. "그럼 내일 멀스에서 보는 거?"

"멀스에서 봐, 꼭." 아이리스가 대답했다. "가자, 소피. 캄캄해지기 전에 역까지 가야지."

"그럼." 그웬이 남긴 인사였다.

둘은 바깥으로 걸어 나왔다.

"'모여서 한 모금 빨다'가 무슨 뜻이야?" 아무에게도 목소리가 들리지 않을 만큼 멀어진 후에 그웬이 물었다.

"모여서 빠는 게 술이라고 생각해봐. 그럼 답은 간단하지."

"모여서 술 한 모금 빨… 아! 파티?"

"정답이야."

"맥락이 중요한 거구나. 통역해줄 네가 없어서 힘들었어."

"우리 그웬, 혼자서는 남자를 만나기가 무서워서 보호자가 필요했구나." 아이리스가 그웬을 놀렸다.

"그런 거 아니야."

"아닐 건 또 뭔데?"

"거긴 시신을 모시는 장소잖아! 5미터도 안 떨어진 곳에 그 불쌍한 아가씨가 누워 있었단 말이야!"

"피 끓는 청년이 어여쁜 아가씨한테 말을 붙이려는데 그런 게 눈에 들어올 리가 없지."

"난 말을 붙일 만한 어여쁜 아가씨가 아니야."

"그럼 어여쁜 아주머니."

"비겁하게."

"넌 놀려먹을 거리가 그것뿐이잖아. 쓸 만한 정보 좀 건졌어?"

"미스 라살이 일하던 가게의 이름을 알아냈어. 마사 스트리트에 있는 톨버트 여성복점이래."

"마사 스트리트라. 마사 스트리트." 아이리스가 중얼거렸다. "기찻길 바로 북쪽일 거야. 쇼핑하러 한번 가봐야겠는걸."

"네가 사귄 친구들은 어때? 로저에 관해서 좀 들었어?"

"아, 그 사람 이름은 너도 들었구나? 그래, 재미있었어. 알고 보니 틸리는 남자한테 차이고 우릴 찾아온 거였어. 가엾게도."

"그 로저라는 남자에 관해 더 알아볼 방법이 있으려나 모르겠네. 성이 뭔지 알면 도움이 될 텐데."

"내 생각도 마찬가지야. 그렇다면 파티에 가는 수밖에. 아니다, '모여서 한 모금 빨아야지'라고 해야겠구나."

"이틀 연속으로 늦게 귀가하게 생겼네. 아차, 어떡해!" 그웬이 외쳤다. "까맣게 잊고 있었어!"

"뭘 잊었는데?"

"레이디 캐럴라인. 퇴근 후에 얘기하기로 했는데. 화가 머리끝까지 났을 거야."

"무슨 얘기?"

"몰라. 어차피 내가 듣고 싶은 얘기는 절대 안 해. 그런데 오늘은 내가 늦기까지 했으니 기세가 더 등등하겠는걸."

"같이 가줄까?"

"아니. 이건 나 혼자 처리할 일이야."

"그럼 내일 아침에 내 어깨 내줄 테니까 기대서 울어."

"기대려면 허리를 한참 숙여야겠네."

"받아치는 실력 보게. 하긴, 그래야 내 파트너지."

"자, 대위님. 다음 작전은 뭡니까?"

"내일 오후에 톨버트네 옷가게에 가보자. 그다음엔 멀스 퍼브로 갈 거야. 너의 그 새로운 구혼자하고 한잔하는 게 괜찮다면."

"우리 '바른 만남'은 어떡하고?"

"어차피 내일 고객들이 몰려들어서 사무실이 미어터질 일은 없을 테니까." 아이리스의 목소리는 침울했다.

7

그웬이 켄싱턴 코트에 도착했을 때는 이미 7시 30분이 지난 후였다. 결혼반지를 다시 끼어야 한다는 생각은 집에 들어가기 직전에야 떠올랐다. 그웬은 할 수 있는 한 가장 조용하게 집 안으로 들어서면서 저녁 식사가 다 끝났을지 궁금해했다. 꼬마 로니가 식탁에 함께 앉으면서부터 저녁 시간이 일러졌기 때문이었다. 옷을 갈아입을 시간은 없었다. 출근 복장 그대로 시어머니 앞에 나가야 했는데, 레이디 캐럴라인이 보기에는 이 또한 잔소릿감이었다.

그웬이 현관문을 열고 들어섰을 때, 놀랍게도 정면 복도에 집사인 퍼시벌이 서 있었다.

"어서 오십시오, 부인." 퍼시벌이 인사를 건넸다. "분명 만족스러운 하루를 보내셨으리라 믿습니다."

"고마워요, 퍼시벌." 그웬은 모자를 벗으며 말했다. "나를 기다리느라 여기 서 있었던 게 아니면 좋을 텐데요."

찡그린 표정이 퍼시벌의 얼굴을 희미하게 스치고 사라졌다.

"레이디 캐럴라인께서 기다리고 계십니다."

"알아요."

"한참 전부터 기다리셨습니다. 서재에 계십니다. 제가 안내하겠습니다."

퍼시벌은 따라오라는 뜻으로 돌아섰다.

"굳이 그렇게까지 안 해도…." 그웬이 말을 꺼냈다.

"제가 안내하겠습니다, 부인." 집사는 뒤도 돌아보지 않고 같은 말을 되풀이했다.

집사는 그웬을 이끌고 중앙 복도를 따라 조금 들어가서 오른쪽 두 번째 문을 살짝 두드렸다. 안쪽에서 뭐가 짖는 듯한 소리가 어렴풋이 들려왔다. 집사가 문을 열었다.

"미시즈 베인브리지가 도착했습니다." 집사의 말이었다.

격식을 차리는 걸 보니 조짐이 좋지 않은걸. 그웬은 속으로 그렇게 생각했다. 그래서 마음을 다잡고 퍼시벌 곁을 지나 방 안으로 들어섰다.

저택의 서재에는 가죽으로 장정한 고서가 가득 꽂혀 있었고 그런 책의 책등에는 라틴어와 독일어, 영어로 된 제목이 금박으로 찍혀 있었다. 그 컬렉션 가운데 가장 오래되고 가장 귀한 책들을 보관하는 마호가니 책장은 유리문이 달려 있고 아래쪽 네 귀퉁이의 다리는 정교한 조각으로 장식

돼 있었다. 나머지 책들, 즉 웬만큼 값진 정도에 지나지 않는 책들은 방의 벽 두 면을 따라 줄줄이 꽂혀 있었다. 한쪽 구석에는 독서용 책상과 다탁이 있고 그 반대편 구석은 대리석 선반을 올린 벽난로였으며, 그 선반 위쪽에서는 현現 로드 베인브리지의 초상화가 형형한 눈초리로 사람과 물건을 모두 내려다보며, 실제 모델이 자산 점검차 아프리카 동부에 가 있는 동안 이 집을 빈틈없이 지키고 있었다.

그웬은 이 집에 들어와 이때껏 살면서 책장에 꽂힌 채 썩어가는 저 책들 가운데 단 한 권이라도 뽑아 읽는 사람을 단 한 번도 본 적이 없었다. 남편 로니는 이 집을 처음 안내해주면서 그웬이 여기서 책 읽는 걸 좋아하냐고 묻자 짐짓 토하는 시늉까지 하며 진저리를 쳤다.

"그럴 리가!" 그때 로니는 그렇게 외쳤다. "아버지가 저기서 저렇게 눈을 부릅뜨고 내려다보는데? 난 여기 있는 책들 중에 가장 인기 없는 책에다 털끝만 한 손자국 하나만 남겼어도 아마 겁이 나서 벌벌 떨었을 거야. 우리 아버지가 귀신같이 알아채고는 나를 때리려고 허리띠를 풀었을 테니까. 그래서 대답은 '아니요'야. 난 다락에 있는 내 비밀 아지트에 웅크린 채로 서머싯 몸의 〈첩보원 어셴든〉 시리즈나 C. S 포레스터의 〈혼블로워〉 시리즈를 읽을 때가 최고로 행복했어."

레이디 캐럴라인은 벽난로 앞에 짝을 맞춰 배치해둔 푹신한 팔걸이의자 가운데 하나에 앉아 있었다. 그렇게 앉아서 그웬이 서재에 들어섰는데도 그쪽을 돌아보는 척조차 하지 않았다. 두 의자 사이의 작은 탁자 위에 셰리주가 든 디캔터와 술잔 한 개가 놓여 있었다.

벽난로에 불은 켜져 있지 않았다.

그웬은 망설이다가 레이디 캐럴라인의 맞은편 의자로 향했다. 그러고는 쿠션 깊숙이 몸을 묻었다. 의자의 팔걸이가 팔을 붙잡고 끌어당기는 것만 같았다.

"안녕하세요, 레이디 캐럴라인." 그웬이 건넨 인사였다.

"늦었구나."

"전화로 메시지를 남겼습니다. 장례식이 있다고요."

"장례식?" 레이디 캐럴라인이 반응을 보였다. 그웬 쪽으로 고개를 돌렸던 것이다. "누구의?"

"저희 고객입니다. 갑작스럽게 돌아가시는 바람에 그만."

"그런데 넌 유족을 상대로 영업을 하러 갔다고?"

"조의를 표하러 간 겁니다. 당연히요. 장례식에 어울리는 목적은 그것 말고는 없으니까요."

예컨대 매우 불확실한 추측을 근거로 살인사건을 조사하러 갔다면, 굉장히 부적절하겠죠. 그웬은 속으로 생각하며 양심의 가책을 느꼈다.

"오전에는 약혼 축하 파티, 저녁에는 장례식이라. 그야말로 짧은 하루에 인생의 면면을 다 둘러봤군. 차 마시는 시간에 참석할 세례식이 없어서 아쉬웠겠어."

"저는…."

"그런데 정작 결혼식은 빠졌잖아. 너희 얼빠진 구멍가게에서 하는 일이 바로 그거였을 텐데." 레이디 캐럴라인의 말이 이어졌다. "그렇다면 전체적으로는 수지가 안 맞는 날이었겠군."

"맞는 날도 있고 안 맞는 날도 있습니다. 저와 이런 얘기를 나누려고 보자고 하셨나요?"

"아니. 네 아들 때문에 보자고 한 거야."

"로니요? 무슨 일이라도 있나요?"

"별일은 아니야. 로드 해럴드와 내가 그 애 학교에 관해 예전에 논의한 게 있는데."

"그런데요?"

"로드 해럴드께서 계획대로 하라고 승인하는 편지를 보내셨어. 로니는 세인트 프라이즈와이드 스쿨에 보낼 거야. 그 애 아버지도, 로드 해럴드도 그 학교 출신이야. 실은 베인브리지 가문의 남자들이 대대로 진학한 학교지."

"하지만 그건 로니를 멀리 떠나보내라는 말씀이잖습니까." 그웬이 항의했다. "그럴 수는 없습니다. 겨우 여섯 살인데요."

"그럴 수 있는지 없는지와 관련해 새삼스레 알려주자면, 그 애 보호자는 우리야. 네가 아니라. 애를 어떻게 교육할지는 우리가 결정해. 집에서 가정교사한테 배우면 시야가 너무 좁아져. 세상에서 자기한테 걸맞은 자리를 차지하려면 제대로 된 교육을 받아야 해."

"그건 저도 반대하지 않습니다만, 세인트 프라이즈와 이드는… 거긴 너무 멉니다. 런던에도 좋은 학교는 많은데…."

"지켜야 할 전통이 있어." 레이디 캐럴라인이 말했다. "너도 나처럼 바깥에서 이 집안에 들어온 사람이야. 그리고 그렇게 들어온 것 자체가 이 집안의 전통을 따른다는 동의이고."

"저는 고작 여섯 살인 제 하나뿐인 아들을 300킬로미터 넘게 떨어진 학교에 보내자는 제안에 결코 동의할 수 없어요. 어떤 어머니가 그렇게 잔인한 짓에 동의하겠습니까?"

그웬은 그 말을 입 밖에 내기가 무섭게 후회했다. 그웬을 바라보는 레이디 캐럴라인의 눈에 싸늘한 분노가 엿보였다.

"그렇다면 나는 잔인한 사람이로구나." 레이디 캐럴라인이 쏘아붙였다. "내 아들에게 영국 최고 수준의 학교에서 교육받는 혜택을 베풀었기 때문에 나는 악독한 여자다, 이말이지. 내 아들을 그토록 훌륭한 남자로 만들어준 그 학교에 보냈기 때문에. 내 양육 능력에 대한 너의 평가에는 도저히 동의할 수가 없구나. 그리고 네가 아들 양육에 그렇게나 관심이 많았다면, 사업을 한답시고 실없이 돌아다니고 있을 것 같진 않아. 아마 집에 있으면서 애 키우는 걸 도왔을…."

"어머님이 허락을 안 하시잖아요!" 그웬은 그렇게 소리치며 일어섰다.

"너한테 그럴 능력이 없으니까 안 하는 거잖아. 혹시라도 우리가 우리 손자를, 그것도 우리 외아들의 외아들인 그 애를 너처럼 정서적으로 불안정한 여자한테 맡길 줄 알았다면…."

"제 남편은 살해당했어요. 저는 그 슬픔 때문에 정신적으로 무너졌던 거예요."

"그 애가 죽었다는 사실에 우리가 그런 식으로 반응하는 건 못 봤을 텐데. 그래, 우리도 슬퍼했지. 추모도 했고, 당연히. 하지만 우린 극복했어. 그리고 우리가 그렇게 한 게 너한테는 행운이었지. 우리가 아니었으면 네 아들을 누가 돌봐줬겠어?"

"레이디 캐럴라인, 저에게 베풀어주신 은혜는 무슨 수로도 다 갚지 못할 겁니다. 하지만 제가 그랬던 건 이미 지난 일…."

"지난 일?" 레이디 캐럴라인이 코웃음을 쳤다. "네가 지금 하고 다니는 짓을 점잖은 과부이자 어머니가 할 법한 행동으로 여길 사람이 과연 있을지 의심스러운데. 법정에는 분명 한 명도 없을 테지만."

"그 애는 제 아들이에요. 제가 그 애 어머니로서 지닌 권리는 이미 저한테서 빼앗아가셨잖아요. 제발요, 레이디 캐럴라인, 로니가 저한테 남긴 건 그 애 하나밖에 없어요. 그 애를 떠나보내면 이 집에 저를 위한 건 하나도 없어요."

"설령 그렇다 해도 가문의 전통은 지켜야 하는 법이야.

로니가 베인브리지 가문의 남자로서 자격을 지니려면 반드시 세인트 프라이즈와이드에서 교육을 받아야 해."

"아이의 행복 같은 건 생각 안 하시는군요. 그 애를 가문이 소유한 기업의 이사회에 또 하나의 장식품으로 앉힐 생각만 하시잖아요."

"내 아들이 죽었으니 이제 그 애가 상속자야. 이렇게 일찍 이어받을 자리가 아닌데. 그 자리에는 로니가 있어야 하는데. 내 아들 로니. 이런 미래가 기다릴 줄은 생각도 못했지만, 우리야 인생이 어떤 패를 주든 받아서 최선을 다하는 수밖에 없지."

"이건 그런 문제가…."

"이 문제에 관한 토론은 이걸로 끝이야."

"언젠가요?" 그웬은 절망에 빠진 채 물었다. "그 애는 언제 떠날 예정이죠?"

"가을 학기가 시작하기 전에. 얘기 다 끝났다. 잘 자렴."

그웬은 느릿느릿 문 쪽으로 걸어갔다. 눈물 때문에 앞이 거의 보이지 않을 지경이었다.

그웬은 아들을 찾아 비틀비틀 위층으로 올라갔다. 아이는 놀이방에서 크레용으로 스케치북에 그림을 그리는 중이었다.

"엄마!" 아이는 문간에 서 있는 그웬을 보고 외쳤다. "저녁을 못 드셔서 어떡해요. 오늘은 양고기였는데."

그웬이 바닥에 무릎을 꿇자 아이가 달려와 안겼다.

"미안해, 우리 귀한 보물." 그웬은 아이의 이마에 입을 맞췄다. "오늘 저녁엔 엄마가 늦게까지 할 일이 있었거든."

"오늘 누구 결혼식이었어요?"

"오늘은 그런 일이 아니었어." 그웬은 아들을 놓아주며 말했다. "하지만 곧 생길 거야, 아마도. 뭘 그리고 있었니?"

"이야기를 짓고 있었어요." 아이의 목소리에 생기가 돌았다.

"엄마한테도 보여줘."

아이가 보여준 그림 속의 물고기는 몸 색깔이 누렇고 코가 기다랬다. 아니, 코보다는 엄니에 가까웠다.

"저건… 저건 혹시 일각돌고래?" 그웬이 물었다.

"맞아요!" 아이가 자랑스레 말했다. "얘는 일각돌고래 서Sir 오즈월드예요. 북극해를 헤엄쳐 누비면서, 세계를 구하려고 나치스와 싸워요."

"엄청 용감하고 고결한 물고기구나."

"물고기가 아니에요." 아이의 목소리에서 조바심이 느껴졌다. "얘는 포유류예요."

"정말?"

"고래의 일종이거든요. 그래서 이름narwhal 뒤쪽에 고래가 들어가요."

"그 뒷부분whal이 고래whale라는 뜻이었구나? 그래, 말이 되네. 엄마는 그런 줄도 몰랐지 뭐야. 그럼 앞부분nar은 무슨 뜻이야?"

"그건 '시체'라는 뜻이에요."

"뭐?" 그웬은 자신도 모르게 움찔했다. "세상에, 어째서?"

"색깔 때문이에요. 뱃사람들은 얘가 바다에 둥둥 떠 있는 시체인 줄 알았대요. 이상하지 않아요?"

"정말 이상하네." 그웬은 눈앞의 천진한 그림이 자기 안에서 빚어내는 공포를 애써 누르며 말했다. "흠, 서 오즈월드가 어떤 모험을 했는지 하나도 빠짐없이 들어야겠는걸. 기사 작위Sir는 어떻게 받은 거야?"

"얘는 아주 어릴 적에 기사가 됐어요. 일각돌고래는요, 엄청 오래 살아요. 그리고 자기 엄마하고 같이 사는데, 왜냐면 엄마 젖을 먹고 크기 때문이에요. 어린 송아지처럼요. 엄마, 저도 아기였을 땐 젖을 먹었나요?"

"그럼. 엄마가 많이 먹여줬지. 그때 우린 시골에서 살았단다."

"우리 올여름에 또 시골에 가요?"

생각지도 못한 질문이었다. 그웬은 '바른 만남'의 일에 너무도 열중한 나머지 여름휴가 계획은 안중에도 없었다. 그런데 이제 로니가 가을에 집을 떠나게 된 이상, 연말연시까지 함께 보낼 휴가는 올여름뿐이었다.

"글쎄, 아직은 잘 모르겠는걸. 지금은 엄마가 일을 해야 해서 못 갈지도 몰라. 아니면 적어도 오랫동안 가 있지는 못할 거야. 어떻게 할지 할머니하고 한번 얘기해볼게."

"안 가도 괜찮아요." 아이는 스케치북으로 눈을 돌렸다.

"넌 엄마가 일하는 거 어때? 괜찮아?"

"제가 왜 안 괜찮겠어요?"

"왜냐면 엄마가 일을 하는 건 그때 이후로 처음이잖아. 그러니까… 아니, 이번이 아예 처음이구나."

"우리 집에 있는 다른 사람들도 모두 일을 하잖아요. 안 그래요? 물론 할머니는 안 하지만요."

"그래, 그건 사실이지."

"그리고 우리 집에서 할머니 밑에서 일하지 않는 사람은 엄마뿐이에요."

"맞아. 엄마뿐이지."

"할머니한테도 취직하라고 해야겠어요."

로니가 한 말을 머릿속에 그려본 그웬은 자신도 모르게 코웃음을 치고는, 아들을 끌어안았다.

"우리 아들은 어쩌면 이렇게 똑똑할까. 자, 엄마한테 서 오즈월드 이야기 더 해줄래?"

"얘는 머리에 투구를 써야 할 것 같아요." 로니는 자기가 그린 그림을 비평하듯 뜯어보며 말했다.

"엄마가 보기에도 그런 것 같아."

아이리스가 아파트에 돌아와보니 거실의 긴 의자에 앤드루가 누워 있었다. 양말 바람인 발은 쿠션 위에 올린 채였고, 구두는 여봐란 듯이 의자 옆 카펫 위에 놓여 있었다. 그렇게 누워서 책을 읽던 앤드루가 아이리스를 올려다봤다.

"오늘 저녁에 들를 줄은 몰랐는데." 아이리스는 핸드백을 테이블에 내려놓으며 말했다.

"이 책을 다 읽어버리려고." 앤드루가 높이 쳐든 책은 『배신자의 지갑』이었다. "한 글자도 믿음이 안 가는 건 여전하지만, 그래도 그럭저럭 읽는 재미가 있거든. 오늘은 평소보다 늦었는데."

"조사차 외근을 다녀왔어."

"그러니까 결국엔 탐정이 돼버린 거군. 잘됐어. 어쩌다 마음을 바꾼 거야?"

"언론계 종사자의 방문 때문에." 아이리스는 앤드루 곁에 앉아 구두를 벗어던졌다. "저쪽으로 좀 가면 다 얘기해줄게."

아이리스가 사무실에 찾아왔던 폰티프랙트에 관해 이야기하는 동안 앤드루는 진지하게 귀를 기울였다.

"나한테 전화하지 그랬어. 기사가 안 나가게 우리 쪽에서 막을 수도 있었을 텐데."

"아니, 그랬다간 일이 더 꼬였을지도 몰라. 개는 한번 붙잡은 쥐는 절대로 놔주지 않고 갖고 노는 법이거든."

"기사가 신문에 실리면 어떡하려고?"

"최선을 다해 폭풍을 뚫고 나아가는 수밖에. 혹시 또 모르지, 공짜로 이름을 알리는 셈이니까 길게 보면 사업에 득이 될지도."

"너도 속으로는 그럴 리 없다고 생각하잖아."

"그래, 그럴 리가 없지." 아이리스의 목소리는 침울했다.

"그래도 네가 그 자식을 묵사발로 만드는 꼴을 봤으면 좋았을 텐데. 지금쯤 자존심이 상해서 아주 쉰내가 풀풀 날 거 아냐."

"나 스스로도 놀랄 만큼 속이 후련했어." 아이리스는 선선히 인정했다. "나중에 마이크 킨지가 사무실에 나타났을 땐 후련함이 조금 덜했지만."

"그 친구가 또 왔어? 왜?"

"준장이 수사에 압력을 넣은 것 때문에 화가 나서. 내 뒷조사를 하려고 아주 단단히 벼르고 있었거든."

"좀 달래줬어?"

"글쎄." 아이리스는 당황스러운 진실을 밝히고 싶지 않아서 그렇게만 대답했다. "사무실 쪽 상황이 잘 풀리면 좋을 텐데."

"이미 살인범으로 체포된 남자 말고 다른 사람을 붙잡아서 끌고 갔다간, 그 친구나 경찰청이나 널 별로 안 좋아할 걸."

"아, 미치겠네. 진짜 그럴 거 아냐, 안 그래? 뭐, 어차피 이제 돌이킬 수 있는 방법도 없지만."

"방법이야 당연히 있지. 네가 그냥 깨끗이 손을 떼면 돼."

"그럼 디키 트로워는 자기가 저지르지도 않은 죄 때문에 목이 매달릴 테고, 우리 상담소는 활활 불타서 잿더미가 될 거야. 그리고 틸리 라살을 죽인 진범은 자유롭게 활개치고 다니면서 가엾은 여자애들을 몇이나 더 죽이겠지."

"한 명으로 만족하지 못한다면, 그렇겠지." 앤드루가 자기 의견을 밝혔다. "살인사건이란 건 보통은 사적인 동기 때문에 일어나."

"동감이야. 그래도 작은 희망 정도는 품어도… 아니야, 내가 무슨 바보 같은 소릴. 생각만 해도 너무 낙천적이네."

"그 작은 희망이란 게 뭔데?"

"정의." 아이리스가 꺼낸 대답이었다. "하지만 우리 둘 다 알다시피 세상에 정의 따위는 없으니까."

"정의란 건 결국 복수를 멋지게 표현한 말일 뿐이잖아."

"난 복수 정도면 충분히 만족해." 아이리스의 말투는 험악했다. "아무것도 못하는 것보단 나으니까. 젠장, 또 분위기가 엉망이 돼버렸네. 미안."

앤드루는 몸을 숙여 아이리스의 목에 입을 맞췄다.

"이러면 기분이 좀 괜찮아?" 앤드루가 물었다.

"그건 그냥 시작이잖아. 그 상태로 계속하도록, 병사."

"저쪽 방에 가서 계속해도 되겠습니까?"

"난 이동하느라 시간을 낭비하고 싶지 않은데." 아이리스가 말했다. "그나저나, 자네 아직도 옷을 입고 있군."

"그 문제는 간단히 해결할 수 있습니다."

그웬은 '모여서 한 모금 빠는 파티'에 갈 생각에 '실용복 컬렉션'•에 속하는 드레스 한 벌을 꺼냈다. 그웬이 비싼 옷을 살 만큼 여유 있는 사람으로 보이고 싶지 않을 때 입는 옷이었다. '마고'라는 별명으로 불리던 그 드레스는 정부의 인가를 받은 디자인 가운데 하나였다. 그웬은 1945년에 귀중한 의류 배급표를 열한 장이나 주고 그 드레스를 샀다. 전쟁이 끝나고 나서 맨 처음 산 물건이었다. 색깔은 연한 장미색이었고, 직물 소비 한도 내에서 재치 있는 디자인을 시도하느라 몸판 테두리를 따라 자잘한 주름 장식이 줄줄이 잡혀 있었으며, 깨끗한 손수건을 넣을 커다란 호주머니도 한 개 달려 있었다. 손수건은 툭하면 제멋대로 터지는 눈물샘 때문에 챙겨야 했다. 치맛단에는 널찍한 주름이 몇 줄 잡혀 있어서 걸을 때면 소용돌이 비슷한 맵시가 났다.

그웬은 아들 방에 살금살금 들어가 아직 자고 있는 아이의 뺨에 입을 맞춘 다음, 일찍 집을 나섰다. 아침 토스트는 건너뛰고 달랑 홍차 한 잔으로 기운을 냈다. 켄싱턴 로드를 통과한 그웬은 운동 삼아 하이드파크 공원의 가장자리를 빙 돌아갔다.

그웬은 사무실 근처에 사진 기자가 잠복하고 있을지도 모른다는 생각에 전날 빌린 《우먼스 오운》 최신호를 얼굴

• 영국 정부는 제2차 세계대전 당시 전시 물자 절약 운동의 일환으로 '실용복식 계획Utility Clothing Scheme'을 세웠고, 이에 따라 디자인을 간소화하고 옷감도 적게 들여 지은 일상복을 배급했다.

가리개 삼아 들고 갔다. 사무실 앞 보도로 나서기 전, 그웬은 길모퉁이에서 고개를 빼꼼히 내밀고 기자가 있는지 살펴봤다. 아니나 다를까, 웬 남자가 큼지막한 플래시가 달린 카메라를 들고 맞은편 건물 문간에 어설프게 숨어 있었다.

"우리 건물에 뒷문이 있는 거 알아?" 등 뒤에서 아이리스의 목소리가 들렸다.

그웬은 하도 놀라서 마고 드레스가 벗겨지도록 펄쩍 뛸 뻔했다.

"부탁이니까 다시는 그러지 마." 한숨 돌린 그웬이 말했다.

"미안." 아이리스의 말투는 전혀 진심이 아니었다.

"내가 이쪽으로 올 줄 어떻게 알았어?"

"넌 습관의 노예잖아. 그 반면에 나는 절대로 두 번 연이어 같은 길로 다니는 법이 없는 사람이지. 따라와."

아이리스는 그웬을 데리고 방금 왔던 길을 반 블록 되돌아간 다음, 좁다란 뒷골목으로 들어가 쓰레기통과 폐목재 더미를 지나 계속 나아갔다. 이윽고 나무 울타리 앞에 도착한 아이리스는 느슨한 판자를 한쪽으로 밀어젖혔다. 그러고는 울타리 안쪽으로 들어선 다음, 그웬이 따라 들어오도록 널빤지를 잡아줬다.

둘이 있는 곳은 사무실 건물 옆의 무너진 건물 잔해 뒤편이었다. 뒤쪽 벽의 일부는 아직 그대로 서 있어서 두 사람을 도로 쪽으로부터 가려줬다.

"이거 불법 침입 아니야?" 아이리스가 널빤지를 제자리로 돌려놓는 사이에 그웬이 물었다.

"엄밀히 따지면 그렇지. 발 조심해. 위험한 것들이 곳곳에 있으니까."

아이리스는 폐허 속을 성큼성큼 걸어가 사무실 건물 뒤편에 이르렀다. 그웬은 한 발 한 발 조심히 내디디며 파트너의 뒤를 따라갔다. 발목을 접질리거나 스타킹의 올이 나가지 않도록, 아이리스가 밟은 자리를 똑같이 밟았다. 아이리스는 석판이 깔린 좁은 경사로를 내려가 **배달 전용**이라고 적힌 문 앞에 도착했다. 그러고는 핸드백에서 열쇠 뭉치를 꺼내어 짤그랑짤그랑 넘기다가, 한 개를 골라잡았다. 그 열쇠로 자물쇠를 푼 아이리스는 문을 연 다음 다시 닫히지 않도록 손으로 잡아 고정했다.

"안은 캄캄해. 곧장 걸어가. 계단 입구까지 가면 전등이 있어."

"우리한테 이 문의 열쇠가 있는 줄은 몰랐어." 그웬은 문 안으로 들어서며 말했다. "이 문이 있다는 것 자체도 몰랐고."

"열쇠를 받은 적은 없어." 안으로 들어선 아이리스는 문을 닫고 자물쇠를 잠그며 그렇게 말했다. "이건 미스터 맥퍼슨의 예비 열쇠를 내가 복사한 거야."

"언제?"

"이 건물로 이사 오고 나서 곧바로. 자, 여기 네 것도 있어. 이제 넌 언론에 쫓기는 신세니까 이게 필요할 거야."

"준비성 한번 철저하네. 처음부터 우리 사무실 건물에 몰래 들어올 통로가 필요해질 거라고 예상한 거야?"

"아니." 아이리스의 대답이었다. "내가 필요할 거라고 예상한 건 탈출로야."

"왜? 뭘 피해서 탈출하는데?"

"넌 대공습 때 런던에 없었잖아. 난 있었어. 탈출로는 언제나 있어야 해. 자, 계단에 다 왔어. 내가 가서 불 켤게."

그웬이 위쪽을 올려다보니 어딘가 멀리 환한 햇빛이 보였다.

"이러고 있으니까 꼭… 오르페우스가 저승의 신 하데스한테서 되찾아온 여자가 누구였지?"

"에우리디케."

"뒤는 돌아보지 않는 게 좋겠구나."● 그웬은 계단을 올라가며 그렇게 말했다.

"뒤를 돌아본 쪽은 오르페우스였어." 아이리스의 말이었다. "아름다운 에우리디케를 돌아보지 않고는 못 참았기 때문이겠지만, 그보다는 남자였기 때문이라는 게 더 큰 이유지. 너무나 간단한 지시도 제대로 따르질 못하거든."

"만약 너였다면, 뒤를 돌아봤을 것 같아?" 그웬이 물었다.

"난 다시 데려오려고 저승의 신을 찾아갈 정도로 누굴 사

● 그리스 신화에서 아내 에우리디케를 되찾아 이승으로 돌아오던 오르페우스는 뒤를 돌아보면 안 된다는 하데스의 경고를 깜박한 탓에 아내와 영원히 헤어지고 만다.

랑한 적이 없어서 말이지. 그러는 너는?"

"만약 저승에서 그 사람을 찾으면, 난 그 사람하고 같이 거기서 살 거야."

1층에 도착한 그웬은 들킬 위험을 무릅쓰고 앞쪽 출입문 바깥을 살며시 내다봤다.

"아직 있어. 길 양쪽을 다 살펴보면서."

"좋아." 아이리스가 말했다. "우린 일하러 가자."

사무실 문을 여는 사이에 전화벨이 울렸다. 아이리스는 자기 책상으로 달려가 수화기를 낚아챘다.

"바른 만남 결혼상담소의 스파크스입니다, 무엇을 도와 드릴까요? 아, 미스 세지윅, 안녕하세요. 예?《미러》에 나온 기사요? 예, 봤어요."

그웬은 풀죽은 표정으로 아이리스를 바라봤다. 아이리스는 오려낸 신문 기사를 핸드백에서 꺼내어 그웬에게 건넸다. 기사 맨 위에 그웬의 사진이 실려 있었다. 그 전날 출근길에 놀란 표정으로 찍힌 사진이었다. 기사 제목은 이랬다. 죽음의 뚜쟁이!

"아뇨, 말도 안 되죠." 아이리스의 말이 이어졌다. "다시 생각해보실 것도 없어요. 뭐라고요? 저기, 유감이지만 그렇게는 안 됩니다. 계약서에 적혀 있어요. 제9조를 보세요. 아뇨, 환불은 불가능해요. 예? 무슨 말도 안 되는 소리! 진지하게 하는 얘긴데요, 저희 고객들 중에 살인자가 둘이나 있을 확률이 얼마나 되겠어요? 아뇨, 미스터 트로워가 살인자라는 말이 아니라, 오히려 그 반대죠. 분명히 무슨 실수 때문에 그런 거예요. 신문에 나온 얘기는 믿지 마세요, 특히《미러》에 나온 얘기는요. 안심하세요, 미스 세지윅, 고객님을 죽일 만한 남자는 절대 소개하지 않으니까요. 그럼 안녕히 계세요."

아이리스는 전화를 끊었다.

"그런데 마음이 바뀔지도 모르겠어." 아이리스가 중얼거렸다. 또다시 전화벨이 울렸다. "오늘 아침은 엄청 바쁘겠는 걸." 아이리스는 한숨을 쉬며 전화를 받았다.

그웬은 기사를 재빨리 훑어본 다음, 천천히 한 번 더 읽었다.

"내가 '빈민가 탐방을 즐기는 귀부인'이라고?" 그웬은 전화를 끊은 아이리스에게 그렇게 말했다. "어떻게 이런 글을 쓰지?"

"그런 글을 써서 먹고 사는 인간이니까. 방금 전화는 테런스 로비쇼한테서 온 거였어. 아까랑 똑같은 얘긴데 목소리만 달랐고. 전화가 올 때마다 같은 대답을 틀어줄 축음기하고 레코드판이 있으면 좋을 텐데."

"그나마 사진은 흐릿해. 내가 움직이는 사이에 얼굴이 찍혀서 다행이지 뭐야. 혹시 신문사 자료 보관실에서 내가 참석했던 예전 사교 파티 사진을 찾아낼지 궁금한데."

전화벨이 또다시 울렸다.

"이번엔 내가 받을까?" 그웬이 물었다.

"아니, 넌 저 기사 때문에 치솟은 화가 아직 사그라지지 않은 상태야." 아이리스는 그렇게 말하고 수화기를 들었다. "예, 바른 만남 결혼상담소의 스파크스입니다."

"안녕, 아이리스. 나 제시 켐프야. 전에 부탁했던 정보 찾았어."

아이리스는 잠시 멍하니 있다가 이내 기억을 떠올렸다.

"맞아, 그래, 제시." 아이리스는 수첩과 연필을 집었다. "전과는?"

"그냥 경범죄 수준이야." 켐프가 대답했다. "마틸다 라살, 일명 틸리, 다른 가명은 없음. 구류 기록 1944년 9월에 1회, 위조 의류 배급표 사용 혐의. 벌금 납부 후 석방됐고 이후 지금껏 착실하게 살아왔음. 또는 딴짓을 해놓고 아직 안 걸렸거나. 이래도 신붓감 후보로 손색이 없을 것 같아?"

"더는 아니야. 꼭 그 이유 때문은 아니지만. 혹시 같이 기소된 사람 없어?"

"실은 있어. 엘시 스펜서. 왜? 이 여자도 회원이야?"

"아직 아니야."

"또 궁금한 거 있어?"

"없어. 넌 최고야, 제시. 정말 고마워."

"좋은 남자나 소개해줘, 아이리스. 우리 엄마가 나를 수염에 수프나 질질 흘리는 홀아비랑 엮으려고 난리란 말이야. 난 그 대안으로 템스강에 뛰어들 생각까지 하고 있어."

"어느 쪽도 시도하지 마, 제시. 내가 지금 알아보는 중이니까. 곧 전화할게. 잘 있어."

아이리스는 전화를 끊었다.

"방금은 누구였어?" 그웬이 물었다.

"경찰청 기록 관리과에 있는 내 정보원. 미스 라살은 2년 전에 의류 배급표를 위조했다가 체포된 적이 있어. 벌금 처분에 가벼운 경고 정도로 풀려났고."

"그럼 미스 라살에 대한 네 직감이 맞았던 거네."

"어쩌면. 그런데 공범이 있었어."

"누구?"

"우리 새 단짝 친구 엘시."

"정말? 아쉽네. 난 그 사람 마음에 들었는데."

"전에 한 번 속임수를 썼다고 해서 속까지 다 썩은 사람인 건 아니야." 아이리스의 말이었다.

"그래, 나도 알아. 그 전과하고 이 사건이 무슨 관계가 있어?"

"누군가 미스 라살을 죽일 만한 동기가 또 하나 있다는 게 밝혀졌어. 질투에 눈이 먼 전 남자친구가 범인일지도 모르지만, 미스 라살이 위조 범죄에 연루된 적이 있다면 그쪽 일 가능성도 있는 거지."

"의류 배급표를 위조하는 건 누굴 살해하면서까지 할 만큼 수지맞는 일 같지 않은데."

"아닐지도 모르지. 하지만 단서는 있는 대로 추적해봐야…"

"얼마 되지도 않으니까 말이지."

"벌써 포기하는 거야?"

"아니, 당연히 아니지." 그웬은 아이리스의 말을 부정했다. "그럼 오늘 오후엔 미스 라살이 일했던 옷가게에 들렀다가, 거기서 술집으로 가는 거야?"

"그럴 계획이야."

"사무실은? 일찍 닫고?"

"그건 아마 내가 도와줄 수도 있을 것 같은데." 문 쪽에서 남자 목소리가 들려왔다.

"샐리!" 아이리스가 외치더니 샐리에게 달려가 끌어안았다.

"안녕, 아이리스." 샐리는 할 수 있는 한 가장 부드럽게 아이리스를 안았지만, 그럼에도 그의 품속에서 희미한 **으윽** 소리가 들려왔다. "어이쿠, 이런, 미안해. 설마 갈비뼈가 부러진 건 아니겠지?"

"이번엔 아니야." 아이리스는 샐리의 품에서 벗어나며 말했다. "내 파트너 그웬, 기억하지?"

"미시스 베인브리지, 다시 뵙게 돼서 반갑습니다." 샐리는 사무실로 들어서서 그웬을 향해 손을 내밀었다. 그웬은 어른과 악수하는 아이가 된 기분으로 그 손을 잡았다.

"저도 반갑습니다, 미스터 다니엘리." 그웬의 인사는 정중했다.

"콘월 부부 건은 어떻게 됐어?" 아이리스가 물었다.

"아, 간단 그 자체였지. 내 두 번째로 무서운 인격을 뒤집어쓰고 연기했어. 길길이 날뛰는 괴물은 마지막을 위해 아껴놨어, 혹시 꺼낼 일이 생길지도 모르니까. 내가 보기엔 그럴 것 같지 않지만."

"멋져." 아이리스가 말했다.

"다친 사람은… 없겠죠, 설마?" 그웬이 주저하며 물었다.

"손상은 전혀 없었습니다. 사람도, 물건도. 두 분께서 받으실 정당한 보수는 저녁때 한 번 더 들러서 수령하기로 했습니다."

"우린 지금 살인사건을 수사 중이야." 아이리스였다.

"공공의 안녕을 이렇게까지 걱정하다니. 이유가 뭐야?"

"아직 《미러》를 못 봤나 봐?"

"귀여운 아가씨, 내가 그런 쓰레기 같은 가십 전문지를 일부러 찾아서 읽을 것 같아? 거기에 본인 이야기가 실렸다는 말은 아니겠지?"

아이리스는 샐리에게 대강의 사정을 설명해줬다.

"저런, 저런, 우리 숙녀 분들." 샐리는 두 사람이 짠하다는 듯이 얼굴을 찌푸렸다. "별일이 다 있었군. 그러니까, 오늘 오후에 사무실을 봐줄 비서가 필요하다, 이거지?"

"바로 그거야, 간단히 얘기하면." 아이리스가 말했다.

"그 정도는 내가 할 수 있어."

"네가? 세상에, 너한테 네 시간 동안 여기 앉아서 전화를 받으라는 부탁을 내가 어떻게 할 수가 있겠어."

"왜 못 하는데? 오늘은 내가 도울 일이 그것밖에 없잖아. 말만 해, 아가씨. 내가 어떻게 하면 돼?"

그 순간 전화벨이 울렸다.

"잘 보고 배워." 아이리스는 그렇게 말하고는 전화를 받았다. 아이리스가 또 한 명의 불안해하는 고객을 달래는 동안 샐리는 귀를 쫑긋 세우고 통화를 들었다.

"꽤 간단한데. '계약서의 제9조에 따르면' 맞지?"

"맞아."

"이러다가 너희 계약서를 내가 더 잘 외우게 생겼군. 누가 방문 예약을 하면?"

"그런 사람이 있을 것 같진 않지만, 이 수첩에다 적어둬. 방문 시각은 이번 주 근무일 오전으로 잡도록 유도해봐. 오후엔 우리가 탐정 활동을 하러 나가봐야 할 것 같으니까."

"탐정 활동이라. 느낌이 괜찮은데." 그웬이 말했다.

"꽤 짜릿한 느낌이 나지요?" 샐리의 말이었다. "혹시 웬용감무쌍한 기자가 사무실 문을 열고 들이닥치면 어떻게 하지?"

"너의 가장 무서운 인격을 해방시켜버려." 아이리스가 말했다.

"멋지군. 전부터 그 녀석을 한번 시험해보고 싶었는데. 이젠 기자들이 꼭 좀 나타나주면 좋겠어. 숙녀 여러분, 이제 여러분 사무실에 비서가 생겼습니다. 저 타자기를 좀 써도될까? 요즘 새 극본을 쓰는 중이라서."

"당연히 되지." 아이리스는 솥뚜껑만 한 샐리의 손을 두 손으로 잡았다. "하지만 너무 세게 두드리진 마. 이번 주에 고생을 많이 한 가엾은 애니까."

"난 피치 못할 상황에서는 더없이 섬세해질 줄도 아는 사람이야." 샐리는 아이리스의 손등에 정중하게 입을 맞췄다. "이따가 1시에 다시 올게."

샐리는 그웬 쪽으로 돌아서서 손을 내밀었다. 그웬은 움찔하는 기색 없이 손을 맡겼다. 이윽고 샐리가 사무실을 나섰다.

"저 사람하고는 어쩌다 알게 된 거야?" 그웬은 샐리가 나가고 나서 아이리스에게 그렇게 물었다.

"케임브리지에서 만났어. 그 후엔 전쟁 때 같이 일했고."

"그럼 더 묻지 말아야겠군. 거기서부터는 물어봤자 메아리도 돌아오지 않는 영역이니까."

"고마워."

"놀라운 건 우리 둘 다 누가 계단을 올라오는 소리를 전혀 못 들었는데 그 사람이 문 앞에 서 있었다는 거야. 꼭 우리 소원을 들어주려고 모습을 나타낸 것처럼 말이야."

"샐리가 램프의 거인이 아닐까 하는 생각은 나도 자주 해."

"무서운 인격이란 건 그냥 꾸며낸 얘기야?"

"그럴 리가. 샐리는 훈장을 잔뜩 받은 군인이었어. 낙하산으로 적 후방에 침투해서 엄청나게 많은 표적을 폭파했거든. 우리끼리는 샐리의 덩치면 굳이 폭탄을 쓸 것 없이 낙하산을 메고 착지만 해도 다리가 무너질 거라고 농담하곤 했지만, 샐리 면전에서는 입도 뻥긋 못했어. 자기 덩치를 많이 의식하는 편이라."

"그런데 극작가도 겸해?"

"아직은 지망생. 학생 때 쓴 습작은 내가 보기에도 유망했어."

"널 되게 생각해주는 것 같던데." 그웬이 말했다.

아이리스는 부정도 긍정도 않고 애매하게 어깨만 으쓱했다.

"나중에 혹시 회고록을 쓰면 나한테 먼저 보여줘." 그웬이 말했다. "검열을 거치고 나서 남은 게 있다면 말이야."

"저기, 너도 알아차렸어?" 아이리스가 뜬금없이 물었다.

"뭘?"

"전화벨이 5분째 울리질 않아. 우리 한고비 넘긴 건지도 몰라."

"누구나 다 《미러》를 읽는 건 아니야. 부디 레이디 캐럴라인하고 아는 사이인 사람들은 아무도 안 읽으면 좋을 텐데."

"아, 맞다. 어제 저녁 약속은 어떻게 됐어?"

"그 얘긴 안 할래." 그웬의 대답이었다.

"그 정도로 안 좋았어?"

"사적인 부분은 너만 있는 게 아니라 나도 있어."

"인정할게. 자, 그럼 드디어 일을 좀 시작해볼까?"

"부디."

"미스 라살의 유족에게 줄 수표를 끊어놨어. 어제도 갖고 있었는데, 건넬 기회가 적당치 않아서 그만. 짤막하게 편지 한 통만 써줄래? 그런 건 네가 나보다 훨씬 더 잘 쓰잖아."

"내가 손글씨를 더 잘 써서?"

"네가 남의 마음을 더 잘 헤아려서."

"알았어." 그웬은 편지지를 한 장 집어 들었다.

샐리는 1시 10분 전에 사무실로 돌아와 몸을 비스듬히 틀고 아이리스의 책상 안쪽으로 조심스레 들어섰다.

"여기 열쇠 있으니까 이따 문 잠그고 가." 아이리스는 샐리에게 열쇠를 던져주며 말했다. "내일도 같은 시간에 올 거지?"

"모레도, 그리고 글피도." 샐리는 타자기에 종이를 끼우며 그렇게 대답했다. "행운을 빕니다, 숙녀 분들. 전진, 전진!"

"전진." 아이리스가 대꾸했다. "고마워, 샐리."

두 여성은 계단참에 서서 창밖을 내다봤다.

"저 사람 꽤 끈질긴 것 같지 않아?" 그웬은 전날의 사진기자를 발견하고 그렇게 말했다.

"심지어 새끼까지 치는데." 아이리스가 손으로 가리킨 건물 근처에도 기자 몇 명이 모여 있었다.

"뒷문으로 나갈 것을 제안하는 바입니다."

"찬성. 만장일치로 승인됐습니다. 투표 기록은 생략합

니다."

둘은 건물 지하실로 내려갔다. 대걸레로 바닥을 닦던 미스터 맥퍼슨이 놀라서 두 사람을 올려다봤다.

"뭐 필요한 거라도 있어요?" 맥퍼슨의 말투는 그런 것이 없기를 바라는 티가 역력했다.

"뒷문으로 나가려고요." 아이리스가 대답했다.

"뒷문으로요? 뭐 때문에?"

"뒤쪽 전망이 마음에 들어서요." 그웬의 설명이었다.

이날 아이리스는 바깥 골목으로 곧장 이어진 울타리 쪽으로 그웬을 안내했다. 이번에 바깥으로 나가면서 들어 올린 널빤지는 전날 것과 달랐다.

"헐거운 널빤지가 많으니까 편하긴 한데." 그웬은 울타리를 통과하며 말했다. "이 동네 울타리 기술자들은 솜씨가 영 별로네."

"어쩌면 몇 개는 내가 헐겁게 해놨을지도." 아이리스는 널빤지를 제자리로 돌려놓으며 순순히 인정했다.

"넌 그 난폭한 버릇을 고칠 때까지 모든 동물원의 출입을 삼가야 해."

"좀 일찍 말해주지. 지난번에 풀어놓은 그 사자들은 다시 잡아넣기가 엄청 힘들 텐데. 자, 그럼 이번엔 어떤 사연으로 우리 정체를 위장할지 궁리해보자."

"메리와 소피로 가는 거 아니었어? 난 소피가 마음에 드는데."

"이따가 술집에 갈 땐 소피로 행세해도 돼. 하지만 그 전
엔⋯."

　'톨버트 고급 여성복점'은 고가 선로 아래쪽에 우묵하게
들어간 곳에 자리 잡은 가게로, 고가의 널따란 아치는 나무
판자로 만든 광고판에 뒤덮여 있었다. 이 일대에서 문을 연
상점은 그곳이 유일했다. 될 대로 되라는 식의 낙천적인 외
관을 한 그 가게의 양편은 각각 창고와 널빤지로 입구를 막
은 인쇄소였고, 양쪽의 간판 모두 지독히도 빛이 바랜 상태
였다. 가게 입구 옆의 커다란 진열창 한쪽에는 군대에서 전
역하는 군인에게 지급하는 대량생산 슈트보다 살짝 더 나
은 수준의 남성용 슈트가 걸려 있었고, 다른 한쪽에는 머리
없는 여성 마네킹 세 개가 올해의 실용복 컬렉션을 걸치고
서 있었다.
　마틴 톨버트는 가게 안쪽 깊숙한 곳에, 치수도 체격도 모
두 제각각인 재단용 토르소 여러 개에 둘러싸여 앉아 있었
다. 앞에 있는 널따란 작업대는 한쪽 끝에 일반 재봉틀이 있
고 맞은편 끝에는 휘갑치기용 재봉틀이 있었다. 톨버트는
회색 플란넬 바지의 허리 부분 천을 당기며 눈을 가늘게 떴
다. 고객이 요구한 대로 허리통을 1인치 더 늘리자니 여분
의 천이 정말이지 아슬아슬했기 때문이었다. 톨버트는 한
숨을 쉬며 바지 뒤쪽의 솔기를 새로 박음질하기 시작했다.

출입문의 종이 딸랑거렸다. 미스터 톨버트는 살아 있는 인간과 얘기를 나눌지도 모른다는 생각에, 어쩌면 옷도 팔 수 있을지 모른다는 생각에 기운이 솟았다. 그래서 색이 바랜 바늘방석에 바늘을 꽂아놓고 작업용 앞치마에 붙은 실밥을 털어낸 다음, 작업장 출입구의 커튼을 걷고 가게 앞쪽으로 나갔다.

키가 훤칠하고 표정이 도도해 보이는 금발 여성 한 명이 여성복 진열장을 살펴보는 중이었다. 그 여성 뒤쪽에는 키가 더 작고 머리색이 검은 여성이 서서 자기 핸드백 속을 정신없이 뒤지고 있었다.

"우리 제대로 찾아온 거 맞아, 루시?" 키 큰 여성이 물었다. "여긴 아무리 봐도 내가 찾는 게 있을 만한 가게는 아닌데."

"그 애가 가르쳐준 주소는 여기가 맞아요." 키가 작은 여성이 꽥꽥거리며 대답했다. "이 거리에 옷가게는 여기밖에 없어요."

"이 거리 자체가 거리로 보기 힘든 곳 같은데." 키 큰 여성이 깔보듯 말했다. "이름을 붙여서 '스트리트'로 삼기엔 길이가 너무 짧잖아. 하긴, 너도 그렇게 짧지만 이름은 있으니까. 그렇지, 루시? 그러니까 이런 골목길도 이름을 붙여 거리로 쳐주겠지."

"하, 하, 말씀 참 재미있게 하시네요." 루시가 말했다.

미스터 톨버트가 헛기침을 했다. 두 사람이 그쪽을 돌아봤다.

"안녕하십니까, 숙녀 여러분." 정중한 말투였다. "톨버트 고급 여성복점에 잘 오셨습니다. 저는 가게 주인인 마틴 톨버트입니다. 무엇을 도와드릴까요?"

"그게, 어떻게 된 사정이냐 하면요." 대답은 루시가 시작했다.

"루시, 난 네가 끼어들지 않아도 내 사정을 말끔하게 설명할 수 있어." 키 큰 여성이 루시의 말을 끊었다. "미스터 톨버트, 제 사정은 이런 거예요. 저는 키가 큰 여자예요."

"그건 저도 금방 알아차렸습니다." 톨버트의 말이었다.

"관찰력이 아주 뛰어나시군요." 여성의 목소리는 싸늘했다. "미뤄 짐작하시겠지만, 패션업계는 저처럼 키가 큰 여자들을 이때껏 부당하게 무시해왔어요. 이런 현실에 대한 불만을 편지에 담아 고발하는 방법은 저도 이미 써봤지만, 아무 소용도 없더군요. 그래서 하녀를 시켜 저한테 맞는 옷을 구할 만한 가게가 있는지 알아보도록 했어요."

"그런데 어느 날 갑자기 여기서 일하는 친구가 생각났지 뭐예요." 루시는 신이 나서 끼어들었다. "못 본 지 한참 된 친구지만, 그래도 저희 아씨를 도와드릴 수는 있을 것 같아서요."

"사람들 앞에서 그렇게 부르지 말랬지!" 키 큰 여성이 쏴붙였다.

"죄송합니다." 루시는 표정이 시무룩해졌다.

"세상에, 내가 왜 널 진작 해고하지 않았는지 도무지 알 수가 없다니까." 키 큰 여성의 말이었다.

"아뇨, 아니에요, 그냥 말실수였어요, 다시는 안 그럴 거예요." 루시는 고용주를 안심시키고는 톨버트 쪽으로 돌아섰다. "저희가 들렀다고 남들한테 소문내진 않으시겠죠, 그렇죠?"

"소문을 내고 싶어도 아직 성함조차 모르는데요. 그래도 다행히 찾으시는 치수의 옷이 몇 벌 있습니다. 그리고 혹시 수선이 필요하시면 당연히 제가 여기서 직접 해드립니다."

"좋아요. 치수를 재는 건 루시의 친구가 도와주겠죠? 그런 일을 남자 분한테 맡기는 건 굉장히 부적절하니까요."

"음, 제 조수는… 실은, 이제 저희 가게에서 일하지 않습니다."

"어머나, 어떡해!" 루시가 외쳤다. "자르신 거예요? 왜요?"

"그, 그게, 해고는 안 했어요." 톨버트는 살짝 말을 더듬었다.

"그럼 어떻게 된 건데요?" 키 큰 여성이 물었다.

"유감이지만, 그 애는… 그 애는 죽었어요. 불쌍하게도."

톨버트는 그렇게 말하고는 앞치마 주머니에서 헝겊 쪼가리를 꺼내어 눈가에 고이기 시작한 눈물을 얼른 훔쳤다.

"죽다니." 키 큰 여성은 진지한 표정으로 톨버트를 보며 말했다. "너무 안됐네요. 어쩌다 그런 거죠?"

"살해당했어요. 칼에 찔려서."

"아아, 하느님!" 루시가 외쳤다. "가엾은 틸리! 언제요?"

"바로 며칠 전에요. 범인은 경찰이 체포했대요."

"애인이 그런 건가요?" 키 큰 여성이 물었다.

"그게… 애인은 아닙니다. 그렇다고 애인이 있었던 건 아닌데, 전에 한동안 만나던 남자는 있었습니다. 로저라는."

"아, 전에 본 적 있는 것 같아요." 루시가 말했다. "키가 작고 뚱뚱한 편이죠? 머리는 갈색에 곱슬이고요."

"저런, 아니에요. 그 남자는 키가 컸어요. 좀 깡패 같아 보이더군요. 별로 좋은 상대가 아니라고 틸리한테 몇 번이나 얘기했지만, 내 말을 도통 듣질 않더군요."

"그 사람 이름이 로저 올리버 아닌가요?"

"아니, 그 사람 성은 필처Pilcher예요."

"정어리pilchard하고 비슷한 필처인가요?"

"아니, 그게, 좀도둑filcher하고 비슷한 필처예요."

"어떡해, 그럼 그 남자가 범인이에요? 그래서 별로 좋은 상대가 아니었던 거예요?"

"여러분이 신경 쓸 일은 아닙니다." 톨버트가 말했다. "저희 가게에 큰 사이즈 옷이 어떤 게 있는지 한번 보시겠습니까?"

"예, 그렇게 하죠." 키 큰 여성이 대답했다.

"뒤쪽 작업장에도 옷이 좀 있습니다. 제가 가져오지요."

톨버트는 커튼 뒤편으로 사라졌다.

"아직까진 순조로워." 아이리스가 나직이 말했다. "톨버트가 옷을 갖고 돌아오면 탈의실에 들어가서 입어봐. 난 그 동안 밖에서 계속 말을 시킬게."

"알았어."

"메두사같이 무서운 그 성격은 어디서 보고 배운 거야?"

"우리 집 메두사한테서. 내가 그 여자 아들하고 결혼했거든."

아이리스는 터지려는 웃음을 애써 참았다.

톨버트가 옷걸이에 걸어서 가져온 옷은 세 벌이었다. 그는 옷 밑단이 바닥에 끌리지 않도록 팔을 머리 위로 쳐들고 왔다.

"이쪽은 찰스 크리드 디자인입니다." 톨버트는 검은색 셔츠웨이스트 드레스를 보여주며 말했다. "소재는 레이온…."

"레이온은 딱 질색이에요. 장례식에 참석할 예정도 없고요. 잘 봤어요. 다음은요?"

톨버트는 재킷과 스커트 콤비를 들어서 보여줬다. 재킷은 옷감이 하늘색 목면이었고 앞섶에 커다란 감색 단추 세 개가 달려 있었으며, 천 벨트로 허리를 조이는 스타일이었다. 폭이 좁은 스커트 역시 감색이었고 길이는 무릎 아래까지 왔다.

"글쎄요. 이런 색을 입었다간 경찰로 오해받을 것 같은데."

"저런, 그러면 안 되지요. 안 되고말고요." 톨버트가 말했다. "그러면 이 옷을 한번 보시지요."

그가 위로 쳐든 것은 분홍색 꽃무늬 프린트 드레스였다.

"나쁘지 않네요." 그웬은 톨버트에게서 드레스를 받아들었다.

"거울은 이쪽입니다." 톨버트는 블라우스가 걸려 있는 바퀴 달린 옷 진열대를 밀어서 거울이 잘 보이도록 했다.

그웬은 드레스를 몸 앞에 대고 이쪽저쪽으로 몸을 틀며 거울에 비친 자기 모습을 꼼꼼히 살펴봤다.

"탈의실은 어딘가요?" 그웬이 물었다. "이걸 입어봐야겠어요."

"안쪽에 있습니다." 톨버트는 커튼을 들추며 말했다. "안이 조금 어수선할 겁니다. 그 애가 없으니 어떡하면 좋을지, 막막하네요."

"그런 것 같아 보이네요." 그웬은 톨버트 곁을 지나가며 그렇게 말했다. "뭐, 이가 없으면 잇몸이라는 말도 있으니까요. 루시, 나 금방 올게."

"예, 아가씨."

아이리스는 탈의실 문이 닫히는 소리를 확인하고 나서 안도의 한숨을 토했다.

"너무 소란을 피워서 죄송해요." 아이리스가 나직이 말했다. "맞아요, 저희 아가씨가 워낙 걸작이라, 세상 누가 와도 말릴 방법이 없지 뭐예요."

"아뇨, 괜찮습니다." 미스터 톨버트의 말투는 아이리스를 다독이는 듯했다. "누구나 살다 보면 힘들 때가 있게 마련이지요. 틸리 일은 정말 유감입니다."

"믿을 수가 없어요. 바로 저번 주에 틸리를 만났는데. 그래서 아씨를, 아니, 미스 어메일리아를 모시고 와야겠다고…."

"아, 성함이 미스 어메일리아셨군요."

"아휴, 제가 또 입방정을." 한탄하는 말투였다. "이놈의 입은 정말 쉴 줄을 모른다니까요. 그게요, 실은 말이죠, 저희 아가씨가 의류 배급표를 다 써버리셨거든요."

"그래요? 그럼 굳이 이 먼 데까지 올 이유가 없지 않나요?"

"아가씨께서 올여름의 파티에는 새 드레스를 입고 가야겠다고 하셔서요. 당장 필요하다고 하신 게 어젠데, 제가 전에 틸리한테서 방법이 있을 거란 얘기를 들은 기억이 났거든요."

"아시겠지만, 법이란 게 있다 보니. 자칫 잡혀갈 수도 있어요."

"누가 이 가게까지 단속하러 오진 않을 것 같은데요. 여긴 외진 동네잖아요. 그래서 저도 여기가 적당할 거라고 생각했어요. 미스터 톨버트, 허락하신다면 저한테는 큰 은혜예요. 저희 아가씨는 원하는 걸 손에 넣으면 앞으로 한 달 동안은 저를 괴롭히지 않을 거거든요. 이 젊은 여자애한테 자비를 베풀어주실 수 없을까요? 틸리라면 그렇게 했을 텐데요."

"틸리가 항상 바른 길만 걸은 건 아니었지요. 장사 쪽으로나, 연애 쪽으로나."

"틸리가 하는 일이 어떤 건지 톨버트 씨도 아셨을 텐데
요?"

"알면서도 놔뒀어요." 톨버트가 털어놓은 말이었다. "그
애는 이 가게의 햇살이나 마찬가지였으니까요. 하지만 틸
리가 없어진 이상, 내가 그런 위험을 꼭 감당해야 할지 잘
모르겠군요."

"저희가 추가로 성의를 보여도요?"

"혹시라도 들키면 벌금을 한 달 치 수입보다 더 많이 물
어야 해요." 톨버트의 말이었다.

그웬은 드레스로 갈아입고 나서 작업장을 재빨리 둘러봤
다. 정확히 무엇을 찾아야 하는지는 알지 못했다. 틸리가 뭔
가 남겼으면, 아예 사물함 같은 것이 있었으면 하고 바랐지
만, 그렇게 큰 행운은 없었다.

안쪽의 책상 위에 두꺼운 장부 몇 권이 쌓여 있었다. 장부
를 살펴보기에는 시간이 부족했거니와, 잘 생각해보면 장부
에 석연치 않은 구석이 있더라도 그웬으로서는 알아볼 방법
이 없었다. 설령 그런 부분에 빨간색 잉크로 동그라미를 치
고 화살표를 몇 개씩 그려놨다 하더라도 마찬가지였다. 그
웬은 서랍 몇 개를 소리가 나지 않게 조심조심 열어봤다.

두 번째 서랍 속에서 틸리의 얼굴이 그웬을 마주 봤다. 다

음 서랍도 마찬가지였다. 그리고 그다음 서랍도.

서로 다른 사진마다 입고 있는 드레스도 달랐지만, 빠진 이가 보이지 않을 만큼만 입을 벌린 미소는 똑같았다.

그리고 그 사진들 밑에, 틸리의 사진이 더 있었다. 위쪽 사진보다 옷을 더 적게 걸친 모습이었다. 훨씬, 훨씬 더 적게. 그런데도 웃고 있었다. 다른 여성들의 사진도 함께 있었다.

그웬은 서랍을 닫고 매장으로 돌아갔다. 커튼 앞을 지날 때에는 잠시 멈춰서 커튼의 소재를 살펴봤다.

"이건 등화관제용 커튼 아닌가요?" 그웬이 물었다.

"재활용에는 아무 문제도 없습니다. 만들기도 쉽고요."

그웬은 거울 앞으로 가서 자기 모습을 비춰보다가, 뒤로 돌아서서 어깨 너머를 돌아봤다.

"꼭 잡지에서 걸어 나온 사람 같으세요." 아이리스였다. "영화배우 데버라 커 같아요."

"그 배우보다 내가 15센티미터는 더 커. 전형적인 영국 처녀들 중에 키가 나 정도 되는 경우는 웬만해선 보기 힘들 걸. 그래도 이 드레스는 마음에 들어. 수선비까지 포함해서 얼마죠?"

"방금 전까지 이쪽 분과 얘기했습니다만, 배급표가 문젠데요."

"그 문제에 관해선 제가 따로 챙겨드릴 수 있어요." 그웬은 거울을 보며 그렇게 말했지만, 눈길이 향한 곳은 자신이 아니라 톨버트의 얼굴이었다.

242

"죄송하지만 그렇게 하기는 힘듭니다. 한 달만 있으면 새 배급표가 나올 겁니다. 기다리시겠다면 그 드레스는 그때까지 따로 빼놓겠습니다."

"그렇게 오래는 못 기다려요. 여름이 이미 시작됐잖아요. 다른 가게를 찾아보는 수밖에 없겠군요. 루시, 나 금방 갈아입고 올게."

그웬은 커튼 너머로 사라졌다.

"정말 죄송해요." 아이리스가 말했다. "틸리가 그렇게 된 걸 미리 알았으면 좋았을 텐데. 혹시 일할 사람 새로 구하셨어요? 저희 아씨는 워낙 종잡을 수가 없는 분이라, 제가 새 일자리를 알아봐야 할지도 모르거든요."

"아직요. 우리도 사정이 빠듯해서요. 이달 말까지는 나 혼자 해볼 생각이에요. 7월에는 형편이 좀 필 테니까, 그때도 일자리가 필요하면 오세요."

"이 근처에 배급표 없이 옷을 구할 만한 가게가 없을까요?"

"그런 데가 있을 것 같진 않네요."

그웬이 돌아왔다.

"안녕히 가십시오, 숙녀 분들." 톨버트가 손을 내밀며 말했다.

그웬은 업신여기는 표정으로 그 손을 내려다보고는 돌아서서 쌩하니 가게를 나가버렸다.

"어머나, 어떡해, 기분이 진짜 안 좋으신가 봐요." 아이리스는 톨버트의 손을 잡고 두 사람 몫만큼 오랫동안 흔들었다. "정말 감사했습니다."

그러고는 서둘러 가게를 나섰다.

"세상에, 마지막에 그건 너무 무례했잖아." 아이리스는 그웬을 따라잡고 나서 말했다.

"난 저 남자 마음에 안 들어."

"아무리 그래도 그렇지, 상식적으로 예의를 좀…."

"저 남자는 그럴 가치가 없어. 파렴치한 망나니야."

"근거는? 혹시 영혼까지 꿰뚫는 너의 그 시선?"

"저 남자 책상에는 틸리를 모시는 사당이 있어. 사진으로 꾸민 사당이야. 그리고 그중엔 외설적인 사진들도 있어."

"저런. 듣고 보니 내 손을 아주 꼼꼼히 씻고 싶은 충동이 드는군. 그래서 틸리가 암시장을 들락거리는데도 그냥 내버려둔 건가."

"틸리가 암시장에 들락거렸어?"

"내가 떠봤는데 톨버트는 부인하지 않았어."

"하지만 자기가 직접 거래하려고 하진 않잖아." 그웬이 말했다. "적어도 우리를 상대로는 말이야. 내가 보기엔 거래를 꺼리는 게 진심 같진 않지만."

"어쩌면 같은 패거리에 속한 사람한테 소개를 받아야 끼워주는지도 모르지. 네가 보기에 그 둘이 사귀는 사이 같았어?"

"아니. 하지만 로저 필처 얘기가 나왔을 땐 거리낌 없이

244

싫어하는 티를 내던데."

"정어리를 놔두고 굳이 좀도둑하고 발음이 비슷하다고 했지. 그나마 이름하고 붙여서 찾을 성 하나는 건졌네. 이제 그 남자한테 한 걸음 더 가까워진 셈이야."

"그래." 그웬이 말했다. "거기에 한 가지 더. 미스터 톨버트의 재단 실력은 최고 수준이야."

"그게 왜 중요한데?"

"그 사람 작업장을 봤어. 날카로운 도구가 잔뜩 있더라고. 아마 칼 쓰는 솜씨도 수준급일 거야."

8

술집으로 가기 위해 둘은 템스강 방향인 남쪽을 향해 걸었다. 걷는 동안 그웬은 말이 없었다.

"무슨 생각을 그렇게 해?" 아이리스가 물었다.

"옷가게에서 다시 옷을 입어봤을 때 기분이 얼마나 좋았는지 생각하고 있었어. 너무나 이상한 일들을 겪는 와중에 지금 이 순간만은 뭔가 평범한 일을 하고 있다는 느낌이 정말 좋았거든. 생각해보면 나는 정상적인 삶을 되찾으려고 살인사건을 조사해야 하는 신세니까."

"생각해보면 지난 7년 동안이 다 정신 나간 시절이었지." 아이리스도 동의했다. "전쟁만 끝나면 예전으로 돌아갈 거라는 희망을 품었지만, 그렇게 되질 않았어."

"그리고 지금 우린 사실상 모르는 사이인 죽은 여자의 추모 파티에 가는 중이지. 여기서 기묘한 게 뭐냐면… 세상에,

결혼식 몇 건을 빼면 지금 이게 로니가 죽고 나서 내가 가는 첫 번째 파티라는 거야. 아니, 그전부터 통틀어도 마찬가지야. 공습을 피해 런던을 떠나 있을 때 이후로 처음 가는 파티야. 그런데 이렇게 신분을 숨긴 채로, 이런 일이 아니면 절대 함께 어울리지 않을 사람들한테서 정보를 캐러 가잖아."

"그거야 네 사정이고. 난 전에 가끔 부둣가 술집에 밤마실을 나가곤 했다고."

"초보자한테 충고해줄 거 없어?"

"술은 조금씩 천천히 마시고, 대답을 잘못해서 궁지에 몰리는 일은 없도록 해." 아이리스의 충고였다.

"그거 하나는 메이페어하고 똑같네. 술집에 도착하면 어떻게 해야 해? 이번에도 네가 리드하는 대로 따라가면 돼?"

"따로 움직이는 게 더 나을지도 몰라. 우선 사람들이 틸리 이야기를 늘어놓게 해야 해. 그렇게 어렵진 않을 거야. 그러라고 마련한 자리니까. 감상적인 추억은 피하고, 틸리의 인생에서 재미있었던 부분으로 이야기를 유도하도록 해."

"우리끼리 통하는 신호가 있어야겠어. 위험을 알려주려면."

"좋은 생각이야." 아이리스도 동의했다. "그래. 머리카락을 귀 뒤로 두 번 넘기는 걸 신호로 정하자."

아이리스는 그웬을 보며 꼭 뻗친 머리를 정리하는 사람처럼 귀 뒤로 머리를 쓸어 넘겼다. 그러고는 한 번 더 반복했다.

"오른쪽 또는 왼쪽. 내가 갔으면 하는, 또는 봤으면 하는 방향으로 넘기면 돼." 아이리스가 말했다.

"꽤 간단하네." 그웬은 방금 본 손짓을 흉내 내며 말했다. "만약에 급히 몸을 피해야 할 상황이 오면?"

"신호에 이어서 코를 만져. 그건 '미안, 당장 튀어야 해서 그만!'이라는 뜻이야. 그다음에 바깥에서 만나면 돼."

"만날 형편이 안 되면 어떡해? 상황이 위험해지거나 하면?"

"가장 가까운 경찰서는 와핑 하이 스트리트를 따라 쭉 가면 나와. 거리가 한 다섯 블록쯤 될 거야. 거기서 만나. 뭐야, 너 그 반지 아직도 끼고 있잖아."

"맞다, 고마워." 그웬을 멈춰 서서 반지를 뺐다.

반지를 핸드백에 넣은 그웬은 손을 뻗어 가만히 살펴봤다.

"이러면 남자들이 와서 집적거릴 텐데."

"빼고 있는 동안만이라도 즐겨." 아이리스의 제안이었다. "남자들은 추파를 던질 때 말을 많이 하는데, 우리가 찾는 건 바로 그 사람들이 하는 말 속에 있어."

"우리가 무엇을 하든, 모두 영국을 위한 것일지니." 그웬은 짐짓 엄숙한 목소리로 말했다.

아이리스가 살짝 표정을 찌푸렸다. 그웬은 이를 놓치지 않았다.

"왜 그래?"

"아무것도 아냐." 아이리스가 말했다.

"아무것도 아닌 게 아닌데. 내가 방금 한 말 때문이지, 맞지?"

"전에 누가 나한테 똑같은 말을 한 적이 있어."

"그 후에 뭐가 잘 안 된 것 같은데."

"맞아, 잘 안 됐어."

그 말을 하고 나서 아이리스는 억지로 웃음을 지었다.

"여기야. 다 같이 신나게 놀아보자고."

'멀스 퍼브'는 템스강 쪽에 자리 잡은 4층 건물의 1층에 있는 술집이었고, 같은 건물의 2층부터 위쪽은 셋집이었다. 술집 출입문 양쪽에 튀어나온 널따란 창문을 통해 부두 노동자와 뱃사람들이 1파인트들이* 맥주잔을 들고 옹기종기 모여 있는 술집 안쪽 풍경이 네모난 창틀에 담겨 눈에 들어왔다. 술집 안에 있는 여성들은 남자들보다 수가 적어서 관심을 무척이나 많이 받았다. 그중 한 명이 창밖을 보다가 아이리스와 그웬을 발견하고 손을 흔들었다. 두 사람의 새 친구 엘시였다.

"왔구나!" 두 사람이 안으로 들어서는 사이에 엘시가 술집 안의 소음을 뚫고 외쳤다. "진짜로 오려나 궁금했는데."

그웬은 주위를 둘러봤다. 술집의 바는 기다랗고 반질반질하게 닳은 떡갈나무 판자로, 술이 흘러서 스며든 자국이

---

* 0.47리터, 즉 500시시에 해당하는 용량이다.

100년 치는 돼 보였다. 벽에 박힌 고리와 천장에 달린 쇠사슬에는 강풍용 랜턴이 걸려 있었고, 눈에 띄는 테이블 상판 몇 개를 받치고 있는 낡은 나무통은 오래전 언젠가 어느 해적선에서 굴러다녔을 법한 물건들이었다.

엘시 곁에는 패니뿐 아니라 다른 젊은 여성도 한 명 있었다. 세 사람은 유독 저돌적인 남자들의 추파를 받아넘기며 테이블의 소유권을 유지하는 중이었다. 그러던 엘시가 손짓으로 아이리스와 그웬을 불렀다.

"이쪽은 베키. 우리처럼 틸리하곤 친구 사이야. 베키, 작은 쪽은 메리고 큰 쪽은 소피. 어제 그림블스 장의사에서 만났어."

"만나서 반가워." 베키가 말했다.

"나도." 아이리스의 인사였다. "장례식 갔다 왔어? 어땠어?"

"나하고 엘시는 갔어." 패니가 대답했다. "조문객은 남부끄럽잖게 왔더라. 처음에는 술에 취한 사람이 아무도 없어서 드물게 멀쩡한 장례식이었어."

"난 우리 엄마 간호하느라 못 갔어." 베키였다. "병이 나서 누워 지내거든. 다행히 아빠가 일찍 집에 들어와서, 기분 좀 내볼까 하고 이리로 왔지."

엘시가 문득 그웬을 올려다보더니, 짓궂은 표정을 하고 킥킥 웃었다. 그웬은 영문을 몰라 멍하니 있다가 어깨를 두드리는 기척에 놀라 움찔했다.

시선을 돌렸을 때 마주친 남자의 눈 속에 바다가 있었다.

"왔군요." 데즈가 빙그레 웃으며 말했다. "안 올 줄 알았는데."

"당신이 오라고 했잖아요." 그웬도 빙긋 웃었다.

"살다 보면 초대를 해도 응답이 없는 경우가 있으니까요. 여긴 틸리를 추모하는 자리고, 조금 있으면 다 같이 건배를 할 테니까, 내가 한잔 사도 될까요?"

"부탁할게요." 그웬이 말했다.

뒤이어 그웬이 알아차리기도 전에 데즈는 손으로 그웬의 허리를 감싸고 있었고, 그대로 그웬과 함께 다른 여자들 곁을 떠나 바 쪽으로 향했다.

그웬은 등뼈에 전기가 통하는 것처럼 짜릿한 기분을 느꼈다. 그것은 모르는 남자의 손이 몸에 닿는 느낌이었다. 남편 로니가 죽고 요양원에서 지내다 퇴원한 후로 그웬이 남자와 신체적으로 가까워진 경우는 남의 결혼식 파티에서 춤을 출 때뿐이었다. 그럴 때의 파트너들은 친척이거나 남편과 같은 부대의 동료들이었고, 이는 곧 그들이 깍듯한 거리를 유지하며 불쌍해하는 눈빛을 가까스로 숨긴 채 그웬을 바라봤다는 뜻이었다. 그런데 만난 지가 고작 하루밖에 안 된 이 남자는 어찌나 자연스럽게 주도권을 쥐고 그웬을 이끌었던지, 양심이 조심하라는 경고를 보내는데도 그웬은 자신도 모르게 그 손길을 반기고 있었다.

"술은 뭘로 할래요? 맥주를 마구 들이켤 사람 같지는 않은데."

"저런, 내 정체를 알면 놀랄걸요. 하지만 진을 넣은 탄산 레모네이드가 있다면, 그걸로 할게요."

"어이, 키트!" 데즈가 바텐더 가운데 한 명을 불렀다. "파인트 잔으로 버튼 에일 하나, 이쪽 숙녀 분께는 진을 넣은 탄산 레모네이드."

"금방 대령하겠습니다." 바텐더의 말이었다.

바텐더가 두 사람 앞에 술을 갖다났다. 그 사이에 나이가 쉰 줄로 보이는 체격이 건장한 남자가 바를 손으로 쾅쾅 두드려서 사람들의 관심을 끌었다. 실내가 차츰 조용해졌다.

"나는 톰 라살이오." 남자는 목소리가 우렁우렁했다. "여기는 오늘 오후에 주님 곁으로 보내드린 내 조카, 틸리를 위해 모인 자리요. 저쪽에 있는 저 친구는 프레드인데, 오늘 저녁 여기서 술을 안 마시는 유일한 사내놈이지."

톰이 가리킨 젊은 남자는 굳은 표정으로 바 앞에 앉아서, 중산모를 거꾸로 들고 있었다.

"저 친구가 유족을 위해 모금을 하고 있소." 톰의 말이 이어졌다. "그리고 오늘 낸 술값 중에 일부도 저 모자로 들어갈 테니까, 신사 숙녀 여러분, 아무쪼록 마음껏 들이켜시오. 만약 틸리가 살아 있었으면 누구보다 앞장서서 노래도 제일 크게 부르고, 춤도 제일 열심히 췄을 거요. 다들 틸리를 위해 잔을 들고, 파티를 시작합시다."

틸리를 추모하는 말과 함께 유리잔과 머그잔이 높이 솟

았다.

"내가 다음번에 틸리를 위해 건배하는 날은 그 말라비틀어진 살인자 놈의 모가지가 대롱대롱 매달리는 날일 거요." 톰이 외치자 맞장구치는 소리가 술집 안을 우레같이 울렸다. "틸리 라살을 위해, 부디 천국에서 춤추고 있기를!"

"틸리를 위해!" 사람들은 한목소리로 외쳤다.

데즈가 그웬의 유리잔에 자기 머그잔을 부딪혔고, 둘은 함께 술을 마셨다. 데즈는 자기 잔의 맥주를 단번에 비웠다. 그웬은 레모네이드의 새콤한 맛을 음미하며 한 모금만 홀짝였다.

"키트, 한 잔 더!" 데즈가 외치자 이내 새 파인트 잔이 그의 앞에 나타났다.

"여기 전에 와본 적 있어요?" 데즈가 물었다.

"아뇨. 여긴 섀드웰이 아닌 것 같은데, 맞죠?"

"맞아요, 여긴 와핑이에요. 하지만 우린 오래전부터 여기 단골이었어요. 뒤쪽에 전망이 좋은 베란다가 있는데. 보러 갈래요?"

"좋아요."

그웬은 다시금 숙련된 손길에 감싸인 채 북적이는 사람들 사이를 통과했다. 한쪽 눈을 동그랗게 뜨고 이쪽을 바라보는 아이리스가 언뜻 눈에 들어왔다. 두 사람이 술집 안쪽 공간을 지나 뒷문을 나서는 사이에 아이리스의 모습은 시야에서 사라졌다.

아이리스는 멀어져가는 친구의 뒷모습을 향해 파인트 잔을 들어올렸다.

"데즈는 참 손이 빠르네." 아이리스가 밝힌 의견이었다.

"저 여자한테 아주 홀딱 반했나 봐." 패니가 말했다.

"그런데 저 사람, 직업이 뭐야?"

"조선소에서 목수로 일해." 엘시가 대답했다. "내가 보기엔 그 정도면 번듯한 남편감이야. 네 친구는 운이 좋은 편인 거지."

"바깥에 단둘이 나가게 놔둬도 괜찮을까?"

"응, 데즈는 점잖은 남자야." 엘시가 말했다.

"그래서 더 아쉽다는 거지." 패니의 입에서 한숨이 흘러나왔다.

"그럼 안심해도 되겠네. 그나저나, 여기가 멀스 퍼브구나. 틸리한테 들은 데가 바로 여기였어."

"그래?" 엘시가 물었다. "틸리가 너한테 뭐라고 했는데?"

"내가 얘기해도 되는 건지 모르겠네. 틸리도 가고 없는 마당에."

"에이, 네가 틸리에 관해 무슨 얘기를 해도 우리가 놀랄 일은 없을걸." 엘시의 반응이었다.

"놀랄 일이 있을 리가 없지." 베키도 동의했다.

"그게, 스타킹 얘기를 하다가 들은 말인데." 아이리스가 말했다.

"뭐야, 겨우 그거야?" 엘시가 웃음을 터뜨렸다. "그럼 놀라고 자시고 할 것도 없네, 뭐."

"한때는 스타킹만 살짝 보여도 깜짝 놀라던 시절이 있었죠…."[*] 베키가 노래를 흥얼거렸다.

"그만, 시작도 하지 마." 엘시였다. "앤 한번 노래를 시작하면 좀 이따가 바 카운터에 올라가서 한밤중까지 목이 터져라 노래할 거야."

"넌 내 재능을 몰라봐서 그러는 거야." 베키는 코웃음을 쳤다.

"재능 비슷한 거라도 있으면 알아봤겠지." 베키가 맞받아쳤다. "그래서, 틸리하고 스타킹이 어쨌다는 건데?"

"그냥, 이 술집에서 스타킹을 몰래 파는 남자를 소개해줄 수 있다고 했어. 마침 스타킹을 구하는 중이었거든. 멀쩡한 게 한 켤레도 안 남아서."

"그 아가씬 마음껏 즐기는 걸 좋아했지요.'" 베키가 노래했다. "'비밀만 철저히 지켜진다면!'"[**]

"또 시작이네." 패니가 한숨을 쉬었다. "차라리 지금 바 카운터에 올라가라. 언제 올라갈지 몰라서 조마조마하지나 않게."

"그럼 넌 틸리가 말한 그 남자가 누군지 알아?" 아이리스는 베키가 끼어들 틈을 주지 않고 대화를 이어가려고 필사

---

[*] 미국 작곡가 콜 포터의 노래 「뭐든 다 되는 세상Anything Goes」의 가사이다.
[**] 미국 작곡가 헨리 세이어스가 만들어 영국에서 인기를 끈 노래 「타라라 붐디에이Ta-ra-ra Boom-de-ay」의 가사이다.

적이었다.

"그럼, 알지. 그 남자 이름은 아치야."

"맞아, 그 이름이었어. 그 사람 이름이 기억이 안 났지 뭐야. 그 사람 지금 여기 있어?"

"보통은 이렇게 일찍 나오지 않아." 엘시가 말했다. "틸리가 너한테 아치 얘기를 했다니 의외네. 난 그 둘이 사이가 안 좋아진 줄 알았거든."

"다른 남자가 생겨서?"

"아니, 그런 거 아냐. 그보다… 됐다, 얘기 안 할래."

"왜, 가르쳐줘." 아이리스가 재촉했다.

"안 돼, 이건 틸리를 위한 파티잖아. 땅속에 묻힌 지 얼마 되지도 않은 친구를 흉볼 순 없지."

"틸리를 흉보려는 건 아니었어. 어떻게 된 일인지 궁금해서."

"그 얘길 내 입에서 들을 일은 없을걸." 엘시의 말이었다. "있잖아, 스타킹이 필요하면 나한테 전화번호를 가르쳐줘. 내가 나중에 전화해서 아치를 소개해줄게."

"집에 전화가 없어서. 네 번호를 가르쳐주면 내가 나중에 공중전화로 전화할게."

"내 번호도 같이 가르쳐줘." 패니가 말했다.

아이리스는 종이와 연필을 슥 내밀었고, 엘시는 거기에 자기 전화번호를 적었다.

"어때요?" 데즈가 물었다.

베란다는 술집 뒤편으로 2.5미터 정도 튀어나온 구조물로, 템스강을 막은 제방 벽 위에 둥실 떠 있는 상태였다. 아래쪽에 보이는 진흙투성이 강기슭에는 돌과 폐목재가 널려 있었다. 강가에서 놀던 남자애들 몇 명이 흘러가는 강물에 막대를 던져 넣고 그 뒤를 쫓아 왼편에 보이는 부두 쪽으로 뛰어갔다.

그웬은 조심조심 베란다로 나갔다.

"여기까지 나와도 괜찮아요." 데즈는 난간까지 걸어가서 손으로 난간을 쿵쿵 두드렸다. "튼튼하거든요. 그건 내가 제일 잘 알아요… 내가 지었으니까요."

"그럼 믿어도 되겠네요."

그웬은 난간 앞으로 걸어가 그곳에 몸을 기대고 강을 내려다봤다. 시야의 양편에서 왜가리들이 날아올라 한가로이 강 위를 활공했다. 폭격으로 불탄 선창의 잔해가 물속에서 비죽 튀어나온 모습이 꼭 물에 빠진 사람의 손 같았다. 다시 짓는 선창 몇 군데는 그보다 더 활기차 보였다. 늦게까지 일하는 예인선 몇 척이 통통거리며 보금자리인 부두로 돌아가는 중이었다. 해는 오른쪽으로 저물어가며 점점 더 수면에 가까워졌다.

"어디서 일하세요?" 그웬이 물었다.

"저쪽요." 데즈는 왼쪽을 가리키며 대답했다. "벤슨 부두에 새 작업장을 열었어요. 한 달 전에 부두가 다시 개장했거든요."

"축하해요. 예전 작업장은 어디였어요?"

"이 근처요. 1940년에 큰 폭탄이 떨어져서 날아가버렸죠."

"안됐네요."

"그나마 다행이었어요. 밤에 공습이 일어났는데, 그땐 다들 방공호에 들어가 있었거든요. 앤디라는 친구는 우리처럼 운이 좋질 못했죠. 화재 감시 당번을 맡는 바람에. 당번을 서던 건물이 무너졌는데 그만 빠져나오질 못했어요."

"안됐네요." 그웬은 같은 말을 반복하고는 고개를 가로저었다.

"왜 그래요?"

"요즘은 어떤 대화든 한쪽에서 '안됐네요'로 마무리하는 것 같아요. 그래서 기운이 빠져요."

"하긴, 그렇죠." 데즈가 동의했다. "그럼 어떤 이야기를 하는 게 좋을까요?"

"틸리 이야기를 듣고 싶어요."

"아, 그 애." 데즈는 웃음을 터뜨렸다. "정말로 야무졌어요, 그 애는. 한번은 이런 적이 있어요. 대공습 때, 공격이 한창 심해지면 우린 틸버리 방공호로 가곤 했어요. 어딘지 알아요?"

"아뇨."

"거긴 케이블 로드하고 커머셜 스트리트 사이에 있는 커다란 창고예요. 화이트채플 하이 스트리트하고 앨드게이트가 만나는 곳에 있죠. 지하실이 엄청나게 넓은데 커다란 아치가 대들보를 받치고 있어서, 방공호로 쓰기에 딱 좋은 곳이에요. 공식 방공호는 아니었지만 우린 밤마다 1만 명씩 거기로 대피했어요."

"1만 명이나! 세상에, 그 자체로 하나의 도시네요."

"바로 그거였어요. 어떤 사람들은 심지어 말까지 몰고 내려오는 바람에, 숨쉬기가 괴로울 지경이었죠. 사람들은 지하실 바닥의 습기를 피하려고 나무 발판을 깔았어요. 그리고 거긴 공무원이 없었기 때문에 운영은 우리끼리 알아서 해야 했어요. 비공식적으로."

"그런 식으로 해서 잘됐나요?"

"생각보다는 잘됐어요. 인간의 본성이 어떤지 생각해보면 말이죠." 데즈의 이야기가 이어졌다. "규칙은 이거였어요. 방공호에 들어와서 어디든 담요를 깔면, 그 자리는 내거다. 그래서 우린 아이들한테 담요를 맡기고 먼저 들여보냈어요. 그래야 계단 입구나 화장실에서 적당히 떨어진 곳에 번듯한 자리를 잡을 수 있으니까요. 말들한테서도 멀찍이 떨어져야 하고요.

"그러던 어느 날 밤, 일이 끝나고 퇴근했을 땐데, 제 여동생 에시가 눈물이 그렁그렁해서 뛰어오는 거예요. 웬 깡패 패거리가 우리 식구들 자리를 뺏었다면서요. 그때 우리 식구 중엔 어른이 몇 명 없었는데 그나마 남자는 나 한 명이었어요. 마침 공구 상자가 있어서 제일 큰 망치를 꺼냈죠. 혹시라도, 음, 누굴 설득할 일이 생길까 해서요."

"어머나, 세상에."

"그런데 내가 나서기도 전에, 틸리가 앞장을 섰어요. 키가 고작 150센티미터밖에 안 되는 애가 말이에요. 그때 틸리는 아직 열일곱 살도 되기 전이었을 거예요. 그 애는 제일 덩치가 큰 녀석 앞에 가서 듣기만 해도 섬뜩한 욕을 지껄이고는, 당장 똘마니들을 데리고 우리 자리에서 비키지 않으면 가위를 꺼내서 너의…."

데즈는 말을 다 끝맺지 않고 입을 다물었다.

"숙녀 앞에서 꺼낼 말은 아니군요." 데즈는 그렇게 말하고는 씩 웃었다. "자세히는 얘기 못하겠어요. 그래도 무슨 말인지는 알 거예요."

"알아들었어요. 그 협박이 통했나요?"

"통했어요. 그러고 나서 우린 틸리한테 공군이 신형 전투기에 '스핏파이어Spitfire'●란 이름을 붙인 건 실수라고 얘기해 줬어요. 전투기 이름으로는 '틸리'가 훨씬 더 잘 어울린다고요."

"틸리하고 더 일찍 친해졌으면 좋았을 텐데."

"정말 대단한 애였어요."

"난 틸리가 왜 섀드웰을 떠나려고 했는지가 궁금해요."

● '불을 뿜는 화산'이라는 본래의 뜻이 변하여 '성질이 불같은 여성'을 가리키기도 한다.

260

"왜 그랬을 거라고 생각하는데요?" 데즈는 흥미롭다는 듯이 그웬을 바라봤다.

"그게, 결혼상담소를 찾아갔다가 그렇게 된 거잖아요? 어디 다른 데서 새 출발을 하고 싶었던 게 아닌가 해서요."

"예, 그 상담소 때문에 참 많은 일이 있었죠." 데즈의 목소리는 침울했다. "얼핏 들었는데, 틸리는 자기 손으로 정리한 사이가 몇 명 있었던 것 같아요."

"어쩌다가요?"

"음, 로저가 누군지 알아요?"

"여자 분들한테 들었어요. 틸리의 예전 남자 친구였다면서요?"

"맞아요, 틸리는 로저한테 정신을 못 차리고 반했어요. 로저는 군대에서 소집 해제 명령을 받고 돌아왔는데, 키가 크고 검은 머리에 얼굴도 잘 생겼었거든요. 그런데 언제부턴가 틸리는 새사람이 되겠다느니, 가정을 꾸리겠다느니 하는 얘기를 했어요. 그러다 갑자기 로저가 틸리를 찬 거예요."

"왜요?"

"틸리는 로저가 자길 이용했다고 했어요. 자기가 아치라는 건달하고 아는 사이라서 그랬다더군요. 틸리가 로저를 아치한테 소개하고 나서 둘이 친하게 지내는가 싶더니, 어느새 로저가 고급 초크스트라이프 정장을 입고 밤늦게 아치의 심부름을 하러 돌아다녔다는 거예요."

"그럼 틸리는요? 틸리도 아치 밑에서 일했나요?"

"틸리도 마찬가지였지만, 그만두려고 한다는 얘길 들었어요. 어쩌면 로저하고 헤어지고 다른 동네에서 괜찮은 남자를 만날 수 있을 거라고 생각했나 봐요. 그렇게 가정을 꾸리면 과거는 다 지울 수 있을 거라고 말이에요. 그랬는데 이렇게 돼버리다니."

데즈는 고개를 절레절레 흔들었다.

"이런 얘길 하려던 게 아닌데. 원래는 전망을 보여주려고 이리 데려왔던 건데, 같이 우울 속에 뛰어든 꼴이 됐네요."

"난 여기 전망이 마음에 들어요."

"강에서 제일 좋은 전망이에요. 혹시 왜가리를 좋아한다면 말이죠."

"이렇게 가까이서 본 덕분에 나도 좋아하게 됐어요."

하느님 맙소사, 그웬덜린! 그웬은 속으로 생각했다. 너무 심하게 과장하는 거 아니야?

그러나 데즈는 그 말을 듣고도 빙그레 웃었다.

"그쪽은 어떤 사연이 있나요?" 데즈가 물었다. "당신 같은 미인한테 왜 여태 아무도 반지를 안 끼워줬는지 알 수가 없네요."

"끼워준 사람은 있었어요."

"아, 그랬군요. 전쟁 때문에 잃었군요."

"예."

"당신 같은 사람을 얻었으니 분명 훌륭한 남자였겠군요.

이름이 뭐였어요?"

"로니요. 5년 동안 부부로 살았어요. 거의 5년 동안."

"그럼, 로니를 위하여." 데즈가 자기 파인트 잔을 들며 말했다. "로니, 앤디, 틸리, 그리고 우리가 잃은 사람들 모두를 위해."

"우리가 잃은 사람들 모두를 위해." 그웬은 그렇게 말하며 데즈와 잔을 부딪혔다.

"그리고 우리가 새로 찾은 사람들을 위해서도." 데즈는 그렇게 덧붙이고는, 그웬을 보며 빙긋 웃었다.

그웬은 혼란스러운 기분을, 로니를 배신하는 것 같은 기분을 덮으려고 술을 마셨다. 이 정도는 아무 일도 아니야. 그렇게 스스로를 타일렀다. 이 정도는 괜찮아. 아무 일도 없을 거야. 있을 리가 없지. 거의 모르는 사이나 다름없는 남자인데.

하지만 더 알고 싶지 않아? 마음 속 어디선가 들려온 그 목소리를, 그웬은 오랜만에 들었다.

그웬은 돌아서서 템스강을 내려다봤다.

"여기선 타워브리지가 안 보이네요." 그웬이 말했다.

"저쪽의 모퉁이를 돌아야 보여요. 저쪽 길을 따라 산책하면 기분이 괜찮아요. 혹시 산책을 좋아한다면요."

"오늘 밤엔 사양할게요."

"그럼 다음에 같이 갈까요?"

그냥 강변을 산책하는 것뿐이야. 아까 그 목소리가 말했다. **집 안에 있는 거랑 똑같이 안전해.**

"좋아요." 그웬이 대답했다.

공습이 한창일 때의 집 안에 말이야.

"전화번호 가르쳐줄래요?" 데즈가 물었다.

"지금은 전화가 고장 나서요. 번호를 가르쳐주면 내가 전화할게요."

"어디선가 들어본 대사네요. 이러면 보통 실망만 하고 끝나던데."

"전화한다고 약속할게요."

그래 봤자 결국엔 내가 실망만 시키고 끝나겠지만요. 그웬은 데즈의 전화번호를 받아 적으며 속으로 그렇게 중얼거렸다.

"이런, 호랑이도 제 말 하면 온다더니." 엘시가 말했다. "지금 아치가 덩치 여럿하고 같이 술집으로 들어오고 있어. 우리, 오늘 저녁엔 아주 코가 비뚤어지게 마시겠는걸!"

아이리스가 문 쪽을 돌아보니 어깨가 떡 벌어진 남자가 술집 문을 열고 들어서는 중이었다. 키는 180센티미터 정도, 옷은 미국식으로 넉넉하게 재단한 더블브레스트 슈트에 진자주색 셔츠를 받쳐 입었고, 목 아래쪽에 커다란 매듭을 느슨하게 지은 넥타이는 화려한 무늬에 폭이 널따랬으며 중간쯤에 다이아몬드 넥타이핀이 꽂혀 있었다. 걷는 폼을 보아하니 남들이 알아서 길을 비킬 거라 생각하는 모양이었는데, 실제로도 그랬다. 남자는 틸리의 삼촌 톰에게 가서 굳게 악수한 다음, 바텐더를 보며 집게손가락으로 허공에 원을 그렸다. 바텐더는 톰의 술잔을 즉시 채워줬다.

그 남자, 즉 아치는 주머니에서 동그랗게 만 지폐 뭉치를 꺼내더니 10파운드 지폐를 뽑아 모금용 모자에 집어넣은 다음, 패거리와 함께 엘시 일행의 테이블 곁을 지나 술집 안쪽으로 들어갔다. 부하들은 두목의 옷차림을 흉내 내면서도 두목보다 더 대담하거나 화려하게 보이지는 않도록 세심하게 주의한 차림새였다. 잠시 후, 남자들 여럿이 술잔을 들고 허둥지둥 안쪽 공간에서 나와 급하게 재킷을 걸쳤다. 아이리스가 짐작하기에 아치의 단골 테이블을 차지하고 있다가 쫓겨난 손님들 같았다.

"로저는 안 왔네." 패니가 말했다. "하긴, 그럴 만도 하지."

"어떡할래, 아치한테 소개해줘?" 엘시가 아이리스에게 물었다.

"지금 스타킹을 갖고 있진 않겠지, 설마?"

"야, 무슨 소리야." 엘시가 웃음을 터뜨렸다. "소개는 내가 해줄 테니까 거래할 시간하고 장소는 네가 따로 잡아."

"알았어."

"자리 안 뺏기게 목숨 걸고 지키고 있어." 엘시는 일행들에게 그렇게 지시했다. "그리고 너, 노래 부르지 마!"

"산통 깨는 재주는 있어 가지고." 베키가 중얼거렸다.

엘시는 아이리스를 데리고 사람들 사이를 지나 술집 안쪽으로 향했다. 아치는 실내가 한눈에 들어오는 구석 테이블에 앉아 있었다. 부하들이 두목의 이야기에 즐거워하는 동안 여성 종업원은 패거리에 포위되다시피 한 상태로 힘겹게 주문을 받았다. 엘시가 다가가자 아치는 고개를 들고 활짝 웃었다.

"내가 제일 좋아하는 아가씨가 오셨군." 아치가 말했다. "진하게 한번 부탁해, 예쁜이!"

엘시가 고개를 숙여 아치의 입술에 입을 맞추는 동안 아치 패거리는 환호성을 질렀다.

"그런데 누굴 데려온 거야?" 아치는 엘시의 어깨 너머로 아이리스를 보며 물었다. "그래, 포장은 조그맣지만 내용물은 분명 사랑스럽겠지."

"이쪽은 메리예요." 엘시가 말했다. "틸리가 살아 있을 때 친하게 지내서, 추모하러 왔어요."

"안녕하세요." 아이리스가 인사했다.

아치는 아이리스를 시선으로 훑어 내리다가, 다시 훑어 올렸다. 아이리스는 그 시선을 대담하게 마주 봤다. 입가에 미소까지 살짝 머금고서.

"추모하러 여기까지 와주다니, 다정한 아가씨로군. 틸리하고는 어떻게 아는 사이이지?"

"오다가다 여기저기서 만나는 사이였어요. 주로 여자는 방긋 웃기만 해도 남자들이 껄껄 웃으면서 술을 사주는 곳에서요."

"그래, 틸리가 갈 만한 곳이로군. 그래도 메리라는 이름은 입에 올린 적이 없는데."

"그쪽도 틸리가 모르는 친구가 몇 명은 있을 거 아니에요." 아이리스의 대꾸였다. "그래도 틸리는 나한테 그쪽 얘기를 들려줬다고요."

"그래? 좋은 얘기는 한마디도 안 했을 것 같은데."

"맞아요, 진짜 엄청 나쁘다고 했어요. 하도 나쁜 얘기만 들어서 나 혼자 이런 생각까지 했다니까요. '메리, 넌 그 남자를 직접 만나서 틸리한테 들은 얘기가 사실인지 확인해야 해.' 틸리한테 소개받았으면 좋았을 텐데, 그 전에 이렇게 돼버렸네요."

"뭐, 어쨌거나 이렇게 눈앞에 있잖아. 그것도 아주 불끈불끈, 건강하게." 아치는 음흉하게 웃으며 말했다. "그래서, 나에 대한 아가씨의 판결은?"

"조건에 따라 달라지겠죠."

"조건이라면?"

"곤경에 빠진 아가씨를 당신이 도와주느냐, 안 도와주느냐."

"솔직히, 난 눈물 빼는 이야기에 약해. 그러니까 다 털어놔봐. 이 힘든 시기에 내가 아가씨의 용맹한 기사가 돼줄지도 모르니까."

"제 다리 때문이에요." 아이리스가 말했다.

"다리가 왜?"

"다리가 엄청 찬데, 따뜻하게 감쌀 게 하나도 안 남았지 뭐예요." 아이리스는 아양 떠는 목소리로 말했다. "당신을 통하면 나일론으로 만든 물건을 구할 수 있다고 틸리가 그러던데요."

"내가 아는 친구를 통하면 가능할지도 모르지. 엘시, 우리 예쁜이. 내가 친구하고 얘기하는 동안 가서 왜 우리 술이 안 나오는지 좀 보고 와."

아치 패거리가 안쪽 공간을 차지하느라 소란을 일으키자 그웬의 시선이 그쪽으로 향했다.

"저 사람들은 누구예요?"

"아, 저놈들요." 데즈는 짧게 대답했다. "피해야 할 패거리죠. 저 인간이 아치예요. 내가 아까 얘기했던."

"저 사람들하고 전부터 사이가 안 좋았나 보군요."

"이 지역에서 사업을 하려면 저 녀석들한테 돈을 찔러줘야 해요. 난 정정당당하게 일하려고 하지만, 가끔은 그러기가 힘들 때도 있더군요. 봐요, 저기 엘시하고 당신 친구예요."

그웬은 아이리스와 건달이 대화하는 광경을 가만히 지켜보며 두 사람의 입술 모양과 표정을 읽으려 했다.

"당신 친구는 뭐가 아쉬워서 저런 인간을 상대하는 걸까요?" 데즈가 물었다.

"저 애를 아니까 하는 말인데, 뭐가 아쉽다고 해도 이상하지 않아요." 그웬의 대답이었다.

이윽고 안쪽 공간 입구에서 움직이는 사람이 그웬의 주의를 끌었고, 그쪽을 돌아본 그웬은 놀란 나머지 뒷걸음으로 창가에서 물러났다.

앨프리드 매너스, 상담소에 두 번 다시 나타나지 않은 그 청소부가, 방으로 걸어 들어왔기 때문이었다. 다만 이날은 청소부용 멜빵바지 차림이 아니었다. 높게 접어 올린 바지 밑단부터 챙이 좁은 중절모 꼭대기까지, 깔끔하게 차려입은 모습이었다.

"방금 들어온 남자, 누군지 알아요?" 그웬이 물었다.

"예." 데즈의 목소리는 우울했다. "만약에 패거리가 같이 있지만 않았다면, 난 저 자식을 붙잡아서 저 난간 너머 강물로 던져버렸을 거예요."

"왜요?"

"악당이 되려고 틸리를 찬 게 바로 저놈이거든요. 저놈이 로저 필처예요."

9

그웬은 필처의 모습을 알아봤지만, 지금 있는 곳에서는 아이리스의 시선을 끌 방법이 없었다. 수기 신호를 보낼 손 깃발 한 쌍만 있어도 원이 없겠다는 생각이 들었다.

"데즈, 어려운 부탁 하나만 해도 될까요?" 그웬이 물었다.

"뭔데요?"

"저 안에 내가 아는 남자가 있는데요. 눈에 안 띄고 싶은 사람이에요. 미안한데, 바가 있는 앞쪽으로 가는 동안 당신이 나를 좀 가려줄래요?"

"기꺼이."

데즈는 문을 열고 실내로 들어섰다. 그웬은 그의 뒤를 따라 살그머니 안으로 들어와 필처의 눈길을 피했다. 아이리스는 두 사람이 들어오는 모습을, 또 그웬이 데즈가 내민 팔을 잡고 어깨에 다정하게 바짝 붙은 모습을 보고 히죽 웃었다. 그러는 사이에 그웬은 왼손으로 머리카락을 귀 뒤로 넘기더니, 같은 동작을 반복했다. 그러고는 코를 살짝 긁었다.

그렇게 그웬은 데즈와 함께 필처 옆을 지나갔고, 필처는 두 사람을 거들떠보지도 않았다. 안쪽 공간을 나서면서, 그웬은 흘깃 뒤를 돌아봤다. 안타깝게도 필처는 아치와 아이리스가 이야기를 나누는 자리를 향해 똑바로 다가가는 중이었다.

"잘 빠져나온 것 같아요?" 데즈가 물었다.

"아직까진 괜찮아요. 고마워요."

"당연한걸요. 집까지 안심하고 가도록 바래다줄까요?"

"메리를 기다려야 해서요."

"하지만 그 남자가 여기 나왔다가 당신을 보면⋯."

"어떻게 하는 게 좋을까요?"

데즈는 다시 안쪽 공간으로 눈을 돌렸다.

"바깥에 나가서 공중전화 옆에서 기다려요. 내가 친구를 기다렸다가 그리로 가서 당신을 만나라고 할게요. 혹시 숨어야 하면 그 옆 모퉁이 뒤에 웅크리면 돼요."

"그러면 되겠네요. 하지만 메리한테 무슨 문제가 생기면⋯."

"친구한테 무슨 문제가 생기겠어요? 그 남자하고 문제가 있는 건 당신이잖아요."

"맞아요. 그래요, 메리한테 내가 바깥에서 기다린다고 전해줘요. 그리고 고마워요."

그웬은 패니와 베키에게 손을 흔들어 인사한 다음, 방망이질하는 가슴을 안고 술집을 나섰다.

파트너와 데즈가 꼭 붙어 있는 모습을 보고 아이리스는 먼저 놀라움과 흡족함이 뒤섞인 감정을 느꼈다. 뒤이어 그웬이 손으로 보내는 신호가 눈에 들어왔고, 이미 주의 단계였던 아이리스의 경계 수준은 위험 단계로 높아졌다.

아이리스가 아치에게서 몸을 돌려 위험이 도사린 곳으로 시선을 돌리기란 불가능했다. 그나마 서 있는 상태여서 앉아 있을 경우에 비하면 도망치기가 살짝 더 편했다. 하지만 어디로? 아치의 부하들을 뚫고 방 출입구 쪽으로 달아나야 할까, 패거리가 자신의 의도를 눈치채기 전에 문에 닿기를 바라며? 그런데 그곳은 새로 등장한 뭔지 모를 위험이 서 있는 곳이 아니던가? 갑작스레 달아나는 아이리스 앞에서 그 위험인물은 어떻게 반응할까? 사기꾼에게 쫓겨 내빼는 중이라고 생각할까? 그쪽 문 대신 베란다로 미친 듯이 뛰어가는 방법도 있었다. 베란다에서 아래로 내려가는 방법이 있기를 바라며. 하지만 없다면? 난간을 넘어 템스강으로 멋지게 뛰어들까?

만약 그래야 한다면 부디 강의 수위가 높기만 바랄 뿐이었다.

아이리스는 조급하게 굴지 않고 뻔뻔하게 버티기로 했다.

"이런, 이게 누구야." 아치가 아이리스의 어깨 너머를 보며 말했다. "우리 악당께서 납셨군. 어이, 로저. 이리 와서 죽은 네 전 애인 친구하고 인사해라."

아이리스는 아치의 그 말을 기회로 삼아 자신의 상대가 누구인지 확인하려고 뒤로 돌아섰다. 눈길이 마주친 사람은 옷을 잘 차려입은 남자였다. 아이리스는 할 수 있는 가장 환한 미소를 머금고 위를 올려다보다가, 남자가 누구인지 알아보고 그만 몸이 굳어버렸다. 앨프리드 매너스, 일전에 바른 만남을 찾아왔던 향기 나는 청소부였다.

두 사람이 틸리와 헤어지고 나서 곧바로.

그런데 아치는 방금 매너스를 로저라고 부르지 않았던가?

앨프리드 매너스가 로저 필처였다. 로저 필처는 전 애인인 틸리 라살을 '바른 만남'까지 미행했던 것이다. 로저는 틸리가 새 남자를 만나려 하는 것을 알았다. 그러니 이날 밤 아이리스가 이 술집에서 뭘 하고 있는지도 틀림없이 알 터였다.

이제 난간 너머로 뛰어내리는 방법이 매우 타당해 보였다.

"너도 아는 사이 아니야?" 아치가 물었다.

"나 기억 안 나요, 로저?" 아이리스의 말이었다. "메리예요. 전에 스테프니에 있는 퍼브에서 봤잖아요. 당신은 틸리랑, 나는 해리라는 미군 병사랑 같이요. 틸리 일은 정말 안됐어요."

"여기는 웬일이야?" 로저가 물었다.

"스타킹도 구할 겸, 즐거운 시간도 보낼 겸. 그래도 원래는 스타킹이 목적이에요. 요즘은 아치 밑에서 일해요?"

"음. 맞아, 요즘은 아치 밑에서 일해. 네가 그건 왜 궁금한데?"

"궁금하긴요, 나랑은 상관도 없는데. 만나서 반가웠어요. 가끔 전화도 하고 그래요."

"그러니까 너도 아는 사이였군." 아치의 말이었다.

"예, 압니다. 틸리 친구거든요."

"틸리의 친구라면 이 아치의 친구이기도 하지. 메리, 지금은 업무 시간이 끝났어. 내일 다시 와서 네 다리를 따뜻하게 할 방법이 뭐가 있는지 같이 한번 알아보자고."

"오후에 시간 괜찮아요?" 아이리스가 물었다.

"5시 전에는 언제든. 문 닫을 때쯤에 와서 같이 나가는 것도 좋지. 어디서 춤이라도 추면서 스타킹의 품질도 검사할 겸."

"내일 저녁은 안 돼요. 그치만 춤으로 나를 따라올 수 있다고 생각한다면, 따로 날을 잡아보죠. 내일 어디로 가면 돼요?"

"와핑 월 스트리트의 강 맞은편 쪽에 창고가 하나 있어. 몬자 스트리트 쪽에서 세 번째 창고. 어딘지 알아?"

"어디 있는 거리인지 알아요. 도착해서 창고를 찾아볼게요."

"혹시 그 술집이 보이면…."

"술집 이름이 '프로스펙트 오브 위트비'죠?"

"맞아, 그 술집." 아치는 이야기를 잘 따라오는 아이리스가 마음에 드는 모양이었다. "내가 아까 말했듯이, 혹시 그 술집이 보이면, 그건 너무 멀리까지 가버렸다는 뜻이야."

"혹시 내가 너무 가버린다고 해도 그게 처음은 아닐 거예요." 아이리스는 의미심장하게 눈을 찡긋했다. "그럼 내일 봐요. 다들 만나서 반가웠어요. 로저, 다시 봐서 반가웠어요."

"나도." 로저는 곁을 지나가는 아이리스에게 말했다.

아이리스는 술집 앞쪽 공간으로 돌아오자마자 친구들과 함께 있는 엘시를 불렀다.

"나 지금 집에 가야겠어. 방금 그 유명한 로저를 만났지 뭐야."

"저런, 그랬어?"

"응, 알고 보니 전에 만난 적이 있더라고. 그날 밤에 엄청 취했었나 봐, 만난 것도 기억 못하는 걸로 봐선."

"그래." 엘시는 그 사연에 별 관심이 없는 모양이었다. "다음에 전화해, 또 보게. 알았지?"

"그럴게. 혹시 소피 어디로 갔는지 봤어?"

"뒤에 있다가 데즈랑 같이 나왔어." 그 말을 하는 패니는 표정이 우울해 보였다. "둘이 꽤 가까워진 것 같더라. 내가 보기엔."

"나도 아까 봤어." 아이리스가 맞장구쳤다. "음, 패니 너도 운이 좋길 바랄게."

"이 얼굴로는 무리 같은데. 잘 가."

"안녕."

아이리스는 인사를 남기고 술집 안을 재빨리 둘러봤다. 그웬은 보이지 않았지만 데즈는 있었고, 아이리스를 향해 의미심장하게 고개를 끄덕였다. 아이리스는 그에게 다가갔다.

"소피가 저 안에서 마주치기 싫은 사람을 봤대요. 그래서 모퉁이 근처 공중전화 부스에 가서 당신을 기다리라고 했어요."

"고마워요. 그 애를 지켜봐준 것도 고맙고요."

"지켜보는 보람이 있는 사람이니까요. 그럼, 잘 가요."

"잘 있어요." 아이리스가 말했다.

멀스 퍼브를 나온 아이리스는 냅다 뛰고 싶은 마음을 꾹 눌렀다. 도로를 건너다가 공중전화 쪽을 보니 그웬이 부스에서 바깥을 내다보고 있었다.

"무사히 나왔구나." 그웬이 말했다. "다른 방법은 생각이 안 났어. 1분만 더 기다려보고 경찰에 신고하려고 했는데. 너 괜찮아?"

"난 괜찮아. 방금 무슨 일이 일어났는지는 잘 모르겠지만."

"청소부 앨프리드가 틸리의 전 애인 로저였어. 그리고 전 애인 로저는 암시장 건달 두목의 부하였고."

"엘시하고 틸리도 그 두목의 부하였어. 가자, 걸으면서 생각을 정리해보는 거야."

둘은 와핑 하이 스트리트를 따라 걸었다. 반 블록쯤 갔을 때 아이리스가 고개를 들더니 무슨 소리를 유심히 듣는 듯했다.

"누가 우릴 따라오고 있어." 아이리스의 말이었다.

"맞아요, 따라가는 중이에요." 웬 남자의 목소리가 들렸다.

두 사람이 뒤를 돌아보니 그 자리에 로저 필처가 서 있었다.

"안녕하십니까, 미시즈 베인브리지. 그리고 미스 스파크스." 필처는 두 사람에게 차례로 고개를 끄덕여 인사했다. "이것 참 반갑고도 놀랍군요."

"그건 우리 모두 마찬가지일걸요." 그웬이 말했다.

"지금 무슨 생각으로 이러시는 건지 궁금하군요. 제가 하는 일을 들쑤시고 다니시다니요."

"당신이 하는 일을 들쑤시고 다닌 적 없는데요." 아이리스가 말했다. "우린 다른 사람이 하는 일을 들쑤시고 다녔는데, 뜻밖에 당신이 나타난 거예요."

"그래요? 그럼 두 분은 여기저기 들쑤시고 다니면서 누굴 찾으시는 건가요?"

"당신은 몰라도 돼요." 아이리스였다.

"당신은 '바른 만남'에 왜 온 거죠?" 그웬이 물었다.

"다른 사람들은 뭘 하러 가는데요? 저는 사랑을 찾으러 갔어요. 두 분이 파시는 게 그거 아닌가요?"

"미스 라살의 뒤를 쫓아온 거잖아요." 그웬이 말했다.

필처는 대수롭잖다는 듯이 어깨를 으쓱했다.

"알고 싶어서 그랬어요. 틸리가 도대체 무슨 생각인지 궁금해서. 뭔가 감추는 것처럼 행동했거든요. 그래서, 두 분은 지금 틸리가 어떻게 살았는지 캐는 중인가요?"

"그게 무슨 문제라도 되나요?" 아이리스가 물었다.

"맞아요, 문제가 돼요. 실은 안 될 수도 있어요. 하지만 두 분이 여기에 다시 나타나면, 아주 심각한 문제가 될 거예요. 그리고 나는 당신들 같은 문제를 해결하는 법을 알죠."

"그 말은 위협처럼 들리는군요." 그웬이 말했다.

"방금 그건 아주 명백한 위협이었어." 아이리스였다. "어때, 그웬, 넌 위협당한 느낌이 들어?"

"별로. 어쨌거나 2대 1이니까."

그웬의 말에 필처는 쓴웃음을 짓더니, 허리춤에서 사슴 뿔 손잡이가 달린 잭나이프를 꺼냈다. 버튼을 누르자 칼날이 철컥 펴지더니 가로등 불빛을 받아 번득였다.

"그럼 이건 어때?" 필처가 물었다.

"예, 솔직히, 지금은 위협당하는 느낌이 확실히 나네요." 그웬은 그렇게 말하며 뒷걸음질 쳤다.

"난 안 그런데." 아이리스였다.

"저 사람 칼을 들고 있잖아." 그웬이 필처를 가리켰다.

"나도 마찬가지야." 아이리스는 그렇게 말하며 핸드백에서 잭나이프를 꺼내어 날을 펼쳤다.

필처는 한순간 어찌할 바를 모르는 표정을 지었다.

"이런 건 예상 못했겠지, 안 그래?" 아이리스가 말했다. "여자 앞에서 칼을 꺼내 들면 네가 시키는 대로 할 줄 알았지?"

"부탁이야." 그웬이 끼어들었다. "다 같이 심호흡을 하고 좀 진정하는 게 어떨까?"

"이러면 당신들만 더 불리해져." 필처의 말이었다.

"불리해진다고?" 아이리스는 코웃음을 쳤다. "난 굉장히 유리해진 기분이 드는데. 어때, 지금부터 한번 제대로 붙어볼까?"

"이건 경고야."

"마음껏 경고해." 아이리스는 그 말에 이어 왼쪽으로 둥그렇게 돌기 시작했고, 그러는 동안에도 칼을 쥔 손은 조금도 떨지 않았다.

"있잖아, 이건 정말 짜릿한 경험이고, 난 얼른 집에 가서 오늘 있었던 일을 일기장에 다 적고 싶어서 못 견딜 지경이야." 그웬이 말했다. "그래도 다치기 전에 제발 둘 다 그 칼 좀 내려놓으면 안 될까?"

"그쪽 먼저." 아이리스가 필처에게 말했다.

"어림없는 소리." 필처가 받아쳤다.

"좋아, 둘 다 그렇게 애들같이 굴면, 나도 행동으로 보여주는 수밖에."

그 말에 이어 그웬이 핸드백을 열고 속을 뒤적거리자 대치하던 두 사람은 나란히 고개를 돌려 그웬을 바라봤다.

"그 안에 뭐가 들었는데. 톰슨 기관단총?" 필처가 물었다.

"어휴, 정말, 내가 그걸 어디다 뒀더라?" 그웬이 중얼거렸다. "안 쓸 땐 꼭 맨 위에 있더니, 쓰려고 하면 이렇게… 아, 찾았다!"

그웬은 가방에서 은빛으로 빛나는 조그마한 물건을 꺼내어 의기양양하게 쳐들었다.

"호루라기예요." 그웬이 선언하듯 말했다. "이건 아주 잘 만든 호루라기이고, 난 폐활량이 아주 우수해요. 그러니까 그 칼 당장 치우지 않으면 내가 이걸로 반경 1킬로미터 이내의 개들을 모조리 깨워버릴 거예요. 소리가 들리는 거리에 있는 경찰관들도 다 불러 모을 거고요. 내가 알기로 와핑 경찰서가 여기서 그렇게 멀지 않다던데, 이 동네는 당신이 나보다 더 잘 알겠죠. 그러니까 내 말이 맞는지 틀린지 당신이 가르쳐줘요. 어때요?"

필처는 두 사람을 번갈아가며 보다가, 이내 잭나이프를 접어 허리춤에 꽂았다.

"다시는 나타나지 마." 필처는 경고의 뜻으로 손가락을 펴 들며 그렇게 말했다.

그러고는 돌아서서 술집으로 돌아갔다. 안으로 들어서기 전, 필처는 마지막으로 두 사람을 힐끗 돌아봤다.

"잘했어." 아이리스가 말했다.

"아이리스, 그 칼 치워." 그웬의 목소리는 험악했다. "어서!"

아이리스는 파트너의 표정을 보고는 얌전히 잭나이프를 접어 핸드백에 집어넣었다.

"사람이 공평해야지, 넌 그 호루라기 아직 들고 있잖아."

"이건 역에 도착할 때까지 계속 들고 있을 거야." 그웬은 돌아서서 거리를 걷기 시작했다. 그러다가 이내 멈춰서더니, 아이리스를 돌아봤다.

"근데 그 망할 놈의 지하철역은 어느 쪽으로 가야 돼?" 그웬이 악을 썼다.

"어, 그래." 아이리스는 허둥지둥 그웬을 따라잡았다. "이쪽이야, 아씨."

"알았어. 가자."

"너 왜 그래?" 아이리스는 화가 나서 성큼성큼 걷는 그웬과 보조를 맞추느라 숨을 헐떡이며 물었다.

"내가 왜 이러냐고?" 그웬이 외쳤다. "너는 왜 그러는데? 하마터면 죽을 뻔했잖아, 그런 무모한 짓을 해서. 그보다 더 중요한 건, 너 때문에 나까지 죽을 뻔했다는 거야!"

"난 너랑 나를 지키려고 그런…."

"그건 누굴 지키는 거하곤 아무 상관도 없는 짓이었어. 말로 모면할 방법이 셀 수 없이 많은 상황에서 넌 곧장 무기를 들고 싸우는 방법을 택했잖아."

"위험해질지도 모른다고 내가 경고했잖아."

"가만히 있다가 우연히 걸려들었다, 그건 피할 수 없는 위험이지. 하지만 굳이 뾰족한 쇠꼬챙이로 누굴 찌를 마음을 먹었기 때문에 일어났다, 그건 피할 수 있는 위험이야. 너 도대체 무슨 생각으로 그 남자를 그렇게 자극한 거야?"

"자극은 너도 했잖아." 아이리스의 말투는 변명처럼 들렸다.

"난 그냥 가만히 서 있었을 뿐이야. 그 남자를 자극할 만한 짓은 하나도 안 했다고. 도대체 뭘 하려고 핸드백에 칼을… 아이리스, 너 진짜! 칼이라니! 언제부터 그런 걸 갖고 다닌 거야?"

"1937년부터. 여기서 던져서 저 광고판에 꽂는 거 보여줄까?"

"넌 제정신이 아니야. 난 미친 여자한테 운을 걸었던 거구나."

"그 정도는 이미 한참 전에 눈치챘을 줄 알았는데."

"난 사람한테 칼을 겨누지 않을 정도의 정신머리는 있어, 그런데 왜 정신병원에 갇힌 건 나였냐 말이야!" 그웬이 악을 썼다.

"그랬어? 너 나한테 그런 얘기는 한마디도 안 했잖아."

"그래, 안 했지. 네가 알 필요 없는 얘기니까."

"그야 그렇지만… 우린 친구잖아. 나한테 그 정도는…."

"친구? 우리가 알고 지낸 지 얼마나 됐는데?"

"그게, 내가 네 결혼식에 참석하긴 했지만, 그래도….."

아이리스는 이글거리는 그웬의 눈빛을 보고 얼굴이 하얗게 질리고 말았다.

"알았어, 실제로 친해진 건." 아이리스가 서둘러 말했다. "조지와 에밀리의 결혼식이 끝나고 점심을 먹으러 만났을 때부터였어."

"그러니까 이제 다섯 달이 됐다는 얘기지. 우린 다섯 달 동안 서로 알고 지냈고, 그중 석 달은 나란히 앉아서 일했어. 최근의 개인사만 빼고 온갖 주제로 대화를 나눴고. 네가 전쟁 중에 어떻게 살았는지에 관해선 교황청 도서관의 금서 목록보다 더 철저한 검열을 거친 사실들밖에 못 들었을 정도지. 그러니까, 나한테도 네가 모르는 과거는 있단 말이야. 난 정신과 요양원에 갔다 왔어. 로니가 죽었을 때 정신이 산산조각 나버렸거든. 그렇게 박살 난 정신을 병원에서 다시 맞춰줬어, 어느 정도까지는. 신비로운 주사도 놔주고, 내 인생의 몇 가지 측면은 머릿속에서 지워주기도 하면서. 내가 너랑 같이 일한다고 했더니 병원에서도 적극 찬성하더라. '착한 아가씨로군.' 내 주치의가 그랬어. '오래된 고민 같은 건 다 잊어버려요, 알았지?'"

"의사가 말을 그런 식으로 한다고?"

"조용히 해. 그렇게 우린 무너져가는 건물의 낡아빠진 사무실에서, 행복과 기쁨을 세상에 퍼뜨리는 한편으로 푼돈도 조금씩 벌었어. 그런데 이제는 살인사건을 조사하면서 건달하고 어울리질 않나, 한밤중에 부두 한복판에서 잭나이프를 휘두르는 불량배한테 협박을 다 당하고…."

"여긴 부두 한복판이 아닌데."

"내가 방금 '조용히 해'라고 말했는데 못 들었어?"

"미안. 계속 얘기해."

"게다가 난 네가 서슴없이 위험에 뛰어드는 여자란 걸 오늘에야 처음으로 알았어. 내가 싫다고 발버둥을 치든 말든 상관 않고서 말이야. 아이리스 스파크스, 난 네가 심리적으로 불안정하다고 생각해."

"그렇게 생각한 사람이 네가 처음은 아니야. 그런데 넌 지금 큰 그림을 못 보고 있어."

"그게 뭔데?"

"우린 이제 미스 라살의 뒤를 밟은 전 애인이 우리 상담소에까지 찾아왔다는 사실을 알아. 심지어 가명을 써서 사무실까지 들어왔다는 사실도."

"지금 일 얘기를 하자는 거야?"

"나한테 소리 좀 그만 지르면 안 돼?"

"네가 뭘 잘못했는지 깨닫기는 했어?"

"아, 알았어요, 엄마." 아이리스는 못마땅한 듯이 뇌까렸다. "다신 남자한테 칼을 들이대지 않겠다고 약속할게."

"좋아."

"칼을 들이대도 마땅한 경우는 빼고."

"너 어릴 적에 엉덩이를 제대로 맞은 적이 있긴 해?"

"아니. 엉덩이를 맞은 건 훨씬 나중 일이야. 자, 다시 미스 라살의 뒤를 밟아 우리 사무실에 온 미스터 필처 이야기로 돌아가보자. 내가 보기에 그건 더 짤짤한 다른 기회를 잡으려고 애인을 찬 남자가 할 법한 행동 같진 않아."

"전 애인이 할 만한 짓은 절대 아니지." 그웬이 말했다. "그리고 그 전 애인이 이제는 우리가 사건을 조사하는 것 때문에 불안해하고 있어. 그런데 너, 술집의 그 성난 폭도 사이에서 어떻게 무사히 탈출했는지 아직 얘기 안 해줬어. 난 네 엉덩이에 쇠스랑 한 개 정도는 꽂혀 있을 줄 알았는데."

"너 이야기를 실제보다 훨씬 더 흥미진진하게 각색하는 재주가 있었구나. 아무튼, 난 아치가 '로저'라고 인사하는 소리를 듣고 뒤를 돌아봤어. 그랬더니 전에 사무실에서 본 그 청소부가 건달처럼 차려입고 내 눈앞에 서 있는 거야. 다 틀렸다는 생각이 들긴 했지만, 그래도 전에 메리라는 이름으로 만난 적이 있는 척하면서 한마디 던져봤어."

"그랬는데?"

"그랬는데 기적이 일어났어. 그 남자가 장단을 맞춰준 거야."

"로저가 그랬다고? 왜?"

"내가 당황한 이유가 바로 그거야. 로저는 그 자리에서 곧장 나를 제거해버릴 수도 있었어. 내가 두 번 다시 아치하고 말을 섞을 일이 없게 말이야. 그런데 그러질 않았어."

"어쩌면 뭔가 숨기는지도 모르지." 그웬이 생각에 잠긴 채 중얼거렸다. "아치한테까지 숨기는 걸 수도 있어. 그런데 네 정체를 밝혔다간, 너무 많은 질문에 답해야 할 위험이 있으니까."

"흥미로운 의견이로군." 아이리스의 논평이었다. "어쩌면 로저하고 틸리가 아치의 코밑에서 무슨 꿍꿍이를 꾸몄는지도 몰라. 어쩌면 헤어진 것 자체가 아치의 관심을 돌리려는 눈속임이었는지도 모르고. 그랬는데 계획이 틀어졌거나, 틸리가 로저를 속였거나, 아니면 로저가 아치에게 계획을 들킬까 봐 틸리를 제거한 거겠지. 그 말은 곧 우리한테 용의자가 생겼다는 거야!"

"가능성이 있는 동기는 두 가지… 질투와 탐욕. 술집에서 하루 저녁을 보내고 얻은 정보치고는 괜찮은데."

"그리고 난 살인자일 수도 있는 남자하고 칼싸움을 할 뻔했지. 그래도 간만에 재미있었어."

"심장에 칼을 맞는 사람이 나오지만 않으면 그것도 다 재미있는 경험이겠지." 그웬의 말이었다. "이제 이 정보로 뭘 하면 좋지? 미스터 필처를 더 추궁해야 할까?"

"파럼 경감한테 넘길 정보는 이 정도면 충분한 것 같은데."

"그 사람은 손가락 하나 까딱 안 할 거야. 그러니까 네가…."

"싫어."

"네가 마이크 킨지 형사한테 연락해야 해." 그웬은 뜻을 굽히지 않았다. "그 사람은 네 얘길 들어줄 거야."

"젠장, 젠장, 젠장." 아이리스가 구시렁거렸다. "알았어. 내일 아침에 출근하자마자 전화할게. 그럼 이제 오늘 저녁의 가장 중요한 일에 관해 얘기해볼까."

"그게 뭔데?"

"데즈하고 데이트 잘했어?"

"농담하지 마."

"농담 아니야. 그 사람은 너한테 반했고, 너도 딱히 그 사람을 밀쳐낼 생각은 없어 보이던데, 뭐."

"난 사건과 관련된 정보를 얻으려고 데즈하고 잠깐 시시덕거렸을 뿐이야. 그게 다야."

"전화번호 받았어?"

"그냥 예의상 받아둔 거야. 너도 똑같이 했을걸."

"괜찮은 남자 같던데." 아이리스의 의견이었다. "다이아몬드 원석 같은 느낌이야. 안 그래?"

"아이리스, 내가 부두에서 일하는 남자하고 무슨 데이트를 하겠어. 아무리 매너가 좋고, 성격이 온화하고, 그리고…."

그웬이 입을 다물었다. 얼굴이 벌겠다.

"그리고 뭐?" 아이리스가 캐물었다. "눈이 예쁘다고? 몸이 근육질이라고? 구구절절 기나긴 칭찬의 다음 레퍼토리는 뭔데?"

"나도 그 사람이 마음에 들어." 그웬은 솔직히 인정했다.

"하지만 잘될 리가 없잖아. 난 이미 그 사람한테 내 이름과 직업을 속였어. 이 이상 거짓말을 하는 건 잔인한 짓이야."

"그럼 한바탕 재미만 보고 끝내." 아이리스는 그렇게 그웬을 부추겼다. "가끔 가다 한 번씩 즐기는 건 우리의 권리라고."

"다른 사람을 희생시키면서까지?"

"그 남자한테도 좋은 일 아니야?"

"내가 보기에 이쪽 방면에서 우린 서로 너무 달라. 네가 못마땅해서 그러는 건 아니야, 뭐랄까, 난 지금껏 한 번도…."

그웬은 말끝을 흐렸다. 끝까지 말하고 싶지 않아서였다.

"나처럼 난잡하게 산 적이 없다고?" 아이리스가 말했다. "그 말을 꺼내기가 그렇게 힘들었어?"

"넌 난잡하지 않아. 모험심이 강한 거지."

"어, 그거 마음에 드네. 내가 하는 자기 파괴적인 행동이 더 긍정적으로 느껴지는걸."

"그런데 나하고 알고 지내면서부터는 그렇게까지 모험심이 강하진 않았잖아. 안 그래?"

"죽겠네, 진짜. 난 파혼을 두 번이나 했고, 메이페어 일대에서는 한 이불을 안 덮어본 남자가 없어. 그 이상 뭘 어떻게 해야 납득하겠어?"

"아니, 네가 그런 적이 없다는 말은 아니야. 하지만 전쟁 때문에 변해서 그런 거잖아. 맞지?"

"전쟁 때문에 변한 건 누구나 마찬가지야." 아이리스가 말했다.

"내 생각에 지금의 네 삶에 남자는 한 명뿐이야. 그리고 너랑 그 남자는 어쩌다 한 번씩밖에 못 보는 사이일걸."

"뭘 근거로 그렇게 생각하는데?"

"음, 넌 요 며칠 동안 전보다 훨씬 더 즐거운 표정으로 출근했어. 두 달쯤 전에도 이런 적이 있었는데 말이지. 그 중간에 해당하는 기간 동안 넌 말수가 없는 편이었어. 모르는 사람이 보면 기분이 안 좋은 것 같다고 할 정도로."

"내 기분은 달이 차고 기우는 주기에 따라 변하는 것뿐이야." 아이리스는 심드렁하니 대답했다. "그 정도론 아무것도 증명하지 못해. 뭐 다른 증거는 없어?"

"넌 요즘 볼 드 뉘 향수를 뿌리고 다녔어. 날마다 그런 건 아니야. 하지만 어떤 날은 몰래 화장실에 가서 화장을 고치곤 하는데, 하필 그런 날은 평소보다 프릴이 많이 달린 예쁜 옷을 입는 경우가 잦았어. 겔랑 향수는 런던에서 웬만해선 구하기 힘든 물건인 걸 감안하면, 추측건대 네가 만나는 남자는 유럽 대륙으로 출장을 다니는 사람이야. 대륙에 머무는 기간이 길다면 십중팔구 외교관, 아니면 군인이겠지."

"세상에." 아이리스는 분한 목소리로 외쳤다. "내 향수 냄새만 맡고 그걸 다 추리해냈단 말이야?"

"볼 드 뉘는 내가 정말로 좋아하는 향수야." 그웬은 한숨을 쉬고 나서 말을 이었다. "다음번엔 나한테도 한 병 사다

달라고 해. 그 남자, 유부남이지?"

아이리스는 대답하지 않았다.

"맞구나. 만약 아니었으면 넌 애인에 관한 단서를 여기저기 흘리고 다녔을 거야. 아직 교회에서 정식으로 승인받은 사이가 아니라고 해도 말이지. 그런데 넌 애인 얘기도 과거 얘기와 마찬가지로 비밀에 부쳤어. 그렇게 꽁꽁 싸매는데 터져버리지 않는 게 신기할 정도야."

"네 정신과의사, 실력 괜찮아? 자칫하면 네 덕분에 나까지 상담하러 가야 할지도 몰라서 묻는 거야."

"난 솔직히 그 사람 별로 안 믿어. 우리 시어머니가 고용한 사람이라."

"재밌네. 흠, 너의 분석은 아주 감명 깊었어. 분석의 정확성은 긍정도 부정도 안 하겠지만, 네 실력은 가공할 수준이야. 그래 봤자 데즈에게서 내 관심을 돌리려는 시도는 헛수고일 뿐이지만. 난 네가 그 남자 앞에서 움츠리지 말고 좋아하는 티를 내야 한다고 생각해. 떨어지면 어때, 다시 올라타면 그만인데. 말이든, 남자든."

"비유 한번 끔찍하네."

"의외로 너도 즐길지도 몰라, 이 아가씨야."

"당연하지. 하지만 그래도 거절하겠어."

"넌 그거 생각 안 나?" 아이리스는 호기심이 배어나는 목소리로 물었다.

"그거라니? 섹스 말이야?"

290

"그래, 섹스 말이야. 그러니까, 너한테 애가 있다는 사실에서 미뤄 짐작하자면, 넌 전에 적어도 한 번은 한 적이 있어. 그것도 우리 삶의 한 부분이잖아."

"그랬지. 아주 중요한 부분이었지."

"그러니까 더 하고 싶은 마음이 없냔 말이야."

"당연히 있지." 그웬이 말했다. "나도 하고 싶은 생각은 있어. 하지만 그런 생각이 드는 건 내가 지금도 로니를 그리워하기 때문이야. 그런 생각 자체가 남편인 로니를 사랑하는 내 마음과 단단히 묶여 있기 때문이고. 만약 남편이 지금 살아 있다면, 난 밤마다 침실에서 얇디얇은 실크 잠옷 차림으로 야한 포즈를 하고 그 사람을 기다릴 거야, 춘화가 무색할 정도로 야한 사진을 손에 들고서. 동양의 이국적인 방중술이 담긴 금서들을 구해서 모조리 읽고 터득할 거야, 왜냐면 하고 싶으니까. 그리고 내가 같이 하고 싶은 사람은 내 남편이야, 누구도 아닌 내 남편. 나에게 남편이랑 단둘이 있는 시간은 매 순간이 절정의 환희였어. 이제 와서 다른 사람하고 다시 그렇게 되는 건 나한테는 불가능해. 내가 원하는 건 내 남편 로니야. 난 남편이 너무 그리워서 몸이 다 아파. 실제로 몸이 아플 정도라고. 무슨 말인지 알겠어? 그러니까 아이리스, 난 네 표현대로라면 한 번 즐기고 끝내는 데는 관심 없어. 내가 원하는 건 즐기는 게 아니야. 즐기고 나면 실망만 남을 테니까."

아이리스는 아무 말도 하지 않았지만, 손을 뻗어 친구의 손을 잡고 부드럽게 쥐었다. 그웬은 아이리스가 내민 손을 힘껏 잡았고, 둘은 그렇게 손을 잡은 채 역까지 걸어갔다.

아이리스가 아파트에 돌아와보니 앤드루가 기다리고 있었다. 그는 아이리스의 얼굴을 보고 씩 웃었다.

"뭔가 꾸미고 있구나. 맞지?"

"내가 꾸미는 게 어디 한두 가지여야지." 아이리스의 말투는 당당했다. "난 방금 전까지 비밀 첩보 활동의 기술을 쏠쏠하게 써먹었어. 이스트엔드 토박이 흉내를 내는 데 성공했고, 갱단 소굴에 잠입했고, 하마터면 칼싸움에 말려들 뻔도 했지. 이제 멋진 드레스를 입고 너한테는 턱시도를 입혀서 시내에 나들이를 갈 거야. 레스토랑 '벨 뫼니에르'에서 두툼하고 육즙이 뚝뚝 떨어지는 암시장표 스테이크를 먹고, 클럽 '바가텔'에 가서 춤도 춰야지."

앤드루는 아이리스에게 다가가 끌어안았다.

"이 집에 내 턱시도 같은 건 없어."

"알아." 아이리스도 그를 꼭 안으며 말했다.

"벨 뫼니에르에서 내놓는 스테이크는 사실 감쪽같이 속인 말고기야." 앤드루가 말했다. "맛의 비밀은 사실 소스라고."

"젠장."

"그리고 난 너랑 같이 남들 눈에 띄면 안 돼."

"그래, 알아." 아이리스는 앤드루의 품에서 빠져나왔다.

"그 대신 통조림이랑 괜찮은 보르도산 와인을 가져왔어."

"그건 나중에." 아이리스는 앤드루의 넥타이를 잡고 그를 침실로 이끌었다.

그웬은 현관문을 지나 집 안으로 들어설 때까지도 이날 겪은 일들 때문에 가슴이 두근거렸다. 현관 복도 안쪽에 집사 퍼시벌이 서 있었다. 전날 저녁에 서 있었던 바로 그 자리였다.

"안녕하십니까, 부인." 퍼시벌이 인사했다.

"안녕하세요, 퍼시벌. 이제 경비를 서는 것도 정식 업무에 포함되나 보죠?"

"레이디 캐럴라인께서 얘기를 나누고 싶다고 하십니다. 지금 서재에 계십니다."

"기시감이 느껴지는데." 그웬은 자그맣게 중얼거렸다.

"뭐라고 하셨습니까, 부인?"

"어제도 똑같은 얘기를 나누지 않았나요?"

"그건 제가 대답할 질문이 아닌 것 같습니다, 부인. 이쪽으로 오시지요."

그웬은 한숨을 쉬고 집사 뒤를 따라 복도를 걸어갔다. 집사는 서재 문을 두드린 다음 문을 열고 그웬이 들어가도록 잡아줬다.

레이디 캐럴라인은 전날 저녁에 앉아서 열변을 토했던 벽난로 앞의 그 의자에 앉아 있었다.

"미시즈 베인브리지가 도착했습니다, 레이디 캐럴라인." 집사는 그 말을 남기고 그웬의 등 뒤에서 문을 닫았다.

그웬은 숨을 깊이 들이쉬고 빈 의자 앞으로 걸어갔다.

"하실 말씀이 뭔가요, 레이디 캐럴라인?" 그웬이 물었다.

시어머니는 대답하지 않았다. 그 대신 신문을 높이 들었다. 신문의 1면이 그웬을 향했다.

"저런." 그웬의 입에서 힘없이 나온 말이었다. "이 집에 《미러》가 배달되는 줄은 몰랐네요."

10

"백만장자인 베인브리지 가문의 유일한 상속자와 결혼해 부자가 된 이후 빈민가 탐방을 즐기는 귀부인." 레이디 캐럴라인이 신문 기사를 읽기 시작했다. "이제 그 부인은 다른 이들도 형편이 더 나은 배우자를 찾아 계급 사다리를 올라가도록 돕는 중이다. 안타깝게도 가장 최근에 부인을 찾아온 고객이었던 이스트엔드의 아리따운 젊은 여성은, 크로이던에 거주하는 디키 트로워라는 말라빠진 난봉꾼을 만나 돌이킬 수 없이 치명적인 결과에 이르고 말았다."

레이디 캐럴라인은 신문을 벽난로 안에 던져버렸다.

"순전히 쓰레기야. 한복판에 박힌 네 사진까지 포함해서. 이제 살인자들하고도 같이 일하는 거냐?"

"전 그 사람이 그런 짓을 저질렀다고 생각하지 않습니다."

"그 혐의로 체포된 거 아니야?" 레이디 캐럴라인이 코웃음을 쳤다. "런던 경찰청은 이자가 그 가엾은 여자애를 죽였다고 보는 모양인데."

"경찰이 무슨 생각을 하는지는 저도 압니다."

"어떻게?"

"그야 물론 경찰이 저하고도 얘기를 나눴기 때문이죠. 아니면 무슨 수로 가엾은 미스터 트로워를 찾아냈겠어요?"

"가엾은 미스터 트로워라고?"

"저희는 그 사람이 무죄라고 믿습니다."

"저희? 그러니까 너하고, 네 사무실에서 함께 일하는 그 막돼먹은 천방지축?"

"그런 말은 삼가주세요! 어머님은 제 친구를 비하할 자격이 없습니다."

"나한테 자격이 없다고? 우리 사랑하는 며느님, 새삼스러운 말이지만 네가 이 집의 지붕 아래서 살고 있는 건 순전히 우리가 베푸는 호의 덕분이야. 만약 내가 그 스파크스인가 하는 변변찮은 애를 그런 식으로 부르고 싶으면, 그렇게 부르면 되는 거야. 파혼을 몇 번씩 한 것도 그렇고, 얼마나 많은 남자를 만나고 돌아다닐지를 감안해도⋯."

"아이리스는 빼고 말씀해주세요. 제가 이 집에 있는 게 싫으세요? 그럼 제 아들을 돌려주세요, 이 집에서 기꺼이 나가드릴 테니까요."

"그런 일은 일어나지 않을 거야." 레이디 캐럴라인이 말했다. "그리고 베인브리지가의 이름에 먹칠을 하는 네 행실을

296

감안하면, 장래에 그런 일이 일어날 가망 또한 전혀 없어."

"만약 디키 트로워가 무죄로 밝혀지면요? 저희가 옳다면요?"

"그럼 너희만 빼고 온 세상이 다 틀렸다는 거야? 아무리 생각해도 그럴 것 같진 않은데. 누가 그런 자를 편들어주겠어?"

"저희요. 저희는 이미 그러고 있어요."

"온 세상을 상대로 싸우는 멍청한 여자 둘이라." 레이디 캐럴라인은 코웃음을 쳤다. "그렇게 불리한 싸움을 무슨 수로 이기려고?"

"조사요. 진실을 찾을 거예요."

"헛소리."

"저흰 이미 시작했어요." 그웬이 말했다.

"뭐? 무슨 소리야, 이미 시작했다니?"

"이미 조사하는 중이에요, 어떻게 된… 사정인지를요."

그웬은 원래 '사건'이라고 말하려 했지만, 그 말이 얼마나 이상하게 들릴지가 퍼뜩 떠올랐다.

"조사를 해?" 레이디 캐럴라인은 소리 내어 웃었다. "처음에는 여성 사업가가 되겠답시고 나서더니. 이젠 탐정 행세를 하겠다고? 네가 아주 미쳤구나!"

"하지만…."

"미쳤어." 레이디 캐럴라인은 한결 신중하게 되뇌었다. "내가 보기에 이건 아마…."

"아마 뭐라는 말씀인가요?" 그웬은 그렇게 물으며 문득 등골이 서늘해졌다.

"이건 아마 더 깊은 광증의 전조에 해당하는 행동 같아. 너, 밀퍼드 박사하고 마지막으로 상담한 게 언제였지?"

"2주 전이에요."

"이 모든 소동이 일어나기 전이었군." 레이디 캐럴라인의 목소리는 생각에 잠긴 듯했다. "박사가 조짐을 놓친 것도 당연해. 박사하고 얘기를 좀 해봐야겠어."

"참견하지 마세요. 어머님은 제 처방에 관여할 자격이 없어요."

"얘야, 이건 네 아들의 행복하고도 상관이 있는 문제란다." 레이디 캐럴라인의 목소리는 차분했다. "만약 그 아이 어머니의 정신 상태를 제대로 파악하지 못한다면, 그건 내가 그 아이의 보호자로서 저지르는 직무 유기야. 어쩌면 더 강도 높은 조치가 필요할지도 모르겠어."

"어떻게 그런…."

"너의 지난 날 가운데 그 부분에 해당하는 이야기가 《미러》 기자의 귀에 들어가기라도 하면 참 부끄럽겠지. 지금까진 언론에 새나가지 않게 잘 숨겼다만…."

"설마 그런 짓까지 하시진 않겠죠."

"밀퍼드 박사하고 만날 약속을 잡아야겠구나. 박사가 뭐라고 하는지 들어봐야겠어. 협조하는 게 너한테도 좋을 거야. 얘기 다 끝났다. 가서 퍼시벌한테 내가 오늘 밤에 외출

할 거라고 전해."

자리에서 일어선 그웬은 눈앞의 여인에게 악을 쓰고 싶은 마음이 굴뚝같았지만, 그 마음을 꾹 누르고 서재를 나섰다.

"오늘은 유난히 정열적인데." 앤드루는 그렇게 논평했다.

"내가 그랬어?" 아이리스가 물었다.

둘은 아이리스의 침대에 나란히 앉아 베개에 등을 기댄 채, 회색 생선 비슷한 음식물이 든 통조림을 깡통째 손에 들고 먹는 중이었다. 침대 옆의 작은 탁자에는 보르도산 와인을 조금 따른 잔 두 개가 나란히 놓여 있었다.

"너 집에 돌아왔을 때 긴장한 상태던데." 앤드루의 말이 이어졌다. "난 네가 퍼붓는 맹공격에 기분 좋게 압도당한 느낌이야. 그래도 아주 즐거웠어."

"친절하기도 하셔라. 고마워요." 아이리스는 통조림의 내용물을 조금 더 꺼내어 입 안 가득 밀어 넣었다. "이게 살아서 헤엄칠 때 뭐였는지 짐작이 가?"

"무슨 고래 같은 거 아니었을까? 와인이 있어서 다행이야. 안 그랬으면 통조림의 뒷맛이 밤새도록 입속을 맴돌았을 테니까."

"오늘은 자고 갈 거야?"

"내일 비행기로 돌아가. 포피한테는 아침 비행기를 타야 하니까 시내에서 자는 게 편하다고 얘기해뒀어."

"참 일찍도 알려주네. 언제 알았어?"

"어젯밤."

"그럼 오늘이 작별의 밤인 거네."

"그렇지."

"그런 이 밤을 아내가 아니라 나와 보낸단 말이지. 영광인걸."

"난 여기가 훨씬 더 좋아."

"아내하고도 제대로 된 작별의 의식을 치렀어?" 아이리스는 앤드루 위로 몸을 뻗어 와인 잔을 들며 물었다.

"뭐라고?"

"남편의 의무를 다했냐는 말이야." 아이리스는 그렇게 말하고는 와인을 홀짝였다. "네가 멀리서 비밀스러운 전쟁을 치르는 동안 너를 떠올릴 만한 추억거리를 아내한테 만들어줬냐고."

"그건 네가 상관할 일이 아니잖아."

"불륜 상대가 상관할 일이 아니란 말이지. 그래, 나는 불륜 상대지, 아내가 아니니까. 가끔 그걸 깜박할 때가 있어. 특히 이렇게 한창 불륜을 저지를 때."

"왜 그런 소릴 하는 거야? 우리 사이를 다른 각도에서 보려고 그러는 거야?"

"다른 각도에서 보는 정도가 아니야. 수십 가지 각도에서 이렇게 저렇게 보고 있어."

"어쩌다가 그런 생각을 하게 됐어?"

"오늘 저녁에 그웬이 아주 괜찮은 남자하고 신나게 즐길 수 있는 절호의 기회를 포기하는 걸 봤지 뭐야."

"그런데?"

"그런데 그렇게 한 이유라는 게 사랑, 상실감, 그리움… 한마디로 뜨거운 마음이었어."

"뜨거운 마음이군."

"그래, 뜨거운 마음." 아이리스가 되뇌었다. "앤드루, 난 너한테 어떤 존재야? 지금 이게 너의 뜨거운 마음이야?"

"사랑한다고 말했잖아. 그것도 여러 번."

"여기서는 그랬지. 이 아파트를 빌리기 전에 지냈던 방 한두 곳에서도. 바깥에서도 그렇게 말할 수 있어?"

"어디서?"

"글쎄. 피커딜리 서커스 광장. 서펜타인 호수. 코번트 가든 시장. 높은 지붕에 올라가서 힘껏 소리치면 더 좋고."

"내가 얘기했잖아…."

"알아, 나랑 같이 있는 모습이 남들 눈에 띄면 안 되는 거. 내가 궁금한 건 이거야. 경계심과 비밀이 있는 곳에 뜨거운 마음이 함께 있는 게 가능할까?"

"우리가 처음 만남을 시작할 때 너도 그렇게 하기로 다 동의했잖아." 앤드루가 말했다.

"그랬지. 그때는 비밀스러운 관계라는 점 때문에 짜릿하기도 했으니까. 그래, 나도 동의했어. 그리고 난 이 거래에서 내가 해야 할 몫은 적절히 다한 것 같아."

"적절한 수준 이상이었지. 이런, 이렇게 얘기하니까 완전히 금전 거래 같잖아. 도대체 원하는 게 뭐야?"

"포피랑 이혼하고 나랑 결혼할 생각 있어?" 아이리스가 물었다.

"지금 나한테 청혼하는 거야, 스파크스?"

"방금 그건 질문이었어."

"그럴 생각이 있냐고? 그래."

"'생각'은 있단 말이지." 아이리스가 되뇌었다. "망할 놈의 생각. 그 말 속에는 온갖 탈출로가 다 갖춰져 있는 것 같지 않아?"

"늘 재빨리 빠져나갈 틈이 있어야 하는 건 너나 나나 마찬가지 아니야, 스파크스?"

"좋아. 정식으로 물어볼게. 만약 내가 너한테 결혼해달라고 하면, 그렇게 할 거야? 포피하고 이혼하고?"

앤드루는 대답하지 않았다.

"매일같이 조국을 위해 목숨을 거는 남자가 이런 겁쟁이가 될 때가 있다니, 놀랍군." 아이리스의 말투는 매서웠다.

"이건 불공평해. 내 결혼 생활은 복잡한 사정이 있어."

"그리고 난 단순하지. 단순한 걸 원하는 단순한 여자야. 그런데 이제 복잡한 걸 요구해야 하는 게 아닐까 하는 생각이 들어. 난 그웬을 보면 그 애가 가졌다가 잃어버린 것들이 고스란히 떠올라. 그리고 그것 때문에 그 애가 거의 폐인이 될 뻔했다는 사실도 떠오르고. 그런데 그거 알아? 난 그 애가 부러워. 그 애는 내가 평생 여러 남자와 누린 것보다 더 큰 행복을 몇 년 안 되는 짧은 시간 동안 한 남자와 누렸는데, 난 이제 행복이란 걸 손에 넣을 수 있을지 어떨지조차 모르겠거든."

"그 남자들 중에 함께 행복해질 기회가 있었던 사람은 없어?"

이번에는 아이리스가 입을 다물 차례였다. 갑자기 앤드루가 웃음을 터뜨렸다.

"마이크였군. 마이크 킨지."

"어쩌면. 그때는 그런 줄도 몰랐지만."

"그랬던 그 남자가 네 인생에 다시 나타난 거구나. 다른 여자와 약혼한 채로." 앤드루의 말이 이어졌다. "그 결과로 넌 언뜻 이뤄졌을 것도 같지만 실제로는 분명 이뤄지지 않았을 것들에 대한 후회로 가득한 상태야. 그리고 그 모든 후회를 지금 고스란히 나한테 투사하는 중이지."

"안심해. 너에 대한 후회는 전적으로 너 때문에 하는 거니까."

"그렇군." 앤드루는 그 말과 함께 침대에서 일어섰다.

"뭐 하는 거야?"

"옷 입어. 가려고."

"오늘 자고 간다고 했던 것 같은데."

"그랬지." 앤드루는 바닥에 떨어진 자기 속옷을 주워 입었다.

"어디서 자려고 그래?"

"비행장에서 멋지게 생긴 딱딱한 의자를 하나 찾아서 내일 비행기 출발 시각까지 한숨 잘 거야."

아이리스는 앤드루가 옷을 입는 동안 와인을 마시며 가만히 지켜봤다. 옷을 다 입은 앤드루가 자기 잔을 비웠다.

"내가 잘못 생각했어." 앤드루는 잔 속에 남은 와인의 앙금을 들여다보며 중얼거렸다. "그 불쾌한 뒷맛이 가시질 않아."

"언제 돌아올 거야?" 아이리스가 물었다.

"몰라. 그게 뭐가 중요하겠어. 있잖아, 오늘 밤에 그런 얘기를 나누긴 했지만 그래도 다시 생각해보고 싶다면, 난 괜찮아. 하지만 내가 없는 사이에 다른 남자를 만나고 싶으면, 얼마든지 그렇게 해."

"그건 네가 나한테 한 것 중에 거의 최고로 심한 말인데."

"이 아파트 월세는 연말 치까지 미리 다 냈어." 앤드루는 가방을 들며 그렇게 말했다. "내 열쇠는 당분간 내가 갖고 다닐게. 그래도 괜찮다면."

아이리스는 현관문이 열렸다가 앤드루가 나간 후에 다시 닫히는 소리가 들릴 때까지 기다린 다음, 침대에서 일어나 문이 제대로 잠겼는지 확인했다. 그런 다음 남은 와인을 잔에 모조리 따라 들이켰다.

이튿날 아침, 침대에 가로로 널브러진 채 눈을 뜬 아이리스는 머리가 지끈거렸다. 평소에 마시던 홍차 대신 커피를 만들어 마셨다. 숙취를 없애는 데는 별 효과가 없었다.

아이리스는 마이크 킨지에게 전화하지 않고 직접 만나러 가기로 마음먹었다. 전화는 끊어버릴지도 모르기 때문이었다. 물론 만나지 않겠다고 거절할지도 몰랐지만, 혹시라도 직접 대면하게 되면 주위의 이목 때문에 억지로라도 예의 바르게 굴 가능성이 더 컸다.

웨스트민스터행 버스를 탄 아이리스는 템스강을 건너는 다리에 도착하기 전의 정류장에서 내린 다음, 강을 따라 나 있는 산책로인 빅토리아 임뱅크먼트를 따라 경찰청 입구로 향했다. 둥그런 벽돌 탑이 딸린 오래된 건물 두 채가 딱딱한 분위기를 풍겼지만, 마이크가 근무하는 곳은 비교적 신식 건물인 커티스 그린 빌딩이었다.

아치를 지나 부지 안쪽으로 들어가는 동안 아이리스는 특별기동대를 태운 올즐리 경찰차가 쏜살같이 출동할 경우에 대비해 내내 한쪽에 붙어서 걸어갔지만, 경찰청 경내는 조용한 편이었다. 접수대의 순경이 알려준 마이크의 사무실은 살인 및 강력범죄 수사과에 있었고, 파럼 경감의 사무실을 방문할 때 들러야 하는 대기실이기도 했다. 아이리스가 발견한 전 애인은 한쪽 책상 앞에 앉아 타자기로 보고서 같은 서류를 열심히 작성하는 중이었다.

"타자 속도가 아직도 그렇게 느려?" 아이리스가 말했다.

마이크는 고개를 들어 아이리스를 보고는 표정을 찡그
렸다.

"뭐 하러 왔어, 스파크스?"

"너를 편히 살게 해주려고."

"그럼 뒤로 돌아서 그대로 가버려."

"너하고 할 얘기가 있어." 아이리스는 마이크의 책상 옆
의자에 앉으며 말했다. "네 직장에서 만나면 저번 같은 꼴사
나운 짓은 못하겠지 싶어서 찾아온 거야."

"그 일은 내가 사과할게. 내가 봐도 용서 못할 짓이었어."

"하지만 용서해줄게." 아이리스는 책상 위로 손을 뻗어
마이크의 손을 잠깐 잡았다. "내가 저지른 용서받아야 할 짓
들을 다 모아보면 키스 한 번 정도는 아무것도 아니니까. 그
건 그렇고, 꽤 괜찮은 키스였어."

마이크는 손을 뒤로 빼고 의자에 등을 기댄 다음, 아이리
스를 바라봤다.

"그 일 때문에 온 게 아닌 것 같은데?" 목소리가 조심스러
웠다.

"왜 그런 말씀을 하시나요, 형사님?"

"여기까지 찾아와서 나한테 듣기 좋은 말을 하고 있잖아.
그건 곧 네가 원하는 게 있다는 뜻이지."

"맞아, 마이크. 있어. 좋았던 지난날을 되새기고 싶은 마
음도 있지만, 오늘은 현재의 문제 때문에 왔어. 마틸다 라살
살인사건의 새 용의자를 찾았어."

"아니, 안 돼. 어림없어. 그 사건은 이미 다 끝났어. 범인은 우리가 잡았다고."

"런던 경찰청은 절대 틀리는 법이 없다, 이거지."

"우린 살해 흉기를 찾았어. 동기와 기회도 밝혀냈고. 이건 확실한 사건이야."

"그래 봤자 정황 증거뿐이잖아."

"그건 우리가 알 바 아니야. 기소에 필요한 증거는 충분히 확보했어. 그리고 실제로 기소도 됐고."

"만약 내가 너한테 범행 동기도 더 확실하고, 피해자하고 알고 지낸 기간도 더 길고, 무엇보다 범죄 전력까지 있는 자를 제보한다면?"

"혹시 그 여자가 같이 어울리던 건달패거리 중에 한 명을 말하는 거라면…."

"그냥 패거리 중에 한 명이 아니야. 특정 인물을 말하는 거야. 틸리 라살의 뒤를 밟아 우리 사무실까지 온 사람, 틸리가 더 제대로 된 상대를 찾기로 마음먹기 전까지 만나던 사람, 우리 상담소의 업무 방식을 파악하고 우리 서류를 이용해 미스터 트로워의 데이트를 방해한 사람. 그리고 그 서류를 통해 트로워의 주소를 알아내고 이로써 살해 흉기를 너무나 뻔한 곳에 놔둘 기회를 잡은 사람."

"그러니까 네 말은 건달이 너희 상담소에…."

"우리 사무실 문간에, 틸리가 나가고 나서 곧바로 나타났어. 십중팔구 우리가 면담하는 동안 바깥에서 엿들었겠지."

마이크는 메모장을 집어 들었다.

"얘기해봐."

아이리스는 매너스-필처에 관해 아는 것들을 하마터면 별일 뻔한 칼싸움은 빼고 마이크에게 얘기해줬다. 이야기가 다 끝나자 마이크는 메모장을 쓱 읽어보고 아이리스에게 내밀었다.

"서명해."

아이리스는 메모장에 적힌 내용을 훑어본 다음, 맨 밑에 서명을 하고 날짜를 적었다. 그런 다음 마이크에게 돌려줬다.

"이런다고 해서 네 말이 옳다는 건 아니야. 난 지금도 여기에 뭔가 있다는 생각은 안 들어. 그래도 한번 알아보기는 할게."

"고마워, 마이크. 정말이야. 솔직히 네가 더 튕길 줄 알았는데."

"내가 튕길 때마다 넌 그렇게 간드러지는 목소리를 꺼내 들었지. 이번엔 그 단계를 건너뛰는 것도 괜찮을 것 같은데."

"내가 언제!"

"매번. 난 이제 그 간드러지는 목소리를 못 견딜 것 같아."

"내가 너한테 그렇게 무서운 존재인 줄은 몰랐네." 아이리스는 그렇게 말하고는 의자에서 일어섰다. "내 용건은 여기까지야. 뭔가 나오면 전화해줄 거지?"

"그래." 마이크는 그렇게 약속하고 책상 뒤쪽에서 걸어나와 아이리스를 위해 문을 열어줬다. "스파크스?"

"왜?" 아이리스는 마이크를 돌아봤다.

"다시 만나서 반가워. 어쨌든 간에."

"동감이야, 킨지 형사님. 난 이제 결혼 전선으로 돌아가볼 게."

아이리스는 마음에도 없는 환한 미소를 마이크에게 보여주고는 경찰청을 떠났다.

버스의 창문 쪽 자리에 앉아서, 아이리스는 제각기 다른 사연을 안고 길거리를 오가는 런던 시민들을 가만히 바라봤다.

앤드루는 가버렸다. 아마도 영영. 마이크는 곧 결혼할 몸이었다. 아이리스는 스물아홉 살이었다. 그리고 이것이 현실이었다.

샐리가 콘월 부부를 두 번째로 찾아간 일은 어떻게 됐을지 궁금했다. 바른 만남 결혼상담소는 앞으로 한참 동안 신규 고객 없이 버텨야 할 상황에 대비해 그 두 사람의 수수료가 간절히 필요했다. 그래도 살인 사건 조사만 끝나면 그때부터는 예비부부 후보감들을 이어주는 사업에 전념할 수 있을 터였다. 그것도 그 예비부부 후보감들이 고깃덩이가 될까 봐 무서워서 바른 만남 결혼상담소의 소개를 거부하지 않을 때의 이야기였지만.

좋은 일이 하나만 일어났으면. 아이리스는 속으로 생각했다. 오늘 나한테 좋은 일이 딱 하나만 일어났으면 좋겠어.

어쩌면 아치와 한 약속을 지켜서 암시장에 나온 새 스타킹 한 켤레를 사게 될지도 몰랐다. 어쩌면 아치의 제안을 받아들여 함께 춤을 추러 갈지도 몰랐다. 갱과 함께 추는 춤이야말로 지금 그녀에게 필요한 것이었다.

맙소사. 아이리스는 어쩌다가 자신에게 필요한 건 갱과 함께 추는 춤이라고 생각하는 여자가 돼버렸을까?

그렇다 하더라도.

재미있을 것 같기는 했다.

아이리스가 마침내 사무실에 도착했을 때, 그웬은 자기 책상 위에 색인 카드 상자를 열어놓고 있었다.

"왔구나." 그웬이 말했다. "미스터 로버트슨을 생각하는 중이었어. 내가 속으로 점찍어둔 신붓감이 몇 명 있어서."

"신규 회원은 없어?"

"탈퇴 문의 전화만 몇 통 받았어. 그 사람들한테 당신들은 행복을 거머쥘 일생일대의 기회를 스스로 놓치려고 할지 몰라도 우리는 당신들을 포기하지 않을 거라고 안심시켜줬어."

"샐리한테선 연락 없었어?"

"아직. 마이크한테 찾아간 일은 어떻게 됐어?"

"우리가 뭘 알아냈는지 얘기해줬어." 아이리스는 모자를 벗어서 기둥형 옷걸이에 걸었다. "관심이 있는 눈치였어. 필처에 관해 알아보겠대."

"그게 다야?"

"그럼 뭐가 더 있을 줄 알았어?"

"그냥. 우리가 겪은 일들을 생각하면 너무 김빠지는 것 같아서. 내 상상 속에선 너랑 킨지 형사가 함께 경찰차를 타고 부리나케 출동했어. 사이렌을 울리고 경광등을 번쩍이면서."

"필처가 범인이라는 물적 증거는 하나도 나온 게 없어." 아이리스가 지적했다.

"그야 그렇지만… 글쎄. 난 그냥, 뭔가 더 있을 줄 알았어."

"있을 거야." 아이리스의 목소리에서 자신감이 풍겼다. "마이크는 좋은 사람이니까."

"이젠 좋은 사람이라고 해주는 거야?"

"그래, 형사로서는."

"정확히 뭘 근거로?" 그웬이 물었다.

"순전히 형사로서 지닌 능력으로만 판단한 거야. 우리 사이의 과거사 때문에 내가 쌓아뒀을지도 모르는 편견하고는 별개로."

"너 오늘 아침엔 킨지 형사한테 굉장히 너그러운데. 심경이 꽤나 변했어. 그 사람한테 다시 마음이 간다는 소리나 안

하면 다행이겠는걸."

"아니, 그 버스는 오래전에 떠났으니까 안심해."

"하긴, 너한텐 지금 만나는 남자가 있으니까."

"그 비행기도 오늘 아침에 떠났어."

"뭐?"

그웬은 아이리스의 표정을 유심히 관찰했다.

"저런." 안타까워하는 목소리였다. "그랬구나."

"그랬어." 아이리스가 대꾸했다. "길게 보면 차라리 잘된 일이야. 그런데 실은 네 덕분에 일어난 일이기도 해."

"내 덕분에? 내가 무슨 수로 그런 일을 일으켰다는 거야?"

"네 덕분에 나도 더 제대로 된 게 갖고 싶어졌거든."

"내가 어떻게 했길래?"

"데즈한테 퇴짜를 놨잖아."

"세상에. 내가 너한테 모범을 보였을 거라곤 생각도 못했는데. 그러니까 이를 모를 그 내연남하고 사랑을 나누기는 커녕, 싸워서 화가 난 채로 떠나게 했단 말이야? 멋진데!"

"사실, 사랑을 나눈 후에 그랬어." 아이리스는 솔직히 털어놨다.

"아. 그럼 얘기가 조금 달라지는데."

"실은 그 사람이 이미 침대에 누워 있었거든."

"그렇게 질척질척한 부분까지 다 얘기하진 말아줘."

"보르도산 와인을 가져왔지 뭐야. 간식거리도 같이."

"배려심이 많았구나. 너희 두 사람 다."

"그래, 뭐, 어차피 이제 다 끝난 사이지만."

"너 괜찮아?" 그웬이 물었다. "정말로?"

"응, 괜찮은 것 같아. 아니면 나중에 괜찮아질 거야. 마침 헤어질 때도 됐으니까."

"그럼 다음은?"

"마지막 연애의 시체가 아직 다 식지도 않았는데 벌써 다음 연애를 시작하라고 재촉하는 거야?"

"아니. 내 말은, 우리가 다음으로 할 일이 뭐냐고. 미스 라살 사건을 계속 조사해?"

"경찰한테도 기회를 줘야 하지 않을까. 우리가 자기네 일을 대신 해준다고 생각하게 놔두면 안 되잖아."

"그것 참 아쉽네." 그웬의 입에서 한숨이 흘러나왔다. "어젯밤에 호언장담을 해놨거든. 우리 손으로 살인범을 잡을 거라고."

"또 레이디 캐럴라인이야?"

"응."

"뭐, 사건이 해결되면 공은 다 우리 몫일 거야. 그거면 그 양반도 말문이 꽉 막히겠지."

"그렇게 간단한 문제면 좋을 텐데. 난 차라리…."

그때 전화벨이 울렸다. 그웬이 전화를 받았다.

"바른 만남 결혼상담소의 미시즈 베인브리지입니다."

인사말을 마친 그웬의 표정이 어두워졌다.

"아뇨, 그게 아니라… 언제라고요? 오늘요? 하지만 전… 아뇨, 아뇨, 문제를 키우려는 게 아니라… 예. 그래요. 두 시요. 그리로 갈게요. 그럼 이만."

그웬은 전화를 끊고 전화기를 가만히 내려다봤다.

"나 오후에 약속이 생겼어." 그웬이 말했다. "혼자서 사무실을 지켜도 괜찮겠어?"

"당연하지. 무슨 문제라도 있어?"

"한두 가지여야지. 뭐, 울적하고 힘 빠지는 얘기는 그 정도면 충분해. 이제 미스터 로버트슨 얘기를 하자. 내가 적당한 신붓감을 찾아봤어."

정오 즈음에 전화벨이 울렸다. 전화는 그웬이 받았다.

"바른 만남 결혼상담소의 미시즈 베인브리지입니다. 예, 있어요. 잠시만요."

그웬은 수화기를 아이리스에게 넘기며 입 모양으로 말했다. "마이크야."

"안녕, 나 스파크스야." 아이리스가 말했다.

"킨지 형사입니다. 알려드릴 게 있어서요."

"예, 형사님." 아이리스는 마이크의 정중한 말투에 어리둥절해했다.

"제보해주신 용의자에 관해 알아봤는데, 범인이 아니라는 결론이 나왔습니다."

"저런." 아이리스는 어깨가 처졌다. "어쩌다 그런 결론에 이르렀는지 설명해주실 수 있을까요?"

"유감이지만 그렇게는 안 되겠습니다. 알려드릴 게 하나 더 있는데요. 귀하와 귀하의 동업자 분께 더 이상 이 사건에 관여하지 말 것을 명확히 요청하는 바입니다. 사건을 조사하려는 시도는 어떤 것이든 진행 중인 경찰 수사에 대한 방해 행위로 간주될 것이며, 엄격한 처분을 받을 것입니다. 아시겠습니까, 미스 스파크스?"

"잘 알았어요, 형사님. 시간 내주셔서 고마워요. 그럼 이만."

아이리스는 전화를 끊었다.

"젠장. 경찰이 필처를 용의자 후보군에서 제외했어."

"어떡해. 왜 그랬대?" 그웬이 물었다.

"그건 마이크가 가르쳐주질 않아. 되게 퉁명스럽더라고. 나한테 정중하게 굴면서 말이야."

"통화하는 동안 옆에 누가 있었나 보지. 필처의 뒤를 캔 게 선을 넘은 짓이었는지도 모르고."

"어쩌면 그럴지도."

"우리 이제 어떡하지?"

"우린 더 이상 아무것도 하지 말라고 공식적으로 경고받은 신세야." 아이리스가 말했다.

"일단 논의 차원에서 우리가 그 경고를 무시했다고 가정해보자. 그다음엔 뭘 해야 하지?"

"마이크가 우리 처벌받을 수도 있다고 위협했단 말이야."

"어젯밤에 웬 남자가 잭나이프로 우릴 위협할 땐 너 한 발짝도 물러서지 않았잖아." 그웬의 말이었다.

"그 덕분에 너한테서 아주 톡톡히 야단을 맞았지. 그리고 잭나이프를 든 남자 한 명은 런던 경찰 전체보다 상대하기도 쉽고."

"지금 시점에서는 미스터 트로워를 위해 아무것도 안 하고 가만히 있느니, 차라리 처벌을 무릅쓰고 무죄 입증을 위해 뛰어다니는 게 훨씬 더 나아."

"그거야 분명한 사실이지. 좋아, 기왕 대담하게 나가기로 한 이상, 다음은 호랑이 굴에 들어가 호랑이를 잡을 차례야."

"아치의 창고로 찾아가겠다는 말이구나."

"그래."

"그럼 난… 아, 참. 난 약속이 있었지."

"깨면 안 되는 약속이야?"

"깨려면 먼저….”

그웬이 말끝을 흐렸다.

"왜 그래?" 아이리스가 물었다.

"만나기로 한 게 실은 내 정신과의사야."

"넌 우리가 일을 시작한 후로 오후에 사무실을 비운 적이 한 번도 없어. 그런데 오늘은 웬일이야? 그 사람이 무슨 일로 전화했는데?"

"의사가 전화한 게 아니야. 레이디 캐럴라인이었어. 정확히는 그 비서였지. 레이디 캐럴라인은 지저분한 일을 남한 테 맡기는 걸 좋아하니까."

"무슨 일인데?"

"《미러》에 실린 기사를 읽었거든. 그것 때문에 심사가 불편해진 거야. 레이디 캐럴라인은 내가 미스터 트로워의 누명을 벗기고 싶어 하는 건 마침 내 조증이 악화됐기 때문이라고 생각해. 어쨌거나 자기가 보기엔 그게 타당한 이유인 거겠지. 오늘 약속도 그래서 잡힌 거야."

"도대체 언제부터 시어머니가 며느리한테 강제 치료를 시키는 세상이 된 거지?"

"로니의 양육권이 시부모님한테 있어." 그웬은 무릎을 내려다보며 그렇게 말했다.

"뭐라고? 어떻게?"

"내가… 집을 비운 사이에 그렇게 됐어. 아니야, 말은 똑바로 해야지. 내가 자해를 못하도록 침대에 꽁꽁 묶여 있는 사이에, 뭔지 모를 약물이 든 주사를 맞고 꼼짝도 못하고 있는 사이에 그렇게 됐어. 시부모님은 법정까지 가서 베인브리지 기업의 유일한 상속자인 내 아들의 양육권을 손에 넣었고, 그 이후로 지금껏 다시 내놓지 않았어. 그러고는 툭하면 내 앞에 불붙은 고리를 세워놓고 나더러 뛰어서 통과해 보라고 하지."

"말만 들어도 끔찍하네! 그 얘기를 왜 이제야 하는 거야?"

"아이리스, 넌 전쟁 기간 동안 무슨 일을 하고 살았어?"

그웬이 날 선 목소리로 물었다. 표정은 아이리스가 움찔할 정도로 날카로웠다. "나 역시 내 삶의 특정한 부분은 너하고 공유하고 싶지 않아. 그 누구하고도."

"조언해줄 사람은 있어? 법적 대리인은?"

"난 아직 법원의 보호를 받는 처지야. 법원에서 후견인을 지정해줬는데, 아무래도 그 사람이 우리 시부모님의 꼭두각시 같아."

"우리 서 제프리한테 전화하자."

"**우리**는 아무것도 하면 안 돼. 이건 너랑 상관없는 일이니까."

"난 지금은 어차피 연애도 쉬는 중이야. 널 도와주는 것 정도는 일도 아니라고."

"이 문제에서 네가 나를 도와줄 방법은 아무것도 없어. 온전히 내 힘으로 헤쳐 나가야 해. 그래서 그 사건을 계속 조사하고 싶다는 거야. 우리가 옳았다는 걸 보여주는 게 나한테는 사적인 이해관계가 걸린 일이야. 내가 양육권 다툼에서 잃어버린 유리한 고지를 되찾을 수 있으니까."

"네 정신과의사는 진료실이 어디에 있어?"

"할리 스트리트."

"하긴, 당연히 고급 병원이 잔뜩 몰려 있는 거기겠지. 내 아파트에서 그렇게 멀진 않네. 면담이 끝나면 같이 사후 분석도 할 겸 들러도 괜찮아."

"난 사무실로 돌아올 생각이었어." 그웬이 말했다. "퇴근

전까지 일할 시간이 조금 있을 것 같아서. 아니면 창밖을 보면서 벽에 대고 소리라도 지르든가. 둘 다 집에선 못하는 거니까."

"그럴 거라곤 생각도 못했는데. 나 잠깐 산책 갔다 올 테니까 지금 심리 치료 삼아 소리 좀 지를래?"

"고마워. 하지만 오늘은 참을게. 나중에는 또 모르지만."

"이런." 아이리스는 손목시계를 흘깃 내려다봤다. "건달들하고 접선하려면 슬슬 출발해야겠는데."

"조심해. 만약 그 필처라는 남자가 같이 나오면 네가 돌아온 걸 보고 어떻게 반응할지 모르잖아."

"그 자식이 어떻게 나오는지 구경하는 것도 재미있겠는걸."

"그 사람이 이제 용의자가 아니라는데도?"

"범죄 수사부의 용의자가 아닌 것뿐이야. 나한테는 지금도 용의자라고. 네가 보기엔 그 자식, 어떤 것 같아? 어젯밤의 행동을 근거로 보면 말이야."

"칼날이 내 쪽으로 향하는 사태는 피해야겠다고 생각하느라 정신이 없어서 그 생각은 할 겨를도 없었어." 그웬의 말이었다.

"그럼 지금부터 생각해봐. 네 머릿속의 돋보기로 그자의 이마에 어떤 시나리오가 적혀 있는지 확대해서 보란 말이야. 밤새 궁리해보고 아침에 어떤 생각이 드는지 얘기해줘."

"시나리오였구나." 그웬은 생각에 잠긴 목소리로 중얼거렸다.

"뭐?"

"시나리오에 따른 연기였어. 우린 그 남자를 두 번 목격했는데, 그때마다 그 남자는 일종의 연기를 하고 있었어."

"하긴, 청소부가 아니란 건 들통났지."

"그래, 그리고 난 처음부터 그럴 거라고 직감했어… 내가 그 남자한테서 굉장히 좋은 냄새가 난다고 했던 거, 기억나? 그땐 별일 아닌 것처럼 보였지. 첫 면담에서 실제보다 더 나은 사람으로 보이고 싶어 하는 고객은 굉장히 많으니까."

"그거야 사람인 이상 당연하지."

"물론이야. 그런데 어젯밤에 흥미로웠던 건 그 남자가 너무 순순히 물러났다는 사실이야."

"순순히?" 아이리스가 성난 목소리로 물었다. "칼에 호루라기까지 동원했잖아!"

"그럼에도 불구하고 그건 연기였어. 그 남자는 자기 실제 모습보다 더 못되게 보이고 싶었던 거야."

"허풍을 떤 거라고? 다른 건달들 앞에서 센 척하려고?"

"남자들은 원래 무리 지어 있을 땐 개코원숭이처럼 과장된 행동을 하게 마련이야." 그웬의 말이 이어졌다. "하지만 이 미스터 필처라는 남자는 뭔가 감추고 싶은 게 따로 있어서 사나이 행세를 하는 것 같아."

"어쩌면 마음속에 시인이 사는지도 모르지." 문간에 나타난 샐리가 말했다.

"엿듣기는!" 아이리스가 소리쳤다. "언제부터 듣고 있었어?"

"한 1, 2분쯤." 샐리는 사무실로 들어서며 그렇게 말했다. "두 사람의 분석을 방해하고 싶지 않았거든. 듣자하니 내가 이 외로운 사무실에서 영감을 짜내는 동안 꽤 신나는 오후 시간을 보낸 것 같던데."

"꿋꿋이 살아서 돌아왔지. 극본은 잘돼가?"

"갈등이 더 많이 필요해. 혹시 나눠줄 갈등 없어?"

"상상도 못할 만큼 많아요." 그웬은 침울한 목소리로 말했다.

"어쨌든, 저는 좋은 소식을 갖고 돌아왔습니다." 샐리는 주머니에 손을 넣으며 말했다. "그보다 더 중요한 건, 제가 현금을 갖고 돌아왔다는 사실이지요."

샐리는 지폐와 주화 한 움큼을 꺼내어 의기양양하게 아이리스의 책상 위에 내려놓았다.

"40파운드에서 내 수수료는 제했어. 콘월 부부가 너무나 죄송한 한편으로 자신들을 위해 애써줘서 감사하다더군."

"아니요, 그랬을 리가 없어요." 그웬이 말했다.

"맞습니다, 그랬을 리가 없지요." 샐리가 맞장구쳤다. "그래도 돈은 다 지불했으니, 두 분께 보고할 때는 작업 과정에 분칠을 좀 해야겠다 싶어서요."

"그웬이 들으면 눈살을 찌푸릴 테니까, 사무실에 나만 있을 때 충격적인 부분까지 자세히 얘기해줘."

"가끔은 나도 충격적인 얘기가 좋을 때가 있어." 그웬이 말했다.

"그렇다고 하더라도, 샐리의 이야기는 미뤄뒀다가 나중에 술 한잔 제대로 곁들일 여유가 있을 때 듣기로 하자고." 아이리스는 그렇게 말하며 돈을 주섬주섬 챙겼다. "이 돈은 스타킹 사러 가기 전에 바로 예금해둘게."

"나도 같이 갈까?" 샐리가 물었다.

"내가 경호원을 달고 나타나면 굉장히 어색해 보일 거야." 아이리스는 그렇게 말하며 수첩에 뭔가 끼적거렸다. "내가 갈 곳의 주소야. 내가 5시 전까지 사무실로 전화하지 않으면 이리로 날 구하러 와."

"여기로 전화할 거라고?"

"그래, 이 사무실로. 부탁이야, 샐리, 사무실 하루만 더 봐주면 안 돼? 우리 발렛 타자기도 친구가 있으면 기뻐할 거야."

"전 반나절이 지나기 전에 돌아올 거니까, 오후 내내 계실 필요는 없어요." 그웬이 거들었다.

"뭐, 마침 극본도 한창 쓰는 중이니까." 샐리는 옆구리에 낀 닳아서 반들반들해진 가죽 가방을 툭툭 두드렸다. "유용한 시간이 되겠군요. 이 사무실은 조용한 곳이니까요."

"불행하게도 말이지." 아이리스의 말이었다.

밀퍼드 박사의 진료실에 딸린 대기실은 진료실과 마찬가지로 두툼한 카펫이 깔려 있었다. 그웬은 그 카펫에 방음 기능이 있을 거라고 추측했다. 그 카펫과 더불어 이중문이 달린 진료실 출입구 덕분에 진료실 안에서 악을 쓰고 울고 욕을 지껄여도 바깥에서는 전혀 들리지 않았다. 출입구를 통해 오가는 환자들은 바깥에서 기다리는 이들과 눈을 마주치는 일이 거의 없었다. 몸에 밴 예절 탓에 '날씨가 좋군요' 같은 인사를 중얼거리는 경우를 제외하면 대화를 나누는 일은 아예 없었다.

그웬은 이 시간대에는 대기실에 남자가 더 많다는 것을 알아차렸다. 젊은 남자들이었는데 허리를 꼿꼿이 펴고 똑바로 앉아 허공을 바라볼 뿐, 가죽 소파의 한쪽 끝에 있는 진열대에서 잡지를 집어다 읽을 생각은 아예 하지도 않았다. 그웬은 오래돼 손때가 잔뜩 묻은 《일러스트레이티드 런던 뉴스》를 집어 들었다. 1942년에 발간된 창간 100주년 기념호였고, 엘리자베스 공주의 멋진 흑백 사진이 전면 페이지로 실려 있었다. 전쟁 중에 구급차 운전사로 활약한 공주는 군복 차림에 머리에는 군용 모자를 멋지게 기울여 쓴 모습이었고, 구불구불한 머리카락은 바람에 살짝 날리고 있었다. 두 페이지에 걸쳐 펼침 면으로 실린 왕족 일가의 컬러 사진은 '가정에서 보내는 한때'라는 제목이 붙어 있었는데, 마치 왕가 사람이 집에 있는 것이 일반 서민의 삶과 다를 바 없다는 것처럼 보였다. 왕비와 두 공주는 모두 같은 연청색

투피스 슈트를 입은 반면에 왕은 당연히 군복 차림이었다. 하지만 그웬의 시선은 자꾸만 앞서 본 흑백 사진으로, 즉 왕위 계승자인 엘리자베스 공주에게로 돌아갔다. 그 사진을 한참 동안 보면서 그웬은 어색하다는 느낌이 들었다.

그웬은 로니가 죽기 전에 이미 런던을 떠나 전쟁 기간의 대부분을 보냈다. 그들은 도시를 벗어나 베인브리지 가문이 군수 공장 두 곳을 소유한 볼턴 남부의 전원 저택에서 지냈다. 볼턴은 대공습을 거의 매번 피해갔다. 눈먼 폭탄 한 개가 역 근처 식당에 떨어져 두 명이 죽었지만, 그것만 제외하면 평화로운 나날이었다. 어찌나 평화롭던지 아침에 눈을 뜨면 새소리와 멀리서 음매 하는 소 울음소리만 들려와서 그야말로 초현실적인 느낌이 들 정도였다. 사랑하는 남자가 목숨을 걸고 북아프리카와 이탈리아에서 싸우고 있다는 것을 알았기 때문에 더더욱 그랬다.

저택에는 런던에서 대피시킨 아이들이 함께 살았다. 나중에는 맨체스터와 리버풀에서도 아이들을 데려왔다. 저택의 무도회장에 임시 학교가 열렸고, 그웬이 아이들에게 읽기와 쓰기와 산수를 가르치는 동안 어린 아들 로니는 아직 수업을 들을 나이가 안 된 다른 아이들과 함께 닭을 쫓아다니고 말을 보며 감탄하는 등, 신이 나서 소리를 지르며 뛰어 놀았다.

그웬은 아들이 자기 아빠를 얼마나 기억할지 궁금했다. 얼굴을 볼 기회는 너무나 적었지만, 그 대신 몇 주씩 걸려서 도착한 귀중한 편지들이 있었다. 별 정보를 담지 않고 수다로 이루어진 설명은 아내와 아들에게 즐거움을, 검열 담당자들에게는 안도감을 주려고 의도한 것이었다. **낙타를 타고 가는 베두인족을 봤어!《보이스 오운》잡지에서 본 것하고 똑같았는데, 한 가지 다른 점은 낙타는 성질이 고약해서 사람이 만지면 싫어한다는 거야. 내가 힘들게 배운 교훈이지.**

어린 로니는 요즘도 그웬에게 그 편지를 읽어달라고 거듭 부탁했고, 그럴 때면 그웬의 침대 옆에 놓인 아빠 사진을 바라보며 그웬의 목소리에 가만히 귀를 기울였다.

그럴 때 로니는 아빠의 목소리를 들었을까? 아니면 편지 속의 목소리는 시간이 흐르며 그웬의 목소리로 바뀌었을까?

재생해서 들려줄 녹음 자료가 있으면 얼마나 좋을까 하는 생각이 들었다. 로니의 친구인 아마추어 영화 애호가가 결혼식 때 찍어준 짤막한 영상이 있었지만 소리는 나오지 않았고, 하도 여러 번 영사해서 화질도 좋지 않았다.

예약한 시간이 되자 밀퍼드 박사의 비서인 리타가 그웬을 진료실로 안내했다. 박사는 책상 앞에 앉아 진료 기록을 들여다보다가 고개를 들고 그웬에게 앉으라고 손짓했다.

"오늘은 좀 어떠신가요, 미시즈 베인브리지?" 박사가 물었다.

"좋아요. 감사합니다."

"먼저 몇 가지만 확인하고 상담을 시작하지요." 박사는 책상을 떠나 그웬 쪽으로 다가왔다. 그웬의 맥박과 혈압을 측정한 밀퍼드 박사는 수치를 기록한 다음, 그웬 맞은편의 의자에 앉았다.

"식욕은 괜찮으신가요?"

"예."

"다른 활동도 다 이상 없이 하고 계십니까?"

"예."

"예전의 조증 상태는요? 특이하게 피곤한 경우는 없습니까?"

"저는 아침부터 저녁까지 일하는 한편으로 여섯 살 남자애를 키우고 있어요. 그러니까 당연히 피곤하지만, 특이하다고 할 만한 경우는 없네요."

"어머니들은 다른 누구보다도 더 기운이 넘치게 마련이지요."

"꼭 그렇진 않아요. 누구보다도 더 기운이 필요할 뿐이에요."

그 말에 밀퍼드 박사는 빙그레 웃고는, 질문을 계속했다.

"특이한 꿈을 꾸신 적이 있나요?"

드디어 시작이구나. 그웬은 속으로 생각했다.

"꿈에 로니가 다시 나온 적이 한 번 있어요."

"딱 한 번인가요? 지난번 상담 이후로 한 번뿐이었습니까?"

"예."

"그 꿈 이야기를 해주시지요."

꿈에 관해 이야기하는 동안 그웬의 목소리에는 점차 어쩔 줄 몰라 하는 기색이 배어났다.

"언제 꾸신 꿈인가요?"

"지난 일요일 밤에요. 더 정확히는 월요일 새벽이었어요. 그게 이상한 점이에요."

"왜 이상한가요?"

"경고 같다는 느낌이 들었거든요. 무슨 전조처럼요. 물론 말도 안 되는 소리인 건 저도 알지만, 그래도…."

그웬은 말끝을 흐렸다.

"그래도, 뭔가요?" 박사가 그웬에게 재촉하듯 물었다.

"출근해보니 저희 고객 한 명이 전날 밤에 살해됐지 뭐예요."

"이제 무슨 말씀인지 알겠군요. 그 전날에 꾼 꿈과 살인 사건이 연관됐다는 느낌을 받으셨나요?"

"우연치고는 기묘해서요."

"꼭 그렇다고 볼 수는 없습니다. 한 가지 여쭤보자면… 그 가엾은 여자 분을 처음으로 만난 게 언젠가요?"

"잠깐 생각 좀 해보고요. 그 전주 월요일이었어요. 그 여자 분하고 면담하고 나서 신랑감 후보군을 살펴봤고, 적당해 보이는 사람을 찾아서 서로에게 소개해줬어요."

"보통 그런 식으로 일하시나 보군요?"

"예."

"그 여자 분과 관련된 것들 중에 혹시 부인의 마음이 불편해질 만한 건 없었나요?"

"그게… 실은, 저랑 제 동업자 둘 다 그 여자 분한테 어딘가 석연찮은 구석이 있다고 생각했어요. 그 생각을 계속 품고 있긴 했지만 뭔가 들었을 때는 이미 살해당한 후였어요."

"그리고 지금은, 부인 시어머님의 말씀에 따르면, 그 사건을 직접 조사하기로 마음먹으셨군요."

"맞아요." 그웬은 마지못해 인정했다. "그래서 예정보다 일찍 전화하신 거예요."

"아, 시어머님께서 부인 때문에 전화하신 적은 지금까지 여러 번 있었습니다." 밀퍼드 박사가 쿡쿡 웃었다. "제가 그때마다 번번이 상담 약속을 잡았다면 부인은 이곳에 매일같이 오셨을 겁니다. 또는, 아예 그분 방식대로 했다면, 악명 높은 베들램 정신병원을 다시 열어서 부인의 전용 병동을 만들어놓고 구속복을 입도록 했겠지요. 레이디 캐럴라인이 계속 전화를 한다면 아마 제가 들어갈 병동도 하나 필요해질 것 같군요."

"전 그런 줄도 몰랐지 뭐예요." 그웬의 뺨이 붉어졌다.

"그걸 알고 나니 기분이 어떠신가요?" 박사는 그렇게 묻고는 그웬을 유심히 관찰했다.

"화가 나요. 솔직히 머리끝까지 분노가 솟구쳐요."

"그 화를 어떻게 하고 싶으신가요?"

"저는…." 그웬은 그렇게 대답을 시작했다.

그러다가 스스로를 꽉 다잡았다.

"말씀하세요." 밀퍼드 박사가 재촉했다.

"문제는, 지금 이 문제에서 박사님이 누구 편인지 제가 알지 못한다는 거예요." 그웬의 대답이었다.

"제가 부인의 시가 쪽 분들께 의뢰를 받았고, 앞으로도 그쪽에서 보수를 받기 때문이겠지요."

"예."

"저를 믿지 않으시는군요."

"죄송해요."

"아뇨, 괜찮습니다. 이해하고도 남습니다. 제가 부인과 같은 처지였다면 저도 그랬을 테니까요. 실은 단순히 이해하는 정도가 아닙니다. 자기 보호라는 관점에서 보면 영리한 선택이니까요."

"그럼 지금부터 저하고 뭘 하실 건가요?"

"아주 좋은 질문입니다. 이제 부인께 제가 어떻게 살아왔는지 얘기해드릴 때가 된 것 같군요."

"이야기가 많이 길어질까요? 아무래도 살아오신 세월이 저보다 훨씬 더 길잖아요."

"이런, 아픈 곳을 깊숙이 찌르시는군요." 밀퍼드 박사는 짐짓 상처를 받은 듯 과장된 신음 소리를 냈다. "중요한 것만 요약해서 들려드릴 겁니다. 다 듣고 나서 저와 상담을 계속할지 말지 결정하시면 됩니다."

"좋아요. 얘기해주세요."

"수련의 시절에 제 전공은 외과였습니다. 사실, 실력이 아주 훌륭했지요. 첫 번째 세계대전이 일어났을 때, 저는 전쟁이 발발하기가 무섭게 군대에 자원했습니다. 그 후 4년 동안 여러 곳의 야전병원에서 근무했는데, 전선에 너무 가깝다 보니 가끔 집중포화가 벌어지면 포탄이 내리꽂힐 때도 있었습니다. 묘하게 역한 독가스 냄새는 말할 것도 없고요."

"정말 끔찍했겠네요." 그웬은 몸서리가 났다.

"그럼요, 그랬지요. 야전병원에서는, 그때 말로는 '포탄 쇼크'라고 했고 지금은 '전쟁 신경증'이라고 하는 증세를 띤 군인이 점점 더 많이 눈에 띄었습니다. 당시에는 그 군인들을 되도록 빨리 치료해서 전선으로 복귀시키는 게 일반적인 치료법이었지요. 정신의학이라면 철저히 문외한이었던 군 수뇌부는 그 불쌍한 병사들을 전투 의무에서 벗어나려고 질질 짜는 못난이들 정도로 여겼습니다. 몇 명은 아예 총살에 처해서 나머지 병사들에게 본보기로 삼았고요."

"어떻게 그런 끔찍한 일이."

"저는 힘닿는 데까지 항의했지만, 사람들은 호응해주지 않더군요." 밀퍼드 박사의 이야기가 이어졌다. "전쟁이 끝난 후에 사람들이 그 문제를 들여다봤는데도 일반의 상식은 크게 변하질 않았습니다. 1922년에 육군부가 포탄 쇼크에 관해 발표한 보고서는 본질적으로 군 수뇌부의 견해를 반복한 겁니다. 그때 저는 솔직히 화가 뻗쳐서 어쩔 줄을 몰랐습니다만, 외과의였기 때문에 별 영향력이 없었습니다.

그래서 의대로 다시 돌아가 정신과의가 된 겁니다. 수술칼을 안 잡은 지가 벌써 20년은 됐습니다."

"세상에."

"저는 진료 시간 대부분을 민간의 삶에 적응하려고 몸부림치는 전역 군인들과 함께 보냈습니다. 흔히 '1000야드 시선'이라고 하는, 정신적으로 탈진한 탓에 멍하니 먼 곳을 보는 공허한 시선을 정말이지 얼마나 많이 봤는지 모릅니다. 그랬는데 두 번째 세계대전이 터졌고, 똑같은 일이 또다시 반복됐습니다. 하지만 저희 의사들 가운데 적어도 몇몇은 병사들만 그 증상으로 괴로워한 것이 아니라는 사실을 깨달았습니다. 가혹하고 갑작스러운 정신적 외상을 겪은 사람은 누구나 그럴 가능성이 있는 겁니다."

"남편을 여의는 것처럼요." 그웬이 가냘픈 목소리로 말했다.

"남편을 여의는 것처럼요." 박사도 동의했다. "사랑이 깊을수록 상실도 더욱 비극적이지요."

"맞아요."

"미시즈 베인브리지, 부군을 무척 사랑하셨지요."

"그랬어요. 지금도 그래요."

"할 수만 있으면 부군을 구하셨을 겁니다."

"그럼요. 하지만 그럴 수가 없었어요."

"그 트로워라는 청년을 구하는 일에 그토록 열중하는 이유가 그건가요?"

질문하는 밀퍼드 박사의 목소리는 부드러웠지만, 그웬은 뺨이라도 맞은 사람처럼 고개를 홱 쳐들었다.

"제가 그 이유 때문에 이런다고 생각하세요?"

"그런가요?" 박사가 되물었다.

"그 사람이 결백한 건 중요하지 않다는 말씀이세요?"

"결백하다면 중요하겠지요. 하지만 결백한 사람으로 보이지는 않던데요."

"신문 기사를 토대로 그렇게 추측하셨겠죠."

"맞습니다." 박사는 선선히 인정했다. "그런데 부인께선 혹시 기자들이 모르는 정보를 알고 계신가요?"

"전 트로워라는 사람 자체를 직접 알아요. 게다가 정황상…."

"예컨대 어떤 정황 말씀인가요?"

그웬은 밀퍼드 박사를 바라봤다.

"이 얘기는 바깥으로 새어나가면 안 돼요. 제 시어머니께 알려져도 안 되고요."

"그건 제가 의사로서 지켜야 할 의무입니다. 자, 그럼 지금 하시는 일이 헛수고가 아니라는 걸 제게 납득시켜 주시지요."

"알겠어요."

그웬은 앞서 며칠간의 일들을 밀퍼드 박사에게 간략히 들려줬다. 설명이 막바지에 이르자 박사는 의자 앞쪽으로 몸을 숙인 채 열심히 들었다. 설명이 다 끝나자 그웬은 기대감을 안고 박사를 바라봤다.

"어떤가요?" 그웬이 물었다.

"전적으로 추측과 추론이군요." 박사는 자기 견해를 밝히고는, 한쪽 손을 들어 그웬이 벌컥 화를 내지 못하도록 막았다. "하지만 타당성이 없는 건 아닙니다."

"그럼 그 전조는요?"

"그 꿈이 정말로 예지몽의 성격을 띠었다면, 그 가엾은 여성이 변을 당하기 전에 미리 찾아와 경고했어야 하지 않을까요?"

"그 생각을 진작 했어야 하는데. 박사님이 그렇게 말씀하시니까 더없이 분명하게 와닿네요. 그럼 그 꿈은 뭘 의미할까요?"

"예지몽은 보통 정체를 감춘 불안입니다. 부인의 두뇌는 잠재의식의 보관소 어딘가에서 미스 라살과 기만적인 청소부의 방문을 분석하고 뭔가 잘못됐다는 결론에 이르렀습니다. 그래서 부인께 악몽이라는 수단을 통해 뭔가 잘못됐다는 메시지를 전한 겁니다."

"제 잠재의식이 그렇게까지 하는 것보다 그냥 메모를 쓸 줄 알면 좋겠네요." 그웬의 목소리는 쓸쓸한 느낌이 났다. "메모지는 공기 수송관으로 보내주든가, 아니면 날개 달린 큐피드를 통해 전해주든가 하고요."

"그러면 훨씬 더 편리하겠지요. 그래도 긍정적인 건 부인께서는 악몽을 꾸는 빈도가 훨씬 더 낮아졌습니다."

"정말요? 저는 그런 줄도 몰랐는데."

"하지만 저는 눈치챘습니다, 미시즈 베인브리지. 저는 부인께서 악몽을 꾸는 경우를 주시해왔는데, 분명 줄어드는 중입니다. 그것도 진전이라고 할 수 있습니다."

"그럼 박사님께선 제가 미스 라살의 죽음을 조사하려는 걸 이상하게 보지 않으시는군요?"

"예, 바로 그겁니다. 저는 미스터 트로워가 무죄인지 유죄인지에 대해서는 전혀 관심이 없습니다. 그보다는, 뭐랄까요, 일반적으로 선의의 욕심이라고 하는 관점에서 정의가 실현되는 걸 보고 싶을 뿐입니다. 그로 인해 어떤 결과가 수반되든 간에 말입니다. 제 관심사는 부인께서 하시는 일이 사리에 맞는지 안 맞는지 따지는 것뿐입니다."

"그래서 따져보신 결과는요?"

"미시즈 베인브리지, 제가 보기에 이러한 행동은 어떠한 질병의 증상도 아닙니다. 시어머님께도 확실히 말씀드리겠습니다."

"그럼 제 정신은 멀쩡하군요."

"설마, 그럴 리가요." 박사는 빙그레 웃으며 말했다.

그 말에 그웬은 실제로 소리 내어 웃고 말았고, 그 덕분에 속이 후련해졌다.

11

아이리스는 지하철을 타고 와핑역까지 가서 와핑 하이 스트리트로 나왔다. 그러고는 잰걸음으로 멀스 퍼브를 지나 건너편 보도를 따라서 계속 걷다가, 가닛 스트리트의 급커브를 돌아 와핑 월 스트리트로 향했다.

그 일대는 보도에 자갈이 깔려 있고 거리 양편에 창고가 늘어서 있었다. 위쪽으로 높다랗게 놓인 구름다리는 거리를 위쪽으로 가로질러 부두와 건물을 연결했다.

독일군이 조선소를 집중적으로 공습했는데도, 그 구역은 대공습의 영향을 거의 받지 않았다. 소이탄이 떨어져 큰 피해를 입은 한 곳을 빼면 창고 건물들은 모두 육중한 회색 벽을 두르고 우뚝 서 있었고, 한창 일할 시간인데도 그리 많이 바빠 보이지 않았다. 하역 작업으로 활기를 띠기에는 부두에 들어오는 배의 숫자가 그리 많은 편이 아니었다.

몬자 스트리트를 지나 왼쪽으로 세 번째 창고는 5층짜리 건물이었고, 칙칙한 색깔의 벽돌은 두껍게 쌓인 그을음과 먼지 탓에 원래 색을 잃어버린 지 오래였다. 창고는 트럭에 짐을 싣는 하역장이 한 곳 있었고 그 오른쪽에 사무실이라고 적힌 나무 문이 보였지만, 문을 당겨보니 잠겨 있었다. 아이리스는 벨을 누르고 기다렸다. 잠시 후, 문이 빠끔히 열리더니 거칠어 보이는 인상에 수염이 제멋대로 자란 남자가 고개를 내밀고 아이리스를 미심쩍다는 듯이 쳐다봤다.

"무슨 일이야?" 남자가 물었다.

"아치가 들르라고 했어요." 아이리스가 대답했다.

"지금? 나한텐 아무 얘기도 안 했는데."

"메리가 왔다고 전해요. 어젯밤의 그 메리요."

"어젯밤의 메리라, 이거지?" 남자는 음흉하게 웃으며 따라했다. "그것만으로 아치가 기억해낼까?"

"기억할 거예요. 난 기억에 오래 남는 편이니까."

"밖에서 기다려. 네 말이 맞는지 확인하고 올게."

남자는 문을 닫았다. 자물쇠를 채우는 소리가 났다.

몇 분 후, 문이 다시 열리고 남자가 안으로 들어오라는 손짓을 했다.

"빨리 움직여." 남자는 거리 양쪽을 번갈아 살피며 말했다.

아이리스가 안으로 냉큼 들어서자 남자는 문을 닫고 자물쇠를 잠갔다.

"가방." 남자가 손을 내밀었다.

아이리스는 순순히 핸드백을 건넸다. 남자는 가방 안을 뒤지다가 잭나이프를 꺼냈다.

"이건 뭐 하러 갖고 다녀?"

아이리스는 대수롭잖다는 듯이 어깨를 으쓱했다.

"당신은 애인이 이 동네에서 무기도 없이 돌아다니게 놔둘 거예요?"

"내 애인은 이 동네에서 돌아다닐 정도로 바보 같진 않아." 남자는 칼을 챙기고 핸드백만 아이리스에게 돌려줬다. "이 안에선 안전해. 이건 갈 때 돌려줄게."

"장난칠 생각은 하지 마요. 칼날이 날카로우니까."

"그래, 그쯤은 내 눈에도 보이지만, 어쨌든 고마워. 이쪽이야."

남자가 아이리스를 데리고 통로를 지나가는 동안 드러난 건물 내부는 틀림없는 창고였다. 시야 끝까지 줄지어 늘어선 철제 선반마다 목제 팰릿이 있고 그 위에 나무 상자가 놓여 있었다. 남자가 선반들 사이의 통로를 따라 아이리스를 안내하다가 통로 교차점 앞에 멈춰 서자 지게차 한 대가 앞을 지나갔다. 지게차 운전사는 사람이 있는 것을 알아보고 교차점을 지나는 동안 태평하게 경례를 붙였다. 두 사람은 통로 끄트머리에 있는 철문 앞에 도착했다. 남자가 철문을 세 번 두드리더니, 뒤이어 네 번 더 두드렸다. 문이 열렸다.

"왔군." 아치가 헤벌쭉 웃으며 말했다. "들어와, 우리 예쁜이. 약속을 정말로 지킬 줄은 몰랐는데."

"신사를 실망시킬 순 없으니까요." 아이리스는 아치가 잡아준 문 사이로 들어서며 말했다.

"내가 그 부류에 정확히 포함되는지는 잘 모르겠군. 그래도 신사입네 하는 사람들을 꽤 많이 만나보긴 했는데, 내 경험상 그런 인간들은 보통 자기네가 내세우는 기준에 못 미치더군."

"말도 마요. 내 엉덩이에 손을 댄 귀족 나리들한테서 동전 한 닢씩만 받았어도, 난 벌써 은퇴해서 편히 살고 있을 거예요."

"음, 그래도 꽤 탐나는 표적이라는 점은 인정해야겠는걸."

"안 돼요, 안 돼." 아이리스는 집게손가락을 펴서 아치를 향해 흔들었다. "여성한테 그런 말버릇은 금물이라고요."

"여긴 내 앞마당이야, 아가씨. 누구한테 어떤 말버릇을 사용하든 내 마음이라고."

창고 건물의 그쪽 구역은 아치와 그의 부하들을 위한 클럽으로 개조돼 있었고, 패거리 가운데 여럿이 그 공간에 드문드문 흩어져 있었다. 구석에서 카드놀이를 하는 무리가 있는가 하면 머릿수가 더 많은 다른 무리는 당구대를 둘러싸고 모여서 공 한 개를 칠 때마다 돈을 걸며 왁자하게 떠들어댔다. 안쪽 맞은편 벽에는 바가 있었는데 그곳을 지키는 여성 바텐더는 아이리스를 슥 훑어보기만 하고 다시 술을 따르는 일로 돌아갔다. 아이리스는 이곳에 여성이 자신 말고는 그 바텐더뿐인 것을 알아차렸다.

방금 들어온 등 뒤의 문을 제외하면, 이곳에서 나가는 문은 바 끄트머리의 구석에 있는 뒷문뿐이었다. 아이리스는 머릿속으로 이 일대의 지도를 재빨리 살펴봤다. 저 문은 분명 창고 뒤편으로 이어질 텐데 그 말은 곧 뒷골목이나 그 비슷한 곳으로 나가게 된다는 뜻이었다. 이 창고가 섀드웰 부두 위쪽으로 튀어나와 있지는 않을까? 아이리스가 보기에 그럴 것 같지는 않았다. 나갔다가 물에 빠질 일은 없었다. 그럴 위험이 없는 것은 다행이었지만, 그래도 안에 갇히다시피 한 이 클럽의 구조는 마음에 들지 않았다.

"어이, 너희들, 메리 기억나지?" 아치가 소리쳤다. "메리 말이야, 애석하게 고인이 된 틸리 라샬의 친구."

아이리스는 손을 흔들었고, 하던 일에 너무 깊이 몰두하지 않은 남자들은 고개를 끄덕여 인사했다. 몇몇은 드러내놓고 음흉한 시선으로 아이리스를 훑어봤다.

"이름은 메리고, 성은요?" 남자들 중 한 명이 크게 외쳤다.

"흠, 그러고 보니 나도 그걸 아직 모르는군." 아치가 아이리스 쪽을 돌아봤다. "이름은 메리고, 성은?"

"맥테이그요. 정식 이름은 메리 엘리자베스 맥테이그예요."

"그 말을 사실로 뒷받침할 증거 같은 건 안 갖고 있겠지?"

"증거요? 그런 게 왜 필요한데요?"

"왜냐면 나도 이 장사를 하루 이틀 한 게 아니라서 그래,

예쁜 아가씨."

"알았어요." 아이리스는 핸드백에 손을 넣으며 말했다. "경찰한테 통하는 증거라면 당신한테도 통하겠죠."

아이리스가 건넨 국민 등록증은 메리 엘리자베스 맥테이그 명의로 정식 발급된 것으로서, 전쟁 중에 임무를 수행하기 위해 만든 물건이었다. 그 과거의 기념품 또한 전역할 당시에 반납해야 했지만 아이리스는 혹시 모를 비상시에 대비해 계속 갖고 있었고, 준장 역시 반납하라는 명령을 내리지 않았다.

아이리스는 혹시 일부러 눈감아준 것이 아닌지 궁금했다. 준장은 그러고도 남을 사람이었다.

아치는 그 신분증을 대강 훑어보고 다시 돌려줬다.

"미스 메리 엘리자베스 맥테이그, 오늘은 뭘 도와드릴까?" 아치가 물었다.

"스타킹을 사러 왔는데요."

"얼마나 필요한데?"

"필요한 거야 다리 한 짝에 한 짝씩이죠. 하지만 몇 켤레나 살지는 가격이 얼마냐에 달렸어요."

"우리가 받는 가격은 한 켤레에 4파운드인데…."

"이런 젠장할!" 아이리스가 외쳤다. 진심에서 우러난 말이었다.

"하지만." 아치는 진정하라는 듯이 한 손을 앞으로 내밀며 말했다. "친구들한테는 할인해줘. 그리고 내가 보기엔 너도 우리 친구로 쳐도 될 것 같아."

"얼마나 깎아줄 건데요?" 아이리스는 대뜸 물었다.

"그야 네가 얼마나 친근하게 구느냐에 달렸지."

아치는 바 뒤편으로 들어가더니 아래쪽에서 기다랗고 폭이 좁은 골판지 상자를 꺼내어 열었다.

"와서 물건을 확인해봐."

아이리스가 그쪽으로 걸어갔다. 아치는 나일론 스타킹 한 켤레를 꺼내어 아이리스의 양손 위에 걸쳐놓았다.

"이건 진짜 고급품이야." 아치가 말했다.

"와, 멋지네요." 아이리스는 스타킹을 전등 불빛에 비춰봤다.

"한번 신어봐."

"그래요. 이 안에 여자 화장실이 있나요? 아니면 그냥 바 뒤에서 신어도 돼요?"

"아까도 말했지만 할인은 우리 친구들한테만 해주는 거야." 아치의 말이었다. "여기 있는 우리는 모두 다 친구야, 안 그래?"

"그렇죠." 아이리스는 미심쩍은 표정으로 주위를 둘러봤다. 실내의 다른 남자들은 노름이나 술 마시기를 잠시 멈추고는, 대놓고 흥미로워하는 표정으로 두 사람의 거래를 지켜보는 중이었다. 아이리스는 자신이 구경거리가 된 것을 퍼뜩 깨달았다.

"자, 어차피 다 친구들이니까, 우리가 보는 데서 한번 신어봐." 아치가 말했다.

"예? 여기서요?" 아이리스가 외쳤다. "사람이 이렇게 많은데요?"

"그게 조건이야. 값을 얼마나 깎아줄지는 네가 저 녀석들한테서 얼마나 호응을 많이 받느냐에 달렸어."

"난 댄스홀에서 일하는 여자가 아니에요." 아이리스는 성난 목소리로 말했다. "내가 저 사람들 앞에서 무슨 쇼를 할 줄 알았다면…"

"아니, 내가 보기엔 할 것 같아, 예쁜 아가씨." 아치는 그렇게 말하고는 빙그레 웃었다. 다만 이번 웃음은 속에 날카로운 이가 감춰져 있었다.

그래. 피할 방법이 없으면 하는 수밖에. 그냥 그걸로 끝날지도 모르잖아. 아이리스는 속으로 생각했다. 사건을 수사하는데 수모를 좀 당하는 게 뭐 대순가?

"스타킹을 고정할 게 없는데요." 아이리스가 말했다.

아치는 상자 속에서 가터 한 쌍을 꺼냈다.

"이거면 되겠지." 아치는 그렇게 말하고는 가터를 아이리스에게 던져줬다.

"예, 멋지네요."

주위의 남자들이 하나둘 휘파람을 부는 동안 아이리스는 눈을 내리깔고 있었다. 그 상태로 구두로 손을 뻗어 버클을 끄른 다음, 벗은 구두를 바 위에 올려놓았다. 스타킹 한 짝을 집어 든 아이리스는 주둥이 부분의 테두리를 잡고 둘둘 말아 올리기 시작했다.

"그만하면 됐어." 뒤쪽에서 웬 남자가 말했다.

"뭐라고?" 아치가 물었다.

"그만하면 됐다고 했어요, 아치." 같은 목소리가 다시 들렸다.

로저 필처가 카드를 치던 한쪽 구석 자리에서 일어나 바쪽으로 걸어왔다. 아이리스는 이곳에 들어설 때 필처를 보지 못했다. 분명 문을 등지고 앉았기 때문이었다.

솜씨가 괜찮은데. 아이리스는 속으로 중얼거렸다.

"뭐 하는 거냐, 로저?" 아치가 물었다.

"이 아가씨는 건드리지 마요. 접근 금지 대상이니까."

"네 마음대로?"

"예, 내 마음대로."

도대체 뭐가 어떻게 돼가는 거야? 아이리스는 생각했다.

"내 손에 먼지 나게 얻어터지기 전에 이유를 설명해봐." 아치가 말했다.

"이 아가씨가 한 말 중에 사실이 아닌 게 있어요."

젠장. 아이리스는 속으로 중얼거렸다. 죽어라 뛸 준비나 해두자, 아이리스.

아이리스는 태연한 표정으로 구두를 다시 신었다.

"이 여자가 우리한테 뭘 감췄는데?" 아치가 물었다.

"개인적인 문제라서요." 로저의 말이었다. "여기서는 얘기 안 하는 게 낫겠어요."

"이 건으로 할 얘기가 있다면 우리 모두 듣는 데서 해. 이빨이 아직 다 온전히 붙어 있는 동안 말하는 게 좋을 거다."

"제가 틸리하고 헤어졌을 때 기억나세요?"

"잊어버릴 만큼 오래된 일도 아니지. 그게 뭐?"

"사실 이 얘기는 이때껏 안 했는데, 제가 잠깐 한눈을 팔았다가 틸리한테 들켰어요. 그래서 헤어졌던 거예요."

"그렇게 된 사정이었다니, 틸리가 널 잡아서 포를 떠버리지 않은 게 신기하군. 그래서 그게 지금 무슨 상관… 옳지, 이제 알았다."

"맞아요. 잠깐 한눈을 판 상대가 여기 있는 메리예요."

난데없이 구명줄이 날아왔군. 아이리스는 놀란 와중에 속으로 생각했다. 꽉 붙잡아!

아이리스는 로저 앞으로 걸어갔다. 표정이 분노로 일그러져 있었다.

"아무한테도 얘기 안 하기로 했잖아!" 아이리스가 외쳤다.

"너야말로 내가 일하는 곳까지 찾아와서 나랑 마주칠 건 없잖아!" 필처도 악을 쓰며 상대했다. "멀스 퍼브에 얼굴을 내민 것만 해도 괘씸한데, 여기까지 찾아와? 여기는 절대 오지 말라고 했지! 약속은 지켜야 할 거 아냐!"

"그게, 네 말이 사실인지 확인해보고 싶어서 그랬어." 아이리스는 내뱉듯이 말했다. "네가 네 말처럼 거물인지 궁금했어. 아침부터 밤까지 아치랑 다른 사람들이랑 같이 일하는지 알고 싶어서. 진짠지 궁금해서 그랬다고!"

"주위를 한번 둘러봐, 아가씨. 뭐가 보여? 내가 거짓말쟁이야?"

아이리스는 돌아서서 아치를 마주 봤다. 어리둥절한 동시에 화가 났던 표정이 이미 즐거워하는 표정으로 바뀌어 있었다.

"당신. 보아하니 당신이 여기 대장인가 본데." 아이리스의 말투는 으르렁대듯 험상궂었다. "말해봐요. 로저가 여태 당신하고 같이 일만 했어요? 아니면 어디 딴 데 숨겨놓은 여자가 있는 거 아니에요?"

"맙소사, 내가 저녁마다 식탁에서 우리 엄마 아빠한테 듣는 얘기하고 똑같잖아." 당구대 옆의 남자들 중 한 명이 말했다.

"미스 맥테이그." 아치가 입을 열었다. "난 이 사랑싸움에서 중재자가 되고 싶은 마음은 눈곱만큼도 없지만, 저 녀석이 보통 어디서 뭘 하는지에 관해 묻는다면, 내 밑에서 일한다고 대답해두지. 그것도 한 1년 전부터 그랬어."

"그럼 밤에는요?"

"우리 사업 중에 제일 짭짤한 몇 가지 거래는 밤에 이뤄져. 잘 알겠지만, 스타킹이 나무에서 자라진 않거든."

"이제 속이 시원해?" 로저가 물었다.

"뭐, 대장이 그렇다고 하니까, 그런가 보다 해야겠지."

"어젯밤에 너희 둘의 행동거지를 봤을 땐 이럴 줄은 까맣게 몰랐는데." 아치의 말이었다. "너희, 연기 실력이 수준급이구나."

"나중에 바깥에서 싸우는 걸 못 들어서 그래요." 아이리스가 대꾸했다. "아마 죽은 사람도 시끄러워서 벌떡 일어났을걸요."

"칼까지 꺼내 들었잖아." 로저가 씩 웃으며 말했다.

"그랬지."

"그래, 진정한 사랑이나 뭐 그런 주제는 나도 좋아하는 편이야. 그래서 스타킹은 어떻게…."

"그래도 한 켤레 살 거예요."

"그건 내가 사줄게." 로저가 나섰다.

"아니. 돈으로 얼렁뚱땅 무마할 생각 마, 로저 필처. 내 건 내가 사. 얼마예요, 아치? 혹시 아직도 내가 당신 부하들 앞에서 쇼 하는 걸 봐야겠어요?"

"아, 쇼는 벌써 볼 만큼 봤어." 아치는 껄껄 웃었다. "값은 2파운드 6실링*만 받을게. 돈은 거기 있는 루이즈한테 주면 돼."

"알았어요." 아이리스는 바 카운터에 쾅 소리가 나도록 세게 돈을 내려놓은 다음, 스타킹을 집었다. "거래 즐거웠어요. 혹시 일이 바빠서 야무진 여자가 필요해지면, 내가 관심이 있을지도 모르니까 알려줘요."

"네 도움이 필요한 일이 있겠지."

• 당시의 영국 화폐 단위에 따르면 1파운드는 20실링에 해당했다.

"그리고 너." 아이리스는 필처를 보며 말했다. "역까지 바래다줘."

"좋아. 아치?" 필처가 아치를 보며 허락을 구했다.

"신사라면 당연히 그래야지." 아치는 호기롭게 말했다. "여기 있는 우리는 다들 신사 아니었나?"

"그럼요. 잠깐 나갔다 올게요."

"천천히 있다가 와, 이 친구야. 오늘 저녁에 네가 꼭 거들어야 할 일이 있을 것 같진 않으니까."

"나를 거들어줄 일은 아예 없을 거야. 그건 확실해." 아이리스가 말했다.

뒤이어 아이리스는 스타킹을 조심스레 접은 다음 아치를 향해 윙크하고는, 스타킹을 핸드백에 넣었다.

"그럼 이만, 신사 분들." 아이리스는 문을 향해 느긋하게 걸어가다가, 필처를 홱 돌아봤다.

"뭐 해?" 아이리스는 기대하는 표정으로 물었다.

"내가 '갈까, 자기?'라고 물어보기라도 할까 봐 기다리는 거야?" 필처가 물었다.

"난 네가 이 망할 놈의 문을 신사답게 열어주길 기다리는 중이야. 이 사람들한테 모범을 보여줘, 로저."

"미치겠네." 필처는 씩씩거리며 아이리스 곁을 지나 성큼성큼 걸어가서 문을 열었다.

두 사람은 창고 앞쪽까지 말없이 걸어갔다. 앞서 망을 보던 건달은 앉아서 잡지를 읽는 중이었다.

"잠깐만." 아이리스가 말했다. "이봐요, 내 물건 돌려줘요."

"뭐? 아, 그렇지."

건달은 책상 서랍을 열고 아이리스의 칼을 꺼냈다.

"조심해. 누구한테 들켰는데, 칼날이 날카롭대."

"그야 그렇죠. 맡아줘서 고마워요. 자, 갈까?"

"잘 있어, 토니." 필처가 말했다.

"네 애인이야, 로저?" 토니가 창고 문을 열며 물었다.

"아쉽게도. 하지만 누구한테나 골칫거리 하나쯤은 있잖아?"

"옳은 말씀." 토니는 문을 나서는 두 사람에게 말했다. "잘 가."

"자." 아이리스는 필처의 팔을 쾌활하게 잡으며 말했다. "우리 잠깐 얘기 좀 해, 자기."

"닥쳐."

"그치만…."

"닥치라고 했지. 농담 아니야." 필처가 다급하게 속삭였다.

둘은 와핑 하이 스트리트까지 쉬지 않고 걸었다. 필처가 어깨 너머로 뒤를 돌아봤다.

"됐어, 미행은 안 붙었어. 당신, 여긴 도대체 뭐 하러 온 거야? 그렇게 죽고 싶어?"

"당신 정체가 뭐야?" 아이리스가 물었다.

"난 로저 필처야. 그런데 당신이 계속 이딴 식으로 굴면 조만간 고故 로저 필처가 되겠지. 어제 저녁에 내가 경고….”

“당신, 어디 소속이야?”

“뭐?”

“경찰청 수사부 같지는 않은데.” 아이리스의 말이 이어졌다. “무슨 특수 부서 같은 데야?”

“완전히 미친 여자였군.” 필처는 고개를 절레절레 흔들었다.

“하지만 나를 구해줬단 말이지. 그냥 그 자리에서 날 버릴 수도 있었는데. 그렇게 하는 게 제일 현명한 처신이었을 텐데.”

“난 그 결정을 슬슬 후회하는 중이야. 잘 들어, 지금 뭘 착각해서 이러는지 모르겠지만….”

“오늘 오전에 당신한테 접근하지 말라는 경고를 들었어.”

“나한테 접근하지 말라고? 왜? 경고한 사람은 누군데?”

“경찰청 수사부의 형사야. ‘진행 중인 경찰 수사’라고 했어. 저기, 난 당신을 난처하게 할 생각은 전혀….”

“이거야, 원.” 필처의 입에서 한숨이 흘러나왔다. “그러니까 의도치 않게 일을 너무 잘해버렸군. 당신은 어디 소속이야?”

“바른 만남 결혼상담소. 당신도 알잖아. 전에 와봤으니까.”

“그건 어느 기관의 위장 사무실이지?”

"위장 사무실? 우리가 내건 간판 뒤에 다른 게 있을 거라고 생각하는 이유가 뭐야?"

"글쎄, 아마도 당신들이 살인 사건을 조사하기 때문이겠지. 당신들은 아직 못 들었는지도 모르겠지만, 범인이 진작 잡힌 살인 사건인데. 그리고 훈련받은 티가 확실히 났어… 칼 다루는 솜씨가 무슨 특수부대 같았단 말이지. 게다가 너무나 뜻밖의 장소에, 너무나 잘 어울리는 배역으로, 그것도 멋지게 위조한 신분증까지 들고서 나타난 것도 그래. 그 신분증은 위급 상황에 대비해 우연히 갖고 있었던 건가?"

"언제 요긴하게 쓸지 몰라서. 그나저나 로저 필처가 당신 본명이야?"

"신분증은 나도 보여줄 수 있어. 당신 것보다 더 진짜 같이 생겼거든. 그래서, 어디 소속이야?"

"내가 전쟁 중에 특이한 경험을 한 건 사실이지만, 지금은 나 혼자 일해. 정확히는 미시즈 베인브리지하고 동업하는 중이지. '바른 만남'은 내 어엿한 본업이야. 위장이 아니라."

"그럼 어쩌다가 홈스와 왓슨 행세를 하는 거야? 아니면 「거트와 데이지」라고 해야 하나?"

"거트와 데이지, 두 여자의 코미디는 나도 좋아해. '이번 일 끝나면 우리 파티 할까?'" 아이리스는 코미디 영화에 나오는 노래의 한 구절을 불렀다. "암거래 업자들을 잡는 장면에서 나오는 노래였지, 아마? 아무튼, 당신 눈에 그렇게 보인다면 우리가 제대로 하고 있는 거겠지. 하지만 내가 보기에 그건 우리가 아니라 당신의 임무 같은데. 안 그래?"

필처는 말이 없었다.

"경찰청 범죄 수사부는 아니고." 아이리스는 추측을 시작했다. "상무부? 얀델 장관 직속 조사관인가? 아니야… 그쪽은 잠입 수사까지는 안 해. 하지만 재무부라면….'

필처가 움찔했다. 아이리스는 그 기척을 놓치지 않았다.

"그래, 그거였군. 재무부 소속이었어. 밀수 나일론 스타킹의 거래선을 쫓다 여기까지… 그런데 스타킹은 벌써 찾아냈으니까, 그건 아닐 테고. 뭔가 더 큰 고기를 쫓고 있군. 누가 거래하는 어떤 품목이야?"

"그만해. 난 잠입 수사관 같은 게 아니니까."

"아까는 왜 끼어든 거야, 건달이 아닌 로저 필처 씨?" 아이리스는 따지듯이 물었다. "그대로 놔뒀어도 기껏해야 모르는 남자들한테 내 다리를 평소에 첫 번째 데이트에서 보여주는 것보다 살짝 더 보여주는 것뿐이었는데. 세상이 끝나는 것도 아니잖아."

"그 정도로 안 끝나니까 그런 거야. 만약 거기서 뭔가 시작했다면, 훨씬 더 나갔을 거야. 당신 생각보다 훨씬 더. 그렇게 되도록 놔둘 순 없었어. 무고한 여성을 못 본 척할 순 없으니까."

"그러니까 죽는 것보다 더 끔찍한 운명에서 나를 구하려고 당신 자신의 안전과 임무의 성공을 걸고 위험을 무릅썼

단 말이지. 정말 용감한데."

"나를 놀리는군."

"아니, 진심이야. 당신은 내가 나대고 다닌 대가를 치르도록 그냥 놔둘 수도 있었잖아. 고마워."

"그럼 이제 이 사건에서 손을 뗄 거야?"

"당신은 틸리 라살이 살해된 날 저녁에 어디에 있었지?"

"아직도 그 소리야?" 필처는 돌아서서 믿기 힘들다는 표정으로 아이리스를 쳐다봤다. "내가 결백하단 얘기는 이미 들었잖아."

"그랬지. 하지만 난 남한테 들은 얘기를 다 믿진 않아. 그날 저녁에 어디에 있었어?"

"상사들한테 보고하고 있었어. 그리고 그 상사들한테 가서 확인할 생각은 버려. 당신이 그 사람들 신원을 알아낼 방법은 없을 테니까. 내 말 새겨듣는 게 좋을 거야. 당신이 이 이상 알아낼 수 있는 건 하나도 없으니까 말이지. 지금 아는 것만 해도 이미 과분할 정도야."

"어째서 미스 라살을 우리 사무실까지 미행한 거지?"

"어딜 가는지 궁금했으니까. 그러고 나선 당신들 둘이 뭐 하는 사람들인지도 알아봐야 했어."

"그 여자가 어딜 가는지가 왜 궁금했는데?"

"틸리는 뭔가 꾸미는 중이었거든. 죽기 직전까지 말이야. 일종의 부업을 했던 것 같은데, 난 당신들을 찾아간 것도 그 부업 때문인 줄 알았어."

"부업? 그럼 본업은 뭐였지?"

"틸리는 아치 밑에서 일했어. 난 그 점을 입구로 이용했고. 틸리하고 사귀면서 이 패거리에 들어온 다음, 여기서 내 나름대로 실력을 인정받은 거지. 그러다가 틸리한테 차였어."

"틸리 친구들은 당신이 찼다고 하던데."

"틸리가 친구들한테는 그렇게 얘기했겠지. 그런데 부업하고 별도로 진행하는 일이 또 있었어. 틸리가 살해당했다는 소식을 들었을 때, 난 그 일과 관련이 있을 거라고 생각했어."

"틸리는 아치 밑에서 어떤 일을 한 거야?"

"예쁜 여자 앞에서 비밀을 술술 털어놓는 얼간이들을 상대로 정보를 수집했어. 그렇게 넘어간 정보 때문에 수많은 트럭이 강도를 당하고 수많은 창고가 털렸지."

"그 정보 중에 틸리를 죽인 범인과 연관된 게 있을까?"

"아마도."

"아치 본인은 어때?"

"만약 자기가 틸리한테 바보 취급을 당한다고 생각했다면, 눈도 깜짝 않고 해치웠을 인간이야."

"아마 그랬겠지. 아치는 틸리가 살해당했다는 소식을 듣고 별 얘기 안 했어?"

"그냥 놀라기만 했어. 난 처음에 아치가 나를 범인으로 오해할까 봐 걱정했어. 전 애인이 그런 짓을 저지르는 경우

는 흔하니까. 당신들이 틸리한테 소개해준 남자가 경찰에
붙잡혔을 땐 정말이지, 안도의 한숨이 나오더군. 다들 나한
테서 의심의 눈길을 거뒀으니까."

"우리한테 고마워하지 않아도 돼." 아이리스는 한숨을 쉬
었다. "그러니까 당신 소행도 아니고, 디키 트로워가 한 짓
도 아니라면… 그날 저녁에 아치가 어디 있었는지 혹시 알
아?"

"아까도 말했지만 난 그날 아치하고 따로 움직였어. 그러
니까 그자가 어디 있었는지 가르쳐줄 방법도 없고, 그자한
테 가서 물어보지도 않을 거야."

"더 큰 건수는 뭐야? 그건 아직 안 가르쳐줬잖아."

"그랬지, 그런데, 문제는 바로 그거야. 큰 고기를 놓쳐버
렸어."

"무슨 말이야?"

"당신 말마따나 나일론 스타킹은 잔챙이야. 진짜 큰돈이
걸린 건 의류 배급표야."

"훔친 배급표를 판다고? 그게 조직을 유지할 정도로 돈이
돼?"

"당신이 몰라서 그래. 배급표는 한 장에 4실링에서 6실링
에 팔리고, 배급표 수첩 한 개는 비싸면 4파운드씩이나 해."

"그래, 큰돈이네, 하지만 그걸 얼마나 많이 훔쳐야…."

"이자들은 배급표를 훔치지 않아. 자기들 손으로 만들려
고 궁리하는 중이야."

"위조한다고? 어느 정도 규모로?"

"크게. 배급표 수첩을 수만 개 인쇄할 작정이었어."

"작정'이었'다면, 안 한 거야? 무슨 일이 있었는데?"

"내가 알아내려고 하는 게 바로 그거야. 새로운 1년 치 배
급표 수첩이 이달 말에 배부돼. 아치는 무슨 수를 썼는지 새
배급표의 인쇄용 동판 한 벌을 손에 넣었어. 그 동판이 진품
인지 아니면 복제품을 만드는 데 성공한 건지는 알 수 없지
만, 이자들은 진짜와 똑같은 배급표 수첩을 찍어내려고 했
던 거야."

"그런데 왜 그만뒀어?" 아이리스가 물었다.

"누군가 그 동판을 아치한테서 훔쳐갔어. 내부자 소행이
고, 아마 한 달쯤 전이었을 거야. 이렇게 얘기하려니 미안한
데, 건달들 사이에 명예 같은 건 없나 봐. 두목인 아치는 겉
으로는 웃으면서 분위기를 띄우는지 몰라도, 속으로는 지
금 당장 부하들을 고기 갈고리에 걸어놓고 천천히 통구이
로 만들고 싶을 거야."

"그게 틸리 소행이었을까? 아까 말한 그 부업이라는?"

"어쩌면. 난 전에는 틸리가 그 계획에 관해 알 정도로 깊
이 관여했다고 보지 않았지만, 지금은 확신이 서질 않아."

"당신이 아까 그랬잖아, 틸리는 남자들 입에서 나오면 안
되는 비밀을 끌어내는 재주가 있었다고."

"그래, 그랬지. 당신한테도 있는 그 재주. 하지만 틸리가
그 동판의 존재를 알았을 것 같진 않아."

"당신은 알았잖아. 그걸 알았을 때 왜 이자들을 죄다 체포하지 않았어?"

"왜냐면 난 아치가 그 동판을 도둑맞고 나서야 그런 게 있었다는 사실을 알았거든. 그 동판이 없으면 아치를 옭아맬 증거가 없는데, 그렇게 되면 난 거의 1년이나 공들여 수사한 아치 패거리를 고작 스타킹 암거래로 잡아넣어야 해. 그건 우리가 노리던 큰 건수하고는 거리가 멀어. 들어가도 금방 나올 거거든."

"나를 소개시켜주는 건 어때?" 아이리스가 물었다.

"뭐라고?"

"나를 아치 패거리에 넣어달라고. 나라면 틸리에 관해 뭔가 더 알아낼 수 있을 테고, 당신 일에 도움이 될 만한 걸 발견할지도 모르잖아."

"농담이겠지. 내 일을 방해한 걸로도 부족해서 이젠 내 정체를 까발릴 위험을 두 배로 키우겠다고?"

"난 서툰 짓은 안 해."

"퍽이나 안 하겠군."

"게다가, 우리 둘의 뜨거운 관계가 아치 패거리한테 다 알려진 이상, 내가 딱 한 번만 등장하고 이대로 사라져버리면 엄청나게 어색해 보일 거야."

필처는 화를 못 이긴 나머지 부서진 벽돌 덩어리를 발로 찼고, 벽돌은 보도 위로 데굴데굴 굴러갔다.

"이래서 남한테 친절을 베풀고 살면 안 된다니까. 돌아오는 거라곤 말썽밖에 없으니."

"그 말은 승낙한다는 뜻이야?"

"오늘 저녁에 내 상관한테 얘기해볼게. 해도 좋다는 허가가 나면, 해보자고."

"고마워, 미스터 필처."

"이제 슬슬 로저라고 불러. 메리."

"그럴게. 어쩌면 조금 당황스러운 애칭을 붙여줄지도 몰라. 가는 길에 가져가게 남들 눈에 그럴 듯해 보이는 증거를 좀 만들어줄까?"

"그게 무슨 소리야?"

아이리스는 필처의 목을 끌어안고 키스했다. 입에 립스틱 자국이 확실히 남도록, 강하게.

"마음의 준비를 할 시간은 줘야지." 필처는 아이리스에게서 풀려나며 툴툴댔다. "방금 그것보단 더 잘할 수 있다고."

"립스틱 자국은 아치 패거리의 눈에 띈 다음에 지워." 아이리스가 건넨 충고였다. "당신이 이런 식의 잠입 수사를, 심지어 그렇게 오랫동안 해왔다는 건, 정말이지 감동적이라는 말을 꼭 해주고 싶어, 로저. 말썽에 휘말리지 않게 조심해."

"당신보다는 저 악당들하고 같이 있는 게 더 안전할 것 같은데." 필처는 역으로 향하는 아이리스에게 외쳤다.

"분명 그럴 거야. 잘 가, 내 사랑."

아이리스는 열차 창밖을 내다보며 생각을 가다듬으려고 애썼다. 그러면서 자신이 조금 전까지 한 행동을 평가했다.

아쉽다는 생각이 들었다. 너무 무모했고, 너무 임기응변에 의존했다. 게다가 만일의 상황에 대비한 지원 병력이라고는….

"아차." 아이리스는 그렇게 중얼거리며 손목시계를 봤다.

뒤이어 안도의 한숨이 흘러나왔다. 아직 4시 15분이었다. 샐리에게 전화해 안전하다고 알려야 하는데 그만 깜박한 것이었다. 샐리가 경찰에 신고해 창고를 급습하지 않도록 환승역에서 공중전화를 찾아 사무실에 전화해야 했다.

이런 실수를 저지르다니, 아이리스답지 않았다. 오늘따라 왜 이렇게 힘을 증명해 보이고 싶은 걸까?

앤드루와 헤어졌기 때문일까? 흥분한 나머지 현직 첩보원인 앤드루보다 자신이 더 훌륭한 첩보원이라고 입증하고 싶은 걸까? 기왕 나선 김에 형사까지 능가하려는 걸까? 이 사건을 해결해서 마이크의 코를 납작하게 해주려고?

한심하기는. 아이리스는 속으로 중얼거렸다.

그렇게 발버둥 쳐서 어떤 성과를 거뒀을까? 아이리스는 가장 유력했던 살해 용의자를 제 손으로 후보군에서 제외시켰고, 정부 기관의 공식 수사를 하마터면 물거품으로 만들 뻔했다. 형사인 전 애인이 하지 말라고 경고했던 것이 다름 아닌 그 일이었다. 그러나 한편으로는 틸리 라살을 죽인 범인에게 한 걸음 더 가까워진 셈인지도 몰랐다. 그 여자가 실제로는 아치를 배신했다는 점을 감안하면.

열차가 화이트채플역에 도착했다. 아이리스는 열차에서 내려서 가장 가까운 공중전화로 부리나케 달려가 바른 만남 결혼상담소로 전화를 걸었다. 받은 사람은 뜻밖에도 그 웬이었다.

"샐리가 받을 줄 알았는데." 아이리스의 말이었다.

"아직 여기 계셔. 지금 한창 양성애자들의 삼각관계 장면을 쓰는 중인데, 가능한 조합이 최소한 여섯 가지라 많이 힘드신가 봐. 표를 그리기도 하고, 여러 가지 외국어로 욕 같은 말을 중얼거리기도 하셔."

"창작의 영감이 마구 샘솟나 보군. 의사하고 상담은 잘했어?"

"의사도 우리가 정의를 추구하는 게 완전히 정신 나간 짓은 아니라고 보는 것 같아. 그 덕분에 희망이 좀 생겼어."

"그 점에 대해서는 의견이 좀 갈릴 것 같아. 내가 오늘 토끼 굴에 빠졌거든. 바닥에 착지해보니 내 다리에 나일론 스타킹이 신겨져 있었어."

"알쏭달쏭한 얘기네. 좀 더 자세히 설명해줄래?"

"넌 집에 있는 메두사하고 대결하느라 바쁠 거 아냐, 괜히 방해하고 싶진 않아. 오늘은 이대로 퇴근할게. 그나저나 필처는 결국 범인이 아닌 것 같아."

"뭐? 확실해?"

"응. 아쉽게도."

"어쩌다 마음이 바뀐 거야?"

"얘기하자면 길어. 게다가 지금 들어오는 열차를 타야해. 내일 아침에 다 얘기해줄게. 샐리한테 얘기 좀 잘해줘."

아이리스는 전화를 끊었다.

왜냐면 마음을 바꾸는 게 여자의 특권이기 때문이지. 아이리스는 속으로 중얼거렸다.

왜냐면 어제 칼로 찌를 작정이었던 남자한테 오늘 키스했기 때문이고.

내가 원래 이렇게 살아.

12

그웬은 수화기를 내려놨다. 건너편 책상 앞에는 샐리가 앉아서 목소리를 바꿔가며 뭐라고 중얼거리는 중이었다. 그웬은 목소리의 높낮이에 나타나는 변화를 근거로 삼각관계의 당사자가 남자 둘과 여자 하나일 거라고 추측했다. 아니면 여자가 둘인데 그중 한 명이 담배를 너무 많이 피우는지도 몰랐다.

"아이리스 전화예요." 그웬이 샐리에게 말했다. "안전하대요."

"그럴 줄 알았습니다." 샐리가 대꾸했다.

"로저 필처를 용의자 명단에서 지웠대요. 이제 그 명단에 나머지 런던 시민 전체가 남았네요."

"저는 그날 저녁에 디너파티에 갔습니다."

"알겠어요, 명단에서 빼드릴게요."

"그 사실을 알았으니 이제 더 편히 쉴 수 있겠습니다. 내일도 정의를 실현하러 외출하시는 동안 제가 사무실을 볼까요?"

"저희가 그렇게 황당해 보이나요?" 그웬이 물었다.

"지금은 누구든 또 무엇이든 황당해 보이는 시대지요. 그래서 진지한 일은 오로지 무대 위에서만 볼 수 있는 겁니다."

샐리는 원고 뭉치를 꺼내어 꼼꼼히 읽으면서 펜으로 한 쪽 한 쪽 선을 그어 내용을 삭제했다.

"삭제를 많이 하시네요. 살리는 게 나은 문장도 있을 텐데."

"있습니다." 샐리는 가위표를 친 원고 종이를 들어 그웬에게 보여줬다. "반대쪽 면에요."

그렇게 말하고는 종이를 뒤집어 빈 면이 자신을 향하도록 타자기에 끼웠다.

"지긋지긋한 물자 부족. 원하는 걸 손에 넣기가 점점 더 힘들어져서, 저는 더 위대한 작품을 만들기 위해 예전에 쓴 습작을 희생하기로 했습니다. 세상이 중세 시대로 돌아가지 않은 게 얼마나 아쉬운지 모르겠어요. 만약 양피지에 글을 썼다면, 긁어내고 그 위에 새로 쓰면 되니까요."

"그냥 기억 위에 글을 쓸 수 있으면 좋을 텐데요."

"아, 그 표현 참 멋지네요! 제가 좀 가져다 써도 되겠습니까?"

"얼마든지요."

샐리는 사용한 원고 종이의 여백에 그 말을 끼적거렸다.

"희생된 작품은 어떤 건가요?" 그웬이 물었다.

"대학 시절에 쓴 겁니다. 전생처럼 오래된 옛날이지요. 지금 보면 얼굴이 화끈거릴 수준이에요. 마침내 써먹을 데가 생겼으니 다행이지요."

"아이리스하고는 케임브리지에서부터 알고 지내셨다면서요?"

"꽤 친했습니다."

"혹시 아이리스하고…."

그웬은 조심스레 말을 골랐다.

"…친밀한 사이였던 적이 있으신가요?"

"어이쿠, 저런." 샐리는 씁쓸하게 웃었다. "케임브리지의 멀쩡한 남자들 중에 아이리스 스파크스한테 반하지 않은 자는 한 명도 없었습니다. 제가 양피지처럼 재활용하고 있는 이 애달픈 단편 멜로드라마도 원래는 아이리스를 주인공으로 삼겠다는 일념으로 쓴 겁니다. 함께 로맨스에 빠지는 상대 배역은 바로 저였고요."

"그래서 어떻게 됐나요?"

"끔찍했습니다. 마음을 담기는 했지만, 불순한 목적에서 쓴 거였으니까요. 저는 열렬히 구애하는 내용을 극본 속에 최대한 꾹꾹 눌러 담았습니다. 그 시절에 여자애들은 대개 저를 피했습니다. 그때의 저는 산만 한 덩치로 어슬렁어슬렁 돌아다니는 괴물 같았거든요. 하지만 아이리스는 달랐습니다, 대담하고 친절했지요. 그런 게 가능한 사람이 있다면요. 제 기억에 언젠가 한번은, 저희가 훈련을 받을 때였는데…."

샐리가 갑자기 입을 다물었다.

"음, 그건 제가 할 얘기가 아니군요. 적어도 논픽션의 형태로는, 아닙니다."

"함께 훈련을 받은 적이 있으신가요?"

"그 말은 못 들은 걸로 해주십시오. 부탁입니다. 그리고 아이리스한테는 아무 말도 하지 말아주십시오."

"적의 후방에서 활약하셨다면서요. 방해 공작 같은 활동을 하시느라."

"그 비슷한 활동이었습니다. 곧바로 다 잊어버렸지만요."

"훈장을 잔뜩 받으신 영웅이시라고 들었는데요."

"아이리스는 저에 관해 부풀리기를 좋아하거든요. 그렇게 신나는 일은 아니었습니다. 안전하고 따뜻하고 보송보송한 곳을 찾아 헤매다가, 결국엔 동굴이나 지하실에서 잘 때가 많았지요."

"아이리스도 그런 일을 하는 훈련을 받았나요?"

"아무 얘기도 못 들으셨습니까?"

"얘기하면 안 된다고 하던데요."

"그럼 저도 얘기할 수 없습니다. 게다가 저는 아는 게 거의 없습니다. 멀리 있었거든요. 낯선 기후에서 감기나 걸리면서요."

"처음부터 끝까지 비밀이군요." 그웬은 신물이 난다는 듯이 말했다. "저는 아이리스가 이렇게 불길한 단서만 드문드문 흘리지 말고 차라리 저한테 거짓말을 하면 좋겠어요."

"하지만 아이리스가 부인께 거짓말하기 싫어서 그런다는 걸 아시잖습니까? 아마 부인께서 특이한 방식으로 잘해주셨기 때문이겠지요. 아이리스는 즉석에서 이야기를 지어내길 좋아하는 친구지만, 그래도 부인께 거짓말을 하진 않을 겁니다. 그 친구가 그렇게 대하는 사람은 아마 부인이 처음일걸요."

"아이리스가 전쟁 때 이야기를 솔직하게 들려줄 날이 올까요?"

"부인께선 아이리스에게 삶의 모든 것을 털어놓으십니까?"

"전혀요."

"그것 보십시오. 언젠가 나중에 둘이서 주고받을 이야깃거리가 생겼잖습니까. 비가 추적추적 지루하게 내리는 어느 날, 큐피드가 너무 지친 나머지 저 계단을 올라오지 못하는 그런 날에 말입니다."

"내일도 오실 건가요?"

"그럼요. 현장에 나갈 계획이 있으신가요?"

"이젠 계획이고 뭐고 다 모르겠어요. 그래도 샐리 씨가 여기 계시면 도움이 돼요."

"이제 저 때문에 불안하지 않으신가요?"

"아이리스가 얘기했군요? 죄송해서 어쩌죠. 아니에요, 샐리 씨, 이젠 불안하지 않아요. 산만 한 덩치로 어슬렁거리는 남자긴 하지만, 그래도 다정하게 어슬렁거리는 분이니까요."

"감사합니다, 상냥하신 부인." 샐리는 그웬의 손을 잡고 부드럽게 입을 맞췄다. "내일 다시 오겠습니다."

"샐리." 그웬은 망설이듯 말했다.

"예?"

"당신 작품 속에서 제일 사나운 인물이 어떤 사람인지 나한테 보여줄 수 있을까요? 보면서 좀 배우고 싶어요."

아이리스는 와핑을 떠난 후로 지하철을 두 번, 버스를 한 번 탄 끝에 아파트가 있는 메릴본에 도착했다. 머릿속은 여전히 이날 일어난 일로 가득했지만, 그럼에도 불구하고 차창에 선팅을 한 검은색 벤틀리 세단이 자신을 미행하는 것은 금세 알아차렸다.

아이리스는 걸음을 멈췄다. 차가 다가와서 보도 옆에 서더니, 장교 제복을 입은 남자가 차에서 내려 뒷좌석 문을 열었다.

"타." 장교가 말했다.

"엄마가 모르는 사람의 차에는 절대 타지 말랬는데." 아이리스는 장교를 위아래로 훑어보며 약점이 있는지 찾아봤다. 하나도 눈에 띄지 않았다.

"하지만 우리는 모르는 사이가 아니잖아. 안 그런가, 스파크스?" 준장이 차 안에서 몸을 숙여 얼굴을 내밀며 말했다.

"이야기가 길어질까요?" 아이리스가 물었다. "오늘은 제가 좀 피곤해서요."

"리젠트파크 공원을 한 바퀴 도는 사이에 충분히 끝날 거야. 차 안에 위스키도 있어."

"그 말부터 하지 그러셨어요." 아이리스는 그렇게 말하며 준장 옆자리에 앉았다.

장교는 차 문을 닫고 조수석에 탔다. 차 내부의 앞쪽과 뒤쪽은 두꺼운 유리 칸막이로 나뉘어 있었다.

"오늘은 사적인 대화를 나눌 거라서." 준장은 아이리스가 칸막이를 힐긋거리는 낌새를 채고 말했다.

준장은 사복 차림이었다. 말쑥하게 재단한 회색 줄무늬 슈트로, 전쟁 전에 지은 옷이었다. 머리는 희끗희끗하게 셌고 콧수염은 마지막으로 봤을 때와 달리 완전한 회색으로 변해 있었다. 소총의 꽂을대처럼 꼿꼿한 등만 아니면 은행가로 착각할 법도 했다. 그리고 그의 눈, 재빨리 재보고 철저히 판단하고 냉철하게 실행하는 두 눈도. 아이리스는 준장이 자신에게 어떤 판정을 내릴지 궁금했다. 아니면 그 판정은 이미 내려졌을까?

준장이 운전석 등판의 덮개를 열자 술병과 텀블러 두 개가 나왔다. 준장이 잔에 똑같이 술을 따르는 사이에 차가 출발했다.

"미안하지만 얼음이 없으니 그냥 마셔야겠어." 준장은 잔을 건네며 말했다.

"저는 얼음 없이 마시는 게 더 좋아요." 아이리스는 술잔을 받았다. "먼저 간 친구들을 위해."

"먼저 간 친구들을 위해." 준장은 아이리스의 말을 따라 하며 잔을 부딪쳤다. "몸이 탄탄해 보이는군, 스파크스. 계단을 오르내리는 건 건강에 도움이 되지. 험한 이스트엔드 지구를 누비고 다니는 건 말할 것도 없고."

"다 아시는군요."

"자네의 전 애인이 들려준 것 정도만 알 뿐이야."

"이야, 소식 한번 빠르네요! 남자들은 자기네끼리만 있을 때 그런 식인가 봐요? 소문 이야기도 막 하고? 앤드루가 비행장에서 전화하던가요? 이별의 슬픔 때문에 엉엉 울면서? 앤드루가 기대서 흘린 눈물 때문에 어깨가 지금도 축축하세요?"

"그 친구는 술에 취해서 꼴이 아주 엉망이더군. 그런 몰골로 현장에 복귀하길 바라진 않았지만, 그래도 극복하고 멀쩡해질 거야. 솔직히, 헤어지는 게 자네들 양쪽 모두에게 더 나을 거야. 어차피 떳떳한 관계도 아니잖아. 굳이 내 의견을 듣고 싶다면 말이지만."

"그 의견이 듣기 싫다면요?"

"그럼 무시하면 그만이지."

"무시당했다고 생각하세요, 준장님. 자, 그럼 무슨 일로 천상계에서 이 지상까지 내려오셨는지 여쭤봐도 될까요?"

"흠. 그보다는 저승에서 지상으로 올라왔다고 하는 게 더 어울릴 것 같군. 이렇게 환한 대낮부터 안락한 고급 차에서 아리따운 아가씨와 노닥거리다니, 정말 최고야."

"창밖이 환히 보이면 더 좋았겠지만, 여자를 예뻐 보이게 하는 효과는 선팅을 한 창문이 확실하죠. 위스키도 그렇고요. 칭찬은 그쯤 해두시고, 여기까지 오신 용건이 뭔가요?"

"서튼 소령한테서 들은 얘기가 사실인지 확인하려고."

"제가 아는 한 앤드루는 오로지 국가를 위해서만, 그리고 아내한테만 거짓말을 해요. 좀 자세히 얘기해주시죠."

"업무에 복귀하라는 내 제안을 자네가 거절했다던데."

"죄송하지만 그건 사실이에요." 아이리스가 말했다.

"이유를 물어봐도 되겠나?"

"전쟁은 이미 끝났잖아요. 아닌가요? 종전 당시에 그 비슷한 내용을 신문에서 읽은 기억이 아직 또렷한데요."

"그 전쟁은 끝났지. 다음 전쟁이 이미 한창이야. 우리는 군화 끈을 다시 여며야 해, 스파크스."

"제 군화는 너무 낡아서 수선을 해야 돼요."

"자네 러시아어와 독일어는 여전히 유창한가?"

"다 운트 야, 마인 게네랄 코미사르."•

• 독일어로 '예, 대장님'이라는 뜻으로서 맨 앞의 '다дa'는 러시아어로 '예'라는 뜻이다.

"나한테 필요한 게 바로 그거야. 자넨 지금 중매라는 취미 때문에 인생을 낭비하고 있어. 세상을 더 좋은 곳으로 바꿀 재능이 있는데도."

"하지만 제가 지금 하는 일이 바로 그건데요. 사람들을 한 번에 한 쌍씩 부부로 만들어서."

"그러다가 그 사업이 문을 닫으면, 지금 추세로는 아마도 한 달 안에 그럴 것 같은데, 그땐 또 어디로 도망갈 건가?"

"어디로 가든 준장님은 틀림없이 저를 찾아내시겠죠."

"스파크스, 만약 조국이 자네를 필요로 한다면…."

"만약 조국이 저의 도움까지 필요로 한다면, 정말로 큰 곤경에 빠졌다는 뜻이겠죠." 아이리스는 그렇게 말하고는 준장에게 잔을 돌려줬다. "이제 곧 저희 집 앞이네요. 여기서 내려주세요. 이웃들한테 이상한 소문이 도는 건 싫으니까요. 다시 뵙게 돼서 반가웠어요, 준장님. 무운을 빌게요. 우리 편이 이기면 좋겠네요."

"잘 가게, 스파크스. 상황이 급박해지면 다시 찾아올지도 모르겠군. 살인 사건 잘 해결하길 바라네. 런던 경찰청의 아마추어들한테 한 수 가르쳐줘."

"감사합니다." 아이리스가 말하는 사이에 차가 멈췄고, 경호원이 문을 열어줬다.

아이리스는 뒤도 돌아보지 않고 걸어갔다. 모퉁이를 돌 때까지 줄곧 목덜미에 준장의 시선을 느끼면서.

그웬은 현관문으로 들어선 다음 집사인 퍼시벌에게 미처 돌아볼 틈도 주지 않고 성큼성큼 걸어갔다.

"신경 쓰지 마세요, 알아요." 그웬은 어깨 너머를 돌아보며 말했다. "서재죠."

서재 문을 밀고 들어서자 레이디 캐럴라인이 고개를 들었다. 놀란 표정이었다.

"좋은 소식이 있어요, 어머니." 그웬이 말했다. "의사가 그러는데 제가 다 나았대요. 오늘 만찬에는 저도 참석할게요. 옷을 갈아입을까요, 아니면 가족끼리만 먹을 건가요?"

"황당한 소릴 하는구나." 레이디 캐럴라인이 발끈해서 말했다.

"우리 집안의 현실 자체가 황당하지 않나요? 제 인생을 계속 비참하게 만들고 싶으시면 그렇게 하세요. 하지만 명심하세요, 뭘 어떻게 하시든 로니는 제 아들이에요. 명심하실 게 또 한 가지 있어요. 만약 어머님께서 제 처지를 이 집에서 쫓겨나는 정도까지 비참하게 만드신다면, 로니는 어머님이 가련한 여생을 보내시는 동안 내내 어머님을 경멸할 거예요. 저는 기꺼이 협상할 용의가 있지만 어머님께서 응하지 않으시겠다면, 그때부턴 전쟁이에요. 절 만만하게 보지 마세요. 어머님 아들이 절 아내로 택한 데에는 이유가 있으니까요. 그래요, 저는 지난 몇 년 동안 꾹 참았어요, 하지만 이젠 그것도 다 끝났어요. 그리고 전 지금 배가 고파 죽을 지경이에요. 대화 치료 덕분에 식욕이 솟구치거든요.

저는 제 아들과 그 애 가정교사와 함께 저녁을 먹을 건데, 어머님도 와주셨으면 해요. 자기 아빠를 꼭 닮은 영리하고 잘생긴 여섯 살배기 남자애한테 즐거운 식사 시간을 만들어줄 선의를 지참하고 오시면 좋겠어요. 그 애는 요즘 일각돌고래에 푹 빠졌어요. 일각돌고래가 나오는 그림책을 손수 만들어서 이야기를 짓고 그림까지 그릴 정도로요. 어머님께도 그 이야기만 하려고 들 거예요."

"일각돌고래라는 게 도대체 뭔데?" 레이디 캐럴라인은 화가 나서 떠듬떠듬 말했다.

"그거야말로 대화의 첫머리에 멋지게 어울리는 질문이네요. 다만 언성은 조금 낮추셔야겠어요. 식사 시간은 7시로 할까요? 그게 좋겠네요. 참, 그리고 어머님? 식사 전에는 과음하지 않도록 주의하세요. 입맛을 망치니까요."

그웬은 서재에서 나와 등 뒤의 문을 닫은 다음, 맞은편 벽에 기대서서 덜덜 떨었다.

"고마워요, 샐리." 그웬은 나직이 중얼거렸다. "덕분에 속이 다 후련해졌어요."

이튿날 아침, 아이리스가 사무실에 나와 보니 그웬이 이미 자기 책상 앞에 앉아 우편물을 뜯고 있었다.

"안녕." 아이리스는 옷걸이에 모자를 걸며 인사했다. "오늘은 일찍 나왔네."

"기운이 넘쳐서." 그웬은 양팔을 쭉 뻗고 심호흡을 했다. "오랜만에 아침 식전부터 맨손체조까지 했어. 오는 길에는 속보로 걸었고. 지금 내 몸에선 땀 냄새가 경주마처럼 날 거야."

"심하진 않은데." 아이리스는 코를 킁킁대며 의자에 앉았다.

"미스 펠레티어한테서 미스터 카슨과 함께한 첫 데이트가 좋았다는 연락이 왔어." 그웬이 편지를 건네며 말했다. "추신으로 '행운을 빌어요!'라고 적었던데."

"여러 면에서 격려가 되는군." 아이리스는 편지를 힐끗 봤다.

"샐리한테 오늘은 오전 나절쯤에 와달라고 해놨어." 그웬의 말이 이어졌다. "문제는 우리한테 다음 계획이 없다는 건데. 넌 로저 필처를 용의선상에서 뺀 이유를 가르쳐준다고 했지."

"그게 말이지. 너한테 그 얘기를 해도 될지 잘 모르겠어."

"뭐라고? 안 될 건 또 뭔데?"

"그게… 극비 사항에 관련된 거라서. 다른 사람한테 얘기해도 될지 확신이 서질 않아."

그웬은 잠시 손가락으로 책상을 두드리다가, 의자를 돌려 아이리스를 마주 봤다. 그러고는 의자를 앞쪽으로 굴려 아이리스에게 무릎이 맞닿을 만큼 다가간 다음, 몸을 숙여 아이리스의 코앞까지 얼굴을 갖다 댔다.

"안 돼." 그웬이 말했다. "그 대답은 받아들이지 않겠어."

"미안해. 그게 알려지면 어떤 사람이 위험에 빠질지도 모르거든."

"하지만 넌 알잖아."

"그래, 하지만 난…."

"비밀을 지키는 일에 능숙하다, 이거지. 그래, 그 얘기는 귀에 못이 박이게 들었어. 이젠 아주 지긋지긋해!"

"그웬?"

"넌 전쟁 동안 비밀스러운 일에 종사했어." 그웬은 그렇게 말하고는 벌떡 일어섰고, 그 바람에 의자가 뒤로 홱 밀려나 서류 캐비닛에 부딪혔다. "그래, 멋져, 스파크스 장군님. 브라보, 우리가 이겼어, 아군 만세. 네가 누구의 도움도 없이 혼자서 해낸 그 뭔지 모를 위업에 대해 조국은 마음 깊이 감사하는 바야."

"그웬, 난 그냥…."

"우리는 파트너야, 아이리스. 이 상담소를 경영하는 파트너이자, 이 사건을 수사하는 파트너라고. 그러니까 너도 슬슬 나를 파트너에 걸맞게 대접해야 해. 너는 자랑스러운 케임브리지 학위가 있는 인재고 나는 대학교 구경도 못한 채 정신 병원의 요주의 환자나 된 신세지만, 지금 여기서 우리 둘은 하나야. 그 말은 곧 네가 가진 정보는 어떤 것이든 모조리 나도 알아야 한다는 뜻이야, 그래야 나도 내 직감을 발휘할 수 있으니까. 그리고 네가 아직 모를까 봐서 하는 얘긴데, 내 직감은 끝내주게 훌륭하지만….”

“그건 나도 당연히 알아, 하지만….”

“하지만 네가 나한테서 증거를 숨기면 난 꼭 해야 할 일을 할 방법이 없어. 비밀을 지키는 것 정도는 나도 얼마든지 할 줄 안다고. 참 나. 어제 네가 이것저것 보고 들었을 때난 너랑 같이 있질 않았어. 원래는 나도 같이 가야 했지만, 내 아들을 빼앗아가려는 마녀를 상대하느라 그럴 수가 없었다고.”

“너한테는 무엇보다 그 애가 최우선이지 않을까?”

그웬은 화가 나서 얼굴이 새빨개졌다.

“감히 어떻게 그런 말을! 나한테는 당연히 그 애가 최우선이야. 이 상담소를 제대로 일으켜보려고 하는 것도 나한테 그 애를 건사할 능력이 있다는 걸 모두에게 보여주기 위해서라고. 그런데 지금 넌 내가 그러지 못하게 방해하고 있고, 난 네가 날 방해하도록 놔두지 않을 거야, 아이리스. 내말 알아들었어?”

“학위가 아니야.” 아이리스의 대답이었다.

“뭐?”

“케임브리지 말이야. 그 학교는 여자한테는 학위를 안 줘. 아무리 열심히 해봤자 소용없어. 옥스퍼드는 주는데, 케임브리지는 안 줘. 내가 거기서 몇 년을 보내고 받은 거라곤 ‘문학사 칭호’뿐이야. 죽을 때까지 철이 안 드는 사내놈들은 그걸 ‘문학 사창가’라고 부르지.”

"하느님, 맙소사. 끔찍하구나. 난 그런 줄 몰랐어."

"그렇기 때문에 그 학교에 다닌 건 자랑스러운 일이고 거기서 했던 경험도 귀중하지만, 내가 그걸 가지고 네 앞에서 으스대는 일은 없을 거야. 그리고 네 말이 맞아, 지금 여기서 우린 하나야. 그러니까 내가 아는 건 뭐든 다 너한테도 알려줄 거야. 바로 지금부터! 미안해. 설명이 다 끝나면 내가 왜 그렇게 조심했는지 너도 이해하겠지만, 그래도… 그래도 그웬, 널 믿지 않아서 미안해. 내가 남을 잘 믿는 편이 아니다 보니, 이런 일이 쉽지가 않아. 날 용서해줄래?"

"너를 얼마만큼 용서해주느냐는 네가 얼마만큼 알려주느냐에 달렸어." 그웬은 차분한 목소리로 말하며 의자를 당겨 다시 앉았다. "다 털어놔봐, 자매님. 네 설명을 평가하는 기준은 명료성, 엄밀성, 오락성이야."

"알았어. 그런데 내가 설명을 다 마치면 너도 네 담당 의사가 어떤 신비한 약을 처방해줬는지 말해줘야 해. 나도 같이 좀 먹어야겠으니까."

아이리스는 아치의 창고에 갔던 일을 그웬에게 설명했다. 스타킹을 신어보라고 하는 대목에 이르자 그웬은 아이리스의 다리를 힐긋 내려다봤다.

"맞아, 이게 바로 어제의 전리품이야." 아이리스는 스타킹이 더 잘 보이도록 다리를 옆으로 휙 틀었다. "너만 괜찮다면 스타킹 값은 사무실 잡비로 처리하려고 하는데."

"당연히 괜찮지. 품질이 되게 좋구나. 그런데 진짜 4파운드에 팔린단 말이야? 난 이런 게 있는 줄도 몰랐는데."

"이건 우리 여자들이 싸울 때 쓰는 무기 중에 하나잖아. 나라면 4파운드나 내고 사진 않겠지만, 다른 여자들이 왜 사는지는 나도 이해가 가."

아이리스는 이야기를 계속했다. 필처의 정체가 드러나는 대목에 이르자 그웬은 기쁜 나머지 책상을 손으로 내리쳤다.

"사나이 행세는 다 연기라고 내가 말했잖아. 그날 우린 실제로는 하나도 안 위험했던 거야, 그렇지?"

"아마도." 아이리스의 대답이었다. "그 덕분에 우리 둘의 영웅적인 행위가 조금은 빛이 바래고 말았지만."

"아니, 그래도 영웅적이었어. 착각이 낳은 영웅도 영웅이잖아?"

"우리끼리라도 열심히 등을 다독여주자." 아이리스도 맞장구쳤다. "다음번 맹공격에 대비한 좋은 훈련이었으니까."

"난 내 몫의 맹공격을 어젯밤에 이미 받았어. 하지만 부탁이니까 지금은 이야기를 계속해줘."

"다 끝난 거나 마찬가지야. 난 그 사람한테 같이 일하자고 제안했어. 내가 아치네 조직에 들어가서 힘닿는 데까지 정보를 캐보겠다고 했지. 그 사람은 자기 상관들하고 상의해보겠다고 했고, 그대로 헤어졌어."

"헤어졌구나." 그웬은 아이리스를 빤히 보며 말했다.

"응, 헤어졌어." 아이리스의 말투는 천연덕스러웠다.

"얘기 안 한 게 있잖아."

"무슨 말인지 모르겠는데."

"중요한 거야."

"난 중요한 게 하나도 생각나질 않아."

"안 되겠어. 이대로는 용서 못해. 온전한 진실을 들려줘, 미스 스파크스."

"그 남자한테 키스했어." 아이리스는 솔직히 털어놨다.

"아무렴 그렇지." 그웬의 입에서 한숨이 흘러나왔다.

"우리가 지어낸 이야기에 신빙성을 더하려고 그 남자 얼굴에 립스틱을 살짝 묻힌 것뿐이야." 아이리스가 항의했다. "다른 뜻은 하나도 없었다고."

"넌 일주일도 안 되는 시간 동안 남자 세 명하고 키스를 했어. 거기엔 너의 전 불륜 상대도 포함돼. 네가 그 사람하고 무슨 짓을 했는지에 관해서는 한마디도 안 하긴 했지만."

"정 궁금하면 내가⋯."

"나 역시 자세히 듣고 싶진 않아. 그러니까 사양할게."

"알았어. 하지만 적어도 마이크의 경우에는 내가 키스를 한 게 아니라, 그쪽한테 당한 거야. 불시에 허를 찔렸다고. 사실, 그때 마이크는 눈에 장난기가 번득였어."

"그렇다고 해도. 지금 네 속도를 보면 다른 여자들한테 돌아갈 남자가 남아나질 않겠어. 공평하질 않다고."

"넌 데즈하고 이미 한참 전에 키스할 기회가 있었어. 네가 안 하기로 한 거잖아. 나한테 불평하면 안 되지."

"난 매일 아침저녁으로 내가 끔찍이 아끼는 어린 미남한테 입맞춤을 받고 있어. 그래, 뺨에다 입을 맞추는 거고, 미남의 나이는 여섯 살이지만, 그래도 여자들 대부분이 어떤 대우를 받는지 생각하면 난 운이 좋다고 봐."

"넌 실제로 운이 좋아." 아이리스가 말했다.

"알았어. 그러니까 만약 필처 요원이, 직함이 뭔지는 몰라도 아무튼 그 사람이 전화를 하면, 넌 다시 폭풍 속으로 뛰어들 거야. 그러는 동안 다른 방향에서 수사를 계속할 수도 있어."

"예를 들면?"

"우린 틸리 라살의 개인사는 아직 깊이 파고들지 않았잖아. 필처가 전 애인이란 건 밝혀냈지만, 알고 보니 그건 위장 연애였어. 미스 라살도 필처의 정체를 알고 있었을까?"

"틸리는 위조 배급표를 유통시키다가 체포된 적이 있어. 필처도 그걸 단서로 파고든 게 아닐까 싶은데. 우리가 어떻게 하는 게 좋을 것 같아?"

"미스 라살의 가족은 상을 치른 지도 얼마 안 됐는데, 거길 찾아가는 건 께름칙해."

"경찰은 늘 하는 일인데, 뭐."

"우린 경찰이 아니잖아." 그웬이 말했다. "마음이 불편해. 조문 갔을 때도 가족한테는 캐묻지 않았잖아."

"우린 엘시와 패니를 만났으니까. 그 둘이 얘기를 더 잘해줄 것 같았잖아. 그리고 천만다행히도 실제로 잘해줬고."

"그 사람들한테 전화하겠다고 약속했는데. 같이 술을 한 잔하면서 아는 게 더 있는지 물어보자. 그 사람들 전화번호 있어?"

"있어." 아이리스는 핸드백 안을 뒤지다가 술집에서 엘시가 번호를 적어준 쪽지를 찾았다. "여기 있다. 내가…."

전화벨 소리가 말을 끊었다. 아이리스는 수화기를 들었다.

"바른 만남 결혼상담소의 아이리스 스파크스입니다."

"로저 필처야."

"아, 미스터 필처." 아이리스의 말에 그웬은 눈이 동그래졌다. "반가워라. 웬일로 연락을 다 하셨을까?"

"위쪽에서 허락이 내려왔어. 그리고 아치가 또 당신을 찾아."

"그 사람이? 무슨 일로?"

"심부름을 시킬 거라던데."

"무슨 일인지 짚이는 데 있어?"

"자세한 얘기는 안 했어. 옷은 직장에 출근할 때처럼 입으라고 했는데, 신발은 걷기 편한 걸로 신으라더군."

"그 심부름이란 게 합법적인 일일까?"

"내가 보기엔 상당히 의심스러워. 해볼 생각 있어?"

"한다고 했잖아. 진심이었어. 시간과 장소는?"

"정오에 창고에서."

"거기서 봐."

필처는 전화를 끊었다.

"아치가 나한테 일을 맡겼어." 아이리스가 말했다.

"좋아. 나도 같이 갈게."

"우리 둘한테 맡긴 게 아니야. 나한테 맡겼다고."

"그럼 널 따라갈게. 아무도 모르게. 그… 뭐라고 하지? 미행? 그래, 널 그림자처럼 미행할게."

"문제는, 네 그림자가 상당히 길다는 거야. 네가 섀드웰에서 내 뒤를 그림자처럼 미행하면 아마 몇 킬로미터 바깥에서도 다 보일 거야. 내 생각에 오늘은 면접 비슷한 자리가 될 것 같아. 훤히 보이는 꼬리를 달고 가서 망치고 싶진 않아. 그쪽에서 나를 경찰 끄나풀로 알 테니까."

"그럼 난 뭘 하지?"

"우리가 원래 하는 일. 혹시 내가, 어디 보자, 3시 반까지 전화를 안 하면, 샐리한테 경찰에 신고하라고 해."

"구출 작전을 시작하라고 할까? 아니면 곧바로 템스강 바닥을 훑어보라고 해?"

"앞의 걸로 부탁할게. 자, 여기 그 여자들 전화번호. 네가 전화해서 약속을 잡아. 혹시 오후 늦게 만나게 되면 시간과 장소를 샐리한테 일러둬. 내가 전화해서 확인하고 갈 수 있으면 갈게."

"와, 나도 드디어 혼자서 뭔가 하는구나." 그웬이 환호했다. "이제 나도 진짜 탐정이에요, 엄마!"

"호루라기 잘 챙겨."

"엘시하고 패니를 만나서 술 마시는 건데 만일에 대비하라니, 진심으로 하는 말이야?"

"앞일은 모르는 거 아니야?"

아이리스가 창고 문을 두드렸을 때, 그 문을 열어준 사람은 다름 아닌 필처였다.

"안녕, 내 사랑." 아이리스는 필처의 입술에 살짝 입을 맞췄다. "문까지 마중을 나와주다니, 다정하기도 하지."

"계속 그럴 거라고 기대하진 마." 필처는 아이리스의 뒤에서 문을 잠그며 말했다.

"안녕, 토니." 아이리스는 경비원에게 인사했다. "별일 없어?"

"그럭저럭." 토니는 경마 신문인 《스포팅 라이프》에서 눈도 떼지 않은 채로 대답했다.

"따라와." 필처는 아이리스를 창고 안쪽으로 안내했다.

"이거 설마 함정은 아니겠지?" 아이리스가 나직이 물었다.

"아치가 당신한테서 꽤 좋은 인상을 받았어. 그래서 한번 시험해보고 싶은가 봐."

"당신 체면을 생각해서 열심히 할게."

"당연히 그래야지."

필처가 클럽 문을 두드렸다. 두 사람은 안으로 들어섰다.

아치는 부하 둘과 함께 당구대 앞에 서 있었다. 재킷은 벗고 소매를 걷은 차림새였다. 뜻밖에도 엘시가 높다란 바 의자에 앉아 술을 홀짝이며 당구를 지켜보고 있었다.

"이야, 우리 귀여운 아가씨가 오셨군." 아치는 부하에게 당구 큐대를 내밀며 말했다. "음, 시간을 잘 맞췄는데."

"신사를 기다리게 해야 할 때가 있는가 하면, 그러지 말아야 할 때도 있으니까요."

"옳은 말이야. 로저한테 얘기는 들었고?"

"나한테 시킬 일이 있다는 얘기만요."

"맞아. 엘시!"

엘시는 바 카운터 아래쪽에서 D. H. 에번스 백화점의 쇼핑백을 꺼냈다.

"저게 그 일거리야. 엘시하고 같이 저걸 뉴 크로스 스트리트로 가져가. 주소는 엘시가 알아. 건물 3층에 있는 아파트로 올라가서 문을 열어주는 남자한테 저걸 건네면 돼."

"그 남자한테 혹시 이름이 있나요?" 아이리스가 물었다.

"없어."

"그럼 제대로 찾아갔는지 어떻게 확인하죠?"

"왜냐면 그 망할 놈의 문을 열어줄 녀석이 그 녀석밖에 없으니까!" 아치가 소리를 질렀다. "그런 멍청한 질문이 또 있거든 어디 해봐."

"하나 더 있어요."

"뭔데?"

"난 저 쇼핑백 안에 뭐가 들었는지 모르고, 알고 싶지도 않아요. 하지만 그 남자가 열어봤을 때 폭발할 물건이 아니라는 말은 당신 입으로 확실히 듣고 싶어요."

아치는 아이리스를 빤히 보더니, 이내 웃음을 터뜨렸다.

"이야, 정말 걸작이군." 아치는 고개를 절레절레 흔들며 말했다. "아가씨, 만약 내가 누굴 해치우고 싶었다면, 그런 즐거운 일을 남에게 양보하진 않을 거야. 폭탄을 쓰지도 않을 거고. 폭탄은 믿음이 안 가거든. 목을 따는 게 확실하지. 어때, 마음이 놓여?"

"무척요. 일이 끝나면 이리로 돌아올까요?"

"아니. 엘시가 내일 오전에 나한테 보고할 거야. 잘 다녀와."

"그럼 이만."

아이리스는 바 카운터로 가서 쇼핑백을 집었다.

"준비되면 가자." 아이리스가 엘시에게 말했다.

"난 됐어." 엘시가 대꾸했다. "다음에 봐요, 다들."

아이리스는 필처에게 키스를 날렸다. 필처가 눈을 부라렸다.

"아, 참." 아이리스가 말했다. "신사 분들 앞에선 하지 말랬지."

"이쪽이야." 엘시가 바 끄트머리의 문을 가리켰다.

그 문으로 나가자 앞서 아이리스가 짐작했던 대로 뒷골목이 나왔다. 엘시는 앞장서서 북쪽으로 계속 걷다가 섀드웰 부두에 이르러 동쪽으로 방향을 틀었다.

"와핑역에서 지하철을 타는 거 아니야?" 아이리스가 물었다.

"경찰들이 너무 가까이 있으면 마음이 안 놓여서." 엘시의 대답이었다. "브랜치 로드에서 82번 버스를 타고 터널을 지나 서리 부두로 갈 거야. 지하철은 거기서 타면 돼."

"빙 돌아서 가는구나."

"바로 그거지. 그 시간에 이야기도 할 겸."

"무슨 이야기?"

"네가 내 둘도 없는 친구의 애인하고 바람피운 이야기."

"나도 네가 그것 때문에 화난 게 아닌지 궁금했어."

"아니, 화나지 않았어. 놀랐지. 로저한테 딴 여자를 숨겨 놓는 재주가 있을 줄은 몰랐거든."

"틸리한테 상처를 줄 생각은 없었어." 아이리스가 말했다. "어쩌다 그렇게 돼버린 거야. 나한테나 로저한테나 생각지도 못한 일이었지만, 어쨌든 그땐 그때고, 지금은 지금이니까."

"난 틸리가 나한테 입도 뻥긋 안 한 게 의외야." 엘시가 말했다.

"난 틸리가 무슨 말을 했고 무슨 말을 안 했는지는 몰라. 그래도 지난 일 때문에 너하고 나 사이에 문제가 생기는 건 싫어. 뒤늦게 뭘 바꿀 수도 없고, 사과하려고 해도 틸리는 이제 이 세상에 없으니, 이제 와서 내가 뭘 어쩌겠어."

"난 문제가 있다고 한 적 없어. 이런저런 사정이 있었어도 우린 친구가 될 수 있다고 생각해."

"그럼 다행이고."

"그래서 말인데, 내가 제안을 하나 할까 해. 혹시 너한테 용돈을 조금 벌 생각이 있다면 말이야."

"얘기해봐."

"쇼핑백 안에 뭐가 있는지 궁금해?"

"당연하지."

"돈이야." 엘시가 나직이 소곤거렸다. "그것도 큰돈. 아치는 이런 식으로 돈을 운반해. 우리 같은 젊은 여자는 건달처럼 보이질 않으니까, 이 일을 시키고 싶어 하는 거지. 우리가 찾아가는 남자는 은행원하고 비슷해."

"은행이 없는 은행원?"

"눈치가 빠르구나."

"그럼 네 제안은 뭔데?"

"쇼핑백에 든 돈이 꽤 많아서, 우리가 몇 파운드 슬쩍해도 아무도 모를 거야."

"그 사람들이 안 세어봐?"

"빨리 운반해야 해서 은행원이 전달받기 전에는 세어보지도 않아. 난 전에도 여기저기서 조금씩 슬쩍한 적이 있어. 이렇게 많이 들어 있으니까 몇 파운드 정도는 티도 안 나. 어때?"

"난 안 할래." 아이리스는 딱 잘라 말했다. "아치는 내가 이걸 거기까지 안전하게 나를 거라고 믿고 나한테 맡겼어. 그러니까 난 이걸 안전하게 나를 거야."

"그럼 기회를 놓치는 거야. 우리 둘이서 일주일에 몇 파운드씩 공돈을 벌 기회를."

"안 할 거야, 난 진심이야. 이제 가자, 저기 버스 온다."

아이리스는 목적지까지 가는 내내 쇼핑백을 무릎 위에 꼭 붙잡고 있었다. 속에 상자가 들어 있다는 것 정도는 짐작이 갔다. 어쩌면 구두 상자일지도. 하지만 안에서 뭔가 달그락거리는 기척은 전혀 느껴지지 않았다.

뉴 크로스 스트리트에 도착했을 때, 엘시가 몸을 숙이더니 나직이 소곤거렸다. "지금이 마지막 기회야."

"그래도 안 해. 어느 집이야?"

엘시는 한숨을 내쉬고는 아이리스보다 앞장서서 목적지를 향해 걸었다. 둘은 계단을 올라가 3층으로 향했다. 문은 아이리스가 두드렸다.

문이 활짝 열리자 안에 서 있는 아치가 보였다. 『이상한 나라의 앨리스』에 나오는 체셔 고양이처럼 헤벌쭉 웃고 있었다.

"잘했어. 그거 이리 줘."

"당신이 그 은행원이었군요." 아이리스는 아치에게 쇼핑백을 건네며 말했다.

"내가 그 은행원이야. 어쨌거나 오늘은 말이지. 들어와, 차나 한잔하자고."

그들은 아파트 안으로 들어섰다. 카드놀이를 할 때 쓰는 정사각형 테이블에 도자기 찻잔 세트가 준비돼 있었다.

"질문 있나?" 아치가 물었다.

"그러니까 이건 시험이었군요." 아이리스가 말했다. "쇼핑백에 돈 같은 건 안 들어 있을 테고요."

아치가 쇼핑백에서 상자를 꺼내어 열자 아무렇게나 담은 지폐가 쏟아져 테이블에 수북이 쌓였다.

"어땠어?" 아치가 엘시를 돌아보며 물었다.

"딱 잘라 거절하던데요."

"좋아." 아치는 아이리스 쪽으로 돌아섰다. "이런 내용의 시험이었어."

"그럼 난 통과한 거네요."

"일부는."

"내가 뭘 놓쳤는데요?"

"엘시가 한 짓을 보고하지 않았잖아. 자기 입으로 내 돈을 슬쩍했다고 털어놨는데, 넌 나한테 한마디도 하질 않았어."

"엘시가 자리를 비우는 틈을 기다리는 중이었어요. 내 앞에서 죽이는 꼴을 보긴 싫었거든요. 옷에 핏자국이 생기면 여간해선 안 빠지니까요."

"와, 진짜 자상하다. 안 그래요?" 엘시의 말이었다.

"흠, 그건 너그럽게 봐주기로 하지. 하지만 내 밑에서 일할 거면 나한테 충성해야 해. 네가 같이 어울리는 여자애들이나, 네가 사랑하는 사내 녀석이 아니라. 충성은 아치에게. 알았어?"

"알았어요, 보스."

"좋아. 우유 넣어줄까, 아니면 레몬?" 아치는 찻잔에 홍차를 따르며 물었다.

13

그웬의 전화를 받은 사람은 패니였다.

"나 소피야." 그웬이 말했다. "잘 있었어?"

"그럭저럭. 웬일이야?"

"메리랑 같이 생각해봤는데, 오늘 저녁에 볼 수 있을지 궁금해서. 그쪽 친구들도 같이."

"좋지. 엘시는 지금 일하러 나갔는데, 밤 나들이 가자고 하면 거절하는 법이 없어. 그전에 셋이서 차 한잔할까? 너랑, 나랑, 메리까지?"

"메리도 일 때문에 나갔지만 난 괜찮아. 어디서 볼까?"

"스피털필즈 시장 근처에 '넬스'라는 괜찮은 찻집이 있어. 3시 반 어때?"

"3시 반, 좋아. 주소 좀 가르쳐줘."

"커머셜 스트리트에 있어. 텐 벨스 술집 조금 앞에."

"알았어. 그럼 4시에 봐."

그웬은 전화를 끊고 샐리를 통해 아이리스에게 전할 정보를 간추려 적었다. 그러고는 타자기에 종이를 끼우는 사이에 전화벨이 울렸다. 그웬은 전화를 받았다.

"아이리스 있나요?"

"죄송하지만 외근 중입니다. 용건을 전해드릴까요?"

"예. 제시한테 전화하라고 전해주세요."

"제시요? 혹시 기록 관리과에 계신 친구 분이신가요?"

수화기 너머에서 침묵이 길게 이어졌다.

"알고 계셨어요?" 제시가 한참 만에 꺼낸 말이었다.

"파트너니까요."

"아무한테도 말 안 하기로 했는데. 아이리스한테 전화하라고 전해주세요. 제 번호는 알아요. 그리고 전화 받으시는 분이 저에 대해 알고 계셔서 제 기분이 안 좋다고도 전해주시고요."

"저, 불쾌하셨다면 죄송…." 그웬이 사과하려 했지만 전화는 이미 끊긴 후였다.

샐리는 1시에 나타났다.

"어제 저녁에 메두사하고 잘 싸웠어요?" 샐리가 물었다.

"그 사람 눈을 피하지 않고 위에서 내려다봤어요."

"그랬는데도 석상으로 변하지 않았군요." 샐리는 그웬을 가만히 살펴봤다. "잘했어요."

"아무래도 당신을 연기 코치 겸 전술 고문으로 모셔야겠

391

어요."

"언제든 말씀만 하십시오, 부인. 그러고 보니 우리 발렛 타자기가 행군 명령을 작성하는 중이었군요. 오늘도 나가는 건가요? 위험과 모험이 기다리는 곳으로?"

"오늘은 홍차가 기다리고 있어요." 그웬은 베레모를 쓰며 말했다. "크럼펫*을 한 개, 아니면 두 개쯤 먹을지도 모르지만, 제가 저지를 무모한 행동은 그 정도가 고작이에요."

"군대는 밥심으로 행군한다는 말이 있지요."

"그것 참 신기한 말이네요."

"실천하다 보면 익숙해져요. 무운을 빌게요, 부인. 크럼펫 한테 본때를 보여줘요!"

"창작의 영감이 깃들길 바랄게요, 샐리." 그웬은 버스 노선 지도를 꺼내며 말했다. "참, 물어볼 게 있는데요… 스피털필즈 시장이 정확히 어디쯤인가요?"

8번 버스는 그웬을 리버풀 스트리트역까지 데려다줬다. 거기서부터는 걸어가야 했다. 길모퉁이를 몇 차례나 엉뚱한 방향으로 돌고 나서, 지나가는 행상이 그웬에게 올바른 길을 알려줬다. 시장은 널따란 정사각형 블록을 거의 다 차지하는 붉은 벽돌 건물로, 지붕까지 덮여 있었다. 그곳을 통

* 팬케이크와 비슷한 모양에 구멍이 송송 난 빵의 일종으로, 주로 뜨겁게 구워 버터를 발라 먹는다.

과한 그웬은 커머셜 스트리트로 나왔다. 텐 벨스 술집은 시장 맞은편의 남쪽 모퉁이에 있었다. 그 옆은 뱀장어 파이 가게였는데 가게 앞의 양동이에 미래의 식재료들이 담긴 채 느릿느릿 구불거리며, 은빛 매듭을 지으며 운명의 순간을 기다리는 중이었다. 그다음 가게가 바로 찻집인 '넬스 티룸'이었다. 진열창의 케이크 받침대에 먹음직스러운 케이크와 타르트, 비스킷, 그리고 크럼펫이 줄줄이 진열돼 있었다.

패니는 이미 가게 문 앞에 서서 이쪽저쪽을 살피며 그웬을 찾는 중이었다. 그러다가 그웬이 눈에 띄자 반갑게 손을 흔들었다.

"나 일찍 와버렸어!" 그웬이 길을 건너는 사이에 패니가 외쳤다. "너는 시간을 딱 맞췄네. 여기 찾느라 고생하지 않았어?"

"조금. 그래도 길 찾기 실력이 점점 늘고 있어. 버스 차장으로 취직할까 생각 중이야."

"아, 그것도 좋지. 궂은 날만 빼면. 아주 쫄딱 젖어버리거든."

둘은 가게 안으로 들어갔다. 실내에 가득한 손님은 대부분 여성이었고, 단 것을 달라고 소리 지르는 아이와 함께 온 사람도 많았다.

"아늑하고 조용하네." 패니는 씩 웃으며 말했다. "홍차?"

"좋아."

"저 체리 타르트 맛있어 보인다."

"그러게. 하지만 난 네가 차 마시자고 했을 때부터 크럼 펫이 먹고 싶었거든. 그러니까 크럼펫만 조금 먹을게."

둘은 주문을 마쳤고, 이내 패니가 쟁반을 들고 주방 출입 문 옆의 테이블로 향했다.

"이 자리 괜찮아?" 패니가 물었다.

"난 괜찮아." 그웬은 구석 자리에 앉으며 말했다.

패니는 홍차를 따른 다음 체리 타르트를 한 입 베어 물었다.

"와, 진짜 맛있다." 패니의 입에서 황홀감에 물든 한숨이 흘러나왔다. "좀 먹어봐. 크럼펫 한 입이랑 바꿔 먹자."

그웬은 타르트 쪽으로 몸을 숙이고 한 입 베어 먹었다.

"정말 맛있네. 얼마 만에 먹는 체리인지 모르겠어."

"누군가 체리를 대주는 사람이 있을 거야." 패니가 말했다. "체리 농사를 짓는 농부겠지. 잘은 모르지만, 켄트 같은 곳에서."

"켄트? 거기서 체리가 나?"

"나도 잘은 몰라. 전에 책에서 읽었어. 넌 알아?"

"난 생각해본 적도 없어. 체리는 마법처럼 시장에 나타나는 거고, 나는 먹기만 하면 되는 줄 알았거든."

"맞아, 그런데 그 마법이 사라져버렸지 뭐야. 전쟁 중에 없어서 아쉬웠던 것들은 많지만, 난 그중에 체리가 제일 아쉬웠어. 지금도 좀처럼 찾기가 힘들어."

패니는 차를 한 모금 홀짝이고는 찻잔 테두리 너머로 그웬을 넌지시 봤다.

"나한테 할 얘기가 있어서 그러는구나?" 그웬이 물었다.

"뭘 보고 그렇게 생각했어?"

"너희 동네도 아닌 곳에 있는 찻집으로 날 불러냈잖아. 자리도 창가에서 제일 멀리 떨어진 안쪽 테이블로 잡았고."

"넌 빈틈이 없구나. 맞아, 너한테 물어보고 싶은 게 있어."

"그래. 뭔데?"

"데즈."

"아. 그럴 것 같더라니."

"사람들이 어떤지는 너도 알잖아. 벌써 소문이 돌거든."

"어떤 소문?"

"데즈가 너한테 반했다는 소문."

"별로 할 얘기가 없는데. 우리 사이엔 아무 일도 없었거든."

"그치만 데즈가 너한테 같이 나가자고 했잖아."

"나한테 전화해달라고는 했어." 그웬은 순순히 인정했다.

"전화할 거지, 그렇지?" 패니는 거의 안달하듯이 물었다.

"아직 마음을 못 정했어."

"뭐?" 패니가 버럭 외쳤다. "어떻게 안 할 수가 있어? 나 같으면 데즈가 고개만 까딱해도 번개같이 달려갈 텐데."

"사정이 좀 복잡해."

"있잖아, 혹시 나를 생각해서 그러는 거라면, 안 그래도 돼. 난 어차피 데즈하곤 인연도 없었고, 이젠 데즈한테 더 매달리고 싶은 마음도 없으니까. 그냥 네 거 해."

"데즈는 내 게 아니야, 나도 그 사람 게 아니고. 그래도 네가 기분 나쁘지 않다고 하니까 다행이긴 하다."

"남자야 많으니까, 뭐. 계속 찾아봐야지. 그래도 난 틸리가 갔던 거길 찾아갈 정도로 마음이 급하진 않아."

"네가 보기엔 틸리가 마음이 급했던 것 같아?" 그렇게 물으며 그웬은 양심의 가책을 살짝 느꼈다.

"그 애는 이스트엔드를 벗어나고 싶어 했어."

"로저 때문에?"

"아, 그 인간." 패니의 웃음에서 경멸하는 기색이 느껴졌다. "틸리는 로저를 차버리고 진심으로 기뻐했지만, 난 그 인간이 메리를 몰래 만나는 걸 까맣게 몰랐어. 넌 알았어?"

"메리가 만나는 사람이 있는 건 알았는데, 나한테 자세한 얘기는 안 해줬어. 난 유부남이라서 그러나 보다 했지."

"와, 임자 있는 남자도 안 가리는 거야, 그럼?"

"난 그런 건 안 물어봐. 비난하지도 않고. 걘 내 친구니까."

"그래, 나도 알아. 우리도 주일엔 교회에 가지만, 나머지 여섯 날은 건달들하고 어울리니까. 놀려면 젊어서 놀자, 이거지."

"그러면 안 된다는 말은 나도 못 하겠는걸. 내 짐작에 틸리는 그 패거리에서 빠져나오고 싶었던 것 같아. 혹시 로저를 만나기 전에도 패거리 중에 누구랑 사귀었어?"

"진득하게 만난 사람은 없었어. 틸리도 먹고 마시면서 노는 걸 좋아했거든. 틸리가 아치네 패거리를 좋아한 건 그치들한테 먹고 마실 돈이 많아서였어."

"그럼 틸리는 그 사람들을 무서워하지 않았겠네?"

"그 패거리는 안 그랬지."

"로저도?"

"로저는 유독 편하게 여겼어." 패니가 말했다. "가끔 그런 말도 했다니까. '이게 내 손바닥이고, 로저는 이 위에서만 놀아. 그 사람은 자기가 날 이용하는 줄 알지만, 나도 그 사람을 이용하기는 마찬가지라고.'"

"둘이 딱 맞는 한 쌍이었나 본데."

"말 그대로 천생연분이었지, 헤어지기 전까지는. 난 그 둘이 갈라섰을 때 놀라서 정신이 나갈 지경이었지만, 이젠 모든 게 이해가 가."

"나도 그러면 좋을 텐데. 그게 한 달 전 일이야?"

"그쯤 됐어. 그랬는데 하루아침에 틸리가 골목길에서 시체로 발견된 거야. 여기서 10분도 안 걸리는 곳에서."

"이 근처에서 그런 거야?"

"몰랐어?"

"난 이스트엔드는 잘 몰라서. 지명을 들어도 어딘지 떠오르지가 않아. 틸리가 마지막으로 간 곳이 무슨 카페라고 하던데, 이름도 잊어버렸지 뭐야."

"갈랜드 카페야. 미들섹스 스트리트에 있어."

"그럼 섀드웰도, 와핑도 아니었구나. 틸리는 남의 눈에 띄기가 싫었던 거야."

"지금의 나처럼." 패니가 말했다. "한번 가볼래?"

"어딜? 그 카페?"

"응. 궁금해서 그래. 틸리가 마지막 식사를 맛있게 했는지 알고 싶어."

"그건 너무⋯ 너무 병적인 것 같지 않아?"

"그럼 내가 병적인가 보지." 패니는 대뜸 인정했다. "넌 어때?"

"난⋯ 에이, 몰라. 너 때문에 나까지 궁금해졌잖아. 앞장서."

스피털필즈 시장의 서남쪽에 위치한 미들섹스 스트리트는 일방통행 도로를 품은 거리였고, 보도를 따라 늘어선 상점들 위의 한 층 또는 두 층에는 아파트 및 사무실이 들어서 있었다. 갈랜드 카페의 전면에는 환한 초록색과 흰색으로 이루어진 줄무늬 차양이 설치돼 있었다. 두 여성은 앞창을 통해 카페 안을 들여다봤다.

실내는 아름답게 장식돼 있었다. 바닥은 초록색과 하얀색 타일이 마름모꼴 무늬를 이뤘다. 테이블은 가장자리에 수를 놓은 테이블보로 덮여 있었다. 웨이트리스가 바쁘게 오가며 늦은 오후의 차를 날랐다. 벽에는 꽃 그림이 가득 걸려 있었고, 천장부터 아래로 벽을 따라 길게 늘어진 꽃 장식은 조화였다.

"멋지다." 패니가 말했다. "틸리가 그나마 마지막 식사는 멋진 곳에서 했구나."

패니는 훌쩍이기 시작하더니 핸드백에서 손수건을 꺼냈다.

"틸리는 여기 올 생각에 엄청 들떠서 좋아했어." 이제 패니는 본격적으로 울고 있었다. "그 애가 원한 건 이제껏 만난 인간들하고는 다른 멀쩡한 남자 하나였는데. 자기를 이런 곳에서 데리고 나가줄 남자. 그 앤 평생 떵떵거리고 살 거라고 했어. 그런데 그런 꼴이 되다니."

"평생 떵떵거리고 산다고?" 그웬이 물었다.

패니는 허공에 원을 그리듯 손수건 쥔 손을 빙빙 돌렸다.

"인생을 통째로 바꿀 만한 게 자기 손에 들어올 거랬어. 그걸 가지고 좋은 남자를 찾아서 어디 다른 데 정착할 거라고. 그렇게 다 계획이 있었는데."

"들어온다는 게 뭔데? 돈?"

"나도 몰라. 틸리가 절대 얘기를 안 했거든."

그웬은 다시 카페 안을 들여다봤다.

"저 안에서 살해되진 않았을 거야. 신문에서 봤는데, 틸리는 혼자서 식사를 마친 후에 식당 앞에서 누굴 기다렸대. 그러고 나서 다른 곳으로 떠났는데… 동행이 누군지는 아무도 못 봤어. 틸리가 발견된 곳이 골목이라고 했지?"

"저쪽이야." 패니는 손가락으로 한쪽을 가리키며 말했다.

미들섹스 스트리트에서 갈라져 나간 그 골목은 좁고, 어둡고, 차로가 달랑 하나뿐이었다. 둘은 조심스레 골목에 들어섰다.

"신문에는 저쪽에서 발견됐다고 나왔어." 패니가 가리킨 곳은 블록 중간쯤에 있는 술집 옆의 공터였다. "틸리는 저 술집에 들어가지 않았어. 범인이 분명 맥주나 한잔하자고 꼬셨을 거야. 틸리를 술로 꼬시는 건 그렇게 힘들지 않거든. 그런데 술집에 있던 사람들 중에 틸리를 본 사람은 한 명도 없어."

"다니는 사람이 그렇게 많진 않아." 그웬은 주위를 둘러봤다. "단둘이 여기까지 오기가 힘들진 않았을 거야."

"틸리는 아마 범인이 잠깐 기분 좋은 걸 하려고 그러나 보다 싶었을 거야." 패니는 코를 훌쩍이며 말했다. "차라리 일이 벌어지기 전에 틸리가 눈을 감고 기다렸으면 좋았을 텐데. 아, 어떡해, 여기 오지 말았어야 했어. 눈물에 콧물에 난리도 아냐. 얼굴이 분명 엉망일 거야."

"이리 와, 화장 고쳐줄게. 눈물 자국 지우는 건 내가 전문가야."

나중에 두 사람은 걸어서 멀스 퍼브에 갔다. 아이리스와 엘시는 먼저 와서 앉아 있었다. 아이리스가 둘을 보고 신이 나서 손을 흔들었다.

"와서 같이 축하해줘!" 엘시가 외쳤다. "메리가 취직했대!"

"뭐라고?" 그웬이 깜짝 놀라 소리쳤다.

"조용조용 말해, 바보야." 아이리스가 소리 내어 웃었다. "그래, 나 시험… 면접에 합격했어."

"면접이라니!" 엘시가 키득키득 웃었다.

"뭐 하는 자린데?" 패니가 바 카운터로 간 사이에 그웬이 물었다. 아이리스는 어느 때보다 진지한 표정으로 그웬의 눈을 똑바로 마주 봤다.

"너한테는 가르쳐줄 수 없어." 아이리스는 그렇게 말하고는 엘시와 나란히 깔깔대며 웃었다.

"나중에 따귀를 날려줄 테니까 각오해." 그웬의 대꾸였다.

패니는 맥주가 든 파인트 잔 두 개를 들고 돌아와 한 개를 그웬에게 건넸다.

"다음 잔은 내가 살게." 그웬이 말했다. "건배사는 뭘로 하지?"

"나일론 스타킹을 위해, 또 스타킹이 우리에게 가져다주는 모든 것을 위해!" 아이리스가 외쳤다.

"스타킹을 위해!" 다른 사람들도 한목소리로 따라했다.

그 후로도 술잔이 기울고 건배가 이어졌지만, 모아야 할 만큼 쓸모 있는 정보는 더 이상 나오지 않았다. 아이리스와 그웬은 밤새 마시자는 제안을 간신히 거절하고 아치의 부하들이 나타나기 전에 가까스로 술집을 빠져나왔다.

그웬은 술집을 나설 때 살짝 휘청거리는 상태였다. 아무리 봐도 고주망태였던 아이리스는 금세 멀쩡한 상태로 되

돌아왔다.

"넌 그게 어떻게 가능해?" 그웬이 물었다.

"그렇게 많이 마시진 않았어. 술에 취한 척하기는 유용한 기술이지. 그런데 엘시한테서는 캐낸 게 별로 없어. 패니는 어땠어?"

"틸리는 로저랑 사귀기 전에 진지하게 만난 상대가 없었던 것 같아. 그러니까 옛 애인의 소행일 거라는 가설은 이대로 안녕이야. 그런데 가까운 장래에 자기 손에 뭐가 들어올 거라는 얘기는 실제로 했던 것 같아."

"그랬어? 그게 뭐였을지 궁금한데."

"패니는 뭔지 몰라. 혹시 엘시가 알까?"

"어쩌면. 엘시는 비밀을 지키는 쪽으론 소질이 있거든. 내가 창고 안의 클럽에 들어갔을 때 아치 패거리하고 같이 있었어."

"의외네, 의외야." 그웬이 말했다.

"네가 보기에 엘시는 어떤 사람 같아?"

"저 여자들 무리에서 두뇌를 맡은 사람이 바로 엘시야. 틸리가 빠진 지금은 더더욱. 내 느낌에 엘시는 겉으로 보이는 것보다 더 깊이 아치하고 엮여 있을 거야. 틸리가 죽었는데 딱히 비통해하는 것 같지도 않아."

"틸리가 아치의 일을 어느 수준까지 맡아서 했을지 궁금해. 내가 조직에 더 깊이 들어가면 한번 알아봐야겠어."

"너 새로 잡은 일자리가 어떤 건지 나한테 얘기 안 해줬잖아. 거기서 엘시가 무슨 임무를 맡았는지도 안 가르쳐줬고."

"아, 첫 번째 시험은 돈을 운반하는 거였어. 엘시가 따라와서 나를 꼬드겼고. 꾼나풀 티가 너무 많이 나더라."

"액수가 얼마나 됐는데?"

"세어보진 않았지만, 몇 백 파운드는 됐을 거야."

"세상에! 네가 그렇게 정직한 수습 암거래 업자인 게 너무 안타깝다. 그 돈이면 같이 휴가를 즐기러 떠날 수도 있었는데."

"아치가 상으로 스타킹을 한 켤레 더 줬어. 아무래도 나를 좋아하는 것 같아. 나랑 로저가 너무 뜨거운 사이라서 안타깝지 뭐야."

"거미줄 같은 네 매력에 아치도 걸렸구나. 좋아, 예전 애인들은 일단 제쳐두자. 그럼 범죄 행위로 다시 돌아가서, 틸리도 절도 사건에 가담했을까? 그… 뭐였더라?

"위조하려고 훔친 의류 배급표 인쇄용 동판."

"맞아. 난 위조에 관해서는 잘 몰라. 혹시 네가 밝힐 수 없는 드넓은 회색 지대의 기술 중에 위조도 포함돼?"

"아니." 아이리스는 생각에 잠긴 표정으로 말했다. "하지만 잘 알 만한 사람이 한 명 있어. 내일 오전에 찾아가보자. 사무실에서 만나서 같이 가."

"알았어. 참, 네 친구인 제시가 전화했어. 할 얘기가 있대. 내가 그 사람한테 그만 아는 척을 해버렸지 뭐야. 그것 때문에 기분이 안 좋아 보였어."

"저런. 내가 잘 달랠게. 그렇잖아도 그 친구 신랑감 찾는 걸 너한테 도와달라고 할 참이었는데."

"그 사람도 우리 고객이야?"

"정식 계약보다는 비공식 정보 교환 서비스에 더 가까워."

"무슨 말인지 알겠어. 그동안 도움을 많이 받았겠네. 아, 열차가 드디어 왔다."

아이리스가 보기에 수상쩍은 차가 뒤를 밟는 낌새는 없었다. 정부 쪽도, 암흑가 쪽도 마찬가지였다. 아파트가 있는 거리와 이웃한 거리의 식당에 들어간 아이리스는 등 뒤가 벽이고 출입구가 눈에 들어오는 자리에 앉아 요기를 했다. 식당에서 추근거리는 남자를 간단히 쫓아 보낸 후에, 아이리스는 지금 이 순간 앤드루가 어디에 있을지 궁금해했다.

앤드루가 자신을 기다리고 있을 가능성이 아예 없는 것을 알면서 아파트에 들어서려니 평소와 다른 기분이 들었다. 부재와 방치가 빚은 정적이 좁은 아파트를 채우면서 아이리스는 끝내 그 정적에 빠져 허우적대는 느낌이 들었다.

앞으로 어떻게 살지 진지하게 생각해봐야 했다. 아이리스는 자신의 아픈 곳을 찌른 그웬 때문에 화가 났다. 그웬이 한 얘기가 모두 사실이라서 더욱 화가 났다. 아이리스는 어떤 식의 경쟁 상대도 아닌 여성과 친구로 지내는 일에 서툴렀다. 그웬에게는 모든 것을 다 털어놓고 싶었다.

그러나 다 털어놨다가는 그웬이 떠나버릴지도 몰랐다.

한숨을 쉬다가, 제시가 전화했다던 말이 문득 떠올랐다. 아이리스는 수화기를 들고 전화기 다이얼로 제시의 번호를 돌렸다.

"나 아이리스야. 지금 통화 괜찮아?"

"이번 주도 금요일 밤을 집에서 보내고 있어, 네 덕분에." 제시가 말했다.

"지금 괜찮은 남자를 찾는 중이야. 실은 말이야, 비장의 무기를 쓰려고 해."

"그게 뭔데?"

"내 파트너 그웬. 이쪽 분야에 타고난 재능이 있어."

"그래, 안 그래도 그 얘기를 하고 싶었는데. 그 여자한테 내 이름을 가르쳐주면 안 되잖아."

"미안. 우리가 뜻하지 않은 상황에 휘말려서 그렇게 됐어. 지금은 모두가 힘을 합쳐야 해서."

"그거하고 이건 별개지. 너 때문에 내가 얼마나 큰 위험을 감수했는지 알아? 죽은 여자의 신상 정보 파일을 빼내느라."

"그건 너무하잖아, 제시. 그때는 아직 죽기 전이었어."

"그럼 뭐가 달라져? 자료 반출할 때 서명을 안 한 게 다행이지. 하마터면 꼼짝없이 걸릴 뻔했잖아."

"미안해, 미안. 앞으로 미래의 살인 사건 피해자에 대해서는 알아봐달라고 부탁 안 할게."

"그런 걸 미리 알기는 힘들 것 같은데. 그나저나, 네가 물어본 그 여자는 바른 길만 걸으며 살진 않았어."

"한 차례 체포된 것 말고 또 있어?"

"'와핑 월' 지역의 갱단과 관련됐다는 언급이 있어. 아치 스펠링의 패거리야. 들어본 적 있어?"

"이미 만났어. 지금은 다 친구같이 지내."

"많이 바빴겠네. 그 패거리는 조심해야 해, 알았지?"

"그럴게." 아이리스는 제시에게 약속했다. "참, 궁금한 게 하나 더 있는데. 미스 라살을 체포한 담당자가 누군지 기억나?"

"아, 젠장, 그건 다시 찾아봐야 돼. 이름이 특이했던 건 기억나는데… 생선이 생각나는 이름이었어."

"철자가 정어리하고 비슷한 필처?"

"필처! 필처드pilchard하고 비슷한! 맞아, 그거야."

"그럴 것 같더라니. 좋아, 우리의 특별한 관계는 계속 비밀로 유지하도록 해. 좋은 결과가 있을 테니까."

"알았어. 네 애인은 잘 있어?"

"지금은 애인 없어."

"너도 네 친구한테 부탁해야겠네."

"그럼 어깨가 너무 무거워지잖아." 아이리스는 웃음을 터뜨렸다. "난 성미가 까다로우니까. 그럼 잘 자."

"지금부터 만날 사람은 내가 지난 몇 년간 비밀스러운 일을 하다가 알게 된 지인이야." 이튿날 아침, 아이리스는 그웬을 데리고 메이페어에서 동쪽으로 걸어가던 도중에 그렇게 말했다.

"그 사람하고 이야기할 때 꺼내면 안 되는 주제가 있다면 뭐야?"

"그 사람의 전문 분야에 관한 건 전부 다. 그 사람하고 내가 알게 된 계기나, 같이 한 일에 관해서도."

"전 애인은 아니구나." 그웬은 아이리스를 힐긋 보며 말했다.

"이번엔 아니야. 네가 날 어떻게 생각하든 간에, 아무나 다 전 애인인 건 아니라고."

둘은 극장이 모여 있는 거리를 지나 얼햄 스트리트에서 오른쪽으로 방향을 틀었다.

"여기야." 아이리스가 말했다.

간판에는 J. B. 스몰리 앤드 선스, 정밀 인쇄 및 평판 제작이라고 적혀 있었다. 가게를 칠한 페인트는 눈에 띄게 환한 갈색이었다. 진열창에 놓인 판화 여러 점은 주제도 시대도 제각각이었다. 두 사람은 잠시 멈춰 서서 진열창 안을 들여다봤다.

"우리 형편으로는 엄두도 못 내겠네." 아이리스가 말했다. "가게 안에 있는 귀스타브 도레의 작품은 아직 구경도 못했는데 말이지. 들어갈까?"

그웬은 포로 로마노 유적이 묘사된 판화를 홀린 듯 바라 봤다.

"울면 안 돼." 아이리스가 말했다. "지금 우린 일하는 중이야."

"그래. 들어가자."

가게 안은 화랑이었는데, 전시할 판화의 수를 최대한 늘릴 목적에서인지 그야말로 칸막이로 이루어진 미로 같았다. 지난 세기에 왕실 경마대회에서 입었어도 격식에 어긋나지 않았을 법한 모닝코트를 입은 키 큰 남자가 상류층 말씨로 한창 떠드는 중이었고, 그 앞의 두 여성은 묵직하게 처진 핸드백으로 보아 분명 이 가게에서 쓸 돈을 적잖이 챙겨 온 듯했다.

"저 사람이 J. B. 스몰리야." 아이리스가 나직이 말했다. "지금은 바빠서 정신이 없나 보네. 기다리면서 가게 안이나 구경하자. 눈물샘을 자극할 만한 건 되도록 보지 말고."

"저쪽에 있는 동물 판화는 보다가 울 일이 없을 것 같아. 저 사람이 얘기할 준비가 되면 불러줘."

그웬은 18세기 스웨덴의 박물학자 칼 폰 린네를 필두로 여러 학자들이 관찰하거나 상상해서 묘사한 생물의 판화만 모아놓은 곳을 어슬렁거렸다. 그중 유독 눈길을 끄는 판화 한 점을 보고 그웬은 흐뭇한 미소를 머금었다. 그러고는 더 자세히 보려고 판화 앞으로 다가갔다.

판화의 주인공은 일각돌고래였다. 그 동물은 대양의 파

도가 밀려와 사납게 부서지는 시커먼 바위 위에 꼬리를 쳐들고 앉아 있는, 현실에서는 보기 힘든 모습을 하고 있었다. 통통한 몸통 곳곳에 얼룩덜룩한 반점이 보였고, 특징인 엄니는 뿌리에서 끄트머리 쪽으로 소용돌이무늬가 나 있었다.

"알프레트 브렘이 지은 『동물계』에 수록된 작품입니다. 초판이지요." 앞서 들었던 상류층 억양의 목소리가 등 뒤에서 들려왔다. "이 작품을 잘 아시나 보지요?"

"아뇨." 그웬은 돌아서서 남자를 마주 보며 말했다. "하지만 일각돌고래는 금방 알아볼 수 있어요."

"어쩌다 아시게 됐는지 여쭤봐도 될까요?"

"집에 어린 일각돌고래 애호가가 있어서요. 대영 박물관에서 보고 푹 빠졌지 뭐예요. 지금은 일각돌고래가 나오는 모험 이야기를 쓰는 중이에요. 『동물계』는 어떤 책인가요?"

"동물학 백과사전입니다. 1860년대에 독일에서 전 6권으로 처음 출간됐습니다. 삽화는 로베르트 크레치머가 감수했습니다만, 이 일각돌고래 자체는 크레치머 본인이 새긴 게 아닌 것 같습니다. 그저 저의 사적인 추측입니다. 입증할 방법이 없으니까요. 하지만 이 작품은 어디까지나 원본 평판으로 찍어낸 겁니다. 특이한 생물이지만, 왠지 사랑스러운 느낌이 들지요."

"그 나름의 사랑스러운 구석이 있죠?" 그웬은 그렇게 맞장구치고는 가격을 흘긋 본 다음, 한숨을 쉬었다. "남자애

놀이방에 걸어놓을 그림치고는 조금 비싸네요. 아쉽게도."

"훨씬 더 싼 복제품도 있습니다. 마침 저도 일각돌고래 애호가라서요. 꿈을 좇으시는 아드님께 도움이 된다면 저도 기쁠 겁니다. 사무실로 가실까요?"

"예, 고마워요. 제 친구랑 같이 가도 될까요?"

"미스 스파크스는 저희 가게 안의 어디에서나 환영입니다. 저는 제임스 스몰리라고 합니다. 잘 부탁드립니다."

"그웬덜린 베인브리지예요."

"세상에, 지미." 두 사람이 대화하는 광경을 처음부터 끝까지 지켜본 아이리스가 말했다. "완벽한 연기야. 나 감동했어."

아이리스를 돌아본 스몰리는 오른손 검지를 펴서 입술에 대고 싱긋 웃었다.

"이쪽입니다, 숙녀 분들." 스몰리는 두 사람을 가게 안쪽의 문 앞으로 안내했다.

문을 열고 들어가보니 널따란 창고였고, 선반 여러 칸에 쌓인 판지 지관통에 내용물의 이름이 적힌 꼬리표가 붙어 있었다. 한쪽에 책상과 의자 몇 개가 보였다.

"반가워, 스파크스." 스몰리는 아이리스를 보며 씩 웃었다. 말투에서 상류층 티가 사라진 것을 그웬은 놓치지 않았다.

"나도 반가워." 아이리스가 말했다. "그웬, 이쪽은 필경사 지미야. 런던에서 제일가는 위조꾼이지."

"그거야 억지로 은퇴하기 전의 얘기지." 스몰리는 황급히 덧붙였다. "난 정부의 손님 자격으로 몇 년 동안이나 갇혀 지냈어요. 그러다가 내 솜씨가 필요한 상황이 된 덕분에 풀려났죠."

"지미는 전쟁 중에 유럽에 잠입했던 수많은 남녀 요원에게 위조 신분증을 만들어줬어. 그야말로 최고의 실력이야."

"나 정도 하는 사람은 많아." 스몰리는 겸손하게 말했다. "나도 조국을 위해 기술을 쓰는 게 보람 있었고."

"덤으로 출소도 했잖아."

"완전 사면, 새 삶을 살아도 좋다는 허가를 받았지. 법만 잘 지키면 말이야."

"이 가게는 모든 게 아주… 합법적인 걸로 보이는데요." 그웬의 말이었다.

"인생은 독일어로 된 통행 허가증보다 훨씬 더 위조하기 쉽거든요. 난 창작 실력보다 베끼기 실력이 더 뛰어나서 위조꾼이 됐지만, 그래도 이렇게 아름다운 작품들 속에서 살고 싶은 마음까지 꺾이진 않았어요. 그런데 웬걸, 돈은 이 가게를 운영하면서 더 잘 번다니까요!"

"처음부터 이렇게 살았으면 인생이 얼마나 달랐을지 한번 생각해봐." 아이리스가 말했다.

"그런 생각도 가끔 하지. 그런데 번번이 내가 그 일을 그렇게 잘하지 않았다면 내 나라가 전쟁을 치르는 걸 돕지 못했을 거라는 결론에 이를 뿐이야. 내가 군인이 됐다면 아마 형편없는 병사였을 테니까. 자, 이제 본론으로 들어가자고,

스파크스. 나한테 전화해서 내 머리를 빌리고 싶다고 했지. 무슨 일을 꾸미는 중이야?"

"내가 아니라 다른 사람이 꾸미는 일이야. 대형 위조 사건이 벌어지려는 것 같아."

"뭘 만드는데?"

"의류 배급표."

"아, 그거 괜찮은 건수인데." 스몰리는 의자 등받이에 몸을 기대고 머리 뒤로 손을 깍지 끼었다. "인쇄는 사제 동판으로?"

"진짜 동판이야. 훔친 물건인데, 누가 또 훔쳐갔어."

"어떻게 된 건지 설명 좀 해줘."

아이리스가 사정을 요약해 설명하는 동안 스몰리는 몸을 앞뒤로 꺼덕거리며 주의 깊게 들었다.

"마음에 드는군." 스몰리는 아이리스의 설명이 끝나고 나서 그렇게 말했다. "배급표 위조라니 예술성은 없지만, 사업의 규모 자체가 마음에 들어. 그래서, 나한테 묻고 싶은 게 뭐야?"

"그 패거리한테 필요한 게 뭔지, 그걸 어디서 구할 수 있는지, 우리가 그걸 찾은 다음 거기서부터 거슬러 올라가 놈들을 붙잡으려면 어떻게 해야 하는지, 그런 것들."

"그게 다야?" 스몰리가 껄껄 웃었다. "흠, 일단 인쇄소가 필요해. 사람들의 눈을 피하려면 되도록 외진 곳에 있는 인쇄소를 알아봐야겠지. 진품에 사용한 것하고 똑같은 잉크가 있어야 하고. 종이도 있어야 해. 색상 및 재질이 진품과 동일한 걸로. 게다가 인쇄기를 돌리고, 배포도 하고, 그 외에 이 일 저 일을 하려면 인력도 필요할 거야."

"요즘은 종이가 부족하잖아요." 그웬이 말했다. "물량이 없어서 배급을 할 정도인데. 무슨 수로 종이를 충분히 구하겠어요?"

"아, 암시장에선 못 구하는 물건이 없어요." 스몰리가 대답했다. "중요한 건 딱 맞는 종이를 찾는 거예요. 내가 본 위조 배급표들은 대부분 종이가 너무 두껍든가, 너무 매끈했어요."

"그런 걸 보신 적이 있나요?"

"당국에서 자문을 해달라고 가끔 부르거든요. 그것도 자유를 누리느라 치르는 대가의 일부죠."

"제가 적절한 경로를 거치지 않고서 종이를 대량으로 사려 한다고 가정하면요. 어디로 가야 구할 수 있을까요?"

"흠, 그렇다면 종이로 그다지 합법적이지 않은 물건들을 만드는 업계의 사람들을 찾아가야겠죠."

"예를 들면요?"

"경마장의 사설 마권 업자들. 마권은 종이를 많이 써서 제작할 뿐 아니라 크기도 조그맣게 자르기 때문에, 배급표를 만들기에 딱 맞는 조건이에요."

"그럴 듯한 가설이군." 아이리스가 말했다.

"그리고… 내가 보기에 두 분 다 내 두 번째 가설을 듣고

졸도할 정도로 여린 성격은 아닌 듯한데, 어떠신지?"

"최선을 다해 맨 정신을 유지해볼게."

"포르노 업계야. 언제나 우리 주위에 있고, 언제나 구할수 있지. 사는 사람이 계속 있으니까 만드는 사람도 계속 있는 거야. 여기에도 특별한 수집가들을 위한 게 몇 점 있을정도야. 보여주기에는 좀 민망하지만, 목판인쇄의 세밀한표현이 아주 아름답다고."

"고맙지만 사양할게." 아이리스가 말했다. "그러니까 우리가 다음으로 찾아갈 곳은 마권 업자, 포르노 제작업자로군. 멋진데. 고마워, 지미. 언제나 최고라니까."

"너야말로." 스몰리는 그렇게 말하며 의자에서 일어섰다."잠깐만 기다려."

선반 위를 뒤적거리던 스몰리는 둘둘 말린 판화 용지 한장을 꺼내어 책상 위에 펼쳤다.

"일각돌고래잖아요!" 그웬이 외쳤다. "아까는 사무실로불러들이려고 그냥 하신 말씀인 줄 알았는데."

"진품은 아니지만, 그래도 훌륭한 복제품이에요. 원하신다면 아주 합리적인 가격에 드릴게요."

"정말 멋지네요. 예, 감사합니다. 살게요."

아이리스는 그 판화를 꼼꼼히 살펴봤다.

"이거 직접 만든 거잖아. 안 그래, 지미?"

"맞아."

"이제 위조에서 손 씻었다며."

"복제한 사실을 인정하는 복제품은 위조품이 아니야. 난 지금도 예술가라고. 그리고 난 일각돌고래를 좋아해."

"누군들 싫어하겠어. 그웬, 나 가게 앞에서 기다릴게."

그웬은 잠시 후에 아이리스와 합류했다. 일각돌고래 판화는 둘둘 말려 지관통에 들어가 있었다.

"쓸 만한 정보였어." 사무실로 돌아오는 길에 아이리스가 말했다. "자, 이제 우린 경마와 포르노의 세계에 뛰어들기만 하면 돼. 밑천을 홀랑 날리지 않고 옷이 홀렁 벗겨지지 않도록 주의하면서. 그쪽 업자들이 모이는 장소가 그렇게 많지는 않을 텐데…."

"아이리스." 그웬이 생각에 잠긴 표정으로 말했다. "나한테 짚이는 데가 있어."

14

"그걸 입고 나오다니 믿을 수가 없네." 아이리스가 말했다.

"미안, 빈집털이는 처음이라서." 그웬의 말이었다. "뭘 입어야 좋을지 몰라서 그만."

"너 무슨 귀족 출신 페인트칠 기술자 같아."

"멋진 옷은 입기 싫어서 그랬어. 다락을 기어가거나 창문으로 넘어갈 일이 생길 것 같아서. 다음번엔 네가 미리 가르쳐줘."

이튿날 아침 7시, 두 사람은 커머셜 로드와 서튼 스트리트의 교차점에서 만났다. 일요일 이른 아침에 오가는 차들은 무시해도 좋을 만큼 적었다. 옆 블록에 있는 성당은 아직 문도 열기 전이었다.

그웬은 남성용 회색 멜빵바지를 입고 허리에 끈을 질끈 동여맨 차림새였다. 안에 받쳐 입은 낡은 모슬린 블라우스는 군데군데 페인트가 묻어 있었다. 머리는 밀짚모자로 가렸지만 그 밑의 풍성한 머리카락은 더없이 깔끔하게 빗은 상태였다.

그 반면에 아이리스는 여느 때와 똑같은 출근 복장이었고, 추가한 것이라고는 평소보다 더 큰 핸드백뿐이었다.

"사무실 벽을 칠한 날에도 이 옷을 입었지." 아이리스는 기억을 떠올렸다. "그때 길게 묻은 초록색 페인트 자국이 지금도 보여."

"그럼 어떤 옷을 입어야 하는데?"

"평범한 사람처럼 보이는 평범한 옷이면 돼. 신발은 달리기 편한 걸로 신으면 되고."

"아." 그웬은 표정이 어두워졌다. "우리 나중에 도망치기까지 해야 돼?"

"그럴 가능성이야 늘 있지. 그런데 이 인간은 어디 있는 거야?"

아이리스는 거리 이쪽저쪽을 훑어봤다.

"마음이 안 내키나 봐." 그웬이 말했다. "아니면 겁먹었거나."

"그놈의 엉덩이를 확 시원하게 걷어차… 아, 저기 온다."

두 사람이 가만히 서서 기다리는 동안 평소처럼 줄무늬 정장을 입은 로저 필처가 한가롭게 걸어왔다.

"안녕, 숙녀 분들." 필처는 중절모의 좁은 챙에 한 손가락을 대고 인사했다.

"늦었잖아." 아이리스가 말했다.

"많이 늦은 것도 아니잖아."

"나를 한 번만 더 스테프니 한복판에서 기다리게 하면 당신하고는 끝장인 줄 알아."

"아, 여기가 스테프니야?" 그웬은 더욱 흥미로워하며 주위를 두리번거렸다.

"저 여잔 여기서 뭐 하는 거야?" 필처가 물었다. "반 고흐한테 모델을 서주기로 약속이라도 한 거야?"

"반 고흐를 다 아네." 그웬이 말했다. "하나도 안 어울려."

"그건 당신들 둘 다 마찬가지야. 이제 슬슬 이게 다 뭐 하는 짓인지 얘기해봐."

"이 멋진 계획은 그웬이 내놓은 거야." 아이리스가 말했다.

"그보다는 가설에 가깝지." 그웬이 조심스레 바로잡았다.

"그래도 훌륭한 가설이야."

"솔직히, 추측에 불과해. 성공하려면 증거가 필요해."

"그래서 우리가 여기 와 있는 거고."

"커머셜 로드에 말이지." 필처가 말했다. "당신들, 아직 나한테 아무것도 안 가르쳐줬어."

"그게, 실은 가르쳐줄 만한 게 없어." 아이리스는 선선히 인정했다. "하지만 당신네가 잃어버린 동판이 어디로 갔는지는 알 것 같아."

"안다고?" 필처가 큰 소리로 물었다. "지금 어디 있는데? 어떻게 된 건데?"

"걸으면서 설명해줄게." 아이리스는 필처에게 약속했다.

그러고는 서튼 스트리트 쪽으로 돌아서서 성큼성큼 걷기 시작했다. 필처는 잰걸음으로 아이리스를 따라갔다. 그웬은 두 사람을 거뜬히 따라잡았다.

"그러니까, 우린 이렇게 생각해봤어. 만약 틸리가 아치의 인쇄용 동판을 훔쳐간 누군지 모를 집단의 일원이었다면?" 아이리스는 그렇게 말을 꺼냈다.

"그건 불가능해. 그 여잔 내 정보원이었어. 내 눈을 피해서 그런 짓을 하는 건 불가능해."

"봐, 당신은 지금도 틸리를 무시하잖아. 틸리는 가방끈은 짧을지 몰라도 머리는 비상했어. 폭력이 곧 법인 세계에 살면서 자기 몫을 챙기는 법까지 알았단 말이야. 아치의 심부름을 하는 동안에도 줄곧 자기가 경찰 정보원인 걸 숨긴 여자야."

"그게 동판하고 무슨 상관인데?"

"동판이 사라진 시점은 틸리가 당신하고 헤어졌다고 알려진 시기와 거의 비슷해요." 그웬이 말했다. "틸리는 패니한테 머잖아 평생 떵떵거리고 살게 해줄 물건이 자기 손에 들어온다고 했어요. 그리고···."

필처는 말을 잇지 못하고 망설이는 그웬을 빤히 바라봤다.

"그리고 또 뭐라고 했는데요?" 필처가 물었다.

"당신을 헐뜯는 말을 조금 했어요."

"정확히 뭐라고 했는데요?"

"당신이 자기 손바닥 안에 있다고 했어요." 그웬은 다급히 대답했다. "미안해요."

"틸리가 그런 말을 했어요?" 필처는 고개를 절레절레 흔들었다. "여자들은 참 간도 크다니까. 잠깐만. 나를 마사 스트리트까지 데려온 거야?"

"짜잔!" 아이리스는 빙그레 웃으며 말했다. "이제는 고인이 된 틸리 라살이 일했던 톨버트네 옷가게가 있는 곳이지."

"그래, 나도 알아. 여기서 뭘 어쩌려고?"

"여기서부터 거대한 가설이 시작돼."

"아까도 얘기했지만, 사실적 증거가 필요한 가설이에요." 그웬이 말했다. "그래도 저는 단단히 확신해요."

"그러니까 그 가설이란 게 뭔지 좀 가르쳐달라고요."

"네가 말해." 그웬이 아이리스에게 말했다.

"아냐, 네가 생각해낸 거잖아."

"알았어. 우린 위조 작업이 어떤 식으로 이뤄지는지 조사해봤는데, 그 결과 뭐가 필요한지 알아냈어요. 인쇄소, 종이를 적절한 크기로 자르는 절단기, 배급표를 묶어서 수첩으로 제본하는 제본기, 잉크, 그리고 가장 중요한 종이가 있어야 해요."

"내가 다 아는 얘기를 하는군요." 필처가 말했다.

"관건은 종이인 것 같아요." 그웬의 이야기가 이어졌다. "왜냐면 종이도 다른 물자들처럼 부족해서 배급을 하니까요. 제 친한 친구 중에 극작가가 있어서 얘기를 해봤는데요, 그 친구는 작품만 계속 쓰면 반드시 나중에 유명한 작가가…."

"주제에서 벗어난 얘기야." 아이리스가 끼어들었다.

"맞아, 죄송해요. 집중하자, 그웬, 집중. 그러니까, 뒷거래로 종이를 구할 만한 곳 중 하나는 포르노 업계예요."

"당신이 포르노를 알아요?" 필처가 웃음을 터뜨렸다. "점잖은 숙녀인 줄 알았더니."

"상류층 가정에서 자란 여자애는 누구나 아빠가 저속한 사진을 어디다 감춰두는지 알거든요. 부모님이 잘 차려입고 만찬을 즐기러 나간 사이에 우린 그런 사진을 꺼내서 뚫어져라 들여다보곤 했어요."

"그런 줄은 몰랐네요. 그런데 그 길고 긴 이야기 속에서 포르노를 파는 사람은 누군가요?"

"미스터 톨버트요." 그웬은 들뜬 목소리로 말했다. "그 사람 책상에서 미스 라살을 찍은 음란한 사진을 봤어요."

"그게 언젠데요?"

"지난주 수요일요. 그런데 그 옷가게 바로 옆에 뭐가 있는지 보세요!"

필처는 그쪽으로 고개를 돌렸고, 두 여성은 그의 양옆에서 기대에 찬 눈빛으로 지켜봤다.

"인쇄소군요." 필처가 느릿느릿 말했다. "널빤지로 입구를 막은 인쇄소."

"바로 그거예요. 여긴 여성복 가게를 차리기엔 입지 조건이 너무 열악해요. 지하철역이 문을 닫은 지 벌써 몇 년이나 됐으니 더욱 그렇죠. 그런데 그런 곳에 있는 여성복 가게 바로 옆에 문 닫은 인쇄소가 있잖아요. 그리고 그 반대쪽 옆은 창고예요. 그 안에서 사진을 현상하고, 종이도 보관하고, 또 무슨 일을 했을지는 아무도 모르죠."

"그리고 여기가 당신이 뒤로 돌아설 지점이야." 아이리스가 필처에게 한 말이었다.

"내가 뭘 어떻게 한다고?"

"당신은 공무원이잖아. 우린 아니고. 그건 당신이 못하는 일도 우린 할 수 있다는 뜻이지. 자, 저쪽 보고 있어, 내 가짜 애인. 왜냐면 우리 둘이 지금부터 도둑질을 할 거거든."

"지금부터 뭘 어째? 정신 나갔어? 그렇게 남의 영업장에 마음대로…."

"조용히 해요, 좀." 그웬이 필처를 꾸짖었다. "남들 모르게 하려고 이러는 건데."

필처가 입을 헤 벌린 채 길모퉁이에 서 있는 동안, 두 여성은 거리를 느긋하게 걸어갔다. 그러다가 톨버트 여성복점의 진열창 앞에 멈춰 서서 안을 들여다봤다.

"닫혀 있네." 그웬이 말했다.

"우리가 일요일에 도둑질을 하러 온 이유가 그거잖아."

아이리스는 그렇게 말하고는 가방에서 조그마한 검은색 가죽 쌈지를 꺼냈다. 그러고는 인쇄소 문 앞으로 걸어가더니, 자물쇠를 들고 꼼꼼히 살펴봤다.

"식은 죽 먹기네. 잠깐만 기다려."

그 말에 이어 아이리스는 쌈지의 지퍼를 연 다음, 짧고 얄따란 금속 막대 두 개를 꺼냈다.

"지금 뭐 하는 거야?" 등 뒤에서 필처가 물었다.

"저쪽에 서 있기로 했잖아요." 그웬의 목소리는 딱딱했다.

"하지만 이 여자가 지금 문을 따려고 하잖아요! 애초에 그런 기술을 도대체 어디서 배운 거야?"

"그건 밝힐 수 없어요." 그웬이 말했다. "세상에, 이게 이렇게 기분 좋은 말이었다니."

그때 뒤쪽에서 금속이 부딪히는 '딸깍' 소리가 났다. 그웬이 돌아보니 아이리스가 자물쇠를 풀고 문을 여는 중이었다.

"잘했어." 그웬이 말했다.

"이 정도는 쉬워. 들어가자."

둘은 살며시 문 안으로 들어섰다. 이윽고 아이리스가 문틈으로 고개를 빼꼼히 내밀었다.

"올 거야, 말 거야?" 필처에게 던지는 질문이었다. "안 올 거면 부탁이니까 모퉁이에 가서 망이나 봐줘. 거기 수상쩍게 서 있어봤자 하나도 도움이 안 돼."

"미치겠군." 필처는 한숨을 쉬며 아이리스를 따라 들어갔다.

인쇄소 내부는 도로에 면한 입구에서 안쪽으로 길게 뻗어 있었고, 톨버트의 가게 안과 달리 실내를 구획하는 벽이 하나도 없어서 널따랬다. 안이 어두웠기 때문에 아이리스와 그웬은 곧바로 핸드백에서 손전등을 꺼내어 불을 켰다. 아이리스의 손전등 불빛이 이리저리 돌아다니다가 멈춘 곳은 기둥에 붙은 커다란 전기 회로 개폐기였다.

"뭔지 한번 볼까." 아이리스는 그렇게 말하며 개폐기의 칼날 모양 스위치를 아래로 내렸다. 커다랗고 둥그런 천장 조명이 금속 덮개 속에서 켜져 실내를 환히 비췄다.

"이제 좀 낫네." 그웬이 손전등을 끄며 말했다.

곳곳에 커다란 기계가 외따로 서 있었다. 위협적으로 번뜩이는 바퀴와 크랭크, 벨트, 톱니 따위의 집합체들이었다. 한쪽 벽에 자동 식자 조판기가 서 있었고, 다른 벽에는 절단기와 제본기가 있었다.

아이리스는 손끝으로 벨트를 가볍게 쓸어봤다.

"먼지가 없군. 하나같이 잘 정비돼 있고, 기름칠을 한 지도 얼마 안 됐어. 누군가 전기 요금도 내고 있고. 내 눈에는 문을 닫은 인쇄소로 안 보이는데."

"아이리스, 여기 봐." 그웬의 목소리였다. "종이야! 엄청 많아."

안쪽에 네모나게 잘라서 차곡차곡 쌓은 종이 더미가 있었다.

"로저, 올해 배급표는 무슨 색이지?" 아이리스가 물었다.

"녹갈색하고 초록색." 필처는 무뚝뚝한 목소리로 대답했다.

"그건 이쪽에 있어." 아이리스는 종이 더미 옆에 쪼그리고 앉아 엄지손가락으로 종이를 주르륵 훑었다. "개구리하고 거북이 그림을 왕창 만들 게 아니라면 말이지."

"그래 봤자 동판이 없으면 아무것도 입증 못해." 그웬이 아이리스를 일깨워줬다. "우린 동판을 찾아야 돼. 이렇게 넓은 창고에서 말이야."

"그런 물건을 숨겨놓을 만한 장소는 그렇게 많지 않을 거야. 분명 인쇄기 근처 어디일걸."

"넌 저쪽을 맡아. 난 이쪽을 뒤질게."

"난 쓸모없이 여기 계속 서 있어도 되겠죠?" 필처가 물었다.

그웬은 작업대 쪽으로 가서 서랍을 열고 안을 뒤지기 시작했다. 아이리스는 세로로 칸칸이 나뉜 서류 분류함이 있는 낡은 책상과 그 옆의 철판 캐비닛 한 쌍 쪽으로 눈을 돌렸다. 캐비닛은 잠겨 있었다. 아이리스는 깔보는 표정으로 캐비닛을 보며 문 따기 도구가 들어 있는 가죽 쌈지를 꺼냈다.

"버텨봤자 소용없어." 아이리스가 중얼거렸다. "어디 보자…."

그때 창고 문이 쾅 소리와 함께 벌컥 열렸다. 다 같이 그쪽을 돌아보니 아침 햇살을 받아 윤곽이 희미하게 빛나는 미스터 톨버트가 문간에 서서, 두 손으로 쌍열 산탄총을 들고 있었다.

"여기서 뭐 하는 거야?" 톨버트가 안에 들어서며 물었다.

"미안해요." 아이리스는 손을 번쩍 들었다. "방해할 생각은 없었는데."

"교회에 가신 줄 알았지 뭐예요." 그웬이었다.

"우리가 착각했어."

"그러게, 범죄자가 교회에 다니는 경우가 보통은 드물다는 걸 감안했어야 하는데. 생각해보면 당연한데 말이야."

톨버트는 두 여성을 번갈아가며 바라봤다.

"그때 그 부잣집 딸내미하고 촉새 같은 하녀잖아. 처음 왔을 때 거짓부렁인 걸 알아챘어야 하는데."

"당신, 위조꾼치고는 잘 속는 편이던데." 아이리스가 말했다. "로저, 이제 슬슬 체포해야 하는 거 아니야?"

필처는 산탄총을 든 남자를 힐긋 보더니 난데없이 씩 웃었다.

"왜 그래야 하는지 모르겠군. 총을 나한테 겨눈 것도 아닌데."

"뭐라고?" 아이리스가 물었다.

"어쨌거나 자영업을 하는 사람이면 자기 영업장을 지킬 권리는 있는 거 아니겠어?" 필처의 말이 이어졌다.

"아이리스, 저 사람 왜 말을 저렇게 해?" 그웬이 물었다. "우리한테 퍼디 산탄총을 겨눈 저 신사 분을 정신 사납게 하려는 교묘한 전술 같은 거야?"

"로저, 뭘 어쩌려고 이러는 거야?" 아이리스가 물었다.

"뭘 어쩌려고 이러냐고?" 필처는 아이리스의 말을 따라했다. "뭘 어쩔 거냐면, 이렇게 말할 거야, 자기. 어깨에 멘 그 가방을 벗어서 이쪽으로 던져. 살살."

"알았어. 이렇게 된 이상, 다른 길이 있을 것 같진 않군."

아이리스는 가방끈이 어깨에서 벗겨져 달랑거리게 핸드백을 내린 다음, 필처에게 던져줬다. 필처는 그렇게 받은 핸드백을 열고 속에 있던 잭나이프를 꺼냈다.

"이걸 또 휘두르는 꼴은 보기 싫어서 말이지." 필처는 칼을 자기 주머니에 넣었다.

"미안해요, 늦게 와서!" 엘시가 문을 열고 뛰어들며 큰 소리로 외쳤다. "재미있는 구경은 다 끝났나요?"

"갱단 총집합이네." 아이리스가 중얼거렸다.

"참 일찍도 오는구나." 등 뒤의 문을 닫는 엘시에게 톨버트가 한 말이었다.

"여기서 우리 집이 제일 멀잖아요, 안 그래요?" 엘시가 따졌다. "전화 받자마자 바로 온 거예요."

"넌 바로 길 건너편에 살아도 뭘 입을지 고르다가 늦을걸." 로저가 말했다.

"옷은 확실히 예쁘네." 아이리스였다. "엘시 옷 예쁘지 않아, 그웬?"

그웬은 멍하니 고개만 끄덕였다. 눈은 총에 고정된 채로.

"자, 난 이제 저쪽에 있는 친구들 옆으로 갈 거야." 필처가 말했다. "미시즈 베인브리지, 난 지금부터 당신을 겨눈 미스터 톨버트의 총구 앞으로 지나갈 거야. 그 총구는 당신 친구인 미스 스파크스 쪽으로 옮겨갈 거니까, 내가 지나가는 동안 엉뚱한 짓을 할 생각은 꿈에도 하지 마. 안 그랬다간 친구가 이 창고 바닥에 산산이 흩뿌려질 테니까. 알아들었어?"

그웬은 다시 고개를 끄덕였다. 눈길은 아이리스 쪽으로 슥 돌아가는 총구를 향한 채로.

필처는 톨버트와 엘시가 서 있는 곳으로 건너갔다.

"그냥 재미 삼아 물어보는 건데." 아이리스가 입을 열었다. "동판에 더 가까이 간 게 누구야? 나야, 아니면 틸리?"

"너야." 필처가 대답했다. "자, 미시즈 베인브리지, 아무쪼록 가방과 그 속에 들어 있는 가공할 호루라기를 이쪽으로 던져주실까?"

"호루라기?" 그웬이 핸드백을 던지는 사이에 엘시가 킥킥거렸다. "그런 건 뭐 하러 갖고 다닌대?"

"나중에 얘기해줄게." 로저는 엘시에게 핸드백을 건네며 말했다. "지금은 이 둘을 어떻게 할지 생각해야 하니까."

"당신들이 우리한테 항복하지 그래." 아이리스의 제안이었다. "대우는 잘해줄게."

"그 입 좀 다물지 그래." 톨버트였다. "로저, 이제 어쩔 거야?"

"지금 생각 중이야."

"우리 입을 다물게 할 방법을 찾는 중이라면, 나한테 좋은 생각이 있어." 아이리스가 말했다.

"산탄총을 든 사람이 입 다물라고 해도 말을 안 듣는 너한테 그런 게 있을 것 같진 않은데." 톨버트였다.

"좋은 지적이에요. 하지만 그보다 더 딱 부러지는 방법이 있어요. 로저가 생각하는 대안, 그러니까 무고한 여자 둘을 죽이는 것보다 훨씬 더 점잖은 방법이죠. 그리고 내가 보기에 당신은 그런 짓을 할 사람 같진 않아요, 미스터 톨버트."

"내 경험에 비춰보면 세상에 무고한 여자 같은 건 없어." 톨버트가 말했다.

"난 제안에는 열려 있는 편이야." 필처가 말했다. "네 제안은 뭐지?"

"돈으로 우리 입을 막아." 아이리스가 말했다. "우린 단지 추문 때문에 결혼상담소가 망하는 사태를 피하려다 이 사건에 휘말렸을 뿐이야. 당신들은 이제 곧 교묘한 계획으로 떼돈을 벌 테고, 돈이 손에 들어오면 아치 패거리의 보복을 피하려고 다들 외국으로 달아날 거라는 게 내 짐작이야. 우리가 빈털터리가 되지 않게 한몫 챙겨줘. 그럼 당신들이 성공해서 사라질 때까지 입 꾹 다물고 있을게. 틸리 몫에서 떼어주면 되잖아."

"틸리가 한패인 걸 어떻게 알았지?"

"우리가 알아낸 건 아주 많아. 모르는 건 딱 하나, 너희 중 누가 틸리를 죽였느냐 하는 거야."

"틸리를 죽여?" 엘시가 소리쳤다. "우리가 그런 짓을 왜 해?"

"안 죽었다고? 틸리는 일찌감치 이 일에서 손을 씻으려고 했어. 그래서 우리 상담소를 찾아온 거라고. 틸리가 찾으려던 건 새드웰에서 안전하게 벗어나는 방법이었어. 안 그래?"

"우린 안 죽였어." 필처가 말했다. "틸리는 이번 일에 처음부터 참여했어. 계획을 거의 다 틸리가 짰다고. 성사시키는 것도 틸리한테 달린 일이었어. 죽었다는 소식을 처음 들었을 때 우린 아치 소행인 줄 알았어."

"당연히 겁을 먹을 수밖에 없었어." 엘시의 말이었다. "그 상태로 계속 모른 척 시치미를 뗀 거야, 속으로는 혹시 다음이 우리 차례일지 궁금해하면서."

"그러던 중 너희 회원인 트로워가 체포당했지." 필처였다.

"흠, 당신들이 살인자가 아니라니 마음이 놓이는군." 아이리스가 말했다. "우리를 첫 번째 희생자로 삼진 않을 거란 희망이 생기니까 말이야."

"너희가 내놓은 제안의 문제는 신뢰야. 우리가 돈으로 너희 입을 막는다고 해도, 일단 풀어주면 곧장 경찰청으로 달려가도 막을 방법이 없잖아. 우리한테는 유리한 게 없어."

"우리가 약속하는 걸로는 부족하단 말이야?"

"자기, 난 아직 내 중간 이름도 안 가르쳐줄 정도로 자길 못 믿잖아. 이런 중요한 문제야 말해 뭐 하겠어." 필처가 말했다. "자, 다시 처음으로 돌아가서. 너희를 어떻게 처리하면 좋을까?"

"그래, 우리가 지금 협상하기 좋은 처지가 아닌 건 나도 알겠어. 하지만 최악의 상황을 가정하면, 당신네가 지은 죄는 고작해야 범죄 모의 및 위조야. 그 정도면 세상이 끝날 때까지 갇혀 살 정도는 아니란 말이지, 내가 보기엔. 하지만 거기에 살인이 추가되면 교수형감이야."

"난 교도소에는 단 하루도 들어가지 않을 거야. 그리고 잡혀 들어가는 꼴만 면할 수 있다면 무슨 짓이든 서슴지 않을 거고."

"나를 인질로 잡아." 아이리스가 다급히 말했다. "그웬은 보내줘, 그 대신 일이 다 끝날 때까지 나를 가둬놓으면 돼. 그웬은 입을 꾹 다물고 있을 거야, 당신들은 남미든 어디든 성공한 도둑들이 은퇴 후에 가는 곳으로 출발한 후에 내가 어디 있는지 그웬한테 알려줘."

"타히티." 엘시가 말했다. "난 전부터 타히티에 가고 싶었어. 앗! 호루라기다! 진짜로 있었구나."

"미안해, 자기." 필처였다. "이제 2주만 있으면 큰돈이 들어올 거야. 인질을 잡아두고 끼니까지 챙겨줄 여유는 없어. 너무 손이 많이 가고, 혹시라도 탈출했다가는 너무 위험해지니까."

"그웬한테는 애가 있단 말이야, 망할 자식아!" 아이리스가 악을 썼다. "이제 여섯 살인 귀여운 아들이 있어. 아빠도 없이 혼자 키우는 애야. 잔인한 짓도 정도가 있잖아."

"어머, 어떡해." 엘시였다. "저 여자 좀 봐, 로저."

눈물이 그웬의 뺨을 타고 줄줄 흘러내렸다. 소리 내어 흐

느끼기 시작한 그웬은 울음소리를 덮으려고 양손으로 자기 입을 가렸다. 그러다 갑자기, 눈의 검은자위가 스르르 위를 향하는가 싶더니 허물어지듯 바닥에 털썩 쓰러졌다.

"그웬!" 아이리스는 그렇게 외치며 친구 곁으로 다가가려 했다.

"꼼짝 마!" 톨버트가 명령했다.

"그치만 저대로 놔둘 순 없잖아요!" 아이리스는 미친 듯이 양팔을 흔들었다.

"진지하게 말하는데, 그 입 안 다물면 쏴버린다!" 톨버트는 산탄총을 들어 아이리스를 겨눴다.

"호루라기!" 엘시가 소리쳤다.

조그마한 은빛 물건이 그웬의 입에서 비죽 나와 있었다. 다음 순간, 소름 끼치게 날카로운 소리가 창고 안에 울려 퍼졌다. 메아리가 잦아드는 동안 안에 있던 사람들 모두 꼼짝도 하지 못했다.

필처는 주위를 두리번거리다가, 그때껏 바닥에 쓰러져 있던 그웬을 돌아봤다. 그웬은 호루라기를 하도 세게 불어서 숨을 헐떡거리는 중이었다.

"여자가 호루라기를 한 개만 갖고 다녀야 한다는 법은 없으니까." 그웬이 말했다. 호루라기를 의기양양하게 한 손에 쳐든 채로.

"시도는 좋았어, 예쁜이." 필처의 말이었다. "하지만 이 근처를 돌아다니는 순경 같은 건 없어. 일요일 아침에는 말이야."

"보통은 그렇겠지." 그웬은 몸을 일으켜 앉으며 그 말에 동의했다. "하지만 오늘은 보통의 일요일이 아니거든."

누군가 등 뒤의 창고 문을 정중히 두드리자 세 공범은 놀라서 흠칫했다.

"안에 계신 분들!" 남자 목소리가 커다랗게 들렸다. "경찰청 범죄 수사부의 파럼 경감입니다. 여러분은 포위됐습니다. 거기다 머릿수도, 무장도 이쪽이 월등합니다. 평화롭게 해결하는 게 모두에게 이로울 겁니다. 동의하십니까?"

"로저, 우리 이제 어떡해?" 엘시가 물었다.

필처는 실내를 둘러봤다.

"우리한텐 인질이 있어. 여기서 나가는 건 간단해. 경찰한테 차를 준비하라고 해서…."

"경찰은 우리가 누군지 다 알아." 톨버트가 말했다. "죽을 때까지 도망 다닐 순 없어. 그리고 난 고작 이런 일로 총을 맞고 싶진 않아."

"나도야." 엘시가 거들었다. "이제 저 여자한테 어린 아들이 있는 것까지 알아버렸으니 더 그래. 다 끝났어, 로저. 누가 다치기 전에 자수하자."

필처는 눈앞의 두 여성을 바라봤다. 그웬은 이제 일어서 있었다. 아이리스는 양팔을 내리고 기대에 찬 눈빛으로 필처를 보고 있었다. 필처가 주머니에서 아이리스의 잭나이프를 꺼냈다. 아이리스는 긴장해서 움찔하면서도 칼에서 눈을 떼지 않았다.

"이건 돌려줘야겠지." 필처는 칼을 아이리스에게 던져 줬다.

"고마워." 아이리스는 칼을 받으며 말했다. "추억이 깃든 물건이거든."

"네 인생에 그런 물건은 분명 그 칼 하나뿐이겠지."

필처는 그 말을 남기고 문 쪽으로 돌아섰다.

"지금 나갈 거야!" 필처가 외쳤다. "쏘지 마! 먼저 총부터 버릴 거니까."

"좋습니다." 파럼이 말했다. "모두 총 내려. 내가 지시하지 않으면 절대 쏘지 마."

톨버트는 산탄총의 총열을 열고 총탄을 꺼냈다. 그러고는 조심스레 창고 문을 열고 총을 바깥으로 던졌다.

"받았나?" 톨버트가 외쳤다.

"받았습니다." 파럼이 대답했다. "이제 나오셔도 됩니다. 가능하면 양손을 하늘로 들어주십시오."

"가능하기는, 개뿔." 톨버트는 비웃듯이 중얼거렸다.

그러고는 양손을 허공에 들고 바깥으로 걸어 나갔다.

"네 차례야." 필처가 엘시에게 말했다.

"집에 가면 나 대신 아들을 안아줘." 엘시가 그웬에게 말했다.

"그래. 행운을 빌게."

엘시가 문 바깥으로 걸어 나갔다.

필처는 돌아서서 아이리스를 봤다.

"내 계획을 어떻게 알아차렸지?"

"틸리를 체포한 사람이 바로 너잖아. 네가 아직 평범한 재무부 조사관이었을 때 말이야. 넌 그때 틸리를 정보원으로 포섭했어."

"그래서?"

"그때 엘시도 함께 체포됐지." 그웬이 말했다. "엘시는 당신이 잠입 수사 중인 걸 처음부터 알고 있었어. 그러니까 엘시가 겉으로 보이는 것처럼 아치에게 충성하는 부하였다면, 대번에 당신이 누군지 알렸을 거야."

"다만 엘시가 평소에 아치한테서 슬쩍하는 것보다 더 큰 건수를 노리고 당신을 이용하기로 마음먹었다면, 사정은 달라져." 아이리스가 이야기를 이어받았다. "일단 그 구도로 당신들을 봤더니 더 큰 그림이 그려졌어. 동판의 정보는 엘시나 틸리가 아치를 홀려서 빼냈겠지. 동판을 훔치는 건 당신들 셋이 했을 테고, 여기서 인쇄 작업을 준비하는 거랑 틸리를 계획에 끌어들이는 건 톨버트가 맡았을 테고."

"훌륭한 추리야. 당신한텐 제대로 된 키스를 돌려줘야 하는데."

"장부에 적어만 둘게. 갚으려고 하지는 마."

"조만간 출소한 후에 기회가 있겠지."

"그럴 것 같진 않은데. 틸리 살해 사건은 아직 해결 안 됐어."

"나하곤 상관없는 일이야. 수사 잘해봐."

필처는 두 사람에게 마지막 경례를 했다. 그러고는 두 팔을 쳐들고 바깥으로 걸어 나갔다. 웅성거리는 소리가 잠깐 나더니 수갑이 철컥거리는 소리가 그 뒤를 이었다.

"미스 스파크스, 미시즈 베인브리지." 잠시 후, 파럼 경감이 외쳤다. "무사하십니까?"

"예, 경감님." 아이리스가 대답했다. "안으로 들어오세요."

파럼 경감이 안으로 들어섰고, 킨지가 뒤따라 들어왔다. 둘은 실내를 둘러봤다.

"인쇄소가 맞군요. 그건 인정합니다." 파럼 경감이 말했다. "하지만 동판이 없으면 사건이 성립하기 힘들어요."

"잠깐만 참으세요, 경감님." 아이리스는 문 따기 도구가 든 쌈지를 바닥에서 주워 들었다. 그러고는 왼쪽 캐비닛의 자물쇠를 따기 시작했다.

"자넨 저분한테 저런 재주가 있는 걸 알고 있었나?" 파럼이 킨지에게 물었다.

"아닙니다, 경감님. 하지만 저는 저 사람이 뭘 한대도 놀랍지 않습니다. 어쩌면 뭘 해도 다 놀라운지도 모르겠습니다만."

"현장이 다 정리되면 저 도구는 압수하는 게 좋겠어." 파럼이 말했다. "불법이니까."

"압수하려거든 해봐요, 그땐 내가 무슨 짓을 할지 나도

436

모르니까." 아이리스의 대꾸였다.

캐비닛 손잡이를 돌리자 잠겼던 문이 활짝 열렸다. 아이리스가 안쪽에서 꺼낸 것은 금속판 한 더미였다.

"젠장, 되게 무겁네. 와서 좀 도와주시겠어요, 신사 분들?"

파럼이 다가와 동판 더미를 받아들었다. 그러고는 맨 위에 얹힌 것을 꼼꼼히 살펴봤다.

"상무부 직인이 새겨져 있군. 그래, 진품이야. 수고하셨습니다, 숙녀 여러분. 위조범 일당을 두 분이서 직접 적발하셨군요. 저희와 같이 경찰청으로 가셔서 진술해주셔야겠습니다. 킨지 경장의 차를 타고 오시면 됩니다."

"그럼 미스터 트로워는…." 그웬이 말을 꺼냈다.

"자세한 이야기는 경찰청에서 하도록 하지요." 파럼이 말했다.

"경감님이 한몫 잡으려고 그 동판을 들고 내빼지 않는다는 보장이 어디 있는데요?"

"거 괜찮은 생각이군요!" 파럼이 껄껄 웃었다. "저를 좀 믿어주십시오, 미스 스파크스. 저도 당신을 믿어서 이렇게 부하들을 이끌고 왔잖습니까?"

"그랬죠. 하지만 방심하지 마세요… 우린 경감님이 누군지 아니까요."

"놀리려고 그러는 겁니다, 경감님." 킨지가 말했다. "이 사람 습관입니다."

"나로서는 영영 익숙해지기 싫은 습관이로군. 그럼 경찰청에서 뵙겠습니다."

파럼 경감은 현장을 떠났다.

"어떡해, 나 갑자기 몸이 덜덜 떨려." 그웬이 말했다.

"지연 반응입니다. 몸이 뒤늦게 반응하는 거죠." 킨지가 말했다. "누가 나한테 총을 겨누는 건 유쾌한 경험이 아니니까요."

"난 왜 네가 그렇게 반응하는지 모르겠는데." 아이리스가 말했다. "총은 거의 나를 향하고 있었잖아."

"하지만 그게 원래 계획이었잖아. 너는 그 사람의 주의를 끌고, 나는 그 틈에 두 번째 호루라기를 입에 물고."

"그 산탄총이 퍼디라는 건 어떻게 알았어?"

"스키트 사격은 나도 꽤 해봤거든. 퍼디 산탄총은 척 보면 알아. 총구 앞쪽에 서 있는 게 기분 좋았다는 말은 못하겠지만."

"엄청난 도박이었어." 킨지의 말이었다. "동판이 여기 있다고 확신한 것도 아니잖아. 하마터면 죽을 뻔했어. 아무것도 없었다면 절도 혐의로 체포됐을지도 모르고."

"어, 우린 동판이 여기 있을 거라고 철석같이 확신했어." 아이리스가 말했다.

"어떻게?"

"왜냐면 내가 어젯밤에 여기 몰래 들어와서 미리 찾아냈으니까. 이제 경찰청으로 갈까, 마이크? 보아하니 오늘은 바쁜 하루가 될 것 같은데."

아이리스는 문으로 향하다가 멈춰 서서 바닥에 떨어진 핸드백을 주운 다음, 잭나이프를 안에 넣었다.

"우리 사무실에 칼을 갖고 들어갈 생각은 버려." 킨지가 아이리스의 등에 대고 외쳤다.

"포기하세요, 형사님." 그웬은 킨지의 앞을 지나가며 말했다. "오늘은 우리가 이겼어요. 승리에 초 칠 생각은 마세요."

둘은 킨지가 탄 울즐리 경찰차의 뒷좌석에 앉아서 갔다. 킨지는 운전사와 나란히 앞쪽 좌석에 앉았다.

"나 꼭 용의자가 된 기분이야." 그웬이 말했다. "되게 긴장되지 않아? 사이렌 좀 켜달라고 부탁하면 안 되겠죠?"

"죄송하지만 안 됩니다." 킨지가 말했다. "사람들은 요즘도 사이렌 소리를 들으면 공황 상태에 빠지거든요. 아니, 버스가 오르막길에서 기어만 바꿔도 방공호로 뛰어들 정도예요. 평소에는 자제하다가 실제 비상 상황에만 켭니다."

경찰차가 출입구로 들어서더니 멈춰 섰다. 운전사는 두 사람이 내리도록 차 문을 잡고 경례를 했다.

"안 그래도 돼요." 스파크스는 차에서 내리며 중얼거렸다. "계급은 그쪽이 나보다 위일 테니까."

킨지는 둘을 파럼의 사무실 앞 긴 의자로 안내했다.

"여기서 기다리세요." 킨지가 두 사람에게 지시했다. "진술서를 언제쯤 작성할지 모르겠군요. 기다리는 동안 뭐 좀 드시겠어요? 티타임까지는 시간이 조금 남았지만, 사람을 보내서 간식을 사오면 되니까요."

"듣던 중 반가운 소식이네, 고마워." 아이리스였다. "난 배고파 죽겠어."

"저는 홍차 한 잔이면 돼요." 그웬의 말이었다.

"알겠어요. 갔다 올게요."

킨지는 먹을 것을 찾으러 나갔다.

"그런 일을 겪고도 음식이 넘어가?" 그웬이 물었다.

"우린 살아남았잖아. 계속 전진해야지. 그러려면 빵이 필요해. 자, 우리 진술은 미리 맞춰본 대로 하는 거지?"

"그래야지. 그게 통하길 빌어보자."

둘은 따로따로 불려가 진술서를 작성했고, 다 마친 후에 원래의 긴 의자로 돌아왔다. 이따금 훈장이 주렁주렁 달린 경찰 정복이나 값비싼 맞춤 정장 차림에 콧수염이 희끗희끗한 남자들이 걱정스러운 표정을 하고 사무실에 들락거렸다.

"상무부의 높으신 분들이겠군." 아이리스의 추측이었다. "이번 일 때문에 난리법석이 꽤 크게 일어났나 봐. 모가지 몇 개는 날아가겠는데."

정오 무렵이 되자 다과를 실은 카트가 둘이 앉은 긴 의자 앞에 도착했다.

"경찰청에서 대접하는 거예요." 카트를 밀고 온 여성은 샌드위치가 담긴 접시를 둘에게 건네며 그렇게 말했다.

그웬은 자기 몫의 샌드위치를 입이 미어져라 베어 물었다. "입맛이 돌아왔구나." 아이리스는 그웬을 살펴보며 말했다.

"난 이때껏 감정이 무슨 고장 난 괘종시계처럼 오락가락했어. 지금은 기분이 정말 좋아. 배도 고프고. 너처럼 살면 나도 늘 이런 기분이겠구나."

"그건 감당이 안 될 것 같은데. 나 한 명으로 충분해."

"누구는 그것도 너무 많다고 할걸." 킨지는 그렇게 말하며 두 사람에게 다가왔다. "파럼 경감님이 지금 보자고 하십니다. 같이 가시죠."

킨지가 두 사람을 데리고 들어간 파럼의 사무실은 그가 여러 악명 높은 범죄자들에게 수갑을 채워놓고 나란히 찍은 사진과 각계각층의 사람들에게서 받은 표창장으로 장식돼 있었다. 그중에는 왕에게서 받은 것도 있었다.

파럼은 안으로 들어서는 두 사람을 보고 자리에서 일어섰다. "앉으시지요." 파럼은 자기 책상 앞의 의자를 가리키며 말했다. 둘은 의자에 앉았다. 킨지는 팔짱을 낀 채 구석에 서 있었다.

"우선, 런던 경찰청은 이번 사건과 관련하여 두 분의 노고에 감사드리는 바입니다. 비록 그 방식이 특이하고… 솔직히, 불법이기는 했습니다만." 파럼은 그렇게 말을 꺼냈다. "저희는 공식 보고서뿐 아니라 보도 자료에서도 두 분께서 협조하셨다는 사실을 언급할 겁니다."

"협조요?" 그웬은 목소리에 분노가 배어 있었다. "우리가 다 했잖아요!"

"저희가 협조한 걸 어떤 식으로 설명하실 건데요?" 아이리스가 물었다.

"되도록 짧게 할 겁니다. 이번 사건은 전체적으로… 그러니까 상무부 소속 조사관이 배임 행위를 저질렀을 뿐 아니라, 만에 하나 성공했다면 정부의 배급 운영에 대한 대중의 신뢰를 저해할 음모까지 꾸몄다는 점에서… 관계자 전원에게 매우 당혹스러운 사태이기 때문입니다."

"은폐할 작정이군요." 아이리스가 말했다.

"다 하진 않습니다. 발표는 하는데, 세부 사항은 거의 생략할 겁니다. 공모자 세 명은 법에 따라 엄정하게 처벌될 거고요."

"디키 트로워는요?" 그웬이 물었다.

"그 사람은 왜 물으십니까?"

"저희는 트로워가 아니라 다른 사람들한테 틸리 라살을 죽일 동기가 있었다는 걸 분명히 밝혀냈어요. 그 정도면 트로워를 석방하기에 충분하지 않나요?"

"킨지 경장, 자네가 수사한 결과를 두 분께 말씀드려."

"예." 킨지가 앞으로 나서며 말했다. "미스 라살이 살해된

날 밤, 로저 필처는 실제로 상무부의 상사들에게 보고하러 갔습니다. 그 회의는 웨스트민스터에서 몇 시간 동안 진행됐습니다. 미스터 톨버트는 자주 만나는 친구들과 카드놀이를 했는데 알리바이는 그 친구들 모두가 입증해줄 겁니다. 미스 스펜서는 가족과 함께 있었습니다."

"엘시네 식구들은 틀림없이 거짓말을 했을 거예요." 아이리스가 말했다.

"그럴지도 모르죠." 킨지가 맞장구쳤다. "하지만 입증할 증거가 없으니 어쩔 수 없어요."

"트로워에 관해서라면, 살해 흉기가 그자의 방에서 나왔다는 사실은 변하지 않습니다." 파럼 경감이 거들었다. "기존 증거와 상충하는 새로운 증거는 하나도 나오지 않았어요. 두 분은 정말로 용감하게 애써주셨습니다. 저조차도 그 노고가 결실을 맺었으면 하고 조금이나마 바랄 정도로 말입니다. 하지만 그 모든 사실에도 불구하고 경찰은 이전의 수사에서 얻은 결론을 견지합니다. 트로워는 석방되지 않을 겁니다."

"안 돼요!" 그웬이 항의했다. "그럴 수는 없어요!"

"그만해, 그웬." 아이리스는 친구의 어깨에 손을 얹으며 말했다. "다 끝났어."

"정의가 실현되기 전에는 그만둘 수 없어!" 그웬은 의자에서 일어서며 외쳤다.

"진정하십시오, 미시즈 베인브리지." 파럼의 목소리에서 지친 기색이 느껴졌다. "감정에 휘둘리시면 안 됩니다. 이야기는 여기서 끝내겠습니다. 킨지, 두 분을 배웅해드려. 택시도 잡아드리고. 비용은 우리 쪽에서 부담하되, 영수증은 제출하도록."

"예. 이쪽으로 오시죠."

킨지는 두 사람을 자기 사무실로 안내했다.

"화장실이 어딘가요?" 그웬은 눈물을 닦으며 물었다. "화장을 좀 고쳐야겠어요."

"복도를 따라가면 왼쪽에 있습니다."

그웬은 화가 나서 성큼성큼 걸으며 복도 저편으로 사라졌다.

"미안해." 킨지가 아이리스에게 말했다. "공범들을 최대한 쥐어짜봤어. 물론 합법적으로. 그런데 틸리 라살에 관해선 아무도 입을 열질 않아."

"난 네가 최선을 다했을 거라고 믿어, 마이크. 아무튼 고마워."

"할 얘기가 하나 더 있는데." 마이크는 망설이며 말을 꺼냈다.

"뭔데?"

"내가 경장으로 승진하면서 기밀 취급 권한이 커졌거든. 그래서 조금 알아보기로 마음먹었어."

"뭘?"

"전쟁 기간 동안에 일어난 미결 사건 몇 건."

아이리스는 등골이 서늘해지는 느낌이 들었다.

"그런데?"

"그중 눈길을 끄는 사건이 하나 있었어. 브릭스턴의 골목에서 웬 남자의 시체가 발견된 건인데. 흉기에 찔렸고, 술을 잔뜩 마신 상태였고, 목격자는 없었어."

아이리스는 말이 없었다.

"형식적이나마 수사는 했는데, 전쟁 중이라 경찰도 딱히 인력이 남아도는 상황은 아니었어. 알고 보니 피해자는 에스파냐 대사관에 연관된 인물이었는데 나치스 동조자라는 혐의가 있더군. 스파이였을 가능성도 있고. 사건 기록에는 수사를 당장 중지하라고 지시하는 메모가 첨부돼 있었어."

"누가 내린 지시인데?"

"그걸 알아보려고 단서를 따라갔더니 내 권한으로는 못 보는 다른 사건 기록이 나오더군. 하지만 그 남자의 얼굴은… 내가 아는 얼굴이었어. 그날 밤, 너랑 같이 있었던 그 에스파냐인 남자였으니까."

"하지만 사건은 그날 밤에 일어나지 않았잖아."

"그래, 그날이 아니었지. 있잖아, 아이리스. 무슨 일이 일어났는지 난 몰라. 내가 알고 싶어 하는지도 잘 모르겠고. 하지만 그 일이 어떤 방첩 작전의 일환이었다면, 국왕 폐하와 조국을 위해서 한 일이었다면…."

"말도 안 되는 소리 그만해, 마이크."

"지금 내가 널 오해했다는 얘기를 하는 거야. 내가 보인 반응은 다 잘못된 거였고, 그래서 미안했다고."

"넌 네 눈으로 본 걸 정직하고 이치에 맞게 판단해서 행동했을 뿐이야, 마이크. 게다가 이제 곧 결혼할 몸이고."

"취소하면 돼." 킨지가 말했다. "내가 다 수습할 수 있어."

"하지 마. 난 그렇게까지 할 가치가 없는 인간이야."

"내 생각은 다른데."

"네 생각이 그렇다는 걸 아는 것만으로도 난 세상을 다 가진 것 같아, 마이크." 아이리스가 말했다. "하지만 너무 오래됐잖아. 우린 이제 그때하곤 다른 사람들이야."

"그렇게까지 달라진 것도 아니잖아."

"런던 대공습 때 갑자기 폭격이 시작되는 바람에 너희 집에 발이 묶였던 날 밤, 기억나? 그때 우린 철망으로 된 간이 방공호에서 담요 두 장을 덮고 나란히 웅크린 채 밤을 보냈어. 단둘이서. 금방이라도 죽을지 모른다고 생각하면서 사랑을 나눴지. 폭탄이 하도 가까이 떨어져서 한 몇 시간 동안은 파편이 머리 위로 비처럼 쏟아졌는데도."

"그걸 어떻게 잊겠어?"

"그때 난 스물세 살이었어. 그렇게 강렬하고 그렇게 짜릿한 밤은 그때껏 경험해본 적이 없었어. 어쩌면 앞으로도 없겠지."

"다른 방식으로 거기에 맞먹을 경험을 만들어가면 돼."

"아니." 아이리스가 말했다. "불가능해. 그러면 안 돼. 그건 되풀이할 수 있는 게 아니야. 세상이 그때와 똑같아지면 절대 안 된단 말이야. 그래도 네가 내 기억 속에 다른 누구보다 깊이 새겨져 있다는 건 알아줬으면 좋겠어, 마이클 킨지. 넌 베릴 스탠스필드하고 결혼해서 좋은 남편이 되도록 해. 나는 두 번 다시 떠올리지 말고."

"불가능한 요구를 하는군." 킨지가 말했다.

"늘 그래야지." 아이리스는 빙그레 웃으며 말했다. "언젠가는 가능해질지도 모르니까."

화장실에서 돌아온 그웬은 얼굴이 말끔했다.

"갈까?" 그웬이 물었다.

"그래."

"택시를 불러드리겠습니다." 킨지가 나섰다.

그러고는 두 사람을 입구까지 배웅한 후에 문까지 열어 줬다. 둘은 택시를 타고 출발했다.

"괜찮아?" 그웬이 근심스러운 표정으로 아이리스에게 물었다.

"응. 이제 집에 가자. 힘든 하루였으니까."

15

그웬이 사무실에 들어서는 순간, 때마침 다트 한 개가 얼굴 오른쪽을 지나 쌩하니 날아갔다. 그웬은 우뚝 멈춰 섰다. 아이리스가 손에 다트 한 개를 더 들고 자기 책상 앞에 서 있었다.

"이 문 안쪽에다 다트판을 달아야지 안 되겠어." 그웬이 말했다. "이러다가 사무실 수리하느라 임대 보증금을 다 날리게 생겼잖아. 발포를 잠깐 중지해주면 안 될까?"

아이리스가 고개를 끄덕이자 그웬은 사무실 문을 돌아 봤다.

"어, 다트판이 있네." 그웬이 말했다. "다행이긴 한데, 좀 이상한걸. 원래 저기 있었는데 내가 이제야 본 건가?"

"저리 비켜." 아이리스의 대답이었다.

그웬이 재빨리 자기 책상이 있는 쪽으로 움직이자 아이

리스가 다트를 던졌다. 날아간 다트는 판 한가운데의 이중원 바로 바깥에 꽂혔다.

"잘 던졌어. 어제 쌓인 화를 이렇게 푸는 거야?"

아이리스는 대답하지 않은 채 다트를 가지러 문으로 걸어갔다.

"알았어. 그걸로 속이 좀 풀린다면 한두 판 정도는 참아줄게. 벽이 어떻게 되든 내 책임은 아니니까."

"어제 일 때문에 그러는 거 아니야." 아이리스가 말했다. "조용히 좀 해. 집중해서 트리플 20 칸에 맞혀야 하니까."

그러고는 다트를 던졌다.

쓰레기통에 《타임스》가 엉망으로 구겨진 채 처박혀 있었다. 그웬은 그 신문을 꺼내 책상 위에 놓고 반듯하게 폈다.

"신문에 뭐가 실렸길래 그렇게 화가 났는지 궁금한데?"

"그만해."

"네가 이렇게 화를 못 참고 자칫하면 위험해질지도 모르는 상태인데, 내가 입을 꾹 다물고 있을 순 없지." 그웬은 신문을 꼼꼼히 읽었다. "어디 보자. 영국과 이집트 간의 협상, 이것 때문은 아닐 테고. 미국이 뉴멕시코주에서 또다시 핵실험. 너 혹시 핵폭탄에 안 좋은 감정이라도 있어? 아니면 뉴멕시코주에 대해서?"

다트가 20점 구역에 꽂혔다. 점수가 세 배가 되는 트리플 칸 바로 위쪽이었다.

"보아하니 없는 것 같군." 그웬의 말이 이어졌다. "미국산

밀을 광부들의 식량으로 삼기 위해 독일로 운송. 아쉽군, 밀은 여기도 필요한데. 나치 지휘관이 전범 재판에….”

아이리스는 핸드백에서 잭나이프를 꺼내어 칼날을 편 다음, 휙 던져서 다트판 한가운데에 꽂았다. 칼은 판에 박힌 채로 부르르 떨었다.

“사무실 보증금 깎이는 소리가 들리는구나.” 그웬이 말했다. “나치 지휘관이 전범 재판에 회부, 영국 공군 여성 보조부대 및 응급 간호 의용대 소속인 장교 여덟 명을 잔인하게 처형한 혐의… 이 사람들은 여자잖아. 여자들까지 죽이다니. 지독하네.”

“그 사람들은 자기가 어떤 위험에 뛰어드는지 알고 있었어.” 아이리스는 건너편 문의 칼을 뚫어져라 바라보며 말했다. “우리 모두 마찬가지였어.”

“너도 그중 한 명이었구나.”

“그렇게 될 예정이었지.” 아이리스는 의자에 앉으며 말했다. “난 그 사람들하고 함께 훈련을 받았어. 특수 작전 훈련. 그 얘기는 꺼내기만 해도 기소되는 일급 기밀이야.”

“넌 전쟁터에서 탈출했구나. 그래서 살아남은 거야.”

“난 아예 가지도 않았어!” 아이리스는 그렇게 외치며 양주먹으로 책상을 내리쳤다. “공수 강하 훈련을 하다가 멍청하게 발목이 부러졌어. 야간 강하였는데, 낙하산이 제대로 펴지질 않은 거야. 난 캄캄한 허공에서 추락하면서 낙하산을 펴려고 안간힘을 썼어, 머리가 터져라 악을 쓰면서. 그래도 결국 펴지긴 했는데, 바람을 제대로 못 받아서 너무 빠르게 착지해버린 거야."

"그건 네 잘못이 아니잖아." 그웬이 말했다.

"발목이 다 낫고 나서 다시는 비행기에 못 타는 상태가 된 건 내 잘못이야. 비행기에 타면 어김없이 공황 상태에 빠졌거든. 상부에서는 나한테 해외 작전 부적격 판정을 내렸어. 그래서 현장 요원을 지원하는 런던 본부로 전출 간 후에 방첩 부서로 파견도 나갔지만, 동료들과 함께 실전에 투입되지는 못했어. 정말 멋진 여자들이었어. 한 명 한 명이 다. 용감하고, 영리하고, 거침없는 여자들이었다고. 나도 같이 가서 싸웠어야 하는데. 난 겁쟁이로 낙인찍힌 기분이 들었어. 모두가 내 사정을 이해해줬는데, 그래서 오히려 더 비참했어. 그러다가 적진에 침투한 요원들한테 무슨 일이 일어났는지 알게 된 거야. 내 동료들은 배신당했고, 처형당했어. 잔혹하게."

그웬은 말없이 손만 뻗어서 아이리스의 손을 쥐었다. 아이리스는 그 손을 뿌리쳤다.

"우린 매주 춤을 추러 갔어." 아이리스의 이야기가 이어졌다. "우리가 받은 옷은 독일제처럼 보였지만 실은 가짜였어. 상표부터 바느질에 쓴 실까지, 전부 다. 그런 옷은 새것처럼 보이지 않도록 일부러 낡게 만들어야 했어. 새 옷 티가 나면 현지에서 꼼짝없이 들키니까. 그래서 그런 옷을 입고 춤을 춘 거야. 전축에 독일 노래가 나오는 레코드를 걸어놓고, 독일어로 수다를 떨고 추파를 던지기도 하면서, 즐거운 시간을 보냈지. 잘생긴 청년들하고 파트너를 바꿔가며 춤을 췄는데, 그 청년들 중엔 임무를 수행하다가 죽은 사람도 많아. 난 발목이 시큰거리는데도 그런 가짜 독일 옷을 입고 춤을 추러 가서 내 몫을 다했어. 나랑 같은 사이즈 옷을 입는 여성 요원이 두 명 있었거든. 가끔은 그 사람들이 죽을 때 내가 춤추면서 입었던 그 옷을 입고 있었을까 하는 궁금증이 들곤 해."

"오늘은 사무실 문 닫자." 그웬이 말했다. "나가서 오전부터 영업하는 술집을 찾아 네 친구들을 기리며 한잔하는 거야."

"그렇잖아도 내가 요즘 그 친구들을 떠올리면서 하는 일이라곤 술 마시는 것뿐이야. 그웬, 제안은 고맙지만, 지금은 세상의 어떤 술을 마셔도 기분이 나아질 것 같지가 않아."

"그래, 다트나 마음껏 던져. 하지만 우리가 최선을 다했는데도 디키 트로워는 아직 구치소에 있어. 새로운 작전이 필요해."

"최선을 다하고도 트로워를 못 꺼냈는데, 차선의 노력으로 무슨 성과가 있을 거라고 기대하는 이유가 뭐야?"

"포기하면 안 되니까 그러는 거잖아."

"해도 돼. 우린 사건을 수사하느라 목숨까지 걸었어, 그런데 결과가 어떤지 봐. 세 사람을 교도소에 처넣고 영국 국민들을 위조 의류 배급표라는 위험으로부터 지켜냈어. 만세,

이게 다 우리 솜씨 덕분이야."

아이리스는 양손에 다트를 한 개씩 들더니, 다트 판을 향해 한꺼번에 던졌다. 둘 중 한 개는 판 정중앙의 이중 원 가운데 바깥쪽 원의 경계를 이루는 가느다란 금속 테두리에 부딪혀 튕겨나갔다.

"망할." 아이리스는 그렇게 투덜거리며 바닥에 떨어진 다트를 주우러 갔다.

"아이리스, 뭐든 생각 좀 해봐." 그웬이 말했다. "전략 담당은 너잖아."

"아무 생각도 안 나." 아이리스의 목소리에서 지친 기색이 느껴졌다. "또 누구한테 가서 물어봐야 할지 모르겠어. 틸리 친구들 사이에서는 우리 정체가 다 탄로 났으니까, 그쪽으로 돌아가는 건 불가능해. 다른 작전은 떠오르질 않아, 그웬. 난 이제 끝장이야."

"난 이대로 손 놓고 있진 않을 거야." 그웬은 핸드백을 들고 일어섰다.

"뭘 어쩌려고?"

"아직은 나도 몰라. 모르지만, 그래도 난 디키 트로워를 면회하러 갈 거야. 지난 화요일 이후로 만난 적이 없으니까. 그 사람한테 우리가 지금도 진범을 쫓고 있다고 얘기해줄 거야."

"그게 무슨 소용인데? 헛된 희망만 줄 뿐이야."

"내가 줄 수 있는 건 그것뿐인지도 몰라. 그래도 그 정도는 줄 수 있잖아. 너도 같이 갈래?"

"아니. 지금은 남의 마음을 편하게 해줄 여유가 없어."

"알았어, 이따가 봐. 사무실 잘 부탁해. 그리고 전화 받을 때 욕하지 않게 조심해줘."

그웬은 그 말을 남기고 사무실을 나섰다.

"하여튼 착한 인간들이란." 아이리스가 중얼거렸다. "보고 있으면 속이 뒤집힌다니까."

이날 그웬은 브릭스턴행 트램의 아래층에 앉아서, 차창 바깥으로 흘러가는 풍경에 눈길도 주지 않았다. 로널드 콜먼이 머릿속에 잠깐 떠올랐지만 고개를 절레절레 저어 쫓아버렸다. 뒤이어 데즈가 떠오르자 그웬은 망상과 후회에 빠진 자신을 방해하지 않고 잠시 내버려뒀다.

전날 밤 그웬은 레이디 캐럴라인에게 주말의 모험에 관해 보고했지만 열띤 반응을 이끌어내지는 못했다. 그 과정에서 자신이 죽지 않은 것 때문에 시어머니가 실망한 걸까 하는 궁금증을 안고 물러났을 뿐이었다. 아들 로니에게는 일각돌고래 판화의 복제품을 액자에 넣어 선물해줬다. 로니는 뛸 듯이 기뻐하며 액자를 자기 방에 걸어두지 않고 놀이방 바닥에 세워놓겠다고 했다. 그래야 바닥에 앉아서 크레용으로 베껴 그리기가 쉽다면서.

그웬은 차장의 도움 없이 알아서 제브 애비뉴 정거장에

내린 다음, 마치 전부터 자주 이곳을 찾았던 사람처럼 다른 여성들과 함께 교도소 정문을 향해 걸어갔다.

면회객 명부에 이름을 쓴 그웬은 자기 차례가 올 때까지 차분히 기다렸다. 다른 여성들과 얘기를 나누지는 않았다. 먼젓번에 본 세 사람은 이날 눈에 띄지 않았고, 다른 사람들은 그웬의 침묵과 풀죽은 표정을 정상적이고 적절한 태도로 보고 존중했다.

나한테 어울리는 곳이 하필이면 여기라니. 그웬은 생각했다.

이름을 부르는 소리가 들렸고, 뒤이어 그웬은 교도관을 따라 면회실로 향했다.

수감자 쪽 문이 열리고 디키 트로워가 안으로 들어섰다. 그웬을 본 트로워는 반색했다.

"미시즈 베인브리지. 하느님, 감사합니다. 좋은 소식을 가져왔다고 말해주세요, 제발."

트로워는 그웬이 못 본 엿새 사이에 힘든 시간을 보내며 더 야위어 있었고, 턱에는 희미한 멍 자국까지 나 있어서 동정심에 가슴이 아릴 지경이었다. 트로워는 그웬의 표정에서 그 감정을 읽고 잠시 인상을 찌푸렸다.

"교도관 중에 한 명이 그랬어요. 제가 지시를 빨리빨리 따르지 않아서 마음에 안 든다나요. 전에는 군대가 제일 험한 곳인 줄 알았는데, 아니네요."

"죄송해요, 미스터 트로워. 여기 계신 것 때문에 저도 마음이 너무 안 좋아요. 좋은 소식을 전해드려야 하는데. 저희 딴에는 사건을 조사할 수 있는 데까지 해봤는데요. 유력한 단서를 찾은 줄 알았는데, 아쉽게도….”

“얘기해주세요. 어떻게 된 건지 전부 다 얘기해주세요.”

그웬은 트로워를 위해 자신들이 얼마나 고생했는지 얘기하다가 파럼 경감에게 거절당한 대목에서 울음을 터뜨렸다.

“죄송해요, 미스터 트로워, 정말로 죄송해요.” 울음이 잦아든 후에 그웬이 말했다.

“울지 마세요, 미시즈 베인브리지. 전 부인 덕분에 버티고 있어요. 이렇게 면회를 와주시는 것만으로도 저한테는 힘이 돼요. 두 분이서 저를 위해 목숨까지 거셨다니, 믿기가 힘들 정도네요. 저를 잘 알지도 못하시는데.”

“가만히 손 놓고 있을 순 없었어요. 그리고 지금도 포기한 건 아니에요. 뭔가 찾아낼 거예요. 저희가 놓친 게 분명 있을 거예요.”

“저도 그때까지 최선을 다해 버틸게요. 면회 와주셔서 감사해요. 부인과 미시즈 다우드가 아니었다면 전 사람 그림자도 구경 못했을 테니까요.”

“아, 그분도 왔다 가셨어요? 친절하시기도 하지.”

“비스킷을 갖다주셨어요. 허버트 얘기도 들려주셨고요. 그 녀석이 저를 보고 싶어 한대요.”

“당연히 그럴 테죠.”

"허버트가 되게 외로울 거예요. 사람도 없는 방의 어항 속에 갇혀 있으니." 트로워의 입에서 한숨이 흘러나왔다. "허버트한테 말을 걸어줄 사람이 없는 게 너무 딱해요. 미시즈 다우드가 마음을 써주시지만 하숙집 운영 때문에 바쁘셔서, 밥 주는 것 말고는 딱히 안 하시는 것 같아요. 물론 그것만으로도 큰 도움이지만요."

"허버트하고 반드시 다시 만나실 거예요." 그웬이 말했다.

트로워는 뭔가 골똘히 생각하더니, 그웬을 보고 빙긋 웃었다.

"미시즈 베인브리지, 아드님이 계시다고 하셨죠."

"예. 이름이 로니예요. 여섯 살이고요."

"허버트를 로니한테 줘도 될까요? 저를 위해 애써주신 게 감사하기도 하고, 허버트한테도 챙겨줄 사람이 생기는 셈이니까요."

"안 돼요, 미스터 트로워, 제가 어떻게 받겠어요."

"아뇨, 꼭 받아주세요. 허버트한테는 좋은 보금자리가 생길 테고, 아드님도 분명 저만큼 허버트를 아껴줄 거예요. 허버트가 누구한테 기쁨이 된다고 생각하면 전 정말로 기쁠 거예요."

"그럼 거절할 수가 없네요." 그웬도 빙긋이 웃었다. "알았어요. 허버트는 저희 집으로 데려갈게요."

"지금 바로 쪽지를 써드릴게요. 대기실에서 받으시면 돼요. 감사합니다, 미시즈 베인브리지. 미스 스파크스께도 여러 모로 감사드려요."

"안녕히 계세요, 미스터 트로워. 또 면회하러 올게요."

샐리는 문틈으로 머리를 쏙 들이밀었다가 무기를 든 아이리스를 보고 냉큼 도로 나갔다.

"안심해." 아이리스가 말했다. "너를 겨눈 게 아니니까."

"난 지금 '사격 종료' 신호를 기다리고 있어." 복도에서 샐리가 외쳤다. "이제 안전해?"

"바보 같은 소리 그만하고 들어와."

샐리의 손이 문틈으로 나타나 항복의 상징인 하얀 손수건을 흔들었다. 뒤이어 샐리 본인이 조심스레 사무실로 들어섰다.

"다트 판이로군." 샐리는 문 뒤를 살펴보며 말했다. "교양이 넘치는데. 당구대하고 바 카운터도 설치해봐. 그럼 이 사무실에서도 진짜로 돈 냄새가 좀 풍길지도 모르니까. 다트 판 한복판의 저 움푹한 자국은 뭐야?"

아이리스는 잭나이프를 들어 보였다.

"그걸로 명중시키면 보너스 점수를 받는 건가?"

"오늘은 웬일이야, 샐리?"

"네가 통 연락을 안 해서 말야. 혹시 내 비서 업무 실력이 필요하지 않을까 하고 들렀지." 샐리는 맞은편 그웬의 의자에 앉으며 말했다. "마침 《타임스》에 나온 기사도 봤고. 너 괜찮아?"

"괜찮아 보여?"

"인류를 모조리 멸망시키고 싶은 충동을 다른 쪽으로 승화시키고 있는 것처럼 보이는데."

"모조리는 아니고 절반만. 그래, 다른 쪽으로 푸는 중이야. 간신히. 그런 내 앞에 나타나다니, 용감한데."

"내 용기의 원천은 휴대용 술병에 들어 있는 캐나다산 위스키야. 한 모금 줄까?"

"캐나다인들은 제대로 된 위스키를 만들 줄 모르는데."

"그래도 만들기는 하잖아. 영국산 위스키는 내년이 돼야 구경이라도 할걸."

"난 됐어."

"좋을 대로. 우리 아씨는 아침부터 어딜 가셨나?"

"선행을 베풀러 가셨어. 먼저 구치소에 면회를 갔다가, 그 다음엔 빵 다섯 개하고 물고기 두 마리로 뭔가 할 거래. 자세한 얘기는 안 했고."

"저런, 식량 부족을 해결할 방법이 나타났군. 예수님이 영국인이라 다행이야. 그러니까 미스터 트로워를 면회하러 간 건가?"

"맞아."

"불쌍한 친구 같으니. 이제 어떻게 되는 거지?"

"재판을 받겠지. 유죄 선고가 날 거야. 그다음은 교수대행이고."

"만약 너희가 아무것도 안 한다면 그렇겠지만…."

"이젠 만약이고 뭐고 없어."

샐리는 아이리스를 가만히 바라봤다. 아이리스는 샐리의 눈을 피해 다트 판만 뚫어져라 보고 있었다.

"친애하는 스파크스. 만약 지금 틀어박혀 있는 그 마음속의 동굴에서 기어 나와 뭔가 계획을 세우지 않으면, 넌 가장 친한 친구 둘을 잃을 거야."

"친구라곤 그 둘뿐인데, 둘 중 하나는 이미 잃었어." 아이리스의 목소리는 쓸쓸했다. "너도 같이 기권할 거야?"

"기권은 네가 하려고 하잖아. 뭐, 그게 가능할지 난 잘 모르겠어. 그러니까 다시 물어볼게. 내가 이탈리아에서 귀환한 후에 우리가 처음 만났을 때 기억나?"

"어렴풋이. 그땐 축하 분위기에 휩쓸려서 정신이 없었으니까."

"넌 그때 마시다 죽으려는 사람처럼 술을 들이부었어. 나한테는 부모님을 생각해서 명백한 자살처럼 보이지 않는 자살법을 택하는 거라고 했지."

"내가 그랬어? 기억이 안 나는데."

"난 기억해." 샐리가 말했다. "난 네가 한 말은 한마디도 빠짐없이 다 기억해."

"다정하기도 하지. 네 침대에서 아주 끔찍한 기분으로 눈을 뜬 건 나도 기억나. 그때 넌 소파에 누워 있었지. 팔걸이에 다리를 대롱거리면서. 난 그걸 보고 아무 일도 없었구나 싶었어."

"네 짐작이 맞아. 그리고 우린 얘기를 나눴어."

"그랬지."

"하루 종일."

"맞아. 네가 내 우울증을 쫓아내줬어. 한동안은."

"그게 다시 돌아온 거야?"

"구석에서 개처럼 낑낑 울고 있어. 그래서 가까이 못 오게 쫓으려고 다트를 던지는 거야."

샐리는 의자의 바퀴를 앞으로 굴려 아이리스에게 다가가 양어깨를 붙잡은 다음, 자기 쪽으로 돌려 얼굴을 마주 봤다.

"그때 나눈 이야기를 되풀이할 생각은 없어." 샐리가 말했다. "난 전문가가 아니니까. 내가 가진 자격은 그냥 네 친구라는 것뿐인데, 그나마 최근에는 제일 친한 친구도 아니었어. 내가 상상의 세계에 너무 푹 빠져서 그만 현실 세계를 무시하고 지냈거든. 너희 둘이서 대담한 모험을 벌이는 동안 여기서 충직한 괴물 비서로 근무하며 시간을 보낸 덕분에, 난 작가로서의 나를 가로막던 벽을 부술 수 있었어. 그 점에 대해서는 너희한테 고맙게 생각해."

"이거 봐."

"못 봐. 이제 뭘 해야 할지는 나도 몰라. 하지만 미시즈 베인브리지는 길잡이도 없이 미지의 영역으로 뛰어들려고 하잖아. 너는 사람들에게 꼭 필요한 사람이야, 스파크스. 사람들은 너를 원해. 내가 너의 상담사가 돼줄게, 그래서 너한테 공손한 질문이든 무례한 질문이든 다 퍼부으면서 달달 볶고 이끌어줄게. 그러니까 그 영리한 머리를 좀 써봐, 안 그러면 난 널 버리고 너보다 덜 예민한 여자한테 가버릴 거야. 내 재능을 흠모하고, 내 훈장은 용기의 상징인 줄 아는 여자한테."

"이거 봐, 안 놓으면 다트로 구멍을 내줄 거야."

샐리는 어깨를 쥐었던 손을 미끄러뜨려 손목을 잡았다.

"어디 한번 해보시지." 샐리가 말했다.

아이리스는 자기 손을 내려다보다가, 이내 다트를 바닥에 떨어뜨렸다.

"힘으로 누르다니, 비겁해."

"정정당당하게 싸우면 내가 질 거 아니야. 풀어주면 트로워 사건을 다시 생각해볼 거야?"

"그래."

"좋아." 샐리는 아이리스의 손목을 놔줬다. "자, 이제 생각해봐. 그리고 나랑 같이 얘기해. 다시 처음으로 돌아가서. '만약'의 가능성을 해방시키는 거야."

"1번 가설. 디키 트로워는 틸리 라살을 죽였어. 틸리하고 편지를 주고받았고, 만났고, 약속 장소 근처의 골목에서 틸리의 심장을 단 한 번 찔렀어. 그런 다음 가짜 편지를 만들어서… 아냐, 가짜 편지는 맨 처음에 만들어야 알리바이가 되는데…."

"엄밀히 말하면 편지는 알리바이가 아니지. 부재 증명, 즉

462

범죄가 발생할 때 현장에 없었다는 증거는 아니니까." 샐리가 말했다.

"이름이야 뭐든 간에. 트로워가 그 여자를 안 만났다는 증거로는 그럴듯하잖아. 그런데 그 모든 일을 계획대로 다 해치우고 나서, 트로워는 피 묻은 칼을 집까지 가져와서는 침대 매트리스 밑에다 감춰놨어. 경찰이 그 칼을 단숨에 찾아서 자기네 체면을 세우게끔."

"참 자상한 친구로군." 샐리의 인물평이었다. "그래서, 그 가설은 뭐가 문제야?"

"트로워가 그럴 타입이 아니라는 거야. 살인자 타입도 아니고, 설령 살인자 타입이었어도 피 묻은 칼을 집에까지 가져올 타입은 아니라는 거지."

"후자 쪽이라고 보는 이유는 뭔데?"

"회계사거든. 아주 빈틈없는 사람이야."

"「복식 부기 살인 사건」." 샐리는 연극배우처럼 과장된 목소리로 말했다. "3막짜리 라디오 드라마 같군. 좋아, 다음 가설."

"2번 가설. 누군가 다른 사람이 틸리를 죽이고 디키 트로워에게 누명을 씌웠어. 그웬하고 나는…."

아이리스는 골똘히 생각하는 듯 미간을 찌푸렸다.

"계속 얘기해." 샐리가 재촉했다.

"우리는 틸리를 죽일 만한 동기가 있는 자를 집중적으로 찾았어. 그런데 어쩌면 디키 트로워한테 누명을 씌울 만한 동기가 있는 자를 찾았어야 했는지도 모르겠어."

"흥미로운 발상이야. 그 발상이 지금껏 나온 증거들하고 잘 맞아떨어져?"

"그게, 흉기는 설명이 돼. 하지만 여기에 나오는 가상의 살인자는 우리 바른 만남 결혼상담소를 아는 자여야 해. 왜냐면 이 사무실에 와서 우리 사무 용품하고 내 타자기를 사용했고, 심지어 그웬의 서명까지 위조했으니까."

"그건 웬만큼 아는 정도가 아닌데."

"그래서 우리가 로저 필처를 의심했던 거야. 그자는 틸리를 따라 여기까지 왔다가 우리에 관해 파악했으니까."

"하지만 필처는 범인이 아니잖아."

"그래. 운도 참 더럽게 없지. 그러니까, 누군가 가짜 편지를 만들어서 우편으로 트로워한테…."

아이리스는 말을 멈추고 의자에서 일어나 사무실 안을 정신없이 걸어 다니기 시작했다.

"뭔가 있어, 분명히 있어." 아이리스가 중얼거렸다.

샐리는 웃음을 꾹 참고 아이리스를 가만히 지켜봤다.

"우체국 소인!" 아이리스가 소리쳤다.

"그게 왜?"

"트로워가 받은 편지에는 크로이던 우체국의 소인이 찍혀 있었어."

"그 사람은 크로이던에 산다며."

"맞아, 그 편지를 부친 자도 그걸 알고 있었어. 그자는 트로워가 편지를 제때 받아서 데이트를 확실히 포기하길 바랐던 거야."

"트로워의 주소는 너희 서류철에서 봤겠지."

"아마도. 아니면 그자도 크로이던에 사는지도 모르지. 그러니까 그자는 트로워를 알고, 트로워가 여기 온 것도 알고, 트로워의 방에 들어갈 수 있고, 크로이던의 지리도 아는… 샐리!"

"나 여기 있어, 스파크스."

"트로워는 가정집의 방을 빌려서 하숙을 해. 집주인은 여자고!"

"집주인이라면 트로워의 우편물을 검열 담당자처럼 훤히 들여다보겠군."

"그럼 우리 존재도 알겠지. 우리 주소도, 우리 연락 방식도, 우리가 트로워한테 해준 일도!"

"어쩌면 아예 비밀을 공유하는 친구인지도 모르지. 우편물 따위는 몰래 볼 필요도 없는. 왠지 캐봐야 할 인물 같은데. 너 혹시 아씨를 찾으러 가야 하면 내가 사무실 봐줄까?"

"그럴래?" 아이리스는 자리로 돌아가 책상 밑을 기어 다녔다.

"그 밑에 뭐가 있는데?" 샐리가 물었다.

"약소한 현금." 아이리스는 금고를 열며 말했다. "브릭스턴까지 택시 타고 가려고. 먼저 트로워하고 얘기부터 한 다음에 그웬을 붙잡아야겠어."

아이리스는 일어서서 샐리에게 몸을 날린 다음, 덮치듯이 꼭 끌어안았다. 샐리를 떠받친 의자가 항의하듯 삐걱거렸다.

"고마워, 샐리. 내가 진짜 사랑하는 거 알지."

아이리스는 그렇게 말하고 샐리에게서 떨어져 부리나케 사무실 바깥으로 사라졌다. 샐리는 그런 아이리스를 지켜봤다.

"그래, 알아." 샐리의 입에서 한숨이 흘러나왔다.

아이리스는 날 듯이 계단을 내려가 앞문으로 뛰어나갔다. 주변에 어슬렁거리는 사진 기자는 이제 한 명도 없었다. 아이리스와 그웬은 이미 지난주의 뉴스거리였다. 차가 많이 다니는 옥스퍼드 스트리트로 뛰어간 아이리스는 손을 흔든 지 1분도 안 돼서 택시를 세우는 데에 성공했다.

"어디로 모실까요, 아가씨?" 택시 기사가 물었다.

"브릭스턴 구치소요. 빨리 가주세요."

기사는 고개를 돌려 아이리스를 더 자세히 봤다. 눈을 동그랗게 뜨고서.

"빨리 가달라고 한 말 못 들었어요?" 아이리스가 쏴붙였다. "들었습니다." 기사는 미터기를 꺾으며 말했다. "그냥, 구치소에 빨리 가고 싶어 하는 사람은 여간해선 없어서요."

"팁의 액수는 속력에 비례해서 커질 거예요."

"그 말을 들으니 발에 힘이 들어가는군요." 기사는 가속 페달을 밟으며 말했다.

쿰로드 터미널에 도착한 그웬은 트램에서 내려 미시즈 다우드의 집을 향해 걸으며 금붕어를 어떻게 옮길지 궁리했다. 급하지도 않은 일로 택시비를 쓰고 싶지는 않았지만, 어항을 들고 트램과 버스를 갈아탈 생각을 하니 눈앞이 캄캄했다.

그 생각을 하다 보니 어느새 현관문 앞이었다. 그웬은 초인종을 눌렀다. 미시즈 다우드는 문을 열고 놀란 표정을 지었다.

"미시즈 베인브리지, 맞죠? 저런. 오늘 오시는 줄도 몰랐는데."

"저야말로 죄송해요, 미시즈 다우드. 이렇게 다시 찾아온 건 부인과 제가 함께 아는 친구 때문이에요. 허버트요."

"허버트요? 그 금붕어가 왜요?"

"방금 미스터 트로워를 만나고 오는 길인데, 친절하게도 제 아들한테 허버트를 맡기겠다지 뭐예요. 나중에… 그러니까, 당분간요. 혹시 지나친 실례가 아니라면 제가 허버트를 받아갈까 해요. 여기, 미스터 트로워가 사정을 다 적어준 쪽지예요."

미시즈 다우드는 쪽지를 받아든 다음, 앞치마 주머니에

서 돋보기안경을 꺼내어 쓰고 읽어 내려갔다.

"이런, 이건 정말 마지막이네요. 허버트를 포기한다면 희망을 버린다는 뜻인데. 젊은 사람이 가엾기도 하지."

"당장은 전망이 그렇게 밝은 편은 아니에요." 그웬은 선선히 인정했다. "저희가 도우려고 애를 썼는데도요."

"그랬어요? 어떻게요?"

"사건을 조사해봤어요."

"사건? 이제 탐정 일도 해요?"

"아뇨, 그런 건 아니에요." 그웬은 웃음을 터뜨렸다. "그냥 이것저것 물어보고 다니면서 어디까지나 비공식적으로 알아보는 정도예요."

"그래요, 들어와요." 미시즈 다우드는 그웬에게 문을 열어줬다. "이상하게 들리겠지만 난 그 조그만 녀석이 그리울 거예요. 알고 보니 얘기를 참 잘 들어주지 뭐예요."

"잘됐네요. 제 아들이 말이 많은 편이거든요. 둘이 아주 잘 어울리겠어요."

두 사람은 계단을 올라가 트로워의 방에 들어섰다. 그웬은 어항을 보며 덜컹거리는 대중교통과 철벅거리는 물과 흠뻑 젖은 옷을 상상했다. 그 모두가 터지기만 기다리는 재앙 같았다.

"혹시 어항을 넣어서 들고 갈 만한 상자 같은 게 있을까요?"

"아마 있을 거예요." 미시즈 다우드의 대답이었다. "이렇게 하죠. 거실로 내려가는 거예요. 차를 한잔 드릴 테니까, 상자를 찾는 동안 마시고 계세요. 지하에 적당한 게 있을 것 같은데, 그 멋진 옷에 닿기 전에 먼지를 좀 털어야 해요."

"상자가 있으면 정말 좋겠어요. 감사합니다."

택시가 구치소 정문 앞에 멈춰 섰다. 아이리스는 기사에게 서운하지 않을 만큼의 팁을 건네고 정문으로 허겁지겁 들어섰다.

"저기요." 아이리스는 면회객 창구의 교도관에게 말했다. "여기서 제 친구인 미시즈 베인브리지를 만나기로 했는데요. 혹시 이미 면회실에 들어갔나요?"

"베인브리지, 있군요." 면회객 명부를 살펴본 교도관이 말했다. "미스터 트로워를 면회하러 오셨네요."

"맞아요. 면회실에 같이 좀 들어가도 될까요?"

"아, 안 돼요. 면회는 하루에 한 명만 가능합니다."

"그럼 끝날 때까지 여기서 기다려도 되나요?"

"음, 벌써 면회를 마치고 가신 것 같은데요?"

"갔어요?"

"가셨습니다."

"젠장. 혹시 다음 행선지가 어딘지는 얘기 안 하던가요?"

"저한테 고맙다는 말씀과 잘 있으라는 말씀을 남기셨습니다. 아주 정중한 분이시더군요."

"예절 바르기로 따지면 따라갈 사람이 없죠." 아이리스도 동의했다. "근데 어디로 간다는 말은 안 하던가요?"

"물고기 때문에 어떤 여자 분을 만날 거라고는 하셨어요."

"물고기요?"

"예. 특이한 얘기라서 기억에 남았네요."

"허버트." 아이리스가 중얼거렸다. "고맙습니다, 교도관님."

아이리스는 돌아서서 차도 쪽으로 달려갔다.

그웬은 미시즈 다우드가 주방에서 바쁘게 오가는 동안 거실 벽에 걸린 사진들을 구경하기로 마음먹었다. 지난번에 들렀을 때 미처 못 본 그림 몇 점이 사진들 사이에 걸려 있었다. 그웬은 그 그림들을 자세히 들여다보다가, 그림마다 한쪽 귀퉁이에 조그맣고 까만 글씨로 A. 다우드Dowd라고 단정하게 적힌 것을 보고 깜짝 놀랐다.

"이 그림들은 직접 그리신 건가요?" 그웬은 차 쟁반을 들고 돌아온 미시즈 다우드에게 물었다.

"맞아요. 차에 우유 넣죠?"

"예, 감사합니다. 그림이 정말 멋지네요."

"말씨가 참 친절하기도 하지." 미시즈 다우드의 웃는 표정에서 자랑스러워하는 기색이 느껴졌다. "그림 그리기는 내가 세상을 피해 숨고 싶을 때 하는 취미였어요. 우리 남편

말로는… 이런, 또 시작이네. 무슨 말만 하면 남편 얘기가 나온다니까요. 이젠 안 그러려고 하는데."

"그 마음은 저도 잘 알아요." 그웬은 미시즈 다우드가 건네는 찻잔을 받으며 말했다. "그림을 계속 그리시면 좋을 텐데. 실력이 정말 훌륭하세요."

"고마워요, 미시즈 베인브리지. 차 드세요, 난 가서 상자를 찾아볼게요."

그웬은 소파에 앉아 차를 홀짝이며 느긋하게 사진들을 바라봤다. 미시즈 다우드는 전 남편을 미워할 이유가 충분한 사람치고는 의외로 남편과 함께 찍은 사진이 집에 잔뜩 걸려 있었다. 더 행복했던 시절의 추억이라서 그럴까. 그웬은 속으로 짐작했다. 사진에는 한때 두 사람이 얼마나 행복했는지가 드러났다. 결혼식 날, 미스터 다우드는 연미복에 실크해트 차림이었고, 미시즈 다우드는 예쁜 웨딩드레스 차림에 1920년대에 유행한 단발머리를 하고 있었다. 부부가 어느 해변 리조트에서 춤을 추는 사진도 있었는데… 보아하니 브라이튼 같았다. 그리고 그 사진, 둘이 카페에서 첫 데이트를 한 날 찍은 사진이 보였다. 테이블에 마주 앉은 두 사람, 그 아래 보이는 바닥에는 특이한 타일이….

그웬은 그 사진을 집어 들고 더 자세히 들여다봤다. 카페 바닥에 마름모꼴 무늬로 타일이 깔려 있었다. 웃고 있는 젊은 커플 뒤편의 벽에는 꽃 그림이 걸려 있었다.

"그때는 나도 참 어렸는데." 미시즈 다우드가 문간에 서서 그웬을 보고 있었다. "그때 난 열일곱 살이었어요. 믿어져요? 그땐 그 사람도 참 미남이었는데. 참 점잖았고. 아니면 나만 그렇게 생각한 건지도 모르죠. 그때는 아주 홀딱 반했으니까."

"여기 갈랜드 카페 아닌가요?" 그웬이 물었다.

"맞아요. 첫 데이트를 거기서 했어요."

"미스터 트로워가 미스 라살을 만나기로 한 곳도 여기예요."

"알아요."

"부인께서 이 카페를 추천하신 거군요?"

"그래요." 미시즈 다우드는 그웬 맞은편의 등받이가 높은 의자에 앉으며 대답했다. "당신이 거기 가봤을지 궁금했어요. 그 사진을 보고 그곳인 걸 알아차릴지도 궁금했고. 생각해보면 등잔 밑이 어둡다는 말은 참 신기해요."

"부인은 미스터 트로워를 시켜서 이 카페를 약속 장소로 잡았어요. 그런 다음 약속을 취소하는 편지를 보내서 미스터 트로워를 대신해 미스 라살을 만났고요."

"맞아요."

"왜요? 그 가엾은 아가씨가 부인한테 뭘 어쨌길래요?"

"아, 그 여자요? 없어요. 아무것도 안 했어요. 하지만 디키한테는 따끔한 가르침을 줘야 했어요. 안 그래요? 그 오랜 세월 동안 내가 돌봐주고, 얘기를 들어주고, 위로해주고, 방을 깨끗이 치워주고 심지어는 전쟁에 참전한 동안에 기다려주고, 부상을 입고 돌아온 후에는 간호까지 해줬는데…
디키가 전쟁에서 다쳤던 거 알아요?"

"아뇨." 그웬이 대답했다.

"난 늙은이가 아니에요. 주부로서의 실력도 누구보다 뛰어나요. 난 남편이 마음 편히 쉴 수 있는 가정을 만드는 법이 실린 잡지 기사는 모조리 외웠고, 디키를 위해 그대로 실천했어요. 디키의 바로 눈앞에서 맛있는 음식을 만들어줬고, 고민과 희망과 꿈을 털어놓도록 귀를 기울여줬어요. 그리고 나한테도 희망과 꿈이 있어요. 나만의 감정도 있고요. 그렇지 않겠어요?"

"물론 그렇겠죠." 그웬은 곳곳에 놓인 가구를 지나 문으로 가는 길을 가만히 보며 대답했다.

왠지 피곤한데. 그웬은 멍하니 생각했다. 왜 몸이 나른해지는 걸까? 심지어 하품까지 나왔다.

"내 얘기가 지루해요?" 미시즈 다우드가 물었나. 빙긋 웃으며.

"아니요, 전혀요. 죄송해요."

"참, 난 이래서 당신이 좋다니까요. 지금 이 마당에도 공손하잖아요. 어디까지 얘기했죠? 아, 그래요. 디키. 난 이때껏 내내 디키 눈앞에 있었고, 그래서 결국에는 디키가 나를 볼 거라고 생각했어요. 이 집의 주부가 아니라 디키 자신을 사랑하는 여자로, 자기를 위해서라면 뭐든 할 여자로 봐줄 거라고 말이에요. 그랬는데 알고 보니 결혼상담소를 찾아갔더군요. 결혼상담소를! 그렇게 외롭고 필사적이었던 거예요, 내가 여기 있는데! 바로 여기 있는데!"

마지막 말은 고함이나 다름없었고, 그 덕분에 그웬은 잠시 정신을 차렸다. 손에 든 찻잔이 달그락거렸다. 그웬은 찻잔을 테이블에 내려놨다.

"충격이 크셨겠네요." 그웬이 말했다.

나른한 느낌이 더욱 강해졌다.

"차에다 뭘 넣은 거죠?" 그웬이 느닷없이 물었다. 속으로는 가슴이 철렁하는 기분을 느끼며.

"잠이 잘 오게 도와주는 거예요." 미시즈 다우드가 대답했다.

"디키한테도 약을 먹였군요. 틸리를 죽인 날 밤에."

"그날 디키는 데이트를 취소하자는 편지 때문에 화가 많이 났거든요."

"그건 당신이 쓴 가짜 편지잖아요."

"맞아요. 당신네 건물의 관리인은 비상 열쇠를 아무렇게나 걸어놓더군요. 난 편지를 타자기로 치고 당신의 서명을 위조했어요. 당신이 디키에게 보내는 편지를 한 통 챙겨가서 베껴 적었죠. 당신이 방금 말했듯이, 나한텐 예술가의 소질이 있거든요. 그것 또한 디키는 못 알아챘지만요."

"왜죠? 왜 그런 짓을 한 거예요?"

"디키가 날 떠나려고 했으니까요. 내가 그렇게 잘해줬는데, 그렇게 오랫동안 기다렸는데. 그래서 벌을 준 거예요."

"그럼 나는요?" 그웬은 숨을 헐떡였다. 잠들지 않으려고 기를 쓰면서. 몸을 똑바로 가누는 것조차 힘들었다.

"허버트를 당신한테 줬잖아요. 당신을 사랑하는 게 틀림없어요. 그 꼴을 보고 가만있을 순 없죠."

"난 아이가 있어요." 그웬이 애원하듯 말했다. "어린 아들이 있다고요."

"그 앤 견뎌낼 거예요." 미시즈 다우드가 말했다. "아이들은 극복하는 힘이 놀랄 만큼 강하거든요. 자, 이제 잠들 시간이에요. 잠든 사이에 죽는 게 더 나으니까요. 당신은 여자치곤 키가 크니까, 다 썰려면 시간이 좀 걸리겠군요. 거실을 어지럽히긴 싫은데."

그 순간 현관에서 초인종이 울렸다.

"집에 없는 척할 거예요. 지금은 방해받고 싶지 않으니까."

초인종이 다시 울리더니, 뒤이어 문을 집요하게 두드리는 소리가 들렸다.

"알았다고." 미시즈 다우드가 화난 목소리로 말했다. "누군지 몰라도 당장 쫓아내주겠어. 당신은 거기 가만히 앉아있어요. 금방 올 테니까."

미시즈 다우드는 복도로 나갔다. 그웬은 소리를 지르려고 해봤지만, 도무지 기운이 나지 않았다. 그러다가 이내 소파에 풀썩 쓰러져 핸드백에 머리를 부딪쳤다.

미시즈 다우드가 현관문을 열어보니 키가 작고 씩씩해 보이는 검은 머리 여성이 수첩과 연필을 손에 들고 서 있었다.

"안녕하세요?" 여성의 목소리는 지저귀는 새소리 같았다. "저는 엘로이스 티즐리라고 해요. 배급 제도에 대한 대중 여론과 '평범한 영국 가정주부'의 반응을 알아보려고 설문 조사를 하는 중인데요. 혹시 본인이 평범한 영국 가정주부라고 생각하시나요? 만약 그러시다면 몇 가지 질문에 대답해주실 수 있을까요?"

"미안해요, 지금은 좀 바빠서요." 미시즈 다우드가 말했다.

"잠깐만요." 여성이 한쪽 손을 쳐들며 말했다. "방금 그 소리, 들으셨어요?"

"무슨 소리요?"

"잘 들어보세요." 여성은 머리를 한쪽으로 기울였다.

미시즈 다우드도 주위의 소리에 집중했다. 희미한 호루라기 소리가 집 안에서 은은하게 들려왔다.

"경찰 호루라기 소리 같은데. 그렇지 않나요? 신기하네요. 제 친구 중에, 실은 되게 친한 친군데요, 경찰 호루라기를 갖고 다니는 친구가 있어요. 이름은 그웬덜린 베인브리지예요."

미시즈 다우드가 움찔했다. 여성의 얼굴 가득 웃음이 번졌다.

"방금 그 반응은 너무 티가 났어요. 남을 감쪽같이 속이려면 자기한테 불리한 사실을 처음 들었을 때 무심코 반응하지 않는 법부터 배워야 하는데, 살인자 훈련소에서 맨 처음 가르치는 게 바로 그거예요. 자, 난 이제 당신을 때릴 거예요."

"뭐라고요?" 미시즈 다우드는 뒤로 물러서려 했지만 그전에 아이리스의 수첩이 먼저 현관 바닥을 향해 떨어졌고, 아이리스는 그 수첩이 바닥에 닿기도 전에 앞으로 나서서 미시즈 다우드의 턱에 그림같이 깔끔한 어퍼컷을 날렸다.

미시즈 다우드의 머리가 뒤쪽을 향해 홱 꺾였다. 몸의 나머지 부분은 주먹의 위력에 밀려 복도로 나자빠져서 카펫 위에 쓰러지며 둔탁한 쿵 소리를 냈다.

아이리스는 현관 안으로 들어와서 방금 때려눕힌 사람을 힐긋 봤다. 뒤이어 무릎을 굽히고 앉아 손목의 맥박을 살피다가 맥이 뛰는 것을 확인하고 만족한 듯 고개를 끄덕였다. 그러고는 손에 끼었던 브래스 너클*을 빼서 가볍게 입을 맞추고는 핸드백에 집어넣었다.

"아이리스?" 거실 쪽에서 가느다란 목소리가 들려왔다.

"금방 갈게, 자기." 아이리스는 집 안쪽을 향해 말했다. "먼저 포로부터 확보하고."

아이리스는 미시즈 다우드의 앞치마를 벗긴 다음 손을 등 뒤로 돌리고 재빨리 묶었다. 그런 다음 거실로 뛰어들었

• 금속제 고리를 이어 붙여 손가락을 끼우도록 만든 호신용 무기로서, 손에 끼면 주먹의 위력이 커진다.

다. 그웬이 소파 위에 누워 있었다. 그 상태로 손을 살짝 들어 흔들었다. 호루라기를 여전히 손에 쥔 채로.

"저 여자가 무슨 짓을 한 거야?" 아이리스가 대뜸 물었다.

"나한테 무슨 약을 먹였어. 너무 졸려."

"잠들면 안 돼, 그웬. 구급차를 불러줄게."

"아이리스. 저 여자가 틸리를 죽였어."

"그럴 것 같았어. 나 금방 돌아올게."

그웬은 테이블 너머의 사진들을 물끄러미 바라봤다. 사진 속에서 다우드 부부가 이쪽을 마주 보고 있었다. 모든 사진이 행복해 보였다.

그들의 모습이 서서히 흐릿해졌다.

아이리스는 한 손에 유리잔을, 다른 손에 커다란 대야를 들고 돌아왔다. 그런 다음 대야를 그웬의 무릎에 놓더니 그웬의 몸을 잡고 일으켜 앉혔다.

"구급차가 오고 있어." 아이리스는 잔을 그웬의 입에 대며 말했다. "자, 이거 마셔."

그웬은 잔에 든 것을 조금 맛보고는 몇 모금 더 마셨다.

"이게 뭐야?" 그웬이 헐떡이며 물었다.

"토근 시럽●이야. 병원에 가서 위세척을 할 때까진 이걸로 버틸 수 있을 거야."

"안 돼, 싫어!"

● 토근의 뿌리로 만든 구토제.

"별로 유쾌한 경험은 아닐 거야, 자기. 그러니까 조국을 생각하면서 이 대야를 겨냥해. 자, 시작해볼까. 옳지."

몇 시간 후, 메이데이 로드 병원의 응급실에 들어선 아이리스는 그웬이 누워 있는 환자 이송용 침대의 모서리에 앉았다.

"위세척은 처음 해봤어." 그웬이 말했다. "일기에 적을 게 하나 더 늘었네. 야호."

"웃을 일이 아니긴 하지." 아이리스가 맞장구를 쳤다.

"너도 해본 적 있어?

"아, 그럼."

"어땠는지 얘기해줄래?

"할 수는 있는데, 네 속을 또 뒤집어놓긴 싫은데."

"이젠 텅 비어서 괜찮아. 아이리스… 난 네 덕분에 살았어."

"아침에 너한테 그렇게 모질게 굴었던 걸 생각하면, 이 정돈 아무것도 아냐."

"그 집엔 왜 온 거야?"

"이번 일을 처음부터 끝까지 꾸몄을 사람이 누군지 짚어봤는데 미시즈 다우드일 가능성이 제일 높았거든. 샐리의 충격 요법에 도움을 받아서 밝혀낸 거야, 고맙게도. 원래는 중간에 너랑 합류해서 그 집에 찾아간 다음 미시즈 다우드를 시켜 뭔가 만지게 하려고 했어. 그렇게 지문을 확보하면 친절한 미스터 고드프리를 통해 디키가 받은 편지의 신원 미상 지문과 비교할 수 있으니까. 그런데 네가 나보다 한 발 앞서 그 여자를 자백하게 만들어버린 거야. 이 영리한 여자 같으니."

"너무 영리해서 거의 죽을 뻔했어."

"거의 죽을 뻔했지, 진짜로 죽진 않았잖아. 죽지 않고 살아남은 건 또 싸우기 위해서야."

"이제 싸움은 그만할래."

"아, 그래. 넌 그만해도 돼. 이제 네가 옳았다는 걸 증명했으니까 아들부터 되찾도록 해. 어라, 저기 파럼하고 내 전 애인 형사님이 오셨네!"

파럼 경감과 킨지 경장이 응급실로 들어섰다. 둘 다 모자는 벗어서 손에 들고 있었다.

"어때요?" 아이리스가 물었다.

"미시즈 다우드한테서 두 분의 진술이 사실이라는 확인을 받았습니다." 파럼이 말했다. "지문도 편지에 남은 지문 중 하나와 일치하더군요. 저희는 그 사람을 마틸다 라살 살해 혐의로 기소할 겁니다. 디키 트로워에 대한 기소는 철회될 겁니다. 석방에 필요한 서류는 내일 오전 중에 처리될 테고요."

"아, 다행이다." 그웬이 중얼거렸다.

"그게 다가 아닙니다." 파럼이 말했다.

"뭐가 또 있나요?"

"미시즈 다우드가 저희에게 제공한 정보를 근거로 인력을 동원해 그 집 뒤뜰을 파봤는데요." 이번에는 킨지가 말할 차례였다. "남성의 토막 난 시체가 나왔는데, 그 사람 남편인 피니어스 다우드로 추정됩니다."

"세상에." 아이리스가 중얼거렸다.

"그리고." 킨지가 망설이듯 헛기침을 했다.

"또 뭔데요?"

"그리고… 토막 난 고양이 주검도 나왔습니다."

"사랑하는 대상한테 버림받는 걸 정말로 못 견디는 사람인가 봐요." 그웬이 밝힌 의견이었다.

"숙녀 여러분, 런던 경찰청은 여러분께 깊이 감사드리는 바입니다." 파럼이 말했다. "혹시 저희가 도와드릴 일이…."

"있어요." 아이리스가 파럼의 말을 끊었다. "우선 첫째, 내일 오전에 디키 트로워가 브릭스턴 구치소에서 나올 때 우리 둘이 양옆에서 나란히 걷고 싶어요."

"그 정도는 괜찮을 것 같군요. 또 있습니까?"

"경찰에는 공보실이 있죠."

"물론 있습니다."

"공보실을 통해 트로워한테 씌워진 오명을 벗긴 건 전적으로 우리 공이라는 걸 밝혀주세요. '바른 만남 결혼상담소'의 이름을 반드시 넣어서요. 런던의 모든 신문사에 보도 자료를 보내서 트로워가 자유의 몸이 될 때 우리도 함께 기자

회견을 하게 해주시고요."

"그렇게 하지 못할 이유는 없을 것 같군요." 파럼이 대답했다.

"모든 신문사에 보내진 마세요." 그웬이 말했다. "《미러》에는 알리실 필요 없어요."

파럼은 무슨 말인지 안다는 듯이 빙긋 웃었다.

"그 신문사가 난처해진다면 저로서도 기쁘기 그지없겠습니다. 그럼 숙녀 분들, 내일 아침 브릭스턴에서 뵙겠습니다. 아주 멋지게 잘하셨습니다. 그건 그렇고, 미스 스파크스?"

"예, 경감님."

"미시즈 다우드의 턱에 생긴 멍 자국을 봤는데… 좀처럼 보기 드문 형태던데요. 정확히 뭘로 가격하신 겁니까?"

"몇 년 동안 쌓인 울분이에요, 경감님. 솔직히 말하면, 속이 아주 후련했어요."

16

"깨끗한 셔츠까지 갖다주시다니, 정말 친절하시네요." 미스터 트로워는 넥타이를 매며 그렇게 말했다.

"엄마가 늘 말씀하셨거든요. '구치소를 나설 땐 반드시 깨끗한 셔츠를 입으렴'이라고요." 아이리스가 말했다.

"그런 말씀 하신 적 없잖아." 그웬이 말했다.

"하긴, 그때 내가 많이 어리긴 했지." 아이리스는 선선히 인정했다. "내 기억이 살짝 잘못됐을지도 몰라."

"미시즈 다우드의 집에 어떻게 들어가서 셔츠를 꺼내 오셨어요?" 트로워가 물었다. "범죄 현장 아닌가요? 경찰에 계신 친구 분이 들여보내주셨나요?"

"꼭 그런 건 아니고요." 아이리스가 대답했다.

그웬은 트로워 몰래 빙긋 웃었다.

"미시즈 다우드가 그런 짓을 했다는 게 아직도 믿기질 않아요." 트로워는 재킷의 먼지를 솔로 털며 말했다. "그 사람이 살인자라니, 상상하기도 힘드네요. 저한테 늘 그렇게 잘해줬는데."

"그 대가로 본인도 뭔가 받고 싶었던 거죠." 그웬이 말했다. "그런데 받을 수 없다는 걸 알게 되자 그 사람은… 그 사람은 마음이 건강하지 않았어요, 미스터 트로워."

"제가 알았으면 좋았을 텐데."

"만약 알았다면 어떻게 했을 것 같아요?" 아이리스가 물었다. "그 사람의 애정에 애정으로 보답했을까요?"

"아뇨, 천만에요. 당장 그 집에서 나왔을 거예요. 엄청나게 어색했을 테니까요."

"아마 앞문으로 멀쩡히 걸어나오진 못했을걸요." 아이리스의 의견이었다.

트로워는 재킷을 입고 돌아서서 둘을 마주 봤다.

"저 어때요?"

"아주 핸섬해요." 아이리스가 말했다.

"잠깐 모성애를 좀 발휘해볼게요." 그웬은 손 끝에 침을 발라 트로워의 뻗친 머리카락을 가라앉혔다. "됐어요. 이제 좀 낫네요. 자, 기자들을 상대할 준비가 됐어요?"

"기자 회견 같은 건 해본 적이 없어서요."

"실전에서 싸워본 적은 있죠?" 아이리스가 물었다.

"예."

"실전보다 더 살벌해요. 계속 방실방실 웃어야 하고요. 걱정 마요, 우리가 같이 있을 거니까."

　구치소는 출입문 옆에 임시 연단을 마련했다. 소장이 직접 세 사람을 배웅했다. 카메라 플래시가 사납게 번쩍거렸고, 뒤쪽에 서 있던 촬영 기사들은 줄지어 설치된 마이크 앞으로 걸어나오는 디키 트로워에 맞춰 뉴스용 영화 카메라를 수평으로 움직였다.

　"감사합니다, 여러분." 트로워는 헛기침을 하고 말을 이었다. "와주셔서 감사합니다. 자유의 몸이 되니 마음이 참으로 홀가분합니다. 요 며칠 동안 저는 악몽 속에서 사는 것 같았습니다. 그건 저로서는 생각지도 못한 악몽이자, 부당하게 닥친 악몽이었습니다. 만약 바른 만남 결혼상담소의 미스 아이리스 스파크스와 미시즈 그웬덜린 베인브리지가 저를 위해 눈부시게 활약해주지 않았다면, 그 악몽은 계속됐을 겁니다. 아니, 더 끔찍해졌을 겁니다. 수수료를 낼 때까지만 해도 두 분이 저에게 큐피드뿐 아니라 수호천사까지 돼주실 거라고는 상상도 못했습니다. 안 지 얼마 되지도 않는 저를 이토록 열렬히 지지해주신 점만 봐도 두 분의 성품이 얼마나 훌륭한지 다들 아실 겁니다."

　"말 한번 잘한다!" 구경꾼 중 한 명이 소리치자 아이리스와 그웬은 자랑스럽게 활짝 웃었다.

　"미스 라살의 유가족께는 위로의 말씀을 전하고자 합니

다." 트로워의 말이 이어졌다. "저는 미스 라살을 직접 만나는 행운은 누리지 못했지만, 아름다운 여성이었다고 들었습니다. 아무쪼록 미스 라살이 편히 잠들기를, 또한 제… 미시즈 다우드가 체포된 만큼, 유가족 분들께 부족함 없는 정의가 실현되기를 바랍니다. 감사합니다."

"미스터 트로워, 구치소에서는 어떻게 지내셨나요?"《텔레그래프》의 기자가 큰 소리로 물었다.

"불편했습니다. 하지만 돌이켜보면, 제가 살던 집보다는 안전했습니다."

그 말에 기자들 사이에서 왁자한 웃음이 터져 나왔다.

"음식은 어떻던가요?"

"음식은 군대에서 먹던 것보다 나았지만, 같이 먹는 사람들만 따지면 군대가 더 나았던 것 같습니다."

"미스터 트로워, 혹시 감방 안에서 희망을 잃은 적이 있으신가요?"《우먼스 오운》의 여성 기자가 물었다.

"아니요." 트로워의 목소리는 단호했다. "바른 만남 결혼 상담소가 제 편이란 걸 알았기 때문에, 한 번도 없습니다."

트로워는 양손을 내밀어 둘의 손을 각각 잡은 다음, 양팔을 의기양양하게 쳐들었다. 카메라 플래시가 정신없이 번쩍였다.

질문이 몇 개 더 나온 후에 회견이 끝났다. 몇몇 기자는 후속 기사를 쓰겠다며 세 사람과 인터뷰 약속을 잡았다. 그러고 나서 세 사람은 브릭스턴 구치소를 나섰다.

"이제 어떡하실 건가요, 미스터 트로워?" 브릭스턴 힐 쪽으로 걸어가던 도중에 그웬이 물었다.

"우선 시원하게 목욕부터 해야겠어요. 허버트한테 밥도 주고요. 직장에 전화해서 복귀한다고 알릴 거예요. 이사 갈 곳도 알아봐야겠네요. 인생을 다시 시작할 준비를 해야겠어요. 예전하고 같을 순 없겠지만요."

"하지만 적어도 인생을 되찾기는 했잖아요."

"적어도 살아 있기는 하니까요." 트로워는 숨을 깊이 들이마시고 하늘을 올려다봤다. "세상에, 숨 쉬는 기분마저 다르네요. 구치소 운동장하고 같은 공기, 같은 하늘인데, 위를 가린 담장도, 교도관도 없어서 그런가 봐요. 미스 스파크스, 미시즈 베인브리지… 저는 두 분께 영영 못 갚을 빚을 졌어요."

"빚진 걸로 따지면 피장파장이에요, 미스터 트로워." 아이리스가 말했다.

"어째서요?"

"신붓감을 아직 소개해주지 않았잖아요. 이사 가면 새 주소하고 전화번호를 알려줘요."

"그럴게요." 트로워는 약속했다. "괜찮은 사람을 찾아주세요."

트로워는 택시를 잡아타고 크로이던 방향으로 사라졌다.

"저 사람, 소질이 있어." 아이리스가 말했다. "저 정도면 의원 선거에 나가야 해. '사형 집행 유예당'의 공천을 받으면 딱 어울리겠는데."

"난 저 사람한테 투표할래." 그웬이 맞장구를 쳤다.

그웬은 돌아서서 구치소를 보며 다시는 여길 방문할 일이 없기를 바랐다. 그때 택시 한 대가 그들 앞에 와 멈췄다.

"저기 봐." 그웬은 아이리스의 팔을 당기며 말했다.

웬 남자가 택시에서 내리더니 해체 중인 임시 연단을 빤히 보다가, 풀죽은 모습으로 다시 택시를 향해 터덜터덜 돌아갔다.

"《미러》의 개러스 폰티프랙트잖아, 맞지?" 그웬이 물었다.

"맞아." 아이리스의 얼굴에 흐뭇한 미소가 번졌다. "오늘은 정말 완벽한 날이야."

그웬은 노크도 하지 않은 채 서재로 들어갔다. 레이디 캐럴라인이 못마땅한 눈길로 그웬을 올려다봤다.

"제가 신문에 다시 등장하게 됐다는 소식을 알려드리러 왔어요." 그웬이 말했다.

"《미러》는 안 돼." 레이디 캐럴라인은 한숨을 쉬었다.

"이번엔 《미러》에는 안 나올 거예요. 하지만 다른 신문에는 모조리 나와요. 그리고 뉴스에도요."

"뭐? 도대체 무슨 짓을 했길래?"

"저희가 살인 사건을 해결했어요. 디키 트로워가 아니라 다른 사람의 소행인 걸 밝혔거든요. 오늘 그 사람을 브릭스턴 구치소에서 데리고 나와서 수많은 기자들 앞에 세웠어요. 저희 상담소의 명예를 회복한 거예요. 물론 그보다 더 중요한 건 무고한 사람이 결백을 밝히고 자유를 되찾았고, 그렇게 하도록 도와준 장본인이 바로 저희라는 사실이지만요. 그리고 가장 중요한 건… 제가 옳았다는 거예요."

레이디 캐럴라인은 놀란 나머지 벌어진 입을 다물지 못했다. 그웬은 뿌듯한 기분을 만끽하며 휙 돌아서서 서재를 나섰다.

이튿날 아침, 그웬과 아이리스가 출근해서 보니 전날보다 더 많은 기자들이 사무실 건물 앞에 모여 있었다. 관리인인 미스터 맥퍼슨은 출입문 앞에 서서 경계하는 눈빛으로 그들을 지켜봤다. 쏟아지는 질문에 대답하고 사진을 찍도록 우아한 포즈까지 잡은 후에, 두 사람은 안전한 사무실로 달아났다.

"난 경비원 노릇이나 하라고 월급을 받는 게 아니에요!" 맥퍼슨이 두 사람의 등에 대고 외쳤다.

"안 그래도 건물 경비 상황에 관해 할 얘기가 있는데요." 아이리스는 계단 난간 위로 맥퍼슨을 내려다봤다. "신경 쓰이는 점이 몇 가지 있어요. 나중에 시간이 나면 좀 들러주세요."

바른 만남 결혼상담소의 전화벨은 두 사람이 사무실에 들어섰을 때 이미 울리고 있었다. 아이리스는 의자에 앉기도 전에 수화기부터 냉큼 들었다.

"바른 만남 결혼상담소의 아이리스 스파크스입니다."

"아, 미스 스파크스!" 웬 여자가 외치는 소리였다. "방금
《텔레그래프》의 기사를 읽었어요! 정말 멋져요!"

"예, 아무래도 좀 그렇죠?" 아이리스도 맞장구쳤다. "그
런데 전화 거신 분은 누구신가요?"

"세지윅이에요. 지난번에는 너무 과민하게 반응해서 죄
송했어요. 용서해주실래요?"

"그럼요." 아이리스는 질렸다는 듯이 천장을 올려다보고
는 그웬에게 눈짓을 보냈다.

"저기요." 미스 세지윅의 말이 이어졌다. "미스터 트로워
가 지금도 거기 회원인가요?"

"회원이죠."

"지금도 짝이 없고요?"

"지난 주까지 독방에 갇혀 있었으니까, 아마 그럴걸요."

"잘됐네요. 당장 소개해줘요."

"진심이세요? 며칠 전만 해도 살인자로 의심했잖아요."

"그러니까요! 그래서 더 짜릿하지 않아요? 그쪽에서 승
낙하면 바로 연락해줘요! 잘 있어요!"

세지윅은 아이리스에게 대꾸할 틈도 주지 않고 전화를
끊었다.

"누구야?" 그웬이 물었다.

"빗시 세지윅. 미스터 트로워한테 자기를 소개해달래. 이

번 주에는 더 이상 놀랄 일이 없을 줄 알았는데."

그때 전화벨이 다시 울렸다.

"바른 만남… 아, 안녕하세요, 미스 블레이크. 예? 디키 트로워요? 아쉽게도 한발 늦으셨는데, 그래도 제가 한번… 예, 명단에 추가해드릴게요. 그럼요. 안녕히 계세요."

아이리스는 전화를 끊고 수첩을 집어 뭔가 끄적이기 시작했다. 전화벨이 또 울렸다. 이번에는 웬 신사가 회원으로 가입하고 싶다며 면담 약속을 요청했다.

이날 오전은 꽤 바빴다. 둘은 전화기를 서로의 책상으로 건네주고 또 건네받으며 번갈아 전화를 받았다. 점심 무렵에는 녹초가 된 동시에 몹시도 흐뭇했고, 디키 트로워에게 관심을 보이는 여성들의 명단에는 일곱 명의 이름이 올라가 있었다.

"우리 비서가 있어야겠는걸." 그웬이 생각에 잠긴 표정으로 중얼거렸다. "그리고 사무실도 더 넓은 곳이 필요해."

"네 말이 맞는 것 같아."

"나한테 하겠냐고 물어보진 마." 샐리가 문간에 서서 말했다.

"어떻게 그렇게 조용하게 걸을 수가 있어요?" 그웬이 물었다.

"연습, 연습, 또 연습이죠. 고양이처럼 살금살금 걷는다거나, 뭐 그런 식으로."

"비서 일에 흥미 없다는 거 진심이야?" 아이리스가 물었다. "경험과 훈련은 이미 충분히 쌓았잖아."

"그땐 이 상담소가 망해가던 시절이었으니까 괜찮았지." 샐리가 안으로 들어서며 말했다. "하지만 이제 사업이 이렇게 잘되는 마당에 비서로 취직하면 실제로 업무를 봐야 하는데, 난 그런 일에는 소질이 없거든. 그냥 앞으로도 수금이나 이상한 상담 같은 건으로 불려오는 정도만 하고 싶어."

"고마워, 샐리. 우리한테 넌 생명의 은인이야. 내 경우에는 실제로도 그랬고."

"이걸 갖다주려고 들렀어." 샐리는 아이리스의 책상에 신문 한 다발을 내려놨다. "이게 다인 것 같아. 개중에 몇 건은 오려서 액자에 넣어둬도 되겠어. 그리고 두 사람의 찬란한 위업 앞에서 부끄러움을 무릅쓰고 내 약소한 성취를 밝히자면… 내 희곡이 드디어 완성됐어!"

"브라보!" 그웬이 외쳤다. "언제 볼 수 있어요?"

"음, 다음 순서는 비공식 낭독회를 여는 거예요. 우리 집 거실에 여러 사람이 모여서 희곡을 소리 내어 읽어보는 거죠. 두 사람도 참가해줬으면 하는데."

"기꺼이 갈게." 아이리스가 말했다. "하지만 낭독만 하는 거야. 이번엔 러브 신을 연기하는 일은 없을 거야."

"아쉽군. 미시즈 베인브리지는요?"

"그게, 글쎄요." 그웬은 망설였다. "연기에는 소질이 없어서요."

"그렇지 않아. 너 스스로도 알면서 왜 그래, 소피."

"관객들 앞에서 하는 건 아니에요." 샐리가 말했다. "친구 몇 명만 따로 부를 거예요. 승낙해주세요."

"좋아요. 그래도 두 사람의 높은 기준으로 판단하진 마요."

"당신이라면 멋지게 해낼 거예요." 샐리가 장담했다. "그럼 이만, 탐정님들."

그 말을 남기고 샐리는 또다시 소리 없이 복도 저편으로 멀어졌다.

"저 사람, 적진의 후방에서는 정말 무서운 존재였겠다." 그웬이 말했다.

"그랬지."

"네가 소피라고 한 덕분에 생각난 게 있어. 전화할 곳이 있는데 깜박했지 뭐야."

그웬이 전화기로 손을 뻗는 사이에 전화벨이 다시 울렸다. 그웬은 그 전화를 받았다가 수화기를 아이리스에게 건넸다.

"남자야." 그웬이 말했다. "이름은 안 밝히려고 해."

"흥미롭군. 여보세요, 전화 바꿨습니다. 스파크스입니다."

"안녕하신가, 메리 엘리자베스 맥테이그." 아치였다.

아이리스는 놀라는 한편으로 겁이 나서 수화기를 꽉 쥐었다.

"안녕하세요." 아이리스가 말했다. "전화할 줄은 몰랐네요."

"지난 이틀 동안 신문을 읽다가 안 사실인데, 나도 모르는 사이에 내 처지가 아주 묘해졌더군."

"처지라니, 무슨 말을 하는 거죠?"

"내가 아직 자유의 몸이라는 말이야. 체포될 기미가 전혀 안 보이는. 그런데 내가 아주 잘 아는 사람 둘은 그 반대의 처지가 돼 있어서, 난 그 점이 이해가 가질 않아. 그리고 내가 가장 최근에 고용한 일꾼인 메리 엘리자베스 맥테이그가, 처음부터 정체를 속인 주제에 왜 아직도 경찰에 날 밀고하지 않았는지도 이해가 안 가기는 마찬가지야."

"혹시 틸리를 죽인 범인이라면 또 모를까, 그렇지 않다면 당신을 교도소에 처넣는 건 내 관심사가 아니에요. 내가 당신의 심부름을 했을 때 당신은 나한테 충성을 요구했죠. 난 당신이 요구한 걸 줬어요. 그리고 듣자하니 런던 경찰청하고 재무부가 필처의 기소 건을 비밀에 부친다더군요. 자기네 정예 요원이 타락했으니, 그럴 만도 하죠. 필처가 당신에 관해 뭐라고 하든 간에 죄다 의심스러워 보일 거예요. 그쪽에선 필처를 잡고 도둑맞은 동판을 찾은 걸로 만족할걸요."

"내가 틸리를 안 죽였다고 어떻게 확신하지? 나는 나 자신을 좋아하는데도 스스로가 의심스러운데."

"아주 사소한 단서 때문이에요. 틸리는 심장을 찔렸어요. 당신 수법이 아니죠. 당신은 목을 따는 걸 더 좋아하니까."

"이야, 그거 아주 걸작인데." 아치가 껄껄 웃었다. "그럼 우리 사이는 문제없는 건가? 당신하고 나는?"

"문제없어요. 하지만 난 이번 기회에 조직에다 사표를 내고 싶어요, 보스. 하루 동안이긴 해도 암거래 업자로 일하는 건 재미있었어요. 하지만 나도 내 사업을 해야 해서."

"당신한테 일거리를 좀 줄까 하는데."

"방금도 말했지만…."

"내 조카 때문에 그래. 이름이 버니인데, 이쪽 업계 인간이 아니야. 집안도 번듯하고 가방끈도 길고, 희망 직업은 교사인 녀석이지. 내가 아는 여자 중엔 그 녀석한테 어울릴 만큼 얌전한 여자가 하나도 없어. 게다가 그 녀석, 여자 앞에 혼자 있으면 말까지 심하게 더듬어. 그래서 당신한테 보내볼까 하는데."

"꼭 보내요."

"그리고 수고해준 당신에게 감사하는 뜻에서 버니 편에 상자를 두 개 보낼 건데, 하나는 당신 거고, 하나는 소피 거야."

"우리가 뭘 받을 자격이 있을지 잘…."

"스타킹이야, 미스 스파크스. 한 사람 앞에 열 켤레씩."

"흠, 상황이 상황인 만큼 거절하는 건 너무 무례한 짓이겠군요. 그웬의 사이즈는 어떻게 알았어요?"

"내가 그쪽으로 보는 눈이 있거든."

"나중에 커서 양말 가게 같은 걸 차리면 되겠네요."

"전부터 쭉 즐거운 직업일 거라고 생각했어. 스타킹을 파는 거 말이야. 그건 그렇고… 로저하고는 이렇다 할 사이가 아니었던 것 같은데, 언제 나랑 같이 데이트하는 건 어때? 내가 아는 술집이 있는데 댄스 플로어가 멋지고 밴드도 훌륭해."

"합법적인 가게예요?"

"전적으로 그렇진 않아. 관심 있어?"

"좋아요, 아치."

"금요일 저녁 어때?"

"알았어요. 그날 봐요, 그럼."

아이리스는 전화를 끊었다. 그웬이 이쪽을 빤히 보고 있었다.

"방금 아치한테 데이트하겠다고 승낙한 거야?"

"재미있을 것 같아서 그랬어."

그웬은 믿기 힘들다는 듯이 고개를 절레절레 흔들다가, 이내 수첩에 뭔가 적었다.

"보통은 어딜 가든지 주위를 통틀어 내가 제일 정신 나간 사람인데." 그웬은 그렇게 말하며 수첩의 종이를 찢어 아이리스에게 건넸다. "너랑 단둘이 있을 때는 예외인 것 같아. 이건 나를 담당하는 정신과의사의 이름과 전화번호야. 좋은 일 하는 셈 치고 제발 전화해봐."

"뭐 하러? 내 정신은 멀쩡한데."

"넌 제 발로 위험에 뛰어드는 걸 즐기잖아. 지난 며칠 동안은 나도 너랑 같이 움직였지만, 이젠 다 끝난 일이야. 그런데 방금 네가 뭘 했는지 봐. 네가 경찰 끄나풀이라는 의심이 들면 곧장 덤빌 범죄꾼하고 데이트하기로 약속했잖아."

"내 생각엔 안 그럴 것 같은데. 그리고 데이트는 그보다 더 형편없는 인간하고도 해봤어."

"제발. 나를 생각해서라도 참아."

"알았어, 네가 '제발'이라고까지 하니까, 참을게. 병원 예약은 우리 둘이 연달아서 하면 되겠다. 그걸로 데이트한 셈 치지, 뭐. 상담하고, 끝나면 술 마시고."

"재미있겠는데." 그웬이 말했다. "그렇게 해보자."

"너 아까 어디 전화하려고 하지 않았어?"

"아, 참. 전화기 좀 줄래?"

그웬이 와핑 하이 스트리트에 있는 '타운 오브 램스게이트' 술집에 들어섰을 때는 저녁이었다. 남자 손님들이 그웬을 흘끔거리느라 떠들썩하던 실내가 조용해진 사이, 그웬은 기대감에 부풀어 술집 안을 두리번거렸다. 이윽고 구석에 앉아 있는 그 남자가 그웬의 눈에 들어왔다. 남자는 그웬과 눈이 마주쳤지만, 반가워하는 기색은 없었다.

그웬은 남자를 향해 다가갔다.

"안녕하세요, 데즈." 그웬은 나직한 목소리로 인사를 건넸다.

"전화를 했더군요." 데즈가 말했다. "안 할 줄 알았는데."

"같이 산책하고 싶다고 했잖아요."

"그건 소피가 한 말이죠. 당신은 소피가 아니잖아요."

"맞아요. 내 이름은 그웬 베인브리지예요."

"알아요. 신문에서 봤어요. 그리고 레이디의 시중을 드는 하녀도 아니더군요. 당신 스스로가 레이디였어요."

"난 레이디가 되지는 못했어요. 남편이 작위를 승계하기 전에 전사하는 바람에."

"그러니까 남편이 죽었다는 얘긴 사실이었던 거네요."

"내가 한 얘기는 대부분 사실이에요."

"그래야 거짓말이 더 잘 통하니까요. 안 그래요?"

"데즈, 우리 같이 산책하러 가면 안 돼요? 부탁이에요."

"진심이에요?"

"진심이에요. 걸으면서 얘기하고 싶어요."

"레이디가 신는 구두로는 이 근처를 돌아다니기가…."

그웬은 데즈에게 발이 보일 만큼 뒤로 물러섰다.

"오늘은 장화를 신고 왔어요. 이걸 신으면 다리가 안 예뻐 보이겠지만, 그래도 타워브리지가 보이는 곳에 가고 싶어서요."

"따라와요." 데즈는 그웬의 팔을 잡고 이끌었다.

둘은 술집 뒷문으로 나갔다. 술집 옆에 강변으로 내려가는 계단이 있었다.

"이건 옛날부터 있던 계단이에요." 데즈는 앞장서서 내려가며 그렇게 말했다. "수백 년 전에 만들어졌어요. 사람들 말로는 여자들이 여기서 뱃사람 애인하고 작별의 키스를 나누고 애인한테 돌아올 때까지 정절을 지키겠다고 맹세했대요."

"그래서 여자들은 맹세를 지켰나요? 뱃사람들도 돌아왔고요?"

"나야 모르죠." 데즈는 어깨를 으쓱했다. "그래도 멋진 이야기예요. 여자를 데리고 계단을 내려오다가 그 이야기를 들려주면 키스를 받을 때도 있으니까요."

두 사람은 템스강 기슭에 도착했다. 데즈는 그웬을 데리고 물가로 갔다.

"다리가 통째로 다 보이진 않지만, 그래도 저기, 봐요."

그웬의 눈에 타워브리지의 절반이 보였다. 탑 가운데 하나, 시티 구역 쪽에서 멀리 있는 탑이 저물어가는 해를 가렸다.

"조금 더 멀리까지 걸으면 안 될까요?" 그웬이 물었다.

"지금 뭐 하는 거예요?" 데즈는 질문으로 대답을 대신했다. "무슨 할 얘기가 있다는 거죠? 날 완전히 바보로 만들었으면서."

"난 그럴 생각은 없었어요. 우리 둘 다 그럴 생각은 없었어요. 우린 누구한테 상처를 주려고 그런 게 아니에요."

"아뇨, 당신의 경우에는 상처를 주려고 하지 않았다고 하기는 힘들 것 같은데요."

"무고한 사람이 감옥에 갇혀 있었어요. 우린 그 사람을 구하려고 그랬던 거예요."

"그런데 알고 보니 우리 중에 아무하고도 상관없는 일이 더군요. 안 그래요?" 데즈가 물었다.

"그래요. 하지만 그때는 그걸 몰랐어요."

"나는 이제 어떻게 하죠? 난 애초에 당신네 용의자도 아니었어요. 난 당신한테 진심을 보였는데, 당신은 나한테서 정보를 캐낼 생각밖에 없었죠. 난 당신을 좋아했어요. 아니, 소피를 좋아했어요. 이젠 누가 누군지도 모르겠지만."

"당신은 점잖고 상냥한 남자예요, 데즈. 내가 우리 사이에 뭔가 있을 거라는 여지를 당신한테 남겼다면 미안해요."

"당신 같은 사람한테는 내가 너무 부족해서 그렇겠죠."

"데즈, 당신은 나 같은 사람하고 어울리기에는 지나치게 훌륭해요. 나는⋯ 아들이 있어요."

데즈는 마음을 다잡으려는 듯이 숨을 깊이 들이쉬었다.

"그랬군요."

"예."

"그 애는 칭호가 뭔가요?"

"나중에 크면 로드가 될 거예요. 나하고는 상관없지만, 우리 시부모님한테는 중요한 일이죠. 그 애 양육권을 지금은 그 사람들이 갖고 있어서 이제 곧 법적 다툼을 시작할 거예요. 난 재산도, 무기도, 같이 싸워줄 내 편도 부족해요. 안 그래도 위태로운 처지를 더 위태롭게 만들 수는 없단 말이에요. 그러니까 나 스스로 아무리 원하더라도 지금은⋯ 아무하고도 만날 수가 없어요."

데즈는 강 건너편을 바라봤다.

"아들이 몇 살이에요?"

"여섯 살요. 그 애는 내 삶의 빛이에요. 절대 잃어버리지 않을 거예요."

"난 늘 아들이 갖고 싶었어요. 내 기술을 가르쳐주고 싶어서요. 우리 아버지가 나한테 가르쳐준 것처럼."

"당신은 분명 멋진 아빠가 될 거예요, 데즈. 진심으로 하는 말이에요. 정말로요."

"혼자서는 불가능한 일이에요."

"패니가 당신한테 반한 거 알잖아요." 그웬이 말했다.

"그래요, 패니가 날 좋아하는 건 나도 알아요." 데즈는 화난 목소리로 말했다. "내가 원한 게 패니였다면 난 지금쯤 패니랑 같이 있을 거예요, 웬 귀족 여자랑 시간을 낭비하지는…."

"로니만 아니었어도 난 다음 데이트를 승낙했을 거예요, 데즈."

"그렇게 말하니까 거의 진심 같네요." 데즈는 그제야 눈을 돌려 그웬을 바라봤다.

"당신이 날 더 잘 안다면 내 말을 의심하지 않을 거예요."

"오래 걸릴까요? 그 법적 다툼이라는 거요."

"글쎄요. 난 당신을 나 때문에 마음 졸이는 신세로 만들기 싫어요, 데즈. 다른 사람을 찾아요."

"그럼 여기까지군요." 데즈의 목소리는 무겁게 가라앉아 있었다. "역까지 바래다줄게요."

둘은 돌아서서 강을 등지고 계단 입구까지 걸어갔다.

"키스해도 돼요?" 데즈가 물었다.

"헤어지기만 더 힘들어질 텐데요."

"아마 그렇겠죠."

"그럼 더 힘들게 만들어볼까요."

데즈는 로니와 달랐다. 지그시 누르는 입술의 느낌이 달랐다. 안는 방식도 달랐고, 체취도 땀과 참나무와 소나무, 거기에 그웬이 모르는 것들의 냄새가 섞여 있었다. 그리고 데즈의 입은… 그 입은 천천히 탐구하며 질문했다. 그웬은 자신도 모르는 사이에 공격하는 처지로 바뀌어 데즈를 탐했고, 붙잡았으며, 자신에게 끌어당겼다. 그 시간이 끝나지 않기를, 강물이 자신들을 둘러싸고 솟구쳐 이 비참하고 끔찍한 도시로부터 멀리 데려가주기를 바라면서.

그 시간이 얼마나 오래 계속됐는지, 그웬은 알지 못했다. 다만 계속됐다는 것, 그러고는 끝났다는 것, 자신들이 원하든 원치 않든 끝나야 했다는 것만 알 뿐이었다. 그웬은 데즈의 어깨에 머리를 기대고 그에게 매달려 몸을 떨었다.

"아무 말도 못하겠어요." 그웬이 말했다. "지금은 무슨 말을 해도 정중하게, 아니면 어리석게, 아니면 전혀 엉뚱하게 들릴 것 같아요."

"아무 말 안 해도 돼요. 역까지 바래다줄게요."

그웬은 데즈보다 앞서서 계단을 올라갔다. 젖은 돌에 발이 미끄러졌을 때 데즈가 허리를 안고 붙잡아줬지만, 그게 다였다.

그웬은 립스틱을 정성껏 고쳐 바른 후에 켄싱턴 코트에 있는 집으로 돌아왔다. 저녁 시간은 이미 끝난 후였다. 어차피 식욕은 없었다. 그웬은 로니를 찾아 위층으로 올라갔다. 아이는 놀이방에서 그림을 그리고 있었다. 그웬은 바닥에 앉은 아들 곁에 나란히 앉았다.

"우리 아들은 뭐든 다 제멋대로구나. 공부방에서는 놀이를 하고, 놀이방에서는 그림을 그리잖아." 그웬은 아들의 뺨에 입을 맞추며 말했다. "우리 용감한 일각돌고래 서 오즈월드는 어떤 신나는 모험을 하는 중이야?"

"지금은 나치스의 유보트 잠수함하고 싸우고 있어요. 오즈월드는 엄니로 잠수함에 구멍을 뚫어요. 되게 힘는 싸움이에요, 왜냐면 어뢰를 피하면서 동시에 구멍을 내야 하거든요."

"마지막엔 틀림없이 오즈월드가 이길 거야."

"엄마, 이 놀이방은 아빠가 어렸을 때도 지금하고 똑같았어요?"

"글쎄. 그건 나이가 많은 일꾼들한테 물어봐야겠는데."

"아니면 할머니한테 물어봐도 될 텐데. 하지만 할머니는 전부터 내내 기분이 안 좋으세요. 할아버지가 아프리카에 너무 오래 가 계셔서 그럴까요?"

"그럴지도 모르지. 엄마가 보기에 할머니한테 기운을 불어넣어줄 사람은 다른 누구도 아닌 바로 너야. 기억해뒀다가 내일 그렇게 해드릴래?"

"예, 엄마."

"착하기도 하지. 자, 그림은 잘 시간이 될 때까지 그려도 되지만, 애그니스가 데리러 오면 떼쓰지 말고 가서 자야 해."

"이따가 잘 자라고 뽀뽀해주실 거죠?"

"당연히 그래야지, 우리 아들."

그웬은 아들이 그림을 그리도록 놔두고 일어섰다.

그 놀이방이 20여 년 전에는 남편의 방이었다고 생각하니 기분이 묘했다. 그 무렵에 찍은 남편의 사진은 전에 본 적이 있었지만, 모두 정성껏 지은 공단 옷을 입고 딱딱한 포즈를 취한 채 찍은 사진들이었다. 남편 로니에게는 장난꾸러기 같은 구석이 있었다. 분명 그 방에서 시끄럽게 뛰어다니기도 하고 전쟁놀이도 했을 텐데, 로니는 그런 이야기를 한 번도 들려준 적이 없었다. 가르쳐준 거라고는 그저 다락에 있는 비밀 장소뿐이었다.

복잡하기 짝이 없고 몹시도 엄숙한 방식의 맹세를 통해 비밀을 지키겠다는 약속을 받고 나서야, 남편은 그웬을 데리고 다락으로 올라가 그 비밀 장소를 보여줬다.

여긴 언제나 내 것이었어. 남편은 그웬에게 그렇게 설명했다. **세상에 하나뿐인 나만의 장소란 말이야. 그러니까 이**

렇게 가르쳐주는 게 얼마나 큰일인지 당신도 알 거야.

알아요. 그웬이 말했다.

남편은 그웬과 함께 폭이 좁고 가파른 계단을 올라가 다락으로 이어지는 조그만 문을 통과한 다음, 먼지가 내려앉은 널빤지 바닥을 살금살금 걸어간 후에 그웬에게도 똑같이 따라오라고 손짓했다. 그들 주위에는 평평한 여행용 가방과 모자 보관용 상자가 지붕보에 닿을 듯이 높다랗게 쌓여 있었고, 구석에는 잔뜩 낡았지만 집안의 역사가 너무 깊이 새겨져서 버리지 못하는 책상들이 놓여 있었으며, 높다란 천장에는 알전구가 줄지어 매달린 채 그 모든 잡동사니를 비추고 있었다.

로니는 지난 세기가 시작할 무렵에 만든 것으로 보이는 서랍 달린 장식장 앞에 도착한 다음, 그 장식장과 뒤쪽 벽 사이의 공간으로 미끄러지듯 조심스레 들어갔다.

어렸을 땐 몸이 유연해서 들어가기가 훨씬 더 쉬웠는데. 로니가 말했다.

스물두 살밖에 안 먹었는데 벌써 다 늙은 노인이 됐네요. 그웬은 그렇게 맞장구치며 몸을 옆으로 틀어 남편을 따라갔다.

좁다란 공간, 폭은 약 1미터에 깊이는 2미터 정도 되는 빈 공간이 지붕창 앞에 말끔히 치워져 있었고, 창을 통해 햇살이 환히 비쳐 들었다. 그 공간 옆에 서 있는 책꽂이는 모험소설로 가득했다. 그곳에 있는 이젤에는 복엽기를 그린 수

채화가 아직 미완인 채로 놓여 있었고, 그 옆의 작은 테이블은 양옆에 스툴을 하나씩 거느리고 있었다.

테이블 위에 자그마한 상자가 보였다.

어머나, 세상에. 상자를 발견한 그웬이 말했다. **저거 혹시 내가 생각하는 그거예요?**

당신한테 나의 가장 은밀한 성소聖所를 가르쳐준 이상, 이렇게 하는 수밖에 없지. 로니는 그 상자를 집어 들고 그웬 앞에 무릎을 꿇었다. **나랑 결혼해줘, 그웬.**

그웬은 남편이 마지막으로 집을 떠난 이후 그곳에 간 적이 없었다. 그곳이 지금도 그대로일지 궁금했다.

이날 다른 남자와 키스하고 온 자신을 남편의 넋이 용서해줄지도 궁금했다.

충동에 이끌려 계단을 올라간 그웬은 다락문 앞에 도착했다. 문은 삐걱거리는 소리도 내지 않고 열렸다. 그웬은 다락으로 올라서서 전등 스위치와 연결된 가느다란 줄을 더듬더듬 찾았다.

여행 가방이 어떤 모양으로 쌓여 있었는지 기억나지 않았다. 가방 개수가 전보다 적어 보였다. 로드 베인브리지가 여행을 떠나며 가져갔기 때문인지, 아니면 기억이 뒤죽박죽이 됐기 때문인지, 판단이 서지 않았다.

그러나 장식장은 예전 그 자리에 그대로 있었다. 그웬은 그쪽으로 뚜벅뚜벅 걸어갔다. 아니, 오래전의 맹세를 기리는 뜻에서 발끝으로 살금살금 걸어간 다음, 장식장 앞에 이르러 뒤쪽의 빈틈으로 미끄러지듯 들어갔다. 들어가기가 전처럼 쉽지 않다는 생각이 들었지만 그 사이에 그웬은 아이를 낳았고, 그 때문에 몸도 예전과 비교하면 여기저기 달라진 상태였다.

그 공간은 모조리 예전 그대로였다. 책꽂이도. 지금은 그림이 없는 이젤도. 테이블도.

테이블 위에 봉투가 놓여 있었다.

떨리는 손으로, 그웬은 봉투를 집어 전구 불빛에 비췄다.

자신의 이름이 적혀 있었다.

봉투를 마구 뜯어서 열고 싶지 않았다. 조금도 망가뜨리고 싶지 않았다. 그웬은 다락의 널따란 부분으로 살그머니 나와서 계단 앞까지 살금살금 돌아온 다음, 잠시 멈춰서 불을 끄고 계단을 내려갔다.

다 내려와서는 자기 방까지 한달음에 달려가 책상을 뒤져 봉투 칼을 찾았다. 그웬은 외과의사처럼 조심스럽게 봉투 가장자리를 뜯었다. 속에는 편지와 겉의 봉투보다 더 작은 봉투 한 개가 들어 있었고, 속 봉투의 겉면에는 이렇게 적혀 있었다. **내 아들 로니에게.**

그웬은 편지를 펼치고 읽어 내려갔다.

내가 가장 사랑하는 그웬에게

드러내놓고 밝히기는 좀 그렇지만, 난 먼저 결혼한 여러 친구들하고 달리 우리가 서로에게 불쾌할 정도로 귀여운 별명을 붙여주지 않은 게 자랑스러웠어. 내 장례식에서 당신이 '뭅시! 내 사랑 뭅시!'라고 울부짖거나 그에 못 잖게 끔찍한 별명을 목놓아 외치는 걸 상상하면 견딜 수가 없거든. 그웬과 로니, 로니와 그웬... 나는 그렇게 짝지어 부르기만 해도 더 바랄 게 없어.

만약 당신이 이 편지를 읽고 있다면, 나는 죽었거나, 아니면 집에 돌아왔는데 이 편지를 없애는 걸 까맣게 잊었을 거야. 후자일 경우에는 나한테 보여주고 분통을 터뜨리면서 당신 생각에 적당해 보이는 벌을 뭐든 내려줘. 그럼 나는 비굴하게 용서를 구할 테고, 당신은 그런 나를 다정하게 용서해주겠지.

유언장은 따로 써놨으니까, 당신과 우리 어린 로니에게 전해질 거야. 이 편지는 유언장에 어울리지 않는 것들을 적으려고 썼어. 내 소망이라고 해도 좋아.

난 당신이 부디 나를 진정으로 애도해주면 좋겠어. 울다가 석상으로 변한 후에도 계속 눈물을 흘렸다는 신화 속의 니오베보다 더 펑펑 울었으면 좋겠고, 여자인 친구들이 부러워할 만큼 끝내주게 멋진 검은 드레스를 입었으면 좋겠어. 그 친구들이 당신하고 상복 맵시를 겨루고 싶어서 자기들 남편이 죽기를 몰래 바랄 정도로 말이야.

그러고 나면, 그웬, 재혼해. 내가 살아 있기를 바라면서 시간을 낭비하진 마. 내 넋을 달래느라 세상을 포기하고 살기엔 당신은 너무 젊고, 너무 활기찬 여성이야. 당신한테 약속하는데 난 유령이 돼서 누구 앞에 나타나거나 하는 짓은 절대 안 할 거야. 당신하고 로니가 행복하게 사는지 확인하려고 어쩌다 가끔 자애롭게 저 아래의 지상을 내려다보는(이런 식으로 내가 있을 곳이 어딘지 묘사하는 건 주제넘은 짓인지도 모르겠군) 것만 빼고 말이야.

우리 아들을 위해서는, 나의 가장 중요한 소망은 이거야. 우리 부모님이 그 애를 세인트 프라이즈와이드에 보내게 놔두면 절대 안 돼! 부모님은 당신을 못살게 굴 거야. 집안의 전통을 들먹이면서 말이야. 심지어는 나도 그러기를 원했을 거라는 저급한 방법까지 동원할지도 몰라. 난 그런 건 원하지 않아. 그 학교는 비참하고, 매정하고, 가학적인 곳이야. 그리고 난 우리 아들이 무엇보다 즐겁게 살기를 원해. 그 애를 런던에 데리고 있어줘. 박물관과 동물원과 공원에 갈 수 있고, 귀족 패거리의 일원이 되는 게 아니라 진짜 친구들을 사귈 수 있는 이곳에.

그 애한테 내 이야기를 들려줘, 그웬. 꼭 좋은 이야기만 들려주지 않아도 돼. 그 애가 나를 무슨 제단에 올려놓고 모시는 건 싫으니까. 내가 결국엔 한 인간에 지나지 않았다는 걸 그 애가 알게 해줘. 비록 좋은 인간이 되려고 최선을 다하기는 했지만 말이야. 그 애 앞으로 남긴 편지가 있어. 읽고 무슨 말인지 이해할 나이가 되면 그때 전해줘. 아마 열두 살이 적당할 것 같아. 그렇다고 생일에 주지는 마. 기쁜 날을 망치고 싶진 않으니까. 한 주 아니면 두 주 기다렸다가 주면 좋을 것 같아.

그러고 보니 이 바보 같은 전쟁이 어떻게 끝나는지도 모른 채 편지를 쓰는 중이군. 그래도 난 아직까지는 낙관론을 유지하고 있어. 내가 로니한테 마지막으로 바라는 건 양자택일이야. 만약 영국이 전쟁에 이기면, 그 애한테 남들이 전쟁터에서 죽지 않도록 막을 방법을 찾는 사람이 되라고 얘기해줘.

하지만 만약 영국이 지면, 그웬, 그 애한테 레지스탕스에 가담하라고 전해줘. 만약 가담할 레지스탕스가 없으면 직접 만들라고 해줘.

난 이 편지를 우리만의 장소에 놔뒀어. 한때는 나만의 장소였던 그곳에. 계단을 무사히 오를 나이가 되면 우리 아들한테도 그곳을 가르쳐줘.

천국에서 다시 만날 때까지, 난 당신의 것이야.
로니

그웬은 그 편지를 다섯 번이나 다시 읽었고, 그렇게 읽는 동안 흘러내리는 눈물 사이로 이따금 웃음을 터뜨렸다. 그러고는 방에서 나와 복도를 지나서 시어머니의 방 앞에 도착했다. 그웬은 방문을 살며시 두드렸다.

"누구야?" 레이디 캐럴라인이 묻는 소리가 들렸다.

"그웬이에요. 보여드릴 게 있어서요."

"아침까지 기다리면 안 되는 거냐?"

"어머님도 보고 싶으실 거예요. 부탁이에요, 어머님."

타박거리는 발소리가 들리는가 싶더니 문이 열렸고, 돋보기안경을 쓴 레이디 캐럴라인이 그웬을 올려다봤다.

화장을 지우고 머리를 푼 레이디 캐럴라인은 그웬의 눈에 전에 없이 인간적으로 보였다. 그 얼굴에서 남편 로니가 물려받은 부분이 그웬의 눈에 처음으로 들어왔다. 지금은 어린 로니가 물려받은 부분들이었다.

"무슨 일이지?" 레이디 캐럴라인이 물었다.

"제가 편지를 한 통 찾았어요. 로니가 보낸 거예요."

"네 아들이 편지를…."

"'우리' 로니 말이에요. 제 남편요. 어머님 아들."

그웬은 글씨체가 눈에 보이도록 편지를 내밀었다.

"이게 어디에 있었는데?"

"제가 오랫동안 가보지 않았던 저하고 그이만 아는 곳에요."

"내가 읽어봐도 될까?"

"그러시라고 가져왔어요."

"들어오렴."

레이디 캐럴라인은 편지를 들고 책상 앞으로 가서 독서등을 켰다. 그러고는 천천히 편지를 읽었고, 다 읽고 나서는 다시 읽었다. 그렇게 읽기를 다 마치고 나서, 레이디 캐럴라

인은 편지를 조심스레 접어 봉투에 넣어서 그웬에게 돌려
줬다.

"그 애는 세인트 프라이즈와이드가 싫다는 말을 한 번도
안 했어. 그 학교에서 8년을 지내는 동안 단 한 번도."

"부모님한테서 받은 게 싫다는 말을 아이가 부모님께 직
접 하기는 힘드니까요. 그런 말을 했다가는 부모님이 실망
하실 거라고 생각했을 거예요."

"난 까맣게 몰랐어. 그런데 미안하다는 말을 하기엔 이미
너무 늦어버렸구나."

"손자를 집에 데리고 계시는 걸로 보상하시면 돼요."

"해럴드가 싫어할 텐데."

"이쪽은 어머니하고 저, 두 명이잖아요. 이 편지도 있고
요."

"이제 우리가 같은 편이 된 거냐?" 레이디 캐럴라인이 물
었다.

"예, 이 문제에서는요. 저는 제 아들의 법적 양육권을 반
드시 되찾을 작정이에요. 그 문제에서 저를 적대하실 건가
요? 저의 자격과 능력과 정상적인 정신 상태는 이미 충분히
입증했다고 생각하는데요."

"우리가 동의하지 않으면 법정까지 갈 작정인가 보구나."

"당장이라도요."

레이디 캐럴라인의 표정에 웃음이 번졌다.

"해럴드가 돌아오면 더 차분히 얘기해보자. 내가 뭘 보장

할 수는 없다만. 그래도 그때까지 근처의 학교를 한번 알아 보마."

"저한테 상의도 안 하시고 아무 학교나 보내시면 안 돼요." 그웬은 시어머니에게 그렇게 경고했다.

"잘 자렴, 그웬덜린."

"안녕히 주무세요, 레이디 캐럴라인."

그웬이 사무실에 들어서자 아이리스가 고개를 들었다.

"늦었네. 지각이라곤 생전 안 하는 사람이. 괜찮아?"

"일부러 먼 길로 돌아왔어. 작전을 짜느라고."

"나 없이 혼자서?"

"이따가 조언을 구할지도 몰라."

"좋을 대로 해. 데즈하고 데이트는 잘했고?"

"데이트가 아니었어. 사과하려고 만난 거야."

"혹시 이번 주말쯤에 또 사과할 계획이야?"

"아니. 지금은 만나기 힘들다고 그 사람한테 얘기했어."

"왜? 괜찮은 남자 같던데."

"지금은 애인을 찾을 때가 아냐. 내 아들부터 되찾아야 해."

"그러고 나면 데즈한테 전화할 거야?"

"아이리스, 우린 사는 게 달라도 너무 달라."

"그 사람이 목수라서? 예수님도 목수였다는 걸 꼭 일깨워

줘야겠어?"

"예수님은 데이트 안 했잖아."

"그래, 적절한 예가 아니네, 알았어. 그래도 데즈랑 좀 더 만나보지 그래?"

"있잖아, 만약 네가 나랑 데즈 둘 다 모르는 상태에서 각자 면담한 후에 색인 카드 두 장에 정보를 간추려 적어서 저 상자에 넣었다고 가정해봐. 그랬다면 우리 둘을 이어주려고 했을까?"

"아니." 아이리스가 대답했다. "하지만 그 방법이 꼭 완벽한 건 아니잖아."

"방금 그 말은 아무한테도 하지 마." 그웬이 말했다. "우리 밥줄은 그 방법이 통한다고 믿는 사람들한테 달렸으니까."

2주 후

둘은 오전 내내 열심히 일했다. 가입 희망자를 면담했고, 서로 잘 맞아 보이는 회원들을 연결했고, 다른 회원들에게 보낼 편지도 썼다. 점심시간이 되자 아이리스가 의자를 휙 돌려 그웬 쪽을 봤다.

"그거 가져왔어?" 아이리스가 물었다.

그웬은 핸드백에서 조그마한 배급표 수첩을 꺼냈다. 아이리스도 책상 서랍에서 똑같이 생긴 수첩을 꺼내 들었다.

"좋아, 시작해볼까." 아이리스는 자기 수첩을 읽기 시작했다. "'이 수첩을 받으면 의류 배급표와 식품 배급표를 즉시 분리하십시오. 수첩 소지자의 이름과 우편 주소 전체와 국민 등록 번호를 수첩 맨 앞쪽에 마련된 빈칸에 잉크로 적어 넣으십시오.'"

"지금 분리할게." 그웬은 그렇게 말하며 배급표를 잡아

뜯었다.

"'잉크'를 굵은 글씨로 썼어. 되게 진지한데."

"이름, 주소, 등록 번호." 그웬은 빈칸을 채우며 중얼거렸다.

"'이 수첩의 모든 배급표가 한꺼번에 효력이 생기는 것은 아닙니다. 아직 효력이 생겼다고 공표되지 않은 배급표를 사용하는 것은 불법입니다.'" 아이리스의 말이 이어졌다. "마지막 문장은 통째로 대문자야. 이 사람들 되게 진지해."

"효력이 생기지 않은 배급표는 절대로 사용하지 않겠다고 굳게 맹세합니다." 그웬은 심장 위에 손을 얹고 그렇게 선언했다.

"'이 수첩은 영국 정부 재산이며 오로지 수첩을 발행받은 사람에 의해서만, 또는 그 사람을 위해서만 사용할 수 있습니다. 분실하지 않도록 극히 주의하십시오.'"

"그것도 굵은 글씨로 적혀 있어?"

"사람이 말을 하면 좀 믿어봐, 언니."

"건달하고 데이트 한 번 했다고 자기도 갱단인 줄 아나보네." 그웬은 한숨을 쉬었다. "그래, 이 정도면 번거로운 절차는 다 끝낸 것 같아. 준비됐어?"

"난 준비됐어." 아이리스는 의자에서 일어서며 말했다. "이제 쇼핑하러 가볼까."

감사의 말

자료를 조사하는 과정에서 노다지는 말할 것도 없고 자잘한 조각들을 얻은 책과 기사문, 사진, 뉴스 필름 등이 너무나 많다 보니 하나하나 다 언급하기조차 힘들다. 다만 이 책의 지은이가 특히 큰 도움을 받은 자료의 출처는 다음과 같다.

마크 루드하우스 지음, 『영국의 암시장 1939~1955 *Black Market Britain: 1939-1955*』.

아이나 츠바이니거바젤로프스카 지음, 『영국의 궁핍기: 배급과 통제, 소비 1939~1955 *Austerity in Britain: Rationing, Controls, and Consumption, 1939-1955*』.

앨런 파머, 『이스트엔드: 400년간의 런던 생활사 *The East End: Four Centuries of London Life*』.

데이비드 휴스 지음, 「사기꾼들*he Spivs*」, 마이클 시슨스와 필립 프렌치가 편집한 『궁핍한 시대*Age of Austerity*』에 수록.

캐럴 케네디 지음, 『메이페어 지역 사회사*Mayfair: A Social History*』.

퍼트리샤 베이커 지음, 『1940년대의 패션*Fashions of a Decade: The 1940s*』.

루스 애덤 지음, 『여성의 자리 1910~1975*A Woman's Place, 1910-1975*』.

마틴 퓨 지음, 『영국의 여성과 여성 운동 1914~1959*Women and the Women's Movement in Britain, 1914-1959*』.

톰 해리슨 지음, 『런던 대공습을 살아내다*Living Through The Blitz*』.

마틴 스탤리언, 영국 경찰 역사학회 회장.

그리고 우리 주인공 그웬이 사건 사고를 헤쳐 나가는 동안 길잡이가 돼준 간편하고, 멋지고, 접어서 휴대할 수도 있는 『런던 버스 및 트램 지도 1946년판』. 물론, 또 한 명의 주인공 아이리스는 지도 없이도 말썽이 일어날 만한 곳을 척척 찾아다녔다.

이 책의 오류는 오롯이 지은이의 잘못이다. 사실, 지은이는 책의 오류를 지적받으면 곧바로 엉엉 우는 추한 꼴을 보여줄 것이므로 아무쪼록 서평은 너그럽게 써주시기 바랍니다.

멀쩡한 남자를 찾아드립니다

초판 1쇄 발행 2022년 6월 15일

지은이   앨리슨 몽클레어
옮긴이   장성주
편집자   하선정
디자인   손주영

펴낸곳   주식회사 해와달콘텐츠그룹
브랜드   시월이일
출판등록   2019년 5월 9일 제2020-000272호
주소   서울특별시 마포구 양화로 183, 311호
E-mail   info@hwdbooks.com

ISBN 979-11-91560-21-3 (03840)